THOMAS J. FRAUNHOFFER

Die Toten von Lindau

Über den Autor:

Thomas J. Fraunhoffer, Jahrgang 1971, ist seit 1990 Polizeibeamter im Freistaat Bayern. Er lebt mit Ehefrau, zwei Miniponys und einer Krimikatze auf dem Land in der Nähe von Augsburg.

THOMAS J. FRAUNHOFFER

DIE TOTEN VON LINDAU

Bodensee-Krimi

lübbe

Dieser Titel ist auch als E-Book erschienen

Originalausgabe

Textredaktion: Stefanie Kruschandl, Kopenhagen
Umschlaggestaltung: Manuela Städele-Monverde
unter Verwendung von Motiven von © Marcus_Hofmann/shutterstock
Satz: hanseatenSatz-bremen, Bremen
Gesetzt aus der Adobe Garamond Pro
Druck und Verarbeitung: GGP Media GmbH, Pößneck
Printed in Germany
ISBN 978-3-404-18326-5

2 4 5 3 1

Sie finden uns im Internet unter
www.luebbe.de
Bitte beachten Sie auch: www.lesejury.de

KAPITEL 1

Er zeigte dem Kaugummi kauenden Polizeiobermeister an der Wache seinen Dienstausweis.

»Niklas Grimm«, las der laut vor. »Kriminaloberkommissar. Aha.«

Durch die Panzerglasscheibe schaute ihn der Uniformierte neugierig an, deutete mit dem Kopf nach rechts auf eine Tür und betätigte einen Knopf. Ein Summen ertönte, das Türschloss klickte.

Grimm betrat die Polizeiinspektion Lindau, im gleichen Gebäude war auch die Kriminalpolizei untergebracht.

»Ich möchte bitte zur Leiterin der Kripo, Frau Bosse«, sagte er zu dem Wachbeamten hinter dem Tresen.

»Ist nicht da«, kam die knappe Antwort. Der Beamte legte die Unterarme auf die Holzoberfläche.

»Vielleicht ihr Vertreter?«

»Auch nicht da.« Schulterzucken.

»Sonst jemand von der Kripo anwesend?«

»Nicht, dass ich wüsste.« Schulterzucken kombiniert mit einem Seufzer.

Er unterdrückte ein gereiztes Aufstöhnen. Wenn dieses Verhalten typisch für die Bodenseebewohner war, na dann Gute Nacht. Grimm mochte es nicht, wenn er seinem jeweiligen Gesprächspartner die Sätze einzeln aus der Nase ziehen musste.

»Heute ist doch kein Feiertag?«, sprach er mehr mit sich selbst als mit dem jungen Polizisten.

Sicher war er nicht, denn in Bayern unterschied sich das zuweilen von Stadt zu Stadt. Augsburg beispielsweise hatte seinen Friedenstag, während überall sonst gearbeitet wurde. Und in München, seinem bisherigen Dienstort, hatten die Uhren sowieso ganz anders getickt als im Rest von Bayern.

Der junge Beamte schüttelte den Kopf. »Sind alle ausgeflogen. Wir sind quasi ausgebucht. Alle verfügbaren Funkstreifen sind im Einsatz, sogar die Krücken vom Tagesdienst und unser Dienststellenleiter. Selbst die Wapo muss ran.«

»Wapo?«

»Na, unsere Lindauer Wasserschutzpolizei. Wo du herkommst, gibt es so was wohl nicht.« Irritiert blickte ihn der Wachbeamte an.

»Ist was Größeres passiert?«, fragte Grimm.

»Kann man so sagen. Wir haben eine Leiche im Stadtteil Reutin, direkt am Bodenseeufer. Nicht weit entfernt von der Villa Leuchtenberg.«

»Tja, also ich bin der Neue bei der Kripo und wollte mich eigentlich bei Frau Bosse vorstellen.«

»Die Emma ist selbstverständlich am Tatort, sie ist die Ermittlungsleiterin.«

»Emma?«

»Die Bosse halt. Emma heißt sie mit Vornamen.«

Zweifelnd schaute er den Kollegen an. Dessen Ausdrucksweise gegenüber einer abwesenden Führungsbeamtin schien ihm etwas respektlos. Grimm tat sich immer noch schwer mit der derben bayerischen Art. Diese hatte er im letzten halben Jahr in München beim Dezernat für Operative Fallanalyse bereits zur Genüge kennenlernen dürfen. Sein Aufenthalt dort hatte jedoch ein abruptes Ende gefunden, als er vor zwei Wochen einen polizeilichen Einsatz an die Wand gefahren hatte, bei welchem dem berüchtigten Schlitzer von Pasing die Flucht gelungen war. Seine Vorgesetzten fanden, Grimm wäre nicht länger tragbar in München. Kurzerhand hatte man ihn ins Polizeipräsidium Schwaben Süd-West abgeschoben und zur Lindauer Kripo gesteckt.

»Wenn du der Neue bist«, sprach ihn sein Gegenüber im üblichen Du der bayerischen Polizei an, »solltest vielleicht zum Leichenort fahren, da findest die Emma. Übrigens, Kollege …« Er streckte ihm die rechte Hand entgegen. »Ich bin der Waschtl. Waschtl Lanz.«

Grimm griff zu. »Erfreut, Grimm. Niklas Grimm.«

»Okay, der Einfachheit halber nenne ich dich einfach Nik. Also, Nik, auf gute Zusammenarbeit.«

Lanz grinste ihn an.

Grimm folgte der Beschreibung des Wachbeamten und bog vom Parkplatz des Polizeigebäudes links ab, querte mehrere Kreisverkehre und folgte den Schildern, die zur Insel Lindau führten. Er fuhr allerdings nicht auf die Insel, sondern steuerte seinen Smart an der Seebrücke vorbei, Richtung Bregenzer Straße. Dabei konnte er einen Blick auf den Bodensee werfen. Das tiefblaue Wasser im Vordergrund, am Horizont die majestätischen Berge mit den schneebedeckten Wipfeln, das war schon ein beeindruckender Anblick. Segelboote kreuzten auf dem See, die Sonne spiegelte sich in den Masten.

Die Lindauer Insel verschwand langsam aus seinem Blickfeld. Kurz dachte Grimm an den Reiseführer, den er vor seiner Abreise aus München gekauft und quergelesen hatte, um sich an seinem neuen Dienstort besser zurechtzufinden. »Lindau, Große Kreisstadt, gehört zum Bayerischen Regierungsbezirk Schwaben und liegt am östlichen Ufer des Bodensees im Dreiländereck Deutschland-Österreich-Schweiz. Das historische Stadtzentrum auf der Insel steht unter Denkmalschutz und zeichnet sich durch bunte Patrizierhäuser und verwinkelte Gassen aus«, wiederholte er murmelnd die Kurzbeschreibung aus dem Reiseführer, die er sich einigermaßen eingeprägt hatte.

Ein Transporter kam ihm entgegen, dessen Aufschrift für einen Steinmetz warb. Links gab es Bahngleise, ein Güterzug mit Containern ratterte ihm entgegen.

Der Elektro-Smart hoppelte noch einige Zeit weiter, bis Grimm zu einem prächtigen Bau kam. Das musste die vom Kollegen Lanz beschriebene Villa Leuchtenberg sein. Im Rückspiegel betrachtete er den viereckigen Turm des beeindruckenden Gebäudes. Gerade noch rechtzeitig wandte er den Blick wieder nach vorne, um abrupt auf die Bremse zu treten. Der Sicherheitsgurt schnitt in seine Schulter.

Rechts begann ein Bretterzaun, und an diesem entlang reihte sich Polizeifahrzeug an Polizeifahrzeug. Die Fahrbahn wurde hier zur Engstelle, die Einsatzwagen blockierten fast die gesamte Breite. Mit dem kleinen Smart gelang es Grimm zum Glück, zwischen zwei Funkstreifenwagen einzuparken. Als er ausstieg, wurde er von einem halben Dutzend uniformierter Beamten misstrauisch beobachtet, die entlang des Zauns Aufstellung genommen hatten. Dahinter wuchs eine bunte Mischung: Linden, Schwarzpappeln, Fichten, Ahornbäume und dazwischen allerlei Gestrüpp und Sträucher.

Lag dort die Leiche?

Schaulustige und Presseleute redeten auf die mürrisch dreinblickenden Beamten ein, die allerdings keine der vielen Fragen beantworteten, die man ihnen stellte. Im Gegenteil, sie bauten gerade eine Sichtschutzwand auf, um jeden neugierigen Blick zu verhindern. Grimm musterte die Umgebung. Da, wo der Bretterzaun begann, ging ein Kiesweg ab, der zur Ufermauer führte. Auch hier hielten mehrere Blauuniformierte Wache, diesmal hinter einer rot-weißen Flatterleine, die zwischen zwei Baumstämmen quer über den Weg gespannt war. Vor der Absperrung dasselbe Lied wie entlang des Bretterzaunes: ein Pulk Wissbegieriger belagerte die Polizisten.

Grimm schlängelte sich zwischen Frauen mit Kinderwagen, Touristen in Shorts, älteren Herren mit Kameras, Journalisten und Pressefotografen hindurch. Ohne auf missbilligende Blicke und Ausrufe zu achten, drängelte er sich bis zur vordersten Reihe. Ein Uniformierter mit Vollbart und Sonnenbrille lehnte an einem Informationsschild mit der Aufschrift »Uferpark Wäsen«. Grimm sah in das Gesicht des Polizisten. Der guckte streng zurück und schleuderte ihm ein »Hier gibt's nichts zu sehen« entgegen.

Nachdem Grimm seinen Dienstausweis gezückt hatte, wich der ernste Blick einem Lächeln, der Kollege trat zur Seite, hob die Flatterleine und deutete mit dem Daumen über die Schulter.

»Dort lang, immer der Nase nach. Wo ein Haufen Leute in weißen Anzügen rumspringen, bist du richtig.«

Grimm bedankte sich und schritt los.

»Wieso darf der durch und wir nicht?«, hörte er hinter sich jemanden reklamieren, aber das interessierte ihn nicht.

Rechts von ihm versteckte sich die Villa Leuchtenberg in einer Parkanlage hinter einem grünen Metallzaun und dichtem Pflanzbewuchs. Das weiße Mauerwerk war nur zu erahnen. Stimmen lenkten seine Aufmerksamkeit nach links. Im Gestrüpp hinter dem moosbewachsenen Stamm einer gewaltigen Linde hörte er mehrere davon. Außer ein paar schattenhaften Bewegungen sah er jedoch nichts. Es roch intensiv nach Bärlauch. Grimm entdeckte die weiß blühenden Pflanzen, die so dicht am Wegesrand wuchsen, dass sie einem Teppich glichen. Der Kiesweg machte eine kleine Linksbiegung und verbreiterte sich dann etwas; der Bodensee zeigte sich Grimm jetzt in seiner ganzen Pracht. Erstaunt trat er an den Rand der Ufermauer, kaum einen Meter unter ihm plätscherten Wellen an den Beton. Wunderbar klares Wasser, glitzernd und funkelnd. Zum ersten Mal in seinem Leben sah er den Bodensee aus nächster Nähe, bislang war er noch nie am drittgrößten See Mitteleuropas gewesen. Nur der Plattensee in Ungarn und der Genfer See waren größer, wie er wusste. Wieder dachte er an den Reiseführer. Das dort beschriebene milde Klima glaubte er bereits auf der Haut zu spüren. Kein Wunder, dass in der Bodenseeregion Obsthaine und Weinberge dominierten, das Wetter war ideal für den Anbau. Ein Dutzend Schwimmzüge entfernt ragte ein Baum aus dem Wasser, umgeben von Schilf. Kreischende Möven und gackernde Enten bevölkerten die Miniinsel. Fünfzig Meter weiter dümpelte das blau-weiße Boot der Wasserschutzpolizei und sorgte dafür, dass von der Seeseite aus keine Neugierigen auf Booten der Einsatzstelle zu nahe kamen. Der Name *Hecht* war in schwarzen Buchstaben auf den Schiffsrumpf gemalt, direkt neben dem Wappen des Freistaates Bayern. Da näherten sich bereits die ersten Schaulustigen auf einem Segelboot, außerdem paddelten zwei Jugendliche mit ihrem Kanu vorbei. Unter den wachsamen Blicken der Wasserschutzpolizisten entfernten sie sich wieder. Auch die Besatzung des Segelbootes musste einsehen, dass an der *Hecht* kein Vorbeikommen war.

Grimms Blick wanderte nach rechts zum Horizont mit der Insel Lindau. Leuchtturm, zwei Kirchtürme und der runde Bau der Spielbank ragten heraus. Er versuchte, sich an die Geografie des Bodensees zu erinnern. Links, kaum zu sehen, da lag seines Wissens Bregenz, und bei dem Berg oberhalb handelte es sich um den Pfänder. Er glaubte, gelesen zu haben, dass der See dreiundsechzig Kilometer lang und gute vierzehn Kilometer breit war und die tiefste Stelle knapp über zweihundertfünfzig Meter betrug.

Erst jetzt konzentrierte er sich auf die unmittelbare Umgebung. Vielleicht dreißig Meter weiter links gab es die nächste Polizeiabsperrung, ebenfalls mit Flatterleine, dadurch war der Einsatzort von allen Seiten abgeriegelt. Grimm trat an eine rot gestrichene Bank, auf der ein blonder Mann in einem weißen Einweganzug saß und in ein Diktiergerät sprach.

»Grüß Gott.«

Doch der Typ ignorierte ihn und diktierte, ohne aufzusehen, in sein Gerät.

»Servus«, versuchte er es erneut – diesmal mit dem bayerischen Allzeitgruß. Dann warf er schnell noch ein »Habe die Ehre« hinterher, um wie ein Einheimischer zu klingen.

Als Antwort bekam er eine erhobene Hand, die ihm zuwedelte. Oder ihn wie ein lästiges Insekt verscheuchen wollte. Je nach Betrachtungsweise.

Grimm schnappte ein paar Fetzen des Diktats auf. Es schien sich um die Beschreibung der Örtlichkeit zu handeln, den Anfang eines kriminalistischen Tatortbefundberichtes. Er zuckte die Achseln und schaute sich weiter um. Ein paar Meter entfernt plapperte ein kleiner Kerl, mit einem Bauch wie ein Kugelfisch, auf mehrere Frauen und Männer ein. Dabei gestikulierte er wild mit den Händen. Immer wieder musste er seine Nickelbrille auf der Nase nach oben schieben, die keine zwei Sekunden später erneut nach unten rutschte. Offensichtlich erteilte er Instruktionen. Grimm beschloss, sich an ihn zu wenden und nach Frau Bosse zu fragen.

Nickelbrille nahm allerdings keinerlei Notiz von ihm, obwohl Grimm mit beiden Armen winkte, um auf sich aufmerksam zu machen.

Enttäuscht drehte er sich einmal um die eigene Achse, seine Blicke suchten Augenkontakt mit einem der anderen Kollegen. Nur wurde er genauso wenig beachtet wie eine Frau, die ihm just in diesem Moment auffiel. Eine Frau, die hier an diesem Ort ebenso wenig zu suchen hatte wie … zum Beispiel seine Oma.

»Verdammt!«, entfuhr es ihm.

Die Blondine, die er auf Anfang fünfzig schätzte, trampelte in blauer Latzhose und mit Gummistiefeln durch das kniehohe Gras. Auf ihrem Kopf saß ein gelber Strohhut mit weißen Fransen, die in der Seebrise flatterten. Gerade inspizierte sie einen rostigen Pavillon, der etwas abseits am Rand des kleinen Mischwalds stand.

»Das … also, das … Das gibt's doch nicht«, schimpfte er und hielt Hilfe suchend Ausschau. Niemand schien sich hier verantwortlich zu fühlen für diese Schaulustige, die sogar mit ihrem Handy Fotos schoss.

»Geht's noch«, fauchte Grimm und beschleunigte seine Schritte.

Das ging ja gut los in Lindau. Offenbar wurde eine Mordermittlung hier von lauter Dilettanten geführt.

KAPITEL 2

Aus einem wolkenlosen Himmel strahlte die Nachmittagssonne über dem Bodensee. Die Wasseroberfläche glitzerte und lenkte Emma Bosses Sinne für einen Moment ab. Sie ließ die Hand mit ihrem Smartphone sinken. Die an die Ufermauer anklatschenden Wellen, die Möwen mit ihrem typischen *Kiau-Kiau* und die im Wind knirschenden Äste der Linden – all das hätte beruhigend wirken können.

Tat es aber nicht. Was kein Wunder war, angesichts des Einsatzes, zu dem man sie heute Vormittag gerufen hatte.

Emma erinnerte sich zurück an den ersten Blick auf die Leiche, als sie vorhin angekommen war. An das Summen Hunderter kreisender Fliegen. Es hatte ausgesehen, als hätte sich eine brummende schwarze Rauchwolke direkt über dem Auffindeort gebildet. Kaum hatte der Tod Einzug gehalten, schon waren diese schwarzen Biester zur Stelle gewesen und hatten Eier in jede Körperöffnung oder Wunde gelegt, die sie fanden. Emma wusste, dass Schmeißfliegen Tote aus einer Distanz von mehreren Hundert Metern rochen, sogar wenn jemand erst gerade gestorben war. Vor allem frisches Blut übte auf sie einen Reiz aus wie sonst nur auf Vampire. Daher war es kein Wunder, dass Schmeißfliegen meistens als erstes eine Leiche bevölkerten.

Der Anblick der Toten war grauenvoll. Dass sie weiblich war, dazu hätte die Leiterin der Lindauer Kripo nicht die Expertise eines Rechtsmediziners benötigt. Auch wenn Verwesung und Tierfraß durch Nager und andere Säugetiere bereits einiges an

Arbeit geleistet hatten. Neben den Maden, die römischen Legionen gleich aus den Eiern der verdammten Fliegen gekrochen und über das tote Fleisch hergefallen waren. Überall wimmelte und wuselte es weißlich. Unwillkürlich musste Emma an eine Riesenportion Reis denken, die jemand über dem Leichnam ausgekippt hatte. Trotzdem erkannte sie die weiblichen Rundungen der Leiche, zumindest das, was davon übrig war. Die linke Brust war heil, die rechte dagegen fehlte völlig. Nach Emmas Einschätzung war sie von einem Tier abgebissen worden, vielleicht von einem Fuchs, Marder oder einem herumstreunenden Hund. Wer wusste das schon. Die Stellen, wo scharfe Zähne in die ehemals weiße Bluse eingedrungen waren und den Stoff zerfetzt hatten, entdeckte sie trotz der Madenflut. Auch die Bisse in das Fleisch um die fehlende Brust herum waren deutlich zu sehen. Zu viele Tote hatte sie in ihrer Karriere bereits betrachtet, als dass sie das nicht erkannt hätte. Hier, rund um den Bodensee, und früher, als sie in München bei der Mordkommission gearbeitet hatte. Genügend Tote, um selbst einige Schlüsse zu ziehen, die sie später durch den Rechtsmediziner lediglich bestätigen lassen musste.

Die Haare schienen braun und lang zu sein, vom Gesicht waren nicht viel mehr als zwei Augenhöhlen übrig. Der Rest war verschwunden. Nase, Lippen, Ohren: von Nagern oder Maden aufgefressen. Ebenso wie die Finger der noch vorhandenen linken Hand, die bis zu den Knöcheln abgenagt waren. Der rechte Arm endete dagegen in einem zerfransten Stumpf.

Leichengeruch lag in der Luft, drang in jede Pore von Emmas Haut. Er roch nicht süßlich, wie allgemein behauptet wurde. Nein, Verwesung stank eher nach Fäkalien. Gemischt mit altem Käse und stinkenden Socken. Widerlich und abstoßend. Der durch Verwesungsgase aufgeblähte Bauch hatte die Bluse geradezu aufgesprengt, es fehlten mehrere Knöpfe. Vielleicht war die Bluse auch beim Kampf um Leben und Tod zerrissen worden. Von wem auch immer. Die Untersuchung durch den Erkennungsdienst würde das hoffentlich entschlüsseln.

Emma beugte sich leicht vor, ihr weißer Einweganzug knisterte. Beinahe wäre sie mit dem kahlen Kopf von Lukas Brunner zusammengestoßen, dem Leiter des Erkennungsdienstes, der sich just in diesem Moment aufrichtete.

»Herrgott, Emma!«, fuhr er sie an. »Lass mich meine Arbeit machen. Was seid ihr Ermittler immer so ungeduldig.«

»Ist ja gut«, beruhigte sie ihn. »Ich mache mir halt gerne frühzeitig ein Bild von der Lage.«

Sie hob entschuldigend beide Hände. »Versprochen, ich nerve dich nicht mit Fragen, ich gucke bloß.«

»Mhm«, brummte er als Antwort. »Mit der Spurensicherung sind wir bald durch, dann kannst du dich deiner Astronautenkleidung entledigen.«

Lukas wusste um ihre Abneigung gegenüber dieser stickigen Papierklamotte einschließlich Schutzhaube, in der sie derart schwitzte, dass selbst ihre Unterhose später nass war. Sie warf einen sehnsüchtigen Blick auf einen Erkennungsdienst-Mitarbeiter, der ein paar Meter abseits stand. Der Mann klaubte gerade Spurensicherungstäfelchen auf, die um die Leiche herum in der Erde steckten.

»Wie es aussieht, sind Fotos, Videos und 3-D-Aufnahmen im Kasten«, folgerte Emma.

»Jepp«, bestätigte Lukas. »Spuren, soweit es welche gab, sind im näheren Umkreis gesichert: eine weggeworfene Zigarettenkippe, eine Plastiktüte, ein abgerissenes Blatt Papier. Aber inwieweit das relevant ist …« Er zuckte mit den Schultern. »Bei den vielen Spaziergängern, die den Uferweg entlanglaufen und allerlei Zeug verlieren, ist der Beweiswert fraglich. Den Bericht darüber lasse ich dir zukommen, sobald er fertig ist.« Lukas seufzte und fuhr dann fort: »Kann allerdings bis morgen oder übermorgen dauern. Ich muss zuerst die Spurenakte zu einem Raubmord anlegen, den die Kemptener Kollegen bearbeiten. Die Außenstelle Lindau muss leider warten.«

»Schon klar«, war ihre knappe Antwort.

Da die Lindauer Dienststelle lediglich eine kleine Station war, hatte sie keinen eigenen Erkennungsdienst und musste immer auf das Fachkommissariat der Kripo Kempten zurückgreifen, wenn Spuren zu sichern waren. Natürlich wurden die Fälle der Kemptener Kollegen vorrangig bearbeitet.

Emma drehte sich auf dem Absatz ihrer Gummistiefel um. Die über die Sohlen gezogenen Plastiküberzieher knirschten leise. Sie hob die Hände vor den Kopf und passte auf, dass Gestrüpp und Zweige ihr nicht das Gesicht zerkratzten. Die Leiche lag nämlich im dichten Unterholz, etwa fünfzehn Meter abseits des Sees, zwischen Löwenzahnblättern, wild wucherndem Efeu und Brennnesseln. Sie blickte auf einen schmalen Trampelpfad, der auf beiden Seiten durch eine Flatterleine mit der Aufschrift »Polizeiabsperrung« gekennzeichnet war. Dieser Pfad führte von der Leiche weg auf einen Kiesweg. Von dort aus hatte man direkte Sicht auf die Ostseite der Insel Lindau, die auf dem Seeweg vielleicht zwei Kilometer entfernt im Bodensee lag.

Aus München hatte Emma eine Hundertschaft der Bereitschaftspolizei angefordert, die heute Nachmittag den Bereich um den Fundort großräumig absuchen würde. Der Lärm einer Passagiermaschine dröhnte entfernt am Himmel und ließ Emma nach oben schauen. Durch die Wipfel der Bäume sah sie nur ein Stück des blauen Himmels. Wahrscheinlich ein Flieger vom Flughafen Memmingerberg.

»Herrgott, sag es endlich!«, platzte es aus Lukas heraus.

»Wie jetzt? Vorhin war ich zu ungeduldig und jetzt kannst du es gar nicht abwarten, wenn ich Fragen stelle.«

»Die Macht der Gewohnheit, Emma. Die Macht der Gewohnheit«, wiederholte er. »Wenn du von deiner normalen Vorgehensweise abweichst, macht mich das nervös. Eine *stille* Emma macht mich nervös. Löchere mich endlich mit dieser speziellen Frage.«

»Okay, liegt ein Gewaltverbrechen vor?«, kam sie seinem Wunsch nach.

Lukas verdrehte die Augen. »Sie hat ein Riesenloch im Schädel, also würde ich sagen: Ja, sie wurde umgebracht. Ziemlich brutal erschlagen.«

»Das Loch im Kopf ist die Todesursache?«

»Herzversagen schließe ich aus«, erwiderte er mit genervtem Schnaufen. »Du kannst von einem Seemord ausgehen.«

»Seemord?«

Lukas deutete Richtung Ufer, »See«, dann nickte er zur Toten, »Mord«, schließlich fügte er beide Wörter zusammen: »Seemord!«

»Beeindruckendes Wortspiel.« Sie schürzte die Lippen. »Der Auffindeort ist der Tatort?«

Er legte den Kopf schief und antwortete: »Wir werden den Eisengehalt des Waldbodens untersuchen, um festzustellen, ob man sie hier getötet hat.«

»Nahe des Uferwegs steht ein verrosteter Pavillon, vielleicht hat man sie da erschlagen und anschließend hergeschleift«, stellte Emma eine Theorie auf.

»Vielleicht falle ich heute Abend stockbesoffen vom Fahrrad«, konterte Lukas, der die Worte *vielleicht* und *möglicherweise* nicht ausstehen konnte, wie Emma nur zu gut wusste. Als Erkennungsdienstler bevorzugte er Fakten.

»Könnte sein«, sinnierte sie.

»Was, dass ich besoffen vom Rad falle?«

»Das auch«, sagte sie, um ihn ein bisschen aufzuziehen, wurde aber sofort ernst. »Ich meine in erster Linie, dass sie woanders erschlagen und später hierhergeschleppt worden ist.«

»Die Leiche liegt nicht erst seit gestern da, Emma. Eine Schleifspur im Gras haben wir nicht gefunden. Was aber nichts heißt, bei den Regenfällen in letzter Zeit. Blutspuren haben wir übrigens auch keine entdeckt. Auch nicht im Pavillon. Wenn da welche waren, hat sie der Regen weggewaschen.«

»Tatwaffe?«

»Was Schweres.«

»Geht es genauer?«

»Das musst du den Rechtsmediziner fragen. Einen Tipp für die Suche nach der Waffe habe ich aber für dich.«

»Ja?«

»Die Kollegen der Bereitschaftspolizei sollen alles einsammeln, was irgendwie als Schlagwerkzeug zu gebrauchen ist. Idealerweise klebt Hirnmasse dran.«

»Danke, super Tipp«, antwortete sie sarkastisch.

»Gern geschehen, war kostenlos.«

»Kannst du was über ein eventuelles Sexualdelikt sagen, hat man sie vergewaltigt?«

»Himmel, Emma. Bin ich Moses, kann ich den Bodensee teilen? Da musst du dich gedulden, bis der Rechtsmediziner eintrifft, *er* ist der Experte auf diesem Gebiet. Wobei ich nicht glaube, dass der diese Frage vor Ort beantworten kann. Der Leichenfledderer kommt doch, oder?«

»Ja. Ich habe mit der Oberstaatsanwältin telefoniert. Sie beantragt beim Amtsgericht eine Obduktion, deshalb habe ich bereits in der Rechtsmedizin in Ulm angerufen. Dr. Lange ist auf dem Weg.«

»Aus Ulm?«

Sie schüttelte den Kopf. »Von Lindau, er ist noch zu Hause. Man hat mir seine Handynummer gegeben. Der Doktor hat heute Dienst als Opa und musste seinen Enkel zum Kindergarten bringen. Er wollte sich gerade auf den Weg nach Ulm machen. Jetzt macht er einen Zwischenstopp am Bodenseeufer und untersucht die Leiche.«

»Sehr gut«, lobte Lukas.

»Chefin«, rief eine männliche Stimme hinter ihr.

Ein kurzer Blick über die Schulter, sie sah Robert Hammel auf sich zustolpern, einen ihrer Mordermittler. Aufgrund seines voluminösen Körperumfanges tat er sich doppelt schwer, durchs Unterholz zu gelangen. Emma sah es seiner grimmigen Miene an, dass er gerne wie Indiana Jones eine Machete benutzt hätte, um sich den Weg durchs Gestrüpp freizuhacken. Zweige knackten unter seinen Stiefeln, als er vor ihr Halt machte und schnaufte.

»Was gibt's, Bobby?«

»Moment.« Er hob die rechte Hand. »Ein alter Mann ist kein D-Zug.«

Sie betrachtete Robert, den alle »Bobby« nannten. Sein rundes Gesicht war rot angelaufen wie eine überreife Tomate, auf der Stirn glänzten Schweißtropfen. Sein Kopf hatte Ähnlichkeit mit einer Pusteblume, über die man einmal kräftig hinweggeblasen hatte. Die wenigen grauen Haare standen in allen Richtungen ab, seine Nickelbrille glänzte ölig verschmiert. Wie üblich trug er einen zerknitterten grauen Anzug. Wahrscheinlich hingen in seinem Kleiderschrank mindestens ein Dutzend von genau derselben Sorte, vermutete Emma, denn sie hatte ihn im Dienst noch nie etwas anderes tragen sehen.

»Die Zeugin«, begann er, um erneut kräftig Atem zu holen.

»Die Zeugin, also die Frau, die das Opfer gefunden hat, also die ist mir gerade umgekippt.«

»Umgekippt?«, echote Emma.

»Schock«, ergänzte Bobby, prustend wie ein Blasebalg, und deutete mit dem Daumen vage hinter sich. »Liegt im Sanka und ist nicht mehr ansprechbar.«

»Hat sie vor dem Umkippen was Brauchbares erzählt?«

»Nicht viel mehr als das, was sie dem Beamten am Notruf ins Ohr geschrien hat. Dass ihr Hund sich von der Leine losgerissen hat und im Unterholz verschwunden ist, um kurz darauf mit einer Hand wieder aufzutauchen. Einer Hand, der bis auf den Daumen alle Finger abgenagt waren.«

»Hoffentlich hat die Frau den Tatort nicht verunreinigt.«

»Nein, da kann ich Entwarnung geben. Nachdem der Hund vor ihr mit der Hand herumsprang, hat sie ihr Handy geschnappt und die 110 gewählt. Sie ist nicht durchs Gebüsch zur Toten gekrochen, sondern hat sich um Siggi gekümmert.«

»Siggi?«

»Ihr Hund, eine Mischung aus …«, er überlegte kurz, bevor er fortfuhr. »… ich weiß nicht was. Sieht aus wie ein kleines Schaf. Ein extrem *dickes* kleines Schaf.«

Er lächelte und tätschelte dabei seinen Bauch, um dann fortzufahren: »Siggi wollte ums Verrecken nicht von der Hand ablassen. Bis zum Eintreffen der Funkstreife hatte er sie leider in zwei Hälften zerbissen.«

Bobby machte mit seinen Händen eine entsprechende Geste und mit dem Mund ein schmatzendes Geräusch. »Die Beamten der zuerst eintreffenden Funkstreife haben sie sofort in einen Asservatenbeutel gepackt.«

»Sehr gut, wissen wir schon, wer die Tote ist?«

»Einen Ausweis haben wir nicht gefunden. Auch keinen

Geldbeutel mit irgendwelchen Versicherungskarten. Nichts, was auf ihre Identität hindeutet.«

»Ich habe vielleicht was, das weiterhilft«, meldete sich Lukas zu Wort.

Emma wandte sich dem Erkennungsdienstler zu und sah ihn fragend an.

Der hob vorsichtig den rechten Arm der Toten. Jenen Arm, dessen Hand von Hund Siggi abgebissen worden war. Lukas deutete auf den zerkratzten und teilweise zerfleischten Unterarm.

Emma trat einen Schritt näher und bückte sich. Auf der Haut klebten Laub und Tannennadeln, vermischt mit Erde.

»Sieht aus wie ein Tattoo«, stellte Bobby fest, der neben ihr mit einem lauten Knacksen seiner Kniegelenke in die Hocke gegangen war und sich mit einer Hand auf dem Waldboden abstützte. Dass er keinen Schutzanzug oder Handschuhe mehr trug, bedeutete hoffentlich, dass sie jetzt auch aus diesem Anzug rauskonnte, der an Malerklamotten erinnerte.

»*freed?*« Lukas hob eine Augenbraue. »Der erste Buchstabe kleingeschrieben. Möglicherweise ist das Tattoo nicht vollständig. Wie ihr seht, fehlt die Haut nach dem letzten Buchstaben fast völlig. Und vor dem *f* ist gar keine Haut mehr vorhanden. Nur Fleisch, Sehnen und Bänder. Etwas weiter hinten sieht man noch was, das hat Ähnlichkeit mit einem schwarzen Dreieck.«

»Vielleicht irgendein mathematisches Zeichen«, mutmaßte Bobby.

»Das ist kein Dreieck und auch kein mathematisches Zeichen«, stellte Emma fest und richtete sich auf. »Das ist ein Hundeohr, und der Schriftzug heißt vollständig *freedog*. Mit kleinem *Friedrich* am Anfang. Ich habe das schon mal gesehen.«

»*freedog*?« Lukas schüttelte den Kopf. »Nie gehört.«

»Ist der Name einer Tierschutzgruppe«, klärte sie ihn auf. »Das Tattoo stellt das Symbol der Gruppe dar. Die haben nicht weit von meinem Zuhause ihren Sitz auf einem kleinen Einsiedlerhof. In der Nähe von Nonnenhorn.«

Sie wandte sich Bobby zu.

»Ich mache ein paar Fotos mit dem Handy. Von dem Tattoo, der Bluse und der Jeans. Vielleicht erkennt einer der Leute von *freedog* die Tote. Zu denen fahre ich gleich.«

Emma schob die Papierhaube vom Kopf und begann, den Reißverschluss des Einweganzuges nach unten zu ziehen.

»Ich nehme an, aus dem Ding kann ich jetzt raus. Bobby hat auch keinen mehr an. Die Spurensicherung ist ja wohl erledigt.«

Lukas nickte ihr zu und verzog die Mundwinkel zu einem spöttischen Grinsen, als sie zum Schluss auch die Überzieher abstreifte. Eine abfällige Bemerkung über die Kleidung, die sie unter dem Papieranzug trug, verkniff er sich, als sie ihm spielerisch mit dem Zeigefinger drohte. Anschließend machte sie ein paar Aufnahmen von den Tattoos.

»Bobby, du hältst die Stellung und kümmerst dich um die Absuche mit der Bereitschaftspolizei«, beauftragte sie danach ihren Mordermittler. »Priorität hat das Auffinden der Tatwaffe. Die anderen sollen sich unter den Leuten vorne an der Absperrung umhören, ob jemand etwas Relevantes mitbekommen hat. Wenn sie fertig sind, vergrößert den Radius und klappert die nächsten Häuser ab. Die Villa Leuchtenberg zum Beispiel, da sind doch Büros drin. Eventuell hat einer der Mitarbeiter in den letzten Tagen was Verdächtiges bemerkt. Und denkt an die Lagerhallen und was es in der Umgebung sonst noch gibt. Klinken putzen, du weißt.«

Bobby hatte genickt und sich über den Trampelpfad auf den Rückweg zur restlichen Truppe der Lindauer Kripo gemacht.

Die Kollegen hatten bereits mit ersten Befragungen unter den Schaulustigen begonnen.

Emma war dem Ermittler gefolgt und hatte ihren Strohhut aufgehoben, der außerhalb des Spurensicherungsbereichs vor dem Gebüsch im Gras gelegen hatte. Schließlich hätte sie den Hut schlecht über den Schutzanzug ziehen können, als sie hier angekommen war. Lukas wäre ihr mit dem nackten Arsch ins Gesicht gesprungen, wenn sie dadurch seinen Arbeitsbereich kontaminiert hätte.

Nachdem sie den Strohhut aufgesetzt hatte, hatte sie ihr Smartphone gezückt. Und dann … Tja, dann war dieser seltsame Typ aufgetaucht.

Zurück im Hier und Jetzt schüttelte Emma den Kopf und betrachtete den jungen Mann, der schwer atmend mit puterrotem Gesicht vor ihr stand.

KAPITEL 3

»Hey, Sie da!«, rief Grimm. »Nein, nicht *Sie*, sondern *Sie*«, bellte er, als ein Glatzkopf in einem Einweganzug aus dem Gebüsch trat, stehen blieb und ihn anstarrte. Nur die blonde Tante mit der Handy-Kamera ließ sich nicht beirren und knipste weiter fröhlich vor sich hin. »Das ist ein Tatort, verdammt noch mal«, motzte er sie an und baute sich vor ihr auf. »Das hat Ihnen wohl niemand gesagt.«

Seelenruhig schob ihn die Frau zur Seite, hielt ihr Handy mal hierhin und dorthin. Nach einer gefühlten Ewigkeit steckte sie das Telefon in eine Brusttasche ihrer Latzhose und nahm den Sonnenhut ab. Blonde Haare kamen zum Vorschein, kurz geschnitten und vom Hut leicht zerzaust. Zwei Grashalme hatten sich in der Frisur verfangen.

Grimm streckte die Hand aus und wackelte fordernd mit den Fingern.

»Nix da, die Bilder sind nicht für Ihr Fotoalbum bestimmt, die sind konfisziert. Also, ich meine das Handy, das ist konfisziert.«

Die Frau mit der modischen Kurzhaarfrisur, die nicht so recht unter diesen dämlichen Hut zu gehören schien, runzelte die Stirn.

»Kennen wir uns, junger Mann?«

Ihre blauen Augen funkelten, ganz offensichtlich belustigt. Bravo, sie nahm ihn nicht einmal ernst. *Junger Mann*? Wie ihn das nervte, von Leuten der leicht angegrauten Generation so bezeichnet zu werden. Immerhin war er dreißig und trug Vollbart. Als *jungen* Mann sah er sich definitiv nicht. Außerdem hatte er sich für seinen ersten Tag in Lindau herausgeputzt. Dunkle Hose, dazu ein blaues Hemd, darüber ein dünner Blazer, genau richtig für die milden Temperaturen. Alles frisch aus der Reinigung. Sogar eine schwarze Lederkrawatte hatte er umgebunden, obwohl er an sich kein Krawattenträger war. Seiner Meinung nach drückte dieses Kleidungsstück die Luftzufuhr zum Gehirn ab. Aber für einen Tag würde er es überleben. Dazu trug er blank gewienerte und in der Sonne glänzende Schuhe. Ganz im Gegensatz zu dieser Frau. Die Farbe ihrer Gummistiefel war vor lauter Dreck kaum erkennbar.

»Noch kennen wir uns nicht, aber bestimmt bald«, drohte er der dreisten Hobbyfotografin. »Und zwar auf nicht sehr angenehme Weise, das kann ich Ihnen prophezeien.«

Er wandte sich in die Runde.

»Sagen Sie mal, wer hat hier eigentlich die Verantwortung? Es kann einfach nicht sein, dass Unbefugte an einem Tatort rumspazieren.«

»Unbefugte?«, wiederholte sie. »Rumspazieren?«

»Herrgott, und dann machen Sie Fotos.«

»Fotos?«

»Wer hat Sie überhaupt durchgelassen?«

»Durchgelassen?«

»Wiederholen Sie bitte nicht alles, was ich sage.«

Grimm fuhr mit den Händen durch die Haare. Die Alte machte ihn verrückt. Das war bestimmt eine Irre, die aus einem Heim entflohen war. Möglicherweise nicht richtig im Kopf und ganz harmlos. Wahrscheinlich ließen die Kollegen sie deshalb gewähren. Bestimmt die Dienststellenirre, wie sie jede Polizeiinspektion kannte.

Er versuchte es laut und überdeutlich, als würde er mit einem Kind sprechen: »Sie nix hier, ja? Nur Polizei Zutritt haben. Kapiert?«

Die Blonde begann zu grinsen, sagte aber nichts.

»Ähm.« Nickelbrille trat heran, sein grauer Anzug war zerknittert, was Grimm sofort ins Auge stach. Mit dem Finger tippte er auf Grimms Schulter und räusperte sich. Schweißperlen glänzten auf seiner Stirn. »Entschuldigung, Sie stören polizeiliche Ermittlungen, wer hat Sie durchgelassen? Sie sind kein Polizeibeamter.«

»Genau meine Rede«, erwiderte Grimm mit vor der Brust verschränkten Armen. »Das hätte man der Dame längst sagen sollen.«

»Dame?« Der Dicke kratzte sich an der Nase.

Grimm seufzte. Jetzt fing der auch an, seine Worte zu wiederholen. Wie ein Echo in den Allgäuer Bergen.

»Ganz genau«, beharrte Grimm. »Die Frau hat an diesem Ort nichts zu suchen.«

»Ich rede von Ihnen, mein Herr«, antwortete Nickelbrille.

»Was? Von mir? Und ich rede von *ihr*.« Grimm deutete auf die Strohhutfrau. »*Ich* bin Polizist.« Er hielt dem Dicken seinen Dienstausweis unter die Nase.

»Niklas Grimm«, las der. »Oha. So heißt doch der Neue, der zu uns kommen soll, nicht wahr, Emma?«

»Ja, oha!«, bekräftigte Grimm. »Ganz genau, der Neue. Aus München bin ich andere Ermittlungen gewöhnt. Professionell, wie die gesamte Münchner Polizei.«

Er zeigte auf die Kurzhaarblondine. »Was macht diese Frau an einem Tatort?«

Der Dicke wippte mit den Füßen, sein Blick schnellte von Grimm zu der Tatorttouristin und wieder zurück. Sein Mund ging auf und zu, dann wieder auf.

»Das da, also diese Frau, das … ist meine Chefin. Erste Kriminalhauptkommissarin Emma Bosse, die Ermittlungsleiterin im Mordfall Bodenseeufer. Und seit heute deine Chefin, lieber Kollege aus München.«

Hoho!

Grimm spürte, wie ihm heiß wurde. Am liebsten wäre er davongelaufen. Aus dem Augenwinkel beäugte er die Personen um sich rum. Eigentlich hätte ihm gleich auffallen müssen, wie alle Umstehenden in ihrer Arbeit innegehalten hatten, als er die vermeintlich Schaulustige zur Rede stellte. Sogar der Mann mit dem Diktiergerät hatte ihn gemustert. Aber er war so in seinem Redefluss gewesen, dass er das nicht beachtet hatte. Spätestens an diesem Punkt hätte ihm klar werden müssen, dass etwas nicht stimmte. Aber die Lindauer Kripo-Chefin in solcher Aufmachung? In Gummistiefeln, Latzhose und Sonnenhut, meine Güte. Dazu am Tatort eines Kapitaldelikts. War sie vielleicht tatsächlich nicht richtig im Oberstübchen und keiner ihrer Beamten traute sich, etwas dagegen zu sagen? Wäre nicht das erste Mal. Er blickte sich langsam um und sah in lauter fröhliche Gesichter. Anscheinend hatten alle ihren Spaß. Toll, was für ein Einstand. Aus einem Reflex heraus streckte er Emma Bosse die rechte Hand entgegen.

»Angenehm, Niklas Grimm.«

Mit einem Lächeln nahm sie seine Hand und schüttelte sie.

»Emma.«

»Also, Emma. Frau Bosse, Sie … ähm … Entschuldigung. Ich konnte nicht ahnen, dass Sie …«, stotterte er. »Ich, ich …«

»… hätte im polizeilichen Intranet nach dem Bild der Lindauer Kripochefin gucken sollen«, vervollständigte sie seinen Satz, den er so gar nicht zu Ende sprechen wollte.

Ihm fiel eigentlich überhaupt keine Entschuldigung ein, so baff war er. Nervös griff er in die Hosentasche und umklammerte die alte Fünf-Mark-Münze, die er immer mit sich herumtrug. Seinen Talisman, der ihm heute alles andere als Glück brachte. Er ließ die Münze zwischen die Finger gleiten, das kühle Metall beruhigte ihn etwas.

»Natürlich hätte man Emma Bosse, Kripo Lindau, ganz normal im Internet googeln können«, sagte sie mit einem Lächeln. Doch dieses Lächeln erreichte ihre Augen nicht. »Mein Bild ist da zu finden.«

»Mhm.«

Grimm nickte, mehr brachte er nicht zustande. Zu peinlich war die Situation. Außerdem war er nicht sicher, ob ihm ein Bild geholfen hätte, Frau Bosse wiederzuerkennen. Ihre momentane Kleidung hatte ungefähr denselben Effekt wie die Tarnung für einen Undercovereinsatz.

»Ein Profiler hätte natürlich die richtigen Schlüsse aus der Situation ziehen und erraten können, wer ich bin«, fuhr Frau Bosse fort und sah ihn abschätzig an.

»Ähm, das heißt Fallanalytiker«, berichtigte er sie, ohne auf ihren Vorwurf einzugehen.

»Sag ich ja, Profiler.«

Er hob den Zeigefinger. »Nein, das ist nicht korrekt«, belehrte er. »Kommissariat für operative Fallanalyse, kurz OFA genannt, so …«

»Ah, Dr. Lange, schön, dass Sie da sind«, unterbrach Emma Bosse ihn und beachtete ihn dann nicht weiter. Stattdessen lief sie einem hageren Kerl entgegen, der einen weißen Sommeranzug trug und in der rechten Hand einen Spazierstock schwang. Unter die linke Achsel hatte er eine Ledertasche geklemmt.

»Immer schön, die Rechtsmedizin am Tatort zu haben. Die Spurensicherung ist fertig mit dem Auffindeort, Sie können die Leiche sehen.«

»Sehen alleine reicht mir nicht«, knurrte der Rechtsmediziner.

Gemeinsam gingen er und Emma Bosse zu dem verrosteten Pavillon, passierten diesen und verschwanden im Gebüsch. Grimm beschloss, ihnen zu folgen.

Der Dicke begleitete ihn und klopfte ihm auf die Schulter.

»Kein idealer Einstand«, meinte der und stellte sich dann vor: »Ich heiße Robert, sag einfach Bobby zu mir.«

»Ich konnte doch nicht ahnen … So, wie sie aussieht.«

Grimm machte eine hilflose Geste mit den Armen.

»Daran wirst du dich gewöhnen. Ihr Mann führt einen Gnadenhof, und Emma hilft ihm dabei.«

»Einen was?«

»Gnadenhof für Tiere. Unsere Chefin hat ein großes Herz für Pferde, Hunde, Katzen und diverse andere Viecher. Die Mitteilung über den Leichenfund hat sie mitten auf dem Feld erwischt.«

»Auf dem Feld, soso. Was hat sie da gemacht, um diese Uhrzeit? Unter der Woche.«

Er erwartete keine Antwort und erhielt zu seiner Überraschung eine.

»Herbstzeitlose ausstechen.«

»Herbstzeitwas?«

»Eine sehr giftige Pflanze, war mal Giftpflanze des Jahres.«

»Und wieso sticht sie die aus?«

Diesmal antwortete Bobby nicht. Stattdessen zuckte Grimms neuer Kollege nur mit den Schultern.

Seinen ersten Tag bei der Lindauer Kripo hatte Grimm sich anders vorgestellt: ein bisschen Small Talk mit den neuen Kollegen, Kaffee trinken und den Schreibtisch einräumen. Stattdessen war es zu diesem unschönen Aufeinandertreffen mit der neuen Chefin gekommen. Und ebenfalls ziemlich unschön war die verwesende, stinkende und mit Maden überflutete Leiche, vor der sie alle vier jetzt standen. Leichen waren von Haus aus keine hübsche Angelegenheit. Und am ersten Arbeitstag mal überhaupt nicht.

Grimm beschloss, seinen Fehler wiedergutzumachen und durch Fachkenntnis zu glänzen.

»Offensive Mutilation«, preschte er vor, ging in die Knie und deutete auf die fehlende Brust. »Beleidigende Verstümmelung.« Mit einem Räuspern fuhr er fort: »Das Zerstören äußerer Geschlechtsorgane nennt man so. Bei ungefähr jeder vierten Leichenverstümmelung kommt das vor.«

»Wer ist das?«, wollte der Rechtsmediziner wissen, der ihn mit großen Augen anstarrte, offensichtlich angetan von diesen fachkundigen Äußerungen.

»Ein Profiler«, erwiderte Emma Bosse.

»Fallanalytiker«, verbesserte Grimm.

»Ein sehr junger und unerfahrener Profiler«, ergänzte sie. »Gerade mal ein halbes Jahr hat er den Job in München gemacht.«

»Ah, darum. Habe mich über diesen Stuss schon gewundert. Sie sind noch in der Ausbildung, wie?«

Grimm schloss seinen Mund und öffnete ihn wieder, die Worte blieben ihm im Hals stecken.

»Offensive Mutilation.« Dr. Lange schüttelte den Kopf und lachte. »Junge, die Frau wurde zwar verstümmelt, aber ein geschulter Blick sieht sofort, dass es sich um Tierfraß handelt.«

Das lief ja großartig, Grimm bohrte sich vor Frust und Ärger den Fingernagel des Daumens in den Zeigefinger und versuchte, seinen grandiosen Fehler einfach zu übergehen. »Können Sie was dazu sagen, Doktor?«, fragte er betont gelassen.

»Ja, kann ich. Ich kann zu einhundert Prozent bestätigen, dass die Leiche tot ist. Wiederbelebungsmaßnahmen scheinen mir keinen Erfolg zu versprechen.«

Bobby verschluckte sich.

Grimm warf ihm einen schnellen Blick zu.

Der Dicke biss sich auf die Lippen – offenbar in dem Versuch, nicht laut loszulachen.

Emma Bosse schüttelte den Kopf und musterte sichtlich betreten ihre Gummistiefel.

Super, jetzt hatte er neben der Chefin zusätzlich den Rechtsmediziner vergrault. Alt würde er in Lindau nicht werden, das stand fest. Innerhalb einer Stunde hatte er alles vermasselt, was zu vermasseln ging. Obendrein war er Stadtmensch, was sollte er in Lindau, mit seinen gerade mal fünfundzwanzigtausend Einwohnern? Im Gegensatz zu München war das nicht einmal Kreisklasse. Okay, eine Woche Urlaub am Bodensee war sicher ganz nett. Aber auf Dauer hier leben und arbeiten? Gott bewahre.

Dr. Lange zog mit einem Schnalzen ein Paar Plastikhandschuhe über seine Hände, zückte aus der mitgebrachten Ledertasche einen Handbesen und kehrte die Maden auf dem Oberkörper zur Seite.

»Können die Verletzungen von Vögeln stammen?«, fragte Bobby.

»Ah, zur Abwechslung mal eine sinnvolle Äußerung.« Der Rechtsmediziner nickte nachdenklich.

»Die Bisswunden muss ich genauer untersuchen. Auf den ersten Blick scheinen es mehrere unterschiedliche Größen zu sein. Hunde dürften ganz bestimmt zu den Tätern zählen. Wie auch der eine oder andere Aasfresser.«

»Auf der Ufermauer habe ich einen Raben hüpfen sehen«, berichtete Grimm.

»Schon möglich«, stimmte der Doktor versonnen zu. »Möwen könnten sich ebenfalls ins Gebüsch verirrt und an der Leiche rumgepickt haben.«

Grimm atmete erleichtert auf. Immerhin bekam er diesmal keine Zurechtweisung zu hören.

»Das ist eine grobe erste Einschätzung meinerseits«, erklärte der Doktor. »Die durch die Tierbisse am Körper verursachten Wunden zeigen keine Einblutungen. Also hat die Frau zum Zeitpunkt der …«, er sah Grimm in die Augen, »… *Mutilation* nicht mehr gelebt.«

Beinahe zärtlich strich der Rechtsmediziner über den Kopf der Toten.

»Sehen Sie, Frau Bosse«, er deutete auf die schlimme Wunde am Hinterkopf. »Diese Verletzung entstand dagegen zu Lebzeiten. Kopfwunden bluten in der Regel sehr stark. Blut ist in das weiße Gewebe der Bluse eingesickert.«

Mit dem Zeigefinger zeigte Dr. Lange auf die betreffenden Stellen. »Hier, hier und da. Das Blut stammt aus der Kopfwunde. Die anderen Verletzungen sind, wie bereits gesagt, *nach* dem Tod verursacht worden, da sie kaum oder gar nicht geblutet haben.«

Dr. Lange sprach weiter, ohne Luft zu holen oder auf eine Frage zu warten: »Für die Todeszeit- beziehungsweise Leichenliegezeitbestimmung muss ich einige Maden einsammeln. Tote Maden, lebende Viecher und die Hüllen, aus denen sie geschlüpft sind. Die schicke ich heute noch an einen befreundeten forensischen Entomologen für das nähere Gutachten.«

Dr. Lange pickte mit einer Pinzette die Tierchen von der Leiche und beförderte sie in kleine Plastiktütchen, die er sofort beschriftete. Anschließend verstaute er die Tütchen in seiner Ledertasche.

Grimm nickte, über diese Art der Todeszeitbestimmung wusste er Bescheid.

»Außerdem muss ich die Boden- und Lufttemperatur messen und mir die Daten der letzten Tage vom Wetterdienst besorgen.« Dr. Lange klaubte mit der Pinzette eine tote Fliege vom Kopf der Leiche, wo sie sich in den Haaren verfangen hatte. Er hielt sie triumphierend in die Höhe.

»Ah, eine blaue Calliphora-Schmeißfliege. Diese Art besiedelt eine Leiche in der Regel nach der gemeinen Goldfliege, der Lucilia sericata. Die Goldfliege, die Sie sicher alle kennen, ist meistens die *erste* Eiablegerin.«

Er steckte die Fliege in eine Tüte.

»Wussten Sie übrigens, dass nicht nur Maden eine Leiche bevölkern?« Neugierig sah er Grimm an.

Grimm schüttelte den Kopf. Ganz genau wusste er das tatsächlich nicht.

»Auch Käfer, Wespen und andere Kleinstlebewesen«, dozierte Dr. Lange. »Das ist gut für die Insektenforscher, also die Entomologen. Verschiedene Insekten lieben unterschiedliche Arten des Verwesungszustandes. Die Identifizierung dieser Tierchen hilft ungemein bei der Todeszeitbestimmung.«

Grimm musterte den Rechtsmediziner schweigend und nickte.

»Angesichts des warmen Mai-Wetters, das wir aktuell haben, und des Verwesungszustands denke ich …«, er wedelte mit der Hand, »… dass der Todeszeitpunkt mindestens vier bis fünf Tage zurückliegt. Schätzungsweise eine Woche. Genaueres gibt es von mir erst nach der Obduktion. Und nach dem Gutachten des Entomologen natürlich, der die Entwicklungsstadien der Fliegen beurteilt. Die sind glücklicherweise zeitlich eindeutig zu belegen.«

»Hätte nicht irgendjemand die Leiche in den letzten Tagen riechen müssen?«, fragte Emma Bosse. »Besonders angenehm duftet sie nicht gerade.«

»Nicht unbedingt«, widersprach der Rechtsmediziner. »Letzte Woche hatten wir einen Wechsel zwischen Regen- und Sonnentagen. Es hat teilweise wie aus Eimern geschüttet, wenn ich Sie erinnern darf. Da laufen nicht so viele Leute spazieren wie sonst üblich. Außerdem«, er hob einen behandschuhten Finger in die Luft. »Sie sollten den Bärlauch nicht vergessen und auf gar keinen Fall seinen Geruch unterschätzen. Die Stelle ist dicht mit Bärlauch bewachsen. Und der duftet dermaßen penetrant, dass es durchaus möglich ist, einen Leichengeruch zu überdecken. So war es der Leiche möglich, wunderbar vor sich hin zu verwesen. Trotz des Regens war es dennoch ziemlich mild. Mhm, was für ein wunderbares Klima für Maden. Feucht und warm, einfach klasse fürs Wachstum.«

Grimm war sich nicht sicher, aber er glaubte, Dr. Lange hatte sich gerade tatsächlich mit der Zunge über die Lippen geleckt. Er schauderte und spürte, wie sich die Härchen an seinen Armen aufrichteten.

Der Doktor hob einen Arm der Leiche an und betrachtete die Fingerstümpfe.

»Sieht schlecht aus mit Leichendaktyloskopie an dieser Hand. Ohne Finger keine Fingerabdrücke. Und die andere Hand fehlt komplett.«

»Nicht komplett«, schaltete sich Bobby ein. »Wir haben sie sichergestellt, also die Hand. Direkt aus dem Maul eines Hundes, sozusagen. Zwar in zwei Teile zerbissen, aber einen Daumen konnten wir retten. Sicher verwahrt in einer Beweismitteltüte.«

»Mal sehen, ob der Daumen über auswertbare Papillarleisten verfügt«, kommentierte der Doktor. »Bei der Autopsie werde ich versuchen, einen Fingerabdruck zu nehmen. Den können Sie dann mit der polizeilichen Datenbank abgleichen. Wenn das nicht klappt, bleiben die Zähne des Opfers. Ich habe gesehen, dass sie ein paar Füllungen hat. Der Zahnstatus sollte bei der Identifizierung helfen. Natürlich müssen Sie dazu erst eine Theorie entwickeln, wer das Opfer sein könnte, um den behandelnden Zahnarzt ausfindig zu machen. Aber das ist schließlich Ihr Job, nicht wahr? Wenn nicht, muss die DNA herhalten.«

»Die uns nur weiterhilft, wenn die Datenbank einen Treffer ausspuckt, dazu müssen wir aber erst mal eine Vergleichsprobe haben«, flüsterte Bobby Grimm ins Ohr. »Als wenn das so einfach wäre.«

»Falls Sie glauben, ich bin taub, dann irren Sie sich«, ätzte Dr. Lange, ohne aufzusehen.

»Tschuldigung«, murmelte Bobby und zwinkerte Grimm belustigt zu.

Die Kripochefin nahm die Spannung aus der Situation, indem sie dem Rechtsmediziner dankte und Bobby mit einem knappen Handzeichen zu verstehen gab, die Klappe zu halten.

Als Zeichen, dass er verstanden hatte, tippte Bobby mit Zeige- und Mittelfinger an die Stirn und nickte, den Mund fest zusammengepresst.

Kopfschüttelnd wandte sich die Kripochefin Grimm zu. »So, dann wollen wir den Doktor in Ruhe arbeiten lassen. Niklas, wir zwei kümmern uns um die Identität der Toten. Du bist mit dem Auto da?«

Auf sein Nicken klatschte seine neue Chefin in die Hände. »Na, dann los, wir haben viel zu tun.«

KAPITEL 4

Grimm fingerte bereits das dritte Desinfektionstuch aus der Packung und wischte mit dem stark nach Chemikalien riechenden Stoff über Beifahrersitz, Handschuhfach und Türgriff. Einfach über alles, was Emma Bosse mit ihren Händen berührt hatte. Es war schon schlimm genug, dass die Kripochefin mit ihren Gummistiefeln in seinen Elektrosmart gestiegen und die Fußmatte versaut hatte. Aber zusätzlich hatte sie noch Bakterien, Viren und weiß der Kuckuck was vom Leichenfundort auf der Beifahrerseite verteilt.

Sogar ein paar Maden hatte er unter ihrem Sitz gefunden und voller Ekel mit einer Pinzette ins Freie befördert. Leichenmaden, die sich als blinde Passagiere in der Sohle von Emma Bosses Gummistiefeln auf die Reise in seinen Wagen gemacht hatten. Natürlich war er einiges gewohnt. Das musste er schließlich als Kriminalbeamter. Zu seinem Job gehörte es, Leichen zu besichtigen, auch wenn das für ihn nicht ganz einfach war. Denn er hatte einen ausgeprägten Sauberkeitsfimmel. Dieser Fimmel zwang ihn dazu, jederzeit Pinzette und Desinfektionsutensilien griffbereit zu halten.

So hatte er die letzte Viertelstunde Wartezeit damit verbracht, sich selbst und den Wagen von allen möglichen Keimen zu reinigen. Das belastete Material verstaute er anschließend in einem luftdichten Plastikbeutel in seinem Handschuhfach. Jetzt musterte Grimm das Haus, aus dem jeden Augenblick die Leitende Hauptkommissarin zurückkommen würde. Ein ehemaliges Bauernhaus, wuchtig und alt. Cappuccinofarbener Putz, grüne Fensterläden, vor denen weinrote Blumenkästen hingen, darin nachtblaue Petunien, die die Fassade in ein Blumenmeer verwandelten. An die linke Seite des Gebäudes lehnte sich eine Scheune, das Rolltor halb offen. Die Umrisse eines Traktors schälten sich aus dem Schatten. Davor ein leerer Hundezwinger. Eine Tür für den Zwinger suchte Grimm vergebens, es schien sich also um das Zuhause eines friedliebenden Bellos zu handeln, den man nicht einsperren musste. Angrenzend an die Scheune ein Schuppen, in Schwedenrot gestrichen. Wahrscheinlich hatte die Streichaktion erst kürzlich stattgefunden, denn die Farbe glänzte in der Sonne.

Auch der Schuppen verfügte über ein Rolltor, dieses war ganz zur Seite geschoben und gab den Blick frei auf Holzspalter, Kreissäge, Spaltaxt und andere Utensilien. Der Rest des Schuppens war bis unters Dach voll mit sorgfältig gestapelten Holzscheiten.

Es folgten weitere Gebäude, Grimm vermutete Stallungen, da er hinter Eingangstüren und Fenstern Pferdeboxen erkannte. Rechts blühten in einem Garten Obstbäume, rot und weiß. Dahinter, durch die Hofgebäude halb verdeckt, eine eingezäunte Pferdekoppel, auf der ein gutes Dutzend Pferde, Ponys und Esel grasten. Außerdem andere Vierbeiner, groß und klein, die er nicht alle auf Anhieb identifizieren konnte. Ein Mann, Ende fünfzig, in einem blauen Arbeitsanzug und mit himmelblauer Schildkappe, marschierte auf die Koppel. Dort begann er, eines der Pferde zu striegeln. Von irgendwo hörte Grimm das Gackern von Hühnern und das Krähen eines Hahns, auf welches wiederum andere Tiere antworteten. Wiehern, Blöken, Bellen und Schnattern. Die reinste Kakofonie für seine Ohren.

Eingebettet war der Hof in einen Hang mit Blick auf den

mehrere Kilometer entfernten Bodensee. Das Anwesen war umzingelt von einer unendlich scheinenden Zahl an Baumreihen. Als stünden Tausende Soldaten in Reih und Glied, die Uniformen voller Blüten. Bald wuchsen dort die berühmten Bodenseeäpfel, mutmaßte Grimm und schaute in den Rückspiegel, trommelte mit den Fingern ein Schlagerlied auf das Lenkrad und blickte schließlich ungeduldig nach vorne. Auf den Eingang des Hauses, in dem seine neue Chefin mit einem »Bin gleich wieder da« vor einer gefühlten Ewigkeit verschwunden war.

Wo blieb sie, was machte sie da drinnen so lange? Sie hätte ihn ja wenigstens einweihen können. Wollte sie alleine die ersten Befragungen bei dieser Vereinigung namens *freedog* führen, von der sie ihm während der Fahrt berichtet hatte? Er schüttelte den Kopf. Chefin hin oder her – das wäre amateurhaft und töricht. Und dass sie ihn wie einen Praktikanten im Auto zurückgelassen hatte, war auch nicht gerade prickelnd. Eher eine Art Bestrafung. Wahrscheinlich sollte das der Tadel sein für die misslungene Begrüßung zwischen ihnen beiden.

Ein Poltern schreckte ihn aus den düsteren Gedanken. Von der Motorhaube aus fixierten ihn zwei grüne Augen. Die dazugehörige Katze – ein graues Wollbüschel – marschierte wie ein General auf dem Blech, den Schwanz steil in die Luft erhoben. Ihre funkelnden Augen schienen ihn interessiert zu mustern.

»Gsssscht«, machte Grimm und wedelte wie ein Scheibenwischer mit den Armen. Die Katze ließ sich jedoch nicht vertreiben, sondern legte sich hin, um dann verächtlich in seine Richtung zu gähnen. Er ließ den Scheibenwischer knarrend über die Windschutzscheibe hoppeln, doch das Mistvieh leckte genüsslich seine Pfoten. Grimm drückte auf einen Knopf an der Armlehne, die Fahrerscheibe glitt surrend nach unten, und er klopfte mit der Hand aufs Wagendach. Die Katze sah einmal kurz auf, blinzelte ihn nur gelangweilt an, dann säuberte sie mit der Zunge ihre Brust und rutschte langsam über den Lack nach hinten. Währenddessen zogen die Krallen sichtbare Spuren über die blaue Motorhaube.

»Nein, verflucht!«, schimpfte er, öffnete die Tür und sprang heraus. Gerade, als er das Fahrzeug umrundete, ließ ihn lautes Bellen ein zweites Mal zusammenfahren.

Aus der Scheune trottete ein haariges weiß-graues Etwas, das nur mit viel Fantasie Ähnlichkeit mit einem Hund hatte. Das Tier sah aus wie ein zu klein geratener Yeti auf vier Beinen. Der Köter schüttelte den Kopf und verteilte jede Menge Speichel in sämtliche Richtungen. Grimm schaffte es nicht mehr, in den Wagen zu flüchten. Der Yeti-Hund war bereits heran, stellte sich auf die Hinterpfoten und legte die Vorderpfoten auf Grimms Oberkörper.

»Oh Gott, du stinkst!«

Grimm verzog das Gesicht. Mit der linken Hand hielt er sich die Nase zu, während er mit der rechten versuchte, den vierbeinigen Yeti abzuschütteln, was ihm allerdings erst nach dem vierten Versuch gelang. Der Hund wedelte aufgeregt mit dem Schwanz, lief ein paar Meter weg, kam wieder und tänzelte vor und zurück, als wollte er ihn zum Spielen auffordern. Als das keinen Erfolg zeigte, marschierte der Mini-Yeti zum linken Vorderrad, hob ein Bein und markierte es mit einem stattlichen Strahl.

»Nein, bitte nicht.«

Grimm sah sich Hilfe suchend um.

»Wo bleibt sie bloß?«, fragte er sich selbst und hörte im nächsten Moment die Haustür des Bauernhauses zuknallen.

Eine elegant gekleidete Blondine mit eisblauen Augen schritt die drei Stufen der Treppe nach unten. Ihre schwarzen Pumps klackerten bei jedem Schritt.

»Ich sehe, du hast bereits Bekanntschaft mit Lisbeth und Nathan gemacht.«

Grimm sah die Kurzhaarblondine genauer an, die er erst auf den zweiten Blick als seine Chefin identifizierte. Ohne Latzhose, Gummistiefel und Sonnenhut war sie eine andere Frau. Außerdem geschminkt, die Lippen leuchteten hellrot, der frisch aufgetragene schwarze Lidstrich hob die blauen Augen hervor und ließ sie funkeln wie einen Allgäuer Bergsee.

»Da staunst du, was? Hast gedacht, die Bäuerinnenklamotten sind meine Standardkleidung bei Mordermittlungen?« Sie lachte. »Nein, nur wenn es nicht anders geht«, fuhr sie dann fort. »Bei der Arbeit trage ich gerne Hosenanzüge, wie diesen nachtblauen von Cucinelli. Sagt dir die Marke was?«

Tat sie nicht, er nickte trotzdem.

»Der doppelreihige Blazer steht Ihnen wirklich gut«, versuchte er ein Kompliment.

»Ach, ja? Danke.«

Emma Bosse lächelte. »Übrigens, falls du dich fragst, warum ich dich als Chauffeur missbraucht habe, um nach Hause zu kommen … Zur Leiche hat mich Bobby gefahren, er hat mich direkt von der Feldarbeit abgeholt.«

Er wollte fast fragen, was es mit den Herbstzeitlosen auf sich hatte, entschloss sich auf den letzten Drücker aber, lieber zu schweigen.

»Jetzt hat Bobby andere, *wichtigere* Aufgaben. Tut mir leid, aber bei Mordermittlungen muss ich manchmal improvisieren.«

»Ach, das ist Ihr …«, er deutete mit dem Arm über ihre Schulter, »… Haus?«

»Was hast du denn geglaubt? Hier wäre die Heimat von *freedog*?«

Genau, dachte Grimm und schüttelte den Kopf.

»Natürlich nicht«, log er. »Nette Gegend, viel Bäume«, stammelte er nichtssagend, um abzulenken. »Eine Menge Apfelbäume. Bodenseeäpfel.« Mit dem Kopf nickte er in eine unbestimmte Richtung.

»Ach, die.«

Emma Bosse winkte ab.

»Die gehören uns nicht. Der Hof mit den Gebäuden, dazu die Pferdekoppel, der Obstgarten und noch ein paar Wiesen fürs Heu. Die Apfelplantage ge…« Sie brach ab. »Das ist eine andere Geschichte und spielt für dich keine Rolle«, beendete sie das Thema dann in ruppigem Ton und öffnete die Beifahrertüre. »Wir haben Wichtigeres zu tun, als über Bodenseeäpfel zu philosophieren. Wir fahren jetzt zu *freedog*. Schließlich gilt es, einen Mord aufzuklären.«

Der Yeti-Hund war wieder da und rieb seinen Körper an Grimms Bein.

Die Katze sprang erneut auf die Motorhaube.

Grimm verdrehte die Augen zum Himmel.

»Nathan, aus!«, befahl Emma Bosse und deutete mit dem Arm zum Zwinger. »Ins Körbchen!«

Nathan reagierte tatsächlich auf den Befehlston. Er ließ von Grimm ab, spazierte in die vorgegebene Richtung und machte es sich im Zwinger bequem.

»Was ist das für ein Hund?«

»Ein Tibet-Terrier«, klärte sie ihn auf, packte die Katze und setzte sie auf den Boden. »Lisbeth liebt Autos.«

»Aha.«

Hufklappern lenkte seine Aufmerksamkeit von Hund und Katze ab. Er staunte, als er zwei ziemlich kleine Ponys sah, die direkt auf ihn zutrotteten.

»Wo kommen die jetzt her?«

»Keine Angst, das sind Miniponys, die habe ich aus schlechter Haltung befreit. Aus einem Wanderzirkus, genau genommen. Die haben ein paar passable Kunststücke drauf. Unter anderem schaffen sie es immer wieder, den Stromzaun zu überwinden und aus der Koppel auszubüchsen. Wie sie das hinbekommen, gehört zu den großen Rätseln der Menschheit.«

»Ich hoffe, *die* lieben keine Autos.«

»Nein, sie mögen es nach der Zeit im Wanderzirkus nur nicht, lange eingesperrt zu sein. Und eine umzäunte Koppel gehört offenbar dazu. Sie laufen jedoch nicht weg, sie wissen anscheinend, dass es ihnen bei mir nicht schlecht geht.«

»Gut, dann können wir endlich fahren.«

Er verspürte wenig Lust, auch noch die Bekanntschaft zweier Ponys in Hundegröße zu machen.

»Das rote mit der blonden Mähne, das aussieht wie ein zu klein geratener Haflinger, heißt Sylvie.«

Emma Bosse schlug die Autotür zu. Seine Chefin hatte offenbar Geschmack daran gefunden, ihm sämtliche Tiere des Hofs vorzustellen.

»Eigentlich heißt sie Saartje van der Loonseweg. So steht es zumindest in ihrem Pferdepass, sie kommt ursprünglich aus Holland. Aber der Name ist mir zu lang, deshalb habe ich sie Sylvie getauft.«

»Sehr schön.«

Grimm fiel es schwer, Geduld zu bewahren. Er war ein Stadtmensch und bekam die volle Dröhnung Landleben. Fehlte lediglich die Kuh Elsa zu seinem Glück.

»Die schwarz-weiße Stute heißt Baby Blue. Ihr richtiger Name ist Anne. Aber da sie ein Blauschimmel ist, habe ich sie kurzerhand in Blue umbenannt. Und weil sie so klein ausfällt …«

»… heißt sie Baby Blue«, vervollständigte Grimm den Satz. »Schon verstanden. Das ist der reinste Zoo.«

»Die meisten sagen Gnadenbrothof«, verbesserte sie.

»Gnadenbrothof«, wiederholte er.

»Obwohl ich das Wort nicht besonders mag. Es ist nämlich keine Gnade, dass ein Tier leben darf.«

*

»Ich hoffe, es ist nicht mehr allzu weit«, wetterte er und deutete aufs Armaturenbrett. »Viel Reichweite hat der Kleine nicht. Hätte ich nicht unterwegs an einer Autobahnraststätte aufgeladen, ich wäre gar nicht bis Lindau gekommen.«

»Keine Sorge«, entgegnete seine Beifahrerin und lotste ihn eine schmale Straße entlang, vorbei an Obstbäumen und Weinreben.

Die Sicht auf den Bodensee verschwand, die Straße wand sich wie eine dünne Schnur, das Ortsschild von Taubenberg wurde im Rückspiegel kleiner und kleiner.

Er bog um die Ecke, trat dann hart auf die Bremse und fluchte: »Verdammt, da geht's nicht weiter.«

Vor ihnen blockierte ein Traktor die Straße, der mit seiner Größe fast die gesamte Breite einnahm. Nicht einmal mit seinem Smart kam er an dem grünen Ungetüm vorbei. Weder vor dem Lenkrad noch in der Nähe konnte Grimm den Fahrer ausmachen. Er stieg aus und suchte mit zusammengekniffenen Augen die Umgebung ab. Auch zwischen den Obstbäumen entdeckte er niemanden.

Emma Bosse stellte sich neben ihn.

»Der Traktor gehört Bauer Oswald, dem Besitzer dieser Baumplantage. Ich schätze mal, jemand von seinen Leuten steckt irgendwo da drin.«

Sie wies in Richtung der Apfelbäume.

»Hallo«, rief Grimm, »Ist da jemand? Ihr Traktor steht im Weg. Hier ist die Polizei. Bitte fahren Sie das Fahrzeug sofort weg. Das ist eine polizeiliche Anweisung.«

Kein Mensch rührte sich. Grimm formte die Hände zu einem Trichter und rief: »Hallohallohallo.«

Die Bosse schüttelte den Kopf und berührte ihn an der Schulter. »Das hat keinen Zweck. Oswald hat Rumänen und Polen angestellt, die verstehen dich wahrscheinlich nicht.«

»Und jetzt, gibt es eine andere Strecke? Der Smart schafft vielleicht fünfzig, maximal sechzig Kilometer, dann ist der Saft alle.«

»Keine Umleitung«, antwortete sie, ging zu dem Traktor und kletterte nach oben.

»Was machen Sie da?«

»Schauen, ob der Schlüssel steckt. Dort vorne geht ein Weg ab, da fahre ich die Kiste rein.«

»Aber … aber das ist ein Traktor.«

»Stimmt, ein Segelschiff sieht anders aus.«

»Das Ding kriegen Sie niemals zum Laufen.«

»Ich lebe und arbeite auf einem Bauernhof, vergessen?«

Sie klatschte in die Hände.

»Ah, wie gehofft, der Zündschlüssel ist nicht abgezogen.«

Seine Chefin rutschte auf den Fahrersitz.

Im nächsten Moment dröhnte der Motor auf, der Traktor fuhr stotternd an. Eine Rauchwolke quoll aus dem Auspuff. Grimm beugte sich zur Seite und wedelte mit den Händen den Qualm vor seinem Gesicht weg. Als er sich umdrehte, tuckerte Emma Bosse bereits davon. Grimm stieg in den Smart und nahm Frau Bosse auf, als sie das grüne Ungetüm im nächsten Feldweg abgestellt hatte. Seine Chefin strich ihre Kleidung glatt und richtete die Frisur, als sie neben ihm saß.

»Da vorne musst du links abbiegen«, forderte sie ihn auf.

»Ähm, Frau Bosse, was ich fragen wollte, also …«

»Sag nicht immer ›Frau Bosse‹ zu mir. Ich bin die Emma. Und siezen müssen wir uns auch nicht.«

Geht's noch, dachte er und entgegnete mit einem entschiedenen »*Nein!*«.

Ihn hatte diese joviale »Du« unter den bayerischen Polizisten bereits in München gestört. So was kannte er aus Wiesbaden nicht, wo er vorher beim Bundeskriminalamt als Personenschützer gearbeitet hatte.

In Wiesbaden hatte er auch die ersten Jahre seines Lebens verbracht, bis sein Vater, ebenfalls ein Polizist, bei einem Raubüberfall ermordet worden war. Das war jetzt fast achtzehn Jahre her. Seine Mutter war – vermutlich aus Kummer über den Tod ihres Manns – kurz darauf ebenfalls verstorben. Daher war Grimm von seiner Oma aufgezogen worden, die auf dem Land gelebt hatte. Später war er, wie sein Vater, Polizist geworden und nach Wiesbaden zurückgekehrt, bis er schließlich in München bei der Operativen Fallanalyse angefangen hatte.

In München war das Duzen normal gewesen. Aber seine Chefin, die Dienststellenleiterin der Kripo Lindau, zu duzen, das ging zu weit.

»Sie sind Kripoleiterin!«

»Und?«, gab sie zurück. »Trotzdem bin ich die Emma. Und du bist der Niklas.«

»Nein, das geht nicht«, beharrte er.

»Und wie das geht. Probier es einfach, tut nicht weh.«

»Mir schon, ich bin das nicht gewöhnt.«

»Nur die beiden jungen Polizeimeister Bäuml und Prommer siezen mich, aber das sind Frischlinge, erst seit ein paar Wochen in Lindau. Sonst macht das keiner, selbst der Waschtl nicht, und der ist gerade mal fünfundzwanzig. Weder bei den Uniformierten noch bei der Kripo wirst du jemanden finden, der Frau Bosse zu mir sagt. Nicht einmal die Wagenpfleger oder die Putzfrauen. Wenn du weiterhin auf die förmliche Art bestehst, wird das für die anderen ziemlich komisch wirken.«

Er schwieg, ließ das Gesagte sacken und überlegte eine Weile.

»Einverstanden«, gab er schließlich nach und packte das Lenkrad fester. »Niklas«, presste er mühsam hervor.

»Emma. Herzlich willkommen bei der Lindauer Kripo.«

Sie tätschelte ihm mütterlich die Schulter.

»Das ist ein neuer Anfang für dich. München liegt hinter dir.«

»Habe nicht vor, lange auf dem Land zu verweilen. Ich bin vorübergehend abgeordnet.«

»In München haben sie dich kaltgestellt.«

»Nein, die Betonung liegt auf *vorübergehend* abgeordnet.«

»Sag ich ja, kaltgestellt.«

Er ging nicht näher auf ihre Worte ein, der Münchner Fehlschlag nagte mehr an ihm, als er zugeben wollte.

Emma Bosse entschied sich ebenfalls zu schweigen, statt noch länger in der Wunde herumzustochern. Aber ihr Schweigen sagte schon alles. Offensichtlich wusste sie Bescheid über ihn.

Natürlich, sie war Dienststellenleiterin und hatte Erkundigungen über den neuen Mitarbeiter eingezogen. Hätte er an ihrer Stelle auch. Allerdings wusste sie nicht, dass Grimm den polizeilichen Einsatz aus einem emotionalen Tief heraus vermasselt hatte. Niemand wusste davon, und das war gut so. Es würde ihren Eindruck von ihm nicht besser machen, wenn die vollständige Wahrheit herauskäme. Und diese Wahrheit lautete, dass Grimm seine Freundin Pia in flagranti beim Fremdgehen ertappt hatte, woraufhin er mit Wut im Bauch eine Festnahme hatte durchziehen wollen, die anderen vorbehalten war. Die Aktion war mächtig in die Binsen gegangen, der Aufschrei groß gewesen, und das Ende vom Lied war seine Strafversetzung an den Bodensee nach Lindau und eine Freundin, die zur Ex geworden war.

Grimm fühlte sich erleichtert, als der Einsiedlerhof in Sichtweite kam, er den Wagen auf den Hof steuerte und das unangenehme Thema ein Ende fand. Vorerst zumindest.

KAPITEL 5

Sie standen Seite an Seite und musterten die Baracken. Der Einsiedlerhof von *freedog* hatte nach Emmas Einschätzung schon bessere Tage gesehen. Nicht weit von der Landesgrenze zu Baden-Württemberg, zwischen den Gemeinden Nonnenhorn und Hattnau, sträubten sich die Überreste gegen das Vergessen. Doch die Natur holte sich zurück, was ihr gehörte. Da der Hof direkt an einem Waldstück lag, wucherten Efeu, Gras und Brennnesseln bis an die Grundmauern. Schuppen und Scheunen waren zum Teil unter Efeu verschwunden.

Niklas zwirbelte nachdenklich seinen Vollbart, runzelte die Stirn und sah sie von der Seite durchdringend an, wie Emma bemerkte.

Die sportliche Figur ihres neuen Kollegen kam in seinem eleganten Blazer gut zur Geltung. Er war gut einen Kopf größer als sie. Deshalb musste Emma den Kopf in den Nacken legen, um ihm in die Augen zu sehen. Dunkle Augen, als würde man in einen tiefen Brunnen blicken. Passend dazu sein volles Haar, schwarz wie Pech.

»Hier residieren also diese selbst ernannten Tierschützer«, durchbrach er die Stille.

Seine Abneigung war beinahe körperlich spürbar.

»Sieht nicht gerade nach einer Luxusimmobilie aus, wie mir scheint.«

Mit dieser Einschätzung hatte er recht, Emma sah es genauso. Das gesamte Areal verbreitete Trostlosigkeit und Düsternis. Überall schien die Gefahr zu bestehen, von einem Dachziegel oder Mauerstein erschlagen zu werden oder bei einem Sturz in irgendeine Baugrube den Tod zu finden. Dennoch hatten sich einige junge Tierschützer an diesem gottverlassenen Ort niedergelassen.

Das Haupthaus hatte zwar ein Dach, aber mindestens zwei Dutzend Ziegel fehlten, dort drang Regen ungehindert ins Innere. Zahllose andere Ziegel wirkten so locker, als würden sie in Kürze in die Tiefe rutschen. Schwarz verkohlte Dachbalken zeugten vom Wüten eines Feuers in der Vergangenheit. Eingeschlagene und mit Plastiktüten notdürftig zugeklebte Fenster verstärkten den Eindruck von Verfall. Der Anstrich der Fensterläden mochte früher einmal blau gewesen sein, jetzt blätterte die Farbe vom Holz.

»Sie wohnen erst seit Kurzem da«, klärte Emma ihn auf. »Überhaupt bleiben diese Leute nie lange am selben Ort. Thurgau in der Schweiz, Bregenz in Österreich und Konstanz waren die letzten Anlaufadressen.«

»Ein Wunder, dass sie überhaupt von einem Ort zum anderen gelangen«, brummte ihr Kollege mit einem Wink auf einen verrosteten VW Passat, der die Ziffernkombination ZF im Kennzeichen enthielt. »Diese Rostlaube hat mindestens zwanzig Jahre auf dem Buckel. Kaum zu glauben, dass die Karre überhaupt anspringt, geschweige denn fährt.«

»Seit einigen Wochen nennen sie diesen Hof ihr Zuhause«, nahm sie den Faden wieder auf, ohne auf die Info über den Wagen einzugehen. »Er steht seit Jahren leer. Du siehst es selbst. Einige Schuppen sind bereits zusammengebrochen oder werden es in Kürze.«

»Warum?«, wollte Niklas wissen.

»Weil sie baufällig sind.«

»Warum hausen sie in dieser Baracke?«, präzisierte er seine Frage.

Emma amüsierte sich über den leichten Zorn, der in der Stimme des neuen Kollegen mitschwang.

»Weil sie kein Geld für Besseres haben«, gab sie ihm die gewünschte Antwort. »Die Bodenseeregion ist verdammt teuer. Ähnlich wie München.«

»Sie kennen diese Gruppe näher?«

»Hmm?« Sie sah ihn tadelnd an.

»Oh, Entschuldigung. Ich meinte natürlich du … Du kennst *freedog*?«

Ihm fiel es offenbar noch immer schwer, sie zu duzen. Das würde sich bald legen, da war sie zuversichtlich. Seine Frage ließ sie nachdenklich nicken. »Ein bisschen. Ihr Ruf eilt ihnen voraus.«

»So schlimm?«

»Wie man's nimmt. Es sind Tierfreunde durch und durch. Der Mensch kommt bei ihnen an zweiter Stelle. Manchmal nehmen sie es mit dem Gesetz nicht so genau, um Tieren zu helfen. Das macht sie einerseits sympathisch, andererseits begehen sie Straftaten.«

Emma bemerkte, wie der junge Kollege sie prüfend musterte.

»Du findest gut, was diese Leute machen, stimmt's?«

Sie wandte sich ihm zu, sah ihn lange an. Versuchte, in seinem bärtigen Gesicht zu lesen. Die dunklen Augen blickten ausdruckslos, einige Strähnen seines schwarzen Haars fielen ihm ins Gesicht. Vorhin auf ihrem Hof, da hatte er sich nicht gerade als Tierfreund erwiesen. Seine geringschätzigen Blicke auf die Tiere hatten ihr nicht gefallen. Ein Stadtmensch wie er, der Rinder, Kühe und Hühner vermutlich höchstens aus dem Kühlregal im Supermarkt oder aus dem Fernsehen kannte.

»Du weißt gar nichts, John Schnee«, nuschelte sie.

»Wie bitte?«

»Vergiss es, lass uns unsere Arbeit erledigen.«

Emma lief mit eiligen Schritten los und achtete nicht mehr auf den Kollegen. Sie hörte, wie er ihr leise fluchend folgte. So marode und heruntergekommen alles aussah, so sauber wirkte der Hühnerstall, der offensichtlich erst kürzlich neben einem eingefallenen Holzschuppen errichtet worden war. Genauso wie ein Pferch, in dem drei Schweine grunzten. Emma nickte anerkennend, musterte ein paar Gänse, die auf einer angrenzenden Wiese mit dem Aufpicken irgendwelcher Körner beschäftigt waren. Diese Leute machten das Beste aus ihrer Situation.

Im gleichen Moment tauchte ein Mann mit Schubkarre auf, der aus einer einsturzgefährdeten Scheune kam. Er trug abgeschnittene Jeans und ein verschmutztes Hemd mit Karomuster. Seine Füße steckten in schweren Arbeitsschuhen, an deren Vorderseite die Sicherheitskappen silbern schimmerten. Auf dem Kopf saß ein mächtiger Sombrero, der die Haare und fast das komplette Gesicht verdeckte. Aus diesem Grund schien der Mann die Besucher zuerst auch nicht zu bemerken.

Erst, als Emma »Grüß Gott« rief, blieb er stehen, sah auf und stutzte für einen Moment. Offenbar hatte er keine Gäste erwartet.

»Ja, was gibt es?«, fragte er zögerlich und schob den Sombrero ein Stück zurück, sodass sein Gesicht darunter auftauchte. Dabei wanderte sein Blick zwischen ihr und Grimm hin und her. Dann sah er über sie hinweg und musterte den himmelblauen Smart. Ein Lächeln huschte über sein Gesicht, zwar nur kurz, aber immerhin.

»Bosse, Emma Bosse«, stellte sie sich vor, zückte ihren grünen Dienstausweis und hielt ihn dem Sombrero-Typen vor die Nase. »Kripo Lindau. Das ist mein Kollege Niklas Grimm.«

Der Schubkarren schepperte, als der Mann ruckartig die

Hände von den Griffen löste und die Wanne nach unten sauste. Er ignorierte Emmas ausgestreckte Hand und funkelte sie wütend an. Wo vorhin ein Lächeln gewesen war, pressten sich nun Lippen fest aufeinander, sodass sie wie ein Strich wirkten.

Emma erhaschte einen Blick auf den Inhalt der Schubkarrenmulde: ein Haufen Ziegelsteine. Zerbrochen und voller Staub, Dreck und Spinnenfäden. Offensichtlich sollte der Bauschutt in den Container, neben dem der klapperige Passat parkte.

Der Sombrero-Mann stemmte die Hände in die Hüften.

»Ihr schon wieder, was wollt ihr diesmal? Wir haben euren Kollegen alles erzählt. Mehr gibt es nicht von uns.«

»Würden Sie mir bitte zuerst Ihren Namen mitteilen?«

Emma ignorierte den Wutanfall. »Wenn Sie so freundlich wären«, fügte sie hinzu und zeigte ihr strahlendstes Lächeln.

Sombrero blinzelte überrascht, dann nickte er. »Natürlich, entschuldigen Sie bitte. Mein Name ist Felix Zacher, ich bin ...«

»Weswegen waren meine Kollegen bei Ihnen?«, unterbrach sie ihn.

»Das wissen Sie nicht?«

»Ich kann nicht alles wissen«, entgegnete sie entschuldigend.

»Wegen des Einbruchs bei diesem Reiterhof der Zinsmeisters. In der Nähe von Lindenberg.«

»Einfach gelagerte Einbrüche bearbeiten die Kollegen der Schutzpolizei von der Polizeiinspektion Lindenberg. Über deren Ermittlungen erfahre ich in der Regel nichts«, klärte sie ihr Gegenüber auf.

»Die Dreckschweine haben Pferde misshandelt. Die Sache ist natürlich aufgeflogen.«

Zacher grinste hyänisch. »Videos sind im Netz gelandet, ein Shitstorm war die Folge und Ermittlungen des Veterinäramtes.«

»Wer hat Pferde misshandelt?«, wollte Niklas wissen und trat einen Schritt vor.

»Na, die Zinsmeisters«, blaffte Zacher.

Emma nickte, davon hatte sie gehört und in der Zeitung gelesen. Der Fall wurde tatsächlich von den Kollegen in Lindenberg bearbeitet.

»Und ihr von *freedog* seid da eingebrochen, habt gefilmt und die Videos hochgeladen?«, wollte ihr junger Kollege wissen.

Zacher verschränkte die Arme. »Das haben diese Arschlöcher behauptet, ja. Deshalb waren die Bullen bei uns, aber nix haben die uns nachweisen können. Absolut nix.«

»Schön, Herr Zacher, aber deshalb sind mein Kollege und ich nicht hier. Es geht um Mord!«

»Mord?«

»Mord!«, bestätigte sie.

Der Aktivist riss die Augen auf und den Sombrero komplett vom Kopf, presste ihn an die Brust. Zerzauste Locken kamen zum Vorschein. Braun, verwuschelt und ungewaschen.

Emma schätzte Zacher auf Anfang dreißig.

»Lassen Sie uns bitte reingehen und uns dort das Gespräch führen«, bat sie und deutete zur Haustür.

»Es ist nicht aufgeräumt.«

»Das stört mich nicht, dich etwa?« Sie schaute Niklas an, der den Kopf schüttelte.

»Mord?«, wiederholte Zacher und führte sie an der Haustür vorbei, einen Gartenweg entlang auf eine Holzterrasse.

Ein Holztisch mit zwei Bänken stand dort, außerdem ein Schaukelstuhl, in dem eine Blondine Mitte zwanzig saß, in der einen Hand ein fast leeres Glas mit einer schwarzen Flüssigkeit und in der anderen ein Buch. Tolstojs *Krieg und Frieden*. Im Garten hinter der Terrasse rostete eine Teppichstange vor sich hin. Der dazugehörige Klopfer lag im frisch gemähten Gras, daneben ein Bettvorleger.

»Wie gesagt, drinnen ist nicht aufgeräumt«, erklärte Zacher, deutete auf die Bank und setzte sich.

Die Frau im Schaukelstuhl sah die beiden Polizisten mit schiefem Blick an, machte aber keine Anstalten aufzustehen. Sie trug Schlabberlook: Sporthose und T-Shirt mit aufgedrucktem Mittelfinger.

Emma nickte ihr zu.

»Grüß Gott.«

»Guten Tag«, murmelte Niklas.

Misstrauisches Schweigen aus dem Schaukelstuhl.

Bevor sie ebenfalls auf der Bank Platz nahmen, musste Emma erst mal einige Zeitungen und Zeitschriften beiseiteräumen.

Niklas half ihr dabei.

Zacher beobachtete und knetete seine Hände. Dazu leckte er mit der Zunge über seine Lippen; sie glänzten nass vom Speichel.

»Oh, Besuch?«, fragte die Blondine plötzlich, als hätte sie sie erst jetzt wahrgenommen.

Sie nippte an ihrem Glas, legte das Buch auf den Schoß und begann, im Schaukelstuhl zu wippen. Dabei musterte sie neugierig die Besucher, als wären sie eine gerade erst entdeckte Tierart aus dem brasilianischen Urwald.

Emma vermutete in dem Glas vieles, allerdings keine Cola.

»Das ist Friederike«, stellte Zacher sie vor. »Friederike Ludwig.«

»Werwillndaswissen?«, lallte Friederike.

Emma war sich nicht sicher, wen diese Friederike dabei ansah, Niklas oder sie. Vielleicht auch sie beide zur gleichen Zeit. Oder Zacher. Genau ließ sich das nicht sagen, denn entweder schielte Frau Ludwig, oder sie hatte mehr als nur ein Glas intus. Emma roch Schimmel und feuchtes Holz, durchsetzt mit dem Geruch von Jack Daniels.

»Laura!«, brüllte Zacher über die Schulter in ein geöffnetes Fenster. »Komm mal, die Bullen sind da.«

Friederike nahm das Glas und schüttete den Rest der Flüssigkeit in sich hinein. Sie schaukelte weiter und umfasste das nun leere Glas mit beiden Händen. Ihre Fingerknöchel färbten sich weiß.

Eine zierliche Frau in Hotpants und einem zu engen T-Shirt öffnete die Glasschiebetüre zum Haus und trat auf die Terrasse. Die nackten Füße steckten in rosafarbenen Flipflops, die bei jedem ihrer Schritte laut gegen die nackte Ferse klatschten. Die roten Haare waren zu einem Zopf gebunden, der vorne über ihrer Schulter lag und bis zur Brust reichte.

»Die Bullen?«, fragte sie Kaugummi kauend.

Ohne ein weiteres Wort setzte sie sich neben Zacher und ließ eine Kaugummiblase platzen.

»Laura Dörr«, stellte Zacher sie vor.

Emma und Niklas nickten gleichzeitig.

»Emma Bosse und Niklas Grimm, Kripo Lindau«, wiederholte sie. »Jemand ist ermordet worden.«

»Und wieso kommen Sie zu uns?«, wollte Zacher wissen. »Mit Mord haben wir nix am Hut.«

»Fehlt jemand aus eurer Truppe?«, schaltete sich Niklas nicht gerade sensibel ins Gespräch ein.

Emma warf ihm einen bösen Blick zu, schließlich leitete sie das Gespräch und war Ermittlungsführerin. Der junge Kollege schaute sie einen Moment mit aufsässiger Miene an, als würde er ihr laut widersprechen wollen. Als sie ihn weiter anstarrte, gab er auf und blickte betreten zu Boden.

»Was der Kollege Grimm meint«, erläuterte sie, »ist Folgendes: Aus wie vielen Personen setzt sich *freedog* zusammen? Sie drei scheinen Teil der Gruppierung zu sein.«

Zacher lehnte sich zurück und verschränkte die Arme vor der schmächtigen Brust.

»Wir sind zu viert.«

»Sie sind der Verantwortliche?«

Aus dem Schaukelstuhl kam ein Kichern.

Emma sah hinüber. »Oder Sie etwa?«

Friederike schüttelte den Kopf und begann zu schaukeln. Vor und zurück. Vor und zurück, immer wieder. Der alte Holzboden knarrte jedes Mal, wenn der Stuhl nach vorne schaukelte, ein Bodenbrett gab leicht nach. Nach hinten gab es fast kein Geräusch. Am Umkehrpunkt stöhnte der Stuhl allerding kurz auf.

»Nele Gruber hat *freedog* gegründet und leitet den Verein«, meldete sich Zacher wieder zu Wort. »Ich weiß nicht, was es da zu kichern gibt«, schnauzte er Friederike an. Eine Ader auf seiner Stirn trat hervor. Das Pochen war deutlich sichtbar. »Ohne Neles Einsatz wären wir nicht das, was wir sind, merk dir das.«

»Ach ja?«

Friederike streckte ihm die Zunge raus.

»Schau dich mal um, wo wir gelandet sind«, bemerkte sie dann. »In einem Drecksloch! Das haben wir Neles Einsatz zu verdanken, sonst nichts. Sie ist eine hinterfotzige alte …«

»Sei still, sei endlich still«, schrie Zacher.

»Wann haben Sie Nele das letzte Mal gesehen?«, wollte Emma wissen, die Friederikes Wutausbruch sehr aufschlussreich fand.

Zachers Kopf ruckte herum. »Wieso?«

Misstrauisch sah er von Emma zu Grimm und wieder zurück. Ein Äderchen in seiner linken Pupille war geplatzt und leuchtete rot. Zeugnis seiner emotionalen Reaktion auf Friederikes Schimpftirade.

»Vor zwei Wochen oder so hat sich *Schatzi* auf Recherche verabschiedet«, plapperte Friederike dazwischen und schnitt beim Wort *Schatzi* eine Grimasse, die Emma alles sagte, was sie wissen musste: Nele Gruber und Friederike Ludwig waren keine Freundinnen. Oh nein, sie waren ganz gewiss keine Freundinnen.

Der Blick, den Friederike hingegen Felix Zacher zuwarf, war eindeutig. Sie war eifersüchtig. Eifersüchtig auf Nele Gruber.

»Demnach ist Nele Gruber Ihre Freundin«, wandte sie sich an Zacher.

Der nickte und warf Friederike einen vernichtenden Blick zu. »Ich verstehe allerdings nicht, was Nele …«, er räusperte sich, »… was die Beziehung zwischen mir und ihr mit dem Besuch der Kripo zu tun hat. Weshalb …?«

Zachers nächste Worte gingen in einem lauten Krachen unter.

Emma zuckte erschrocken zusammen.

»Was war das?«, fragte Grimm.

»Keine Angst, das ist bloß der alte Heuschober seitlich hinter dem Haus«, erklärte Zacher. »Der ist kurz vor dem kompletten Zusammenbruch. Ab und zu fällt mal ein Dachbalken oder sonst was runter.«

»Na, dann«, beruhigte sich Emma und bemerkte eine Staubwolke, die herüberwehte.

»Wann hat sich Frau Gruber das letzte Mal bei Ihnen gemeldet?«, nahm sie den ursprünglichen Gesprächsfaden wieder auf.

»Gar nicht«, gab Zacher zurück.

Emma hob eine Augenbraue. »Kein Anruf, keine Textnachricht, nichts?«

»Das macht sie nie, wenn sie undercover unterwegs ist«, schaltete sich Laura Dörr ins Gespräch ein.

»Undercover?« Niklas lehnte seinen Oberkörper nach vorne und legte die Unterarme auf den Tisch.

»Undercover«, bestätigte Laura. »Sie ist einer Sache auf der Spur, irgendwas Großem, hat sie gemeint.«

»Was für eine Sache?«, hakte Emma nach.

Zacher zuckte die Schultern, Laura tat es ihm gleich.

Friederike zog eine Schnute.

»Was für eine Sache?«, wiederholte Emma, diesmal lauter.

»Wissen wir nicht, Nele ist da eigen«, behauptete Zacher.

»Wie, nicht einmal zu Ihnen hat sie was gesagt? Sie sind doch Ihr Freund.« Emma sah ihn zweifelnd an.

»Freund ja, zumindest in einer bestimmten Beziehung. Aber was den Tierschutz angeht, da kennt Nele keine Freunde«, erklärte Zacher. »Sie ist während ihrer Recherchen auf etwas gestoßen, das zum Himmel stinkt. Das ist nicht das erste Mal, dass sie so was macht. Immerhin hat sie bereits mehrere schlimme Fälle ans Licht der Öffentlichkeit gezerrt. Deshalb ist sie so beliebt.«

»Oder verhasst«, trällerte Friederike. Ihr Tonfall war eindeutig boshaft. »Nicht alle lieben uns. Das haben wir nur Nele zu verdanken. Wegen ihrer scheiß Mafiamethoden! Irgendwann muss man wissen, wo die Grenze ist.«

Je mehr sich Friederike Ludwig aufregte, desto nüchterner schien ihre Aussprache zu werden.

»Hmm.« Emma sah alle drei nacheinander an, vor allem die Unterarme. »Das Logo auf Ihrer Website, wer hat das eigentlich entworfen?«

»Nele«, berichtete Laura.

»Sie hat es sich sogar auf ihren scheiß Arm tätowiert!«, blaffte Friederike und versuchte vergeblich, einen Schluckauf zu unterdrücken.

Emma bemerkte, wie Zacher Friederike einen drohenden Blick zuwarf.

»Kennen Sie sonst noch jemanden, der dieses Tattoo trägt?«

Emmas Frage war an alle drei gerichtet.

»Gott bewahre!«, fauchte Friederike. »Ich will mich nicht verunstalten mit diesem Mist. Das hat nur Nele. Felix hat sich Neles Namen auf den Oberarm tätowieren lassen, sie im Gegenzug das Logo von *freedog*.«

Friederike kicherte und hickste, hob eine Hand entschuldigend vor den Mund.

Emma sah Zacher und Laura an, beide schüttelten stumm den Kopf.

»Dann …«, sie holte tief Luft, »Dann, fürchte ich, habe ich eine schlechte Nachricht zu überbringen.«

KAPITEL 6

Nach dem Besuch bei den Tieraktivisten hatten sich Grimm und seine Chefin in einem Chinarestaurant mit Essen und Mineralwasser versorgt und waren zur Dienststelle nach Lindau gefahren. Der Nachmittag war zügig vorangeschritten, die Mittagspause reichlich spät gewesen, und die gebratenen Nudeln mit Hähnchen höchstens lauwarm. Also hatte er sie in seinem Büro hastig hinuntergeschlungen. Zu hastig, wie ihm Dauergrummeln und Blähungen bewiesen, die mit ihm zusammen jetzt am Tisch saßen. Ständiges Aufstoßen gesellte sich dazu, sodass Zwiebelgeruch in der Luft lag.

Grimm öffnete das Fenster und pumpte die gesunde Allgäuer Luft in seine Lungen. Besser als der verpestete Münchner Großstadtgeruch, das gestand er den Südschwaben zu. Unter ihm befand sich der Hinterhof mit den Garagen für die Dienstfahrzeuge. Im Gebäude war außer der Kripo und der Polizeiinspektion die Wasserschutzpolizei beheimatet. Die Kollegen hatten hier ebenfalls ihren Dienstsitz, wenn sie nicht gerade mit ihrem Boot – der *Hecht* – den Bodensee auf- und abschipperten. Ein Streifenwagen parkte gerade rückwärts in eine Garage ein. Zwei Polizeiobermeister stiegen aus dem Funkwagen, einer schulterte die immer mitzuführende Maschinenpistole, der andere hievte die Einsatztasche aus dem Kofferraum. Lachend gingen sie über den Hof und verschwanden aus Grimms Sichtfeld.

Er wandte sich seinem Arbeitsplatz zu und seufzte. Man hatte ihm ein besonders kleines Zimmer zugewiesen. Es passten gerade so ein Schreibtisch und der Bürostuhl hinein, zwei der vier Wände waren mit Schränken voller beschrifteter Aktenordner zugestellt. Seine Dienstwaffe und die Handschellen hatte er aus München mitgebracht, beides würde er nach Feierabend in seinem persönlichen Waffenschrank im Keller der Inspektion verstauen. Den Zugangschip und sämtliche Schlüssel für Spind, Waffenschrank und Büroschränke hatte der Innendienstleiter ihm vorhin mit einem »Mahlzeit, Kollege« auf den Tisch geworfen. Grimm hatte mit vollem Mund ein »Danke« genuschelt, der Kollege war da allerdings bereits verschwunden gewesen.

Jetzt musterte er den penibel aufgeräumten Tisch. Sämtliche Stifte steckten in einer silbernen Box, ein Lineal lag auf der Tastatur des Computers. Auf dem Gehäuse des Monitors saß eine Plüschfigur, ein Nashorn, und lächelte Grimm an. Ein gerahmtes Bild neben dem Computermonitor zeigte ein blondes Mädchen, vielleicht zehn Jahre alt, im Arm gehalten von einer brünetten Frau, bei der es sich wahrscheinlich um Ursula handelte, die Schreibkraft, die sonst an diesem Tisch saß. Das hatte ihm der Innendienstleiter berichtet. Auf dem Fensterbrett eine Gießkanne und ein Topf mit einer Agave. Ein Rollcontainer mit Namensschild Uschi, abgeschlossen unter dem Tisch. Grimms Container, noch ohne Namensschild, stand vor dem Fensterbrett, direkt unter der Agave.

Er nahm die Flasche Mineralwasser, schraubte den Deckel ab und trank den Rest in einem Zug aus. Als er die Flasche abstellte und zu einem befreienden Rülpsen ansetzte, schneite Bobby herein.

»Gratuliere zum neuen Büro«, beglückwünschte dieser ihn und strahlte übers feiste Gesicht.

»Ist das dein Ernst?«

»Wieso, du bist spätestens in ein paar Wochen wieder weg.

Sagst du jedenfalls. Da tut es für dich das Arbeitszimmer der Schreibkraft, wir haben sowieso nicht viel Platz. Uschi kommt erst im Herbst zurück aus dem Mutterschutz«, kommentierte Bobby lakonisch und breitete beide Arme aus, als wäre das ein Großraumbüro und Grimm der einzige Mitarbeiter.

»Ah, ein Glückskeks«, gluckste Bobby und deutete auf das Überbleibsel von Grimms Mittagessen. »Isst du den nicht?«

»Kannst ihn gerne haben.«

Grimm stand sowieso nicht auf Kekse.

»Na, wenn du ihn mir anbietest, lehne ich nicht ab.«

Bobby riss die Folie auf, brach den Keks in zwei Stücke und steckte sie nacheinander in den Mund. Kauend betrachtete er den Papierstreifen mit dem üblichen Sinnspruch, den er vorher aus dem Süßgebäck geholt hatte.

»Is ja ein Ding!«, kommentierte er den Spruch, den er ein zweites Mal las. Lautlos, aber mit geöffneten Lippen, während er die Keksreste runterschluckte. Seine Augen weiteten sich.

»Was ist?«, fragte Grimm, neugierig geworden.

Bobby las mit fester Stimme vor: »Hilfe, ich werde im Keller eines Chinarestaurants festgehalten!«

Eine Weile sah er Grimm mit ernstem Gesicht in die Augen, dann prustete er los. »Sorry, aber den musste ich bringen.«

Aufstöhnend lehnte sich Grimm zurück und legte die Hände in den Nacken. »Oh Mann, Bobby, du Scherzkeks!«

Laut lachend rauschte sein Kollege davon. Nicht, ohne über die Schulter zu rufen: »Du hast eine halbe Stunde, dann treffen wir uns zur Lagebesprechung im Unterrichtsraum, der ist einen Stock höher, direkt gegenüber dem Treppenaufgang. Zimmer 015.«

Grimm strich mit den Fingern durch seinen Bart, um etwaige Krümel des China-Essens wegzuwischen. Kurz überlegte er, das Jackett überzuwerfen, aber dafür war es im Gebäude zu warm. Er ließ es, wo es war: auf der Lehne seines Stuhls. Sein linkes Knie knackste, als er aufstand und das Büro verließ. Sein Ziel: die Lagebesprechung.

Emma Bosse saß an der Stirnseite von vier aneinandergeschobenen Tischen. Ihr Blazer hing über der Stuhllehne, ihre himmelblaue Bluse war bis zu den Ellenbogen hochgekrempelt.

Vor der Kripochefin befand sich eine Lichtbildmappe, hinter ihr leuchtete das Foto der Toten, von einem Beamer an die Wand geworfen. Allerdings handelte es sich nicht um eines der Bilder vom Leichenfundort, sondern um einen Schnappschuss der lebenden Nele Gruber, die in die Kamera lächelte. Aufgenommen auf einem Segelboot, mitten auf dem Bodensee. Nele lehnte am Segelmast und blickte auf etwas, das oberhalb des Fotografen zu sein schien. Vielleicht war es auch irgendeine Pose, zu der ihr die Person mit der Kamera geraten hatte. Hinter Nele erkannte er die Lindauer Hafeneinfahrt mit dem Neuen Leuchtturm und dem Bayerischen Löwen.

Bobby schob sich an Grimm vorbei und griff sich eine Tasse von einem Tablett, das auf einer Anrichte direkt unter einer Magnettafel stand, die fast die gesamte linke Wandhälfte einnahm. In der Mitte der Tafel war mit einem blauen Magnethalter ein einzelnes Foto geheftet. Es war das gleiche, das er soeben in x-facher Vergrößerung betrachtet hatte. Daneben hatte jemand mit blauem Leuchtmarker den Namen Nele Gruber geschrieben, dazu das Geburtsdatum.

Grimm tat es Bobby gleich, nahm sich ebenfalls eine Tasse und füllte sie mit dem obligatorischen Kaffee aus einer von drei gewaltigen Kannen.

Nacheinander betraten mehrere Personen den Raum, versorgten sich an der Kanne und nahmen Platz. Kaffeeduft und quatschende Polizisten füllten den Raum. Tassen schepperten, Löffel klirrten.

Die Leiterin der Kripo sah kurz auf, räusperte sich und ergriff das Wort. Sofort verstummten alle Gespräche.

»Ich darf euch zur Abendbesprechung begrüßen. Leider wird es mit dem Feierabend heute später, aber eine Leiche ist uns dazwischengekommen, wie ihr alle wisst.«

Ein Gebrummel der Anwesenden setzte ein, das sofort abebbte, als die Chefin weitersprach.

»Zuerst möchte ich den Kollegen Lukas Brunner begrüßen, der uns über die Spurensicherung auf den aktuellen Stand bringen wird. Danke, dass du auf dem Rückweg nach Kempten bei uns vorbeischaust. Ich weiß, du hast genügend Arbeit.«

Sie nickte dem Glatzkopf zu, den Grimm bereits vom Tatort kannte.

»Viel zu berichten habe ich nicht«, ergriff der Erkennungsdienstler das Wort. »Die Spurensuche rund um den Leichenfundort ist zunächst mal abgeschlossen. Jetzt müssen mein Team und ich alles auswerten, was wir gefunden beziehungsweise nicht gefunden haben. Die Mordwaffe haben wir beispielsweise *nicht* gefunden. Leider. Nach der Größe der Kopfwunde zu urteilen, handelt es sich wahrscheinlich um einen Gegenstand, der ungefähr die Größe einer Espressotasse hat. Weitere Aussagen kann ich zum heutigen Zeitpunkt nicht treffen. Ich verweise auf meinen schriftlichen Bericht, den ich schnellstmöglich vorlegen werde.«

Als Zeichen, dass er mit seinen Ausführungen fertig war, verschränkte Brunner die Arme vor der Brust.

Emma Bosse brummte eine Zustimmung, danach wandte sie sich an Grimm.

»Außerdem heiße ich Niklas Grimm in unserer Mitte willkommen. Er ist der neue Kollege aus München.«

Sofort drehten sich alle Köpfe zu ihm, weibliche und männliche Gesichter taxierten ihn. Er spürte, wie ihm heiß wurde. Grimm hatte das blöde Gefühl, als wüssten alle, weshalb er aus München nach Lindau abkommandiert worden war. Er versuchte, in den Mienen zu lesen; die meisten waren undurchdringlich. Weder abweisend noch überaus freundlich.

Nur Bobbys Mondgesicht grinste ihm fröhlich entgegen. Nach einer unendlich scheinenden Zeit nickte die erste Kollegin zögerlich, und andere folgten. Das Gemurmel und Genuschel fasste er als schwäbisch-allgäuerische Begrüßung auf.

»Meinen Einstand gebe ich demnächst. Eine deftige Brotzeit, habe ich gedacht«, begann er, weil er glaubte, irgendetwas sagen zu müssen. »Leberkäse und Kartoffelsalat?«

Sofort klopfte Bobby mit den Handknöcheln auf den Tisch. »Verdammt gute Idee«, meinte der dicke Kollege, dem die anderen nach und nach zustimmten.

»Ohne Mampf kein Kampf, sage ich immer«, plapperte Bobby weiter. »Wer weiß, ob wir morgen dazu kommen, dich gebührend willkommen zu heißen. Bei all der Arbeit, die auf uns wartet.«

Einige Kollegen grinsten, während der Dicke die Augen zur Decke verdrehte. »Deshalb schlage ich vor, feiern wir deinen Einstand gleich nach der Besprechung. Lass die Bestellung meine Sorge sein, ich bestell uns was von Metzger Johne, bevor er um sechs den Laden schließt. Der macht den besten Leberkäse weit und breit. Und der Kartoffelsalat …«, Bobby schnippte mit den Fingern, »… der ist Weltklasse, sag ich dir. WELTKLASSE!«

»Jepp, Bobby, nimm das in die Hand, du weißt eh, was am besten schmeckt«, stimmte ihm ein dürrer Mittfünfziger zu, der die ganze Zeit seinen Schnurrbart zwirbelte.

»So, meine Herren«, grätschte Emma Bosse dazwischen.

»Wenn wir mit der Essensbestellung dann fertig sind, könnten wir vielleicht anfangen, einen Mord aufzuklären? Danke!«

Emma fasste zusammen, was sie und Grimm während ihrer Nachforschungen bei *freedog* herausgefunden hatten, und schloss mit den Worten: »Die Aktivisten haben sich jede Menge Feinde gemacht. Von der Aktion beim Reiterhof Zinsmeister habe ich euch ausführlich berichtet. Aber laut diesem Felix Zacher gibt es wohl einen Schweinebauern namens Hermann Scharold und Albert Hofstetter, einen Milchviehbauern, mit denen *freedog* sich in letzer Zeit angelegt hat. Es soll gewisse Drohungen der beiden Herren gegeben haben. Das gilt es nachzuprüfen.«

Emma Bosse schaute mit ernstem Gesicht in die Runde.

»Die Eltern der Toten wohnen in Konstanz, ich habe bereits die dortigen Kollegen informiert. Sobald die Rechtsmedizin in Zusammenarbeit mit unserem Erkennungsdienst die Identität von Nele Gruber bestätigt, wird die Todesnachricht durch den Kollegen Wilhelm vom dortigen K1 überbracht.«

Sie entnahm einem Leitz-Ordner ein Foto, ging zur Magnettafel und heftete ein Bild der halb verwesten und von Maden befallenen Toten direkt unter das Bild der fröhlich lachenden Seglerin.

Grimm spürte, wie die Mordermittler eine Schwere überkam, die beinahe mit Händen zu greifen war. Der Anblick der schrecklich zugerichteten Nele Gruber mahnte jeden Einzelnen von ihnen, was ihre Aufgabe in der nächsten Zeit war. Den Mörder zu fassen. Oder eine Mörderin.

»Die Befragungen im näheren Umkreis des Auffindeortes sind abgeschlossen«, berichtete Bobby.

»Anwohner, Firmenangehörige und Spaziergänger«, zählte er auf. »Zumindest diejenigen, die wir angetroffen haben. Heute Abend und morgen Vormittag schicke ich jeweils ein Team raus, das diese Arbeit zu Ende bringt. Dr. Lange hat angerufen, die Obduktion der Leiche findet übrigens bereits heute Abend in Ulm statt. Wer will hin?«

Bobby reckte den Hals und schaute neugierig die Kollegen an. Niemand meldete sich. Manch einer schaute aus dem Fenster oder musterte den Inhalt seiner Kaffeetasse.

Obduktionen waren in der Regel nicht allzu beliebt, wie Grimm wusste. Das war in Lindau offenbar nicht anders als in München.

Emma Bosse blickte auf die Uhr. »Eigentlich sollte *ich* teilnehmen, aber das schaffe ich nicht. Nicht heute Abend. Es gibt zu viel anzuleiern in dieser Mordsache.«

Sie seufzte.

»Ich fürchte, das wird an dir hängen bleiben, Bobby.«

»Dachte ich mir«, antwortete der.

Aber überhaupt nicht widerwillig, wie Grimm fand. Fast, als freute er sich drauf.

»Aber essen muss ich vorher was. Habe heute Mittag nur zwei Wurstsemmeln verdrückt, mehr war nicht drin. Da kommt der Einstand von Niklas gerade zur rechten Zeit.«

»Bobby, musst du immer ans Essen denken, selbst jetzt?«, fragte eine Rothaarige gereizt und nahm ihre Brille ab.

Sie saß Grimm direkt gegenüber, hatte diesen aber bisher lediglich mit einem kurzen Blick gestreift.

»Warum?«, wollte Bobby wissen.

Die Rothaarige hob das Kinn und deutete stumm Richtung Pinnwand.

»Mensch, Beate«, konterte Bobby. »Kann nichts für meinen Hunger. Ein Mensch muss essen, ganz besonders ich. Ohne einen Happen zwischen den Beißerchen kann ich nicht denken. Und wenn ich nicht denken kann, mach ich meine Arbeit miserabel. Und wenn ich meine Arbeit miserabel mache, entgeht mir vielleicht was Wichtiges. Und wenn mir was Wichtiges entgeht …«, er schnalzte mit der Zunge, »… ist das nicht im Sinne der Ermittlungen.«

»War ja logisch, dass du wieder eine schlaue Antwort parat hast. Also, *ich* müsste mich übergeben.« Beate setzte die Brille auf und funkelte Bobby an.

»Bitte, bitte, Kinder«, ging Emma Bosse dazwischen, bevor es zu einem Kleinkrieg kam.

Die Kripo Lindau mochte zwar eine winzige Dienststelle sein. Aber diese Animositäten, wie Grimm sie aus München und Wiesbaden kannte, gab es sogar auf dem Land.

Die Kripo-Chefin stützte beide Hände auf den Tisch und beugte sich drohend vor. Diese kleine Geste reichte, um Ruhe und zumindest einen vorläufigen Frieden einkehren zu lassen. Offenbar genoss Emma Bosse Respekt unter ihren Mitarbeitern.

Grimm beobachtete sie, während er seine Kaffeetasse langsam zum Mund führte und zwei Schluck trank. Von der Frau im Strohhut, wie er sie kennengelernt hatte, war Emma Bosse meilenweit entfernt. Sie strahlte mit jeder Faser ihres Körpers Kompetenz und Erfahrung aus.

»Lukas«, wandte sie sich an den Mann vom Erkennungsdienst. »Niklas und ich haben eine Zahn- sowie eine Haarbürste von unserem Besuch bei *freedog* mitgebracht.«

»Von Nele Gruber?«, fragte einer der Mordermittler überflüssigerweise. Ein Mann mit blondem Haarkranz und Schnurrbart.

»Natürlich von Nele Gruber«, schnauzte der Erkennungsdienstler. »Von wem sonst, Maria Magdalena?« Er schüttelte den Kopf. »Emma, ich mache mich in meinem Kemptener Labor sofort an den DNA-Abgleich zur Identitätsfeststellung. Übrigens habe ich den Zahnarzt des Opfers ausfindig gemacht. Dessen

Telefonnummer habe ich bereits Dr. Lange zukommen lassen. Dann können sich die Experten direkt untereinander austauschen und den Zahnstatus von Frau Gruber kommentieren. Morgen weißt du zu einhundert Prozent, ob die Tote Nele Gruber ist. Wir haben diese Dame tatsächlich in unserer Datenbank, da sie vor zwei Jahren bei einem Einbruch festgenommen wurde. Damals wurden Fingerabdrücke und eine DNA-Probe genommen.«

»Ein anderes Ergebnis, als dass es sich um Nele Gruber handelt, halte ich zwar für höchst unwahrscheinlich, aber gemacht werden muss die Identitätsüberprüfung trotzdem«, kommentierte die Kripoleiterin. »Übrigens, Lukas. Nele hat ein eigenes Zimmer auf dem Hof von *freedog*. Na ja«, sie neigte ihren Kopf leicht zur Seite, »eigentlich eher eine Art Rumpelkammer. Ich habe es oberflächlich überprüft, wollte aber keine eigenen Spuren setzen und dadurch den Tatort verunreinigen. Deshalb habe ich ein Polizeisiegel an der Tür angebracht.«

Brunner nickte. »Ich kümmere mich drum. Gleich morgen früh schicke ich zwei Leute hin, die das Zimmer checken.«

Die Hauptkommissarin setzte sich und deutete mit dem Daumen auf das Foto auf der Leinwand hinter ihrem Rücken. »Es gilt, die Umfeldermittlungen zum Opfer schnellstmöglich und umfassend durchzuführen. *Cui bono*, wem nützt ihr Tod, wer hat einen Vorteil?«

Bobby nahm seine Nickelbrille ab und polierte sie an seinem Hemd. »Wie wäre es mit diesen Landwirten und den Verantwortlichen des Reiterhofes, von denen du vorhin erzählt hast, Emma?«, schlug er vor und setzte die Brille wieder auf.

Die Chefin nickte. »Um den Reiterhof Zinsmeister kümmere ich mich morgen Vormittag persönlich. Ich rufe nachher bei den Kollegen der Polizeiinspektion Lindenberg an und erkundige mich mal, was es mit dieser Razzia bei den Zinsmeisters auf sich hatte. Die Herren Scharold und Hofstetter übernimmst du, Bobby. Nimm bitte unseren neuen Kollegen Niklas mit. Diesen Job erledigt ihr ebenfalls morgen früh.«

Grimm horchte auf. Sofort versteifte sich sein Rücken. Er sollte zwei mögliche Tatverdächtige überprüfen?

»Du, Beate, kümmerst dich um die Leute von *freedog*. Manfred soll dich unterstützen. Wer sind diese Typen, was wollen sie, was haben sie auf dem Kerbholz? Sind sie einschlägig vorbestraft, sind sie gewalttätig ...?«

»Friederike Ludwig könnte ein Interesse am Ableben des Opfers gehabt haben«, unterbrach Grimm die Chefin selbstbewusst.

Die verantwortungsvolle Aufgabe, die sie ihm für den morgigen Tag gegeben hatte, machte ihn mutig.

»Mir scheint, sie hatte ein Auge auf Felix Zacher geworfen«, sagte er und reckte sein Kinn vor.

»Das wollte ich gerade der Allgemeinheit mitteilen«, wies sie ihn halbherzig zurecht.

Trotzdem murmelte er ein »Entschuldigung« und hob schnell die Kaffeetasse an den Mund.

»Friederike Ludwig könnte durchaus ein Motiv haben«, stimmte sie ihm zu. »Ich denke, sie war eifersüchtig auf Nele. Und Eifersucht ist ein starkes Mordmotiv. Beachtet das bei euren Ermittlungen.«

Sie verteilte weitere Aufgaben an den Rest der Gruppe.

»Die restlichen Kollegen leuchten den Opferhintergrund aus. Ich will alles über Nele wissen. Hört ihr, *alles*!«

Emma Bosse klopfte mit der flachen Hand auf den Tisch.

»Verwandte, Bekannte, Freunde, weitere Feinde, von denen wir nichts wissen? Mit wem hatte sie sonst Umgang, in welchen Vereinen war sie, hatte sie kriminelle Kontakte? Ich will bis morgen Nachmittag ein vollständiges Persönlichkeitsbild von ihr haben. Was waren ihre Gewohnheiten, hatte sie Laster? Laster, von denen vielleicht niemand wusste. Ein geheimes Sexualleben etwa oder Drogenkonsum? Oder ganz normale Laster, wie Rauchen und Trinken. Wie war ihr Gesundheitszustand, hatte sie psychische Auffälligkeiten eceterapepe.«

Emma stand auf, holte einmal tief Luft und fuhr fort: »Wie war ihre finanzielle Situation, hatte sie Schulden? Wenn ja, bei wem? Oder hatte jemand bei Nele Gruber Schulden? Hatte sie eine Lebensversicherung, wer war der Begünstigte?«

Die Kripo-Chefin wanderte hin und her wie ein Tiger im Käfig. »Der Erkennungsdienst soll überprüfen, welche Handys Nele benutzt hat. Redet mit den Providern, erstellt ein Bewegungsprofil anhand der Mobilfunkmasten. Überprüft die Kontobewegungen des Mordopfers. Hat es ungewöhnliche Abhebungen gegeben, will ich das sofort wissen! Abhebungen nach ihrem Tod sind besonders interessant.«

Sie hob entschuldigend die Hände. »Leider kann ich über den genauen Todeszeitpunkt nichts sagen, darüber wird uns hoffentlich Bobby nach der Obduktion berichten. Checkt alle Überwachungskameras der Tankstellen in und rund um Lindau. Vergesst die Autobahnraststätten nicht. Dreht jeden Stein um, wenn es sein muss, mehrfach. Ich will, dass wir nichts übersehen. An die Arbeit.«

Grimm wartete, bis Emma und er allein waren, dann trat er zu ihr. Sie las in einer Akte und sah auf, als sie ihn neben sich bemerkte. »Du kannst den anderen bei den Umfeldermittlungen helfen.«

»Wir sollten uns auf die Eifersuchtssache konzentrieren.«

»Sagt wer?«

»Meine Erfahrung.«

»Aha.«

Sie blätterte in dem Ordner.

»Hypothetisch gesehen.«

»Hypothetisch?«, nuschelte sie.

»Ja, die operative Fallanalyse arbeitet mit Wahrscheinlichkeiten. Mit Hypothesen, und das sind Wahrscheinlichkeitsaussagen. Und meiner Erfahrung nach sind die meisten Gewaltdelikte Beziehungstaten. Wir sollten daher die Vortatphase gründlich betrachten. Also, wie kam es zum Kontakt zwischen Täter und Opfer? Was war der Grund für den Aufenthalt des Opfers an genau dieser Stelle des Bodenseeufers? Wenn ich an unseren Besuch bei *freedog* zurückdenke, an den Zwist, der unter den Mitgliedern offensichtlich herrscht. Nun, ich finde, dann ist es wahrscheinlich, dass ein Zusammenhang zwischen dem gewaltsamen Tod des Opfers und den zwischenmenschlichen Problemen innerhalb dieser Gruppe besteht.«

Emma schlug die Akte zu, lehnte sich in ihrem Stuhl zurück und musterte ihn lange.

»Mein lieber Scholli, mal daran gedacht, Dozent an der Polizeischule zu werden?«

»Ich?«, antwortete er überrascht. »Nein.«

»Besser ist es. Du hast deine Erfahrung ins Spiel gebracht. Was für eine Erfahrung denn, du bist blutiger Amateur. Wenn ich einen richtigen Profiler will, rufe ich in München an. Du bist zwar Kriminalbeamter, aber ein richtiger Ermittler bist du noch lange nicht. Vielleicht wird einer aus dir, wer weiß. Wenn du lange genug durchhältst und die entsprechenden Lehrgänge besuchst, ist das möglich.«

»Aber …«

Emma Bosse hob die Hand, ihr Gesicht eine einzige Gewitterwolke.

»Niklas, ich weiß Bescheid über dich. Über deinen Misserfolg in München.«

Verdammt! Er zuckte innerlich zusammen, da war der Moment, den er gefürchtet hatte.

»Du hast einen Serienmörder entkommen lassen. Einen Mann, der in den letzten zehn Monaten drei junge Frauen brutal abgeschlachtet hat. Und weshalb? Weil du die Lorbeeren für seine Festnahme ernten wolltest. Wärst du nicht plötzlich aufgetaucht, hätte das Spezialeinsatzkommando ihn wenige Minuten später dingfest gemacht. All das hat mir dein Vorgesetzter am Telefon berichtet. Aber weißt du was?«

Sie beugte ihren Oberkörper drohend vor.

»Hmm?« Grimm blinzelte.

»Das ist nicht das Schlimmste für mich.«

Nein? Ging es tatsächlich schlimmer?

»Du warst übermotiviert, das kommt vor«, führte sie weiter aus. »Besonders, wenn man jung ist. Aber was ich über deinen Karriereweg von Wiesbaden nach München erfahren habe, das lässt mich an dir zweifeln.«

»Wieso Wiesbaden? Ich verstehe nicht …«

»Vor allem, *wie* du es in die OFA nach München geschafft hast. Mit Vitamin B!«

Sie hieb mit der Faust auf den Tisch.

»Du warst Personenschützer beim Bundeskriminalamt, hast dich vor die Tochter des bayerischen Innenstaatssekretärs geworfen, einen Streifschuss abgekriegt. Dafür hast du meine Hochachtung. Wirklich, gut gemacht«, lobte sie.

Ein Kompliment, das wie Sand schmeckte, denn Grimm fühlte, dass dem Lob gleich der nächste Tiefschlag folgen würde.

Seine Chefin schnaufte tief durch, bevor sie weiterredete: »Für diese Tat konntest du dir eine neue Stelle aussuchen, das hat dir der Staatssekretär zugesichert. Fast wie bei *Wünsch dir was.*«

Er wollte widersprechen, aber Emma hob energisch die Hand.

»Ich habe meine Quellen in München, die mir berichten. Darum geht es mir allerdings nicht. Du hattest jedes Recht, einen Versetzungswunsch zu äußern. Aber wieso, in Dreiteufelsnamen, ausgerechnet die Operative Fallanalyse? Und dazu in Bayern, in München. Ohne jegliche Qualifikation? Man braucht normalerweise Jahre für die Zusatzausbildung. Wolltest du jemanden beeindrucken, hmm? Deine Freundin vielleicht? Du hast den Posten nicht bekommen, weil du qualifiziert warst!«

Sie funkelte ihn an. »Und das, mein lieber Niklas, *das* beeindruckt mich überhaupt nicht. Also, für dich zum Mitschreiben: Die Ermittlungen führe ich. Und zwar nach meinem Gusto, verstanden? Ich brauche keine Belehrungen! Wenn ich einen guten Personenschützer benötige, denke ich selbstverständlich an dich. Ansonsten wirst du mich bei den Ermittlungen unterstützen, so wie ich es für richtig halte. Wenn ich dir Anweisungen erteile, erwarte ich, dass diese zügig befolgt werden. Ach, und noch etwas. Ich hasse es, wenn ich angelogen werde. Du solltest mir immer die Wahrheit sagen, dann werden wir gut zusammenarbeiten.«

Sie wandte sich erneut der Akte zu, blätterte darin, las und würdigte ihn keines weiteren Blickes.

Er schnappte nach Luft, suchte Worte der Erwiderung, fand keine und verließ wütend den Besprechungsraum. Die Lust auf Leberkäse und Kartoffelsalat war ihm mit einem Mal vergangen. Bestimmt würde er nachher bei seinem Einstand keinen Bissen runterkriegen.

KAPITEL 7

»Servus, Franz«, verabschiedete Emma den Kollegen der PI Lindau. Er war so freundlich gewesen und hatte sie mit dem Streifenwagen nach Hause gefahren.

»Pfiat di, grüß mir den Hubsi.«

Seine Abschiedsworte ließen sie zusammenzucken und nichts Gutes ahnen.

Franz deutete auf einen schwarzen SUV, der in der Hofeinfahrt direkt neben dem Holzschuppen parkte.

Sie erkannte den Audi Q3 ihres Vaters. Hubert Bosse war bis zu seiner Pensionierung vor fünfzehn Jahren ebenfalls Kriminalbeamter gewesen und wurde von vielen älteren Kollegen »Hubsi« genannt. Er hatte zwei Jahrzehnte lang die Lindauer Kripo geleitet, war der Vorvorgänger seiner Tochter. Eigentlich hatte Emma sich auf einen erholsamen Feierabend mit ihrem Mann gefreut. Der Arbeitstag war anstrengend und lang gewesen. Erst kurz nach neun hatte sie die Dienststelle verlassen, zuvor hatte sie mit Bobby und Niklas die Ergebnisse der Obduktion besprochen. Dr. Lange hatte die Identität des Mordopfers anhand des Zahnstatus eindeutig bestimmen können. Die Leiche war Nele Gruber.

Ihr Vater hatte sicher längst von dem Fall gehört und war deshalb auf einen Sprung vorbeigekommen. Obwohl im Ruhestand, blieb er durch und durch Polizist. Er wollte bestimmt hören, wie die Ermittlungen bislang gelaufen waren, und natürlich den einen oder anderen Tipp loswerden. Emma führte die Dienststelle seit über fünf Jahren, ihr Vater ließ allerdings keine

Gelegenheit aus, ihr das Gefühl zu geben, sie wäre eine Anfängerin.

Bevor sie das Wohnhaus betrat, führte der Weg sie in den Stall. Sie musste erst einmal runterkommen, den Stress loswerden. Und das ging am besten bei ihren Tieren.

Nathan kam aus seinem Zwinger, der diesen Namen eigentlich nicht verdiente. Zwinger waren in Emmas Vorstellung Gefängnisse, Käfige für bissige Tiere, Abstellorte für nervige Vierbeiner. Diesen Zwinger sperrte sie nie ab. Und Nathan war alles andere als bissig. Okay, er nervte manchmal, aber Emma liebte ihn. Der Tibet-Terrier mit dem üppigen Fell war vor drei Jahren als Welpe auf den Hof gekommen. Man hatte ihn an einer Autobahnraststätte ausgesetzt, die Kollegen von der Verkehrspolizei hatten ihn gefunden. Emma hatte sich sofort in ihn verliebt und ihn bei sich aufgenommen. Die Bezeichnung Terrier war irreführend, eigentlich handelte es sich um einen Hütehund. Und zum Hüten gab es auf dem Hof allerhand.

Der Hund bellte einmal kurz auf, dann kam er zu Emma und folgte ihr – eng an sie geschmiegt. Sie massierte ihm den Nacken, während er neben ihr her trottete. Wie jeden Abend öffnete sie die kleine Holztür, die sie nachträglich in das Scheunentor hatten einbauen lassen. Der abendliche Gang war für sie zu einer Tradition geworden. Von den acht Pferdeboxen waren drei belegt. In den ersten beiden wiegten zwei Stuten ihre Köpfe. Die beiden waren erst vor zwei Wochen bei ihnen eingezogen. Manu und Prise sollten sich erst langsam eingewöhnen, bevor sie ins Freie zu den anderen Pferden gelassen wurden. Außerdem kamen die Stuten aus schlechter Haltung und mussten aufgepäppelt werden. In der dritten Box wartete Pony Bella auf die Geburt ihres Fohlens, das laut Tierärztin jeden Tag oder jede Nacht das Licht der Welt erblicken konnte.

»Na, Bella, alles gut bei dir?«

Das Pony lag im Stroh und wieherte, als Emma zu ihr in die Box trat. Sie bückte sich und streichelte Bella die Mähne. »Keine Angst, meine Kleine, ich passe auf dich auf.«

Emma kontrollierte die Kamera, die Bella vierundzwanzig Stunden im Blick hielt. Mittels Computer und Smartphones überwachten Emma und ihr Mann die trächtige Stute.

Ein halbes Dutzend Großpferde, mehrere Esel, Ponys plus die zwei Minishettys lebten in Offenstallhaltung hinter dem Wohnhaus. Emma und ihr Mann Wolfgang hassten enge Boxen und wollten den Tieren möglichst viele Freiheiten gewähren. Jetzt ging Emma zu Manu und Prise und gab den Stuten ein paar Karotten, streichelte ihnen über den Kopf und verließ die Scheune auf der rückwärtigen Seite. Dort ging es zu der Koppel und den drei Holzunterständen, die an riesige Carports erinnerten. Die Unterstände waren auf drei Seiten durch Holzlatten vor Wind und Regen geschützt. Vorderhalb hatte Wolfgang einen umzäunten Auslauf angelegt und im Innenraum dieses Paddocks mit Hackschnitzeln und Gummimatten für eine weiche Unterlage gesorgt.

Emma hörte Schnauben, Stampfen und Wiehern, dazwischen das Mahlen von kräftigen Kiefern und das Knirschen von Heu und Stroh, das die Tiere fraßen. Ein wunderbares Geräusch. Sie schaltete die Außenbeleuchtung ein, Köpfe wandten sich ihr zu, Augen funkelten. Die zwei Miniponys Baby Blue und Sylvie schlenderten herüber und streckten die kleinen Köpfe durch die Metallstäbe des Paddocks.

»Na, Mädels, angenehmen Tag gehabt?«, begrüßte sie die zwei und fuhr ihnen mit den Fingern über die Nüstern.

Das leise Schnauben kitzelte auf Emmas Haut. Die Augen der Shettys glitzerten im Lampenlicht, sie schienen Emma wissend anzugucken.

»Ich hatte bessere Tage, glaubt mir.«

Baby Blue und Sylvie zogen die Köpfe zurück und gesellten sich zu den anderen Tieren. Emma stützte die Unterarme auf die oberste Paddockstange, legte das Kinn auf und beobachtete das abendliche Fressen, das beruhigend auf sie wirkte. Besser als progressive Muskelentspannung oder Yoga.

»Nichts ist erholsamer, als euch beim gemütlichen Kauen zuzusehen«, sagte sie halblaut. »Eigentlich könntet ihr Geld dafür verlangen. Oder vielleicht Heu und Stroh.«

Sie lachte.

Nathan ließ ein Winseln hören.

»Nein, Nathan. Wenn du frisst, ist das kein Schmaus für Augen und Ohren. Du schmatzt und hinterher ist alles verschmiert.«

Nathan rieb seinen Kopf an ihrem Knie, als wollte er sich entschuldigen.

»Keine Sorge, ich habe dich trotzdem lieb. Komm mit, Zeit fürs Betthupferl«, forderte sie ihn auf, ihr zu folgen.

Auf dem Weg ins Haus schaute sie noch bei den Lamas und Alpakas vorbei, wünschte den Ziegen eine Gute Nacht und warf anschließend ein paar Essensreste in den Schweinestall, was mit lautem Grunzen beantwortet wurde.

Als sie wenig später die Küche betrat, saßen Emmas Mann Wolfgang und ihr Vater bei einem Glas Weizen beieinander auf der Eckbank. Beide sahen auf, als sie hereinkam.

»Habt ihr schon was?«, fragte ihr Vater statt einer Begrüßung.

Ihre Laune sank in den Keller.

Wolfgang zwinkerte ihr zu. »Du bist spät dran. Bestimmt hast du einen Bärenhunger. Es sind etliche Pfannkuchen von heute Mittag übrig geblieben.«

Offensichtlich wollte er die aufkommende Krise sofort im Keim ersticken.

»Ich habe ein Glas selbst gemachte Himbeermarmelade im Kühlschrank«, fuhr ihr Mann fort. »Von deiner Mutter, hat Hubert mitgebracht.«

Sie liebte Pfannkuchen mit Himbeermarmelade. Wolfgang wusste, wie er sie wieder runterbrachte, wenn der Stresspegel bedrohliche Ausmaße annahm. Wenn sie den ganzen Tag im Büro oder bei Ermittlungen verbrachte, sahen sie sich oft erst spätabends. Ihr Job als Kripoleiterin brachte es mit sich, dass sie auch an den Wochenenden Einsätze hatte, denn das Verbrechen rund um den Bodensee kannte keine Auszeiten. Manchmal fragte sie sich, was ihr Mann den ganzen Tag ohne sie so trieb. Okay, er hatte jede Menge Arbeit mit dem Hof, aber war das wirklich alles? Sollte sie ihn nicht besser und mehr unterstützen?

»Ich mach dir die Pfannkuchen warm«, sagte er jetzt, stand auf und küsste sie im Vorbeigehen in den Nacken.

Sofort verspürte sie ein Kribbeln, die Liebe zu ihrem Wolfi war nach wie vor ungebrochen.

Während sie sich eine Flasche Radler öffnete und das Bier in ein Glas goss, nahm sie gegenüber ihrem Vater Platz. Neben ihm lag Katze Lisbeth in sich zusammengerollt und schnurrte, während Hubert Bosse sie unterm Kinn kraulte. Verräterin, dachte Emma und sah ihren Vater an.

»Was führt dich so spät zu uns?«

Er hörte auf, Lisbeth zu kraulen, und legte beide Hände auf den Tisch. Große, kräftige Hände. Ihr Vater, obwohl in den Siebzigern und mittlerweile mit schlohweißem Haar, besaß die kräftige Figur eines langjährigen Sportlers. Hubert Bosse war mehrmaliger bayerischer Polizeimeister im Judo und Boxen gewesen. In jungen Jahren hatte er auf Streife gerne ausgeteilt, war keiner Keilerei aus dem Weg gegangen. Und später, als Kripochef, war er bei den Festnahmen immer an vorderster Front gewesen. Selbst im Ruhestand fand er keine Ruhe, ging als Mitglied der Lindauer Sicherheitswacht abends seine Runden und war in der Früh als Schülerlotse aktiv.

»Die Bodenseeleiche, diese Frau von *freedog* …«

»Vadder, hast du etwa Erkundigungen eingeholt?«, unterbrach sie ihn grob.

»Nenn mich nicht ›Vadder‹, du weißt, ich mag das nicht.«

»Und ich mag es nicht, wenn du dich in meine Ermittlungen einmischst. Ermittlungen, die dich nichts angehen. Du bist nicht länger Kripochef, das ist seit über fünf Jahren mein Job.«

»Von Einmischen kann keine Rede sein. Ich biete meine Hilfe an, schließlich verfüge ich über einen gewissen Erfahrungsschatz.«

»Okay, Vatilein, dein Schatz in allen Ehren …«

»Nicht ›Vatilein‹«, grollte er, »da ist mir der ›Vadder‹ lieber. Sonst sagst du immer ›Paps‹ zu mir.«

»Bei familiären Gesprächen, ja. Das ist es leider nicht, wie mir scheint. Du willst dienstliche Dinge von mir wissen. Da brauche ich Abstand, deshalb ›Vatilein‹ oder ›Vadder‹. Wenn wir über Hof, Tiere und die Enkel reden, gerne ›Paps‹. *Deine* Entscheidung.«

Er schnaubte wie ein wilder Stier. Bestimmt ging sein Blutdruck in ungesunde Höhen. Eigentlich sollte sie aus Fürsorgegründen einen Gang zurückschalten, dachte Emma. Allerdings war das verdammt schwer.

»Ich habe Informanten, die mich unterrichten, deshalb weiß ich Bescheid.«

»Informanten?«, zischte sie.

Er hob beschwichtigend beide Hände.

»Du hast doch nicht …?«

»Keine Angst, als ehemaliger Kripochef weiß ich durchaus,

mit diesen Informationen diskret umzugehen. Weder habe ich vor, zur Presse zu spazieren, noch, am Stammtisch mit meinem Wissen zu prahlen.«

Wolfgang stellte die Pfannkuchen auf den Tisch, dazu die Himbeermarmelade. Emma hörte ihren Magen knurren.

»Iss, Kind«, forderte ihr Vater sie auf und lächelte, was einem Friedensangebot gleichkam.

Nachdem sie den letzten Rest verputzt hatte, schob sie den Teller zur Seite, verschränkte die Finger beider Hände ineinander und lehnte sich zurück.

»Wir sind mit den Ermittlungen erst am Anfang, ich weiß wenig bis gar nichts und kann dir deshalb kaum mehr sagen als deine …«, sie malte mit den Fingern Anführungszeichen in die Luft, »… sogenannten Informanten.«

»Es heißt, Frau Gruber …«

»Den Namen der Toten weißt du also auch.«

Emma legte das Kinn auf die Brust. »Herr im Himmel, hilf mir, meinen Vadder zu bändigen.«

»Diese Frau Gruber«, fuhr ihr Vater mit ärgerlichem Hochziehen der Augenbrauen fort, »soll brutal erschlagen worden sein. Sieht mir nach einer Affekttat aus.«

»Möglich«, kommentierte sie.

»Muss es allerdings nicht sein. Niemals auf *eine* Sache festlegen«, belehrte ihr Vater sie weiter. »Wichtig ist es, in alle Richtungen zu ermitteln.«

»Ach was.«

»Ganz genau, mein Kind. Schießt euch nicht auf die erstbeste Theorie ein. Nehmt Hilfe in Anspruch. Von Profis! Und zwar Profis von außen. Nicht, dass ihr betriebsblind werdet.«

»Vadder, die Mordermittlung ist erst vor ein paar Stunden angelaufen. Von Betriebsblindheit kann also keine Rede sein.

Die kommt vielleicht irgendwann, das will ich nicht ausschließen, aber nicht jetzt«, entgegnete sie genervt.

Er hob mahnend den Zeigefinger. »Trotzdem, du brauchst Profis, hol dir Profis ins Team!«, wiederholte er. »Je früher, desto besser.«

»Wir sind Profis«, erinnerte sie ihn.

Er hüstelte.

»Du weißt, wie ich das meine. Du darfst dich nicht vor den neuen Errungenschaften der modernen Kriminologie verstecken. Zu meiner Zeit gehörte ich zu den ersten Kripochefs, die die Münchner Fallanalysten zu Mordermittlungen hinzugerufen haben. Ich darf dich an den Messermörder von der Galgeninsel erinnern. Oder den Armbrustschützen von Bodolz. Die Giftmischerin von Nonnenhorn ist dir sicher ein Begriff, nicht wahr? Die Münchner OFA hat mir in jedem dieser Fälle enorm geholfen. Die sind wirklich gut, ruf deren Leiter an, Alexander, den kenne ich ziemlich gut, der ist ein recht umgänglicher Mensch. Ein Ass auf seinem Gebiet. Mit dem kannst sogar *du* klarkommen.«

»Das klingt eher wie ein Befehl, nicht wie ein Ratschlag. Und überhaupt, was heißt: ›Mit dem kannst sogar du klarkommen‹? Meine Mitarbeiter beklagen sich nicht über mich. Ich bin keine schwierige Chefin.«

Sie schürzte beleidigt die Lippen.

»Keine *schwierige* Chefin«, beschwichtigte er. »Das meinte ich nicht, aber vielleicht eine …«, er suchte offensichtlich nach den richtigen Worten, »… eine nicht ganz einfache Ermittlungsführerin.«

»Aha«, gab sie kurz angebunden zurück.

»Das ist bloß ein Ratschlag. Ruf in München an«, drängte er.

»Habe ich längst«, log sie, um ihm den Wind aus den Segeln zu nehmen.

»In München angerufen?«

»Einen Profiler an Bord geholt.«

Sie wusste, dass ihr Vater die ungenaue Bezeichnung der polizeilichen Begriffe hasste. Genau deshalb wiederholte sie ihn.

»Mein *Profiler* kommt aus München.«

Sie musste ihrem Vater nicht unbedingt aufs Brot schmieren, dass Niklas Grimm in ihren Augen gar kein richtiger Profiler war, höchstens ein *klitzekleiner*, der kaum mehr Erfahrung in der Fallanalyse besaß als sie selbst.

»Ach.«

Ein Lächeln umspielte die Lippen ihres Vaters. »Da hol mich glatt der Teufel. Meine Emma, ein schlaues Mädchen. Bin gespannt, was euer *Fallanalytiker* für eine Theorie hat. Wusstest du, dass diese Leute mit Wahrscheinlichkeiten arbeiten, also mit ...«

»Ja, Paps, ich weiß es, ich weiß mehr, als du denkst. Lass uns einfach ein paar Minuten über die Enkel sprechen.«

Emmas Tochter Amelie hatte für Samstag einen Besuch angekündigt. Amelies Zuhause war ein Reihenhaus im Münchner Umland. Dort lebte sie mit ihrem Mann Philipp und ihren Kindern – der siebenjährigen Katharina und dem fünfjährigen Leon. Emma liebte es, wenn Amelie mit der ganzen Truppe zu Besuch kam. Zumal Georg, Amelies Bruder, sich leider nur selten zu Hause blicken ließ. »Ich bin müde und die nächsten Tage kommt wahnsinnig viel Arbeit auf mich zu«, erklärte sie ihrem Vater. »Weißt du bestimmt selbst, als ehemaliger Chef.«

Er nickte heftig.

»Die ersten achtundvierzig Stunden sind die wichtigsten. Danach nimmt die Chance auf Ergreifung des Täters rapide ab.«

»Siehst du! Am Wochenende kommen die Enkel. Bestimmt habe ich nicht viel Zeit für sie, weil ich am Ermitteln bin. Wäre schön, wenn die Urgroßeltern da wären.«

»Machen wir gerne. Ich sag deiner Mutter Bescheid, sie freut sich riesig auf Katharina und Leon.«

Er griff über den Tisch und legte seine Pranken auf Emmas Hände.

»Und wenn du Fragen hast, du weißt, ich bin immer für dich da. Vierundzwanzig Stunden, rund um die Uhr, wenn es sein muss. Ein Polizist ist immer …«

»… im Dienst!«, beendete sie seinen Satz, den sie aus seinem Mund bestimmt Hunderte Male gehört hatte.

KAPITEL 8

Niklas Grimm starrte das Messer an, dessen Griff aus seinem Körper ragte. Etwa zwei Fingerbreit unterhalb des Herzens. Blut tränkte das weiße Hemd tiefrot, lief am Stoff herab und tropfte auf das billige Laminat.

Fassungslos richtete er seinen Blick auf die Person, die ihm das angetan hatte, sah ihr in die Augen.

Kalte, mitleidlose Augen.

Augen, die ihn früher anders angesehen hatten.

Keuchend versuchte er, etwas zu sagen, aber die Worte wollten seinen Mund nicht verlassen. Er hob den Arm, streckte ihn aus, die Finger seiner Hand versuchten das Gesicht der Person zu berühren, die ihm vor wenigen Sekunden den Stahl tief in den Leib getrieben hatte. Er fühlte keinen Hass, keinen Groll, nur tiefes Bedauern. Bevor er das Gesicht der Person mit den Fingerspitzen erreichte, merkte Grimm, wie ihm schwarz vor den Augen wurde. Langsam sackten ihm die Beine weg, er ging in die Knie, stützte sich mit den Händen auf dem Boden ab. Rutschte im klebrigen Blut aus und sackte zur Seite. Spürte das warme Blut auf seinen Fingern. Sah verschwommen nackte Füße, die in Turnschuhen steckten, die Sohlen knarzten, als sich Schritte rasch entfernten. Die Tür öffnete sich quietschend und fiel mit einem Knall ins Schloss.

Grimm legte den Kopf auf den kühlen Boden, er versuchte sich aufzurichten, was misslang. Die Lebenskraft floss aus seinem Körper, bis er vor lauter Schwäche vollends in Rückenlage sackte. Er schaute auf das Messer, das bei jedem Atemzug zitterte. Der Griff hob und senkte sich.

Hob und senkte sich.

Wie eine Erdölpumpe, die das Öl aus den Tiefen der Erde förderte.

Das Blut floss unaufhörlich aus der Wunde, bildete mittlerweile eine rote Lache auf dem hellbraunen Laminat. Ein sich rasant vergrößernder Blutsee.

Der Messergriff hob und senkte sich.

Hob und senkte sich.

Langsamer jetzt, Grimms Atemzüge wurden unregelmäßiger. Anzeichen des nahen Todes. Er schloss die Augen. Er wusste, dass er jetzt sterben würde.

*

Die Dunkelheit sprang ihn an wie ein Raubtier. Panisch schlug er um sich, bekam etwas Weiches zu fassen, krallte die Finger hinein. Sein Atem ging rasselnd, es dauerte einen Moment, bis er begriff, wo er war. In seinem Bett in der Pension auf der Lindauer Insel.

Er hatte geträumt.

Langsam zog er das Kissen mit der linken Hand heran, während er mit der Rechten die Stelle unterhalb seines Herzs betastete.

Keine Wunde, kein Blut!

Natürlich nicht.

Er richtete sich auf, wischte den Schweiß von der Stirn und schwang die Füße aus dem Bett. Die Fußsohlen berührten Teppichboden, kein Laminat. Nach und nach drangen die Geräusche der Nacht an sein Ohr. Ein paar vereinzelte Autos, die unterhalb des Fensters vorbeifuhren. Fernsehgeräusche aus dem

Zimmer nebenan, eine gedämpft geführte Unterhaltung. Der Schweiß auf seiner nackten Brust glitzerte im fahlen Mondlicht. Er nahm das T-Shirt, das zusammengeknüllt neben dem Bett lag, und streifte es über, dann trat er ans offene Fenster. Direkt gegenüber befand sich ein Seniorenstift, die einzelnen Stockwerke beleuchtet, die Zimmer dunkel.

Ein Blick auf seine Armbanduhr. Erst kurz nach Mitternacht, das überraschte ihn. Ihm kam es vor, als hätte er mehrere Stunden tief und fest geschlummert, dabei war es höchstens eine gewesen. Immerhin war er todmüde ins Bett gefallen nach seinem ersten Arbeitstag in Lindau, der mit einer gehörigen Standpauke seiner neuen Chefin Emma Bosse geendet hatte. Ihr Vorwurf, er sei ohne fachliche Qualitäten im Münchner Kommissariat für Operative Fallanalyse gelandet, traf ihn beinahe mehr als sein Versagen bei der Festnahme.

Die Gedanken in seinem Kopf sprangen Bungee. An Schlaf war jetzt nicht zu denken, er fühlte sich hellwach. Seine Erinnerung kehrte zu dem Albtraum zurück, abwesend fuhr er mit der Hand über die Stelle, wo ihn das Traummesser verletzt hatte. Pia hatte ihm tatsächlich das Herz durchbohrt, allerdings mit ihrer Affäre, die ihn schwer getroffen hatte. Schwerer, als er zugeben mochte. Grimm zog die Hand zurück, der Gedanke an Pia war zu schmerzhaft für ihn.

Er beschloss, die frühe Nacht für einen Spaziergang entlang der Uferpromenade zu nutzen. Seufzend ging er zu dem Stuhl, der neben dem kleinen Tisch an der Wand stand. Dort hing die dunkle Stoffhose, die er achtlos über die Lehne geworfen hatte. Mit den Händen strich er den Stoff glatt und faltete die Hose, dann holte er aus dem Koffer eine bequeme Jeans. Er zog sie an, schlüpfte barfuß in die Turnschuhe, ließ Geldbeutel und Handy auf dem Nachtkästchen zurück und verließ das Zimmer. Die

Stufen knirschten, als er die Treppe nach unten ging. Und das, obwohl er vorsichtig auftrat. Vor dem Haupteingang hielt er einen Moment inne, die Nacht empfing ihn mit milder Temperatur. Rechts von ihm befand sich die Lindauer Inselhalle, die auf ihn mit dem speziell konstruierten Dach wie eine große Skulptur wirkte, mit ihrer kupferfarbenen Hülle. Dort trafen sich jedes Jahr die Nobelpreisträger zu einem Empfang, wie er aus einer Broschüre entnommen hatte, die auf seinem Zimmer lag.

Eine Mercedes-Limousine fuhr in gemächlichem Tempo an ihm vorbei. Der Mann auf dem Beifahrersitz trug eine himmelblaue Schildkappe, wie Grimm im Licht der Straßenlaterne erkannte. Vage kam ihm der Typ bekannt vor. Irgendwo hatte er ihn schon gesehen. Aber wo? Auf dem Fahrersitz saß eine langhaarige Blondine. Beide lachten, wirkten sehr vertraut. Dann war der Wagen vorbei, und Grimm überlegte, wohin er gehen sollte. Schließlich wandte er sich nach links, das Kopfsteinpflaster drückte bei jedem Schritt in die Sohle der Turnschuhe. Vorbei an mehreren Pensionen führte ihn sein Weg zu einem Kreisverkehr. Auf einem Schild las er den Hinweis »Hintere Insel – Bodenseeklinik« und marschierte geradeaus. Über eine Eisenbahnbrücke, auf der anderen Seite gab es eine kleine gekieste Aussichtsplattform mit Blick auf den Bodensee. Mehrere Bänke inmitten zweier massiver Kastanienbäume luden tagsüber zum Verweilen ein. Grimm trat ans Geländer und sah hinaus in die dunkle Nacht. Im Mondlicht glitzerte die spiegelglatte Wasseroberfläche. Wind flaute auf, und der See bekam eine Gänsehaut. Einige Minuten beobachtete er die Wellen, die ans Ufer platschten, dann setzte er sich auf eine Bank und genoss die Nacht. Am Himmel leuchtete ein Meer von Sternen. Für einen Moment schloss er die Augen.

*

Ein Geräusch erschreckte ihn, er riss die Augen auf und brauchte einen Augenblick, um sich zu orientieren. Irgendetwas war anders als gerade eben. Der Mond, er leuchtete nicht mehr an derselben Stelle.

Was zum Teufel …?

Er schaute auf die Armbanduhr. Halb drei!

Verdammt, hatte er tatsächlich geschlafen?

Auf einer Parkbank? Das lag bestimmt an der Seeluft. Müde rieb er über seine Augen, und da war es erneut, das Geräusch, das ihn geweckt hatte.

Grimm lauschte in die Nacht hinein.

Nichts mehr zu hören außer den ans Ufer schwappenden Wellen und dem Aneinanderklacken von Treibholz. Wahrscheinlich spielten ihm seine Sinne einen Streich. Zeit, zurück zur Pension zu laufen und sich ein paar Stunden aufs Ohr zu legen, bevor er wieder im Kommissariat antanzen musste.

Da hörte er es erneut.

War das ein Jaulen?

Möglich.

Grimm kniff die Augen zusammen und bemerkte nach ein paar Sekunden zwei Gestalten, die sich vielleicht zwanzig oder dreißig Meter entfernt am Ufer ein Wortgefecht lieferten. Er erhob sich von der Bank, verließ die Plattform und näherte sich den beiden Personen. Es schien sich um Männer zu handeln, das schloss er aus Größe und Breite.

Die zwei stritten miteinander. Flüche und Verwünschungen schwirrten durch die Luft. Irgendwann hatte einer genug, zischte etwas und lief davon. In einer Hand trug er eine Art Käfig.

Der andere wandte sich um und stieg in ein Schlauchboot, das Grimm erst jetzt wahrnahm. Bevor der Typ den Motor anwarf, schleuderte er irgendetwas in den See, es platschte. Dann erstickte der startende Motor jedes andere Geräusch. Das Boot entfernte sich vom Ufer.

Hatte Grimm gerade einen Drogendeal beobachtet? Die beiden Männer hatten sich jedenfalls äußerst verdächtig verhalten. Was hatte der Bootstyp ins Wasser geworfen? Grimms Blicke suchten die nähere Umgebung ab. Aus dem Augenwinkel nahm er eine Bewegung wahr und ging ein paar Schritte. Der Motor des Schlauchboots hatte den See aufgewühlt, Wellen schwappten an Land und umspielten die massigen Steine am Ufer.

Da, zwei Meter entfernt zappelte etwas. Eine Art Beutel, wie es aussah. Das Winseln wiederholte sich, allerdings nahm die Lautstärke ab.

»Scheiße!«, fluchte Grimm, stieg über die rutschigen Steine und wäre beinahe auf ihnen ausgerutscht. Im letzten Moment fand er das Gleichgewicht wieder und watete ins Nass.

Seine Turnschuhe und die Hosenbeine sogen sich sofort mit Wasser voll. Er biss die Zähne zusammen, es war eiskalt. Der Beutel drohte, weggetrieben zu werden. Grimm beugte den Oberkörper vor, streckte den Arm aus und angelte mit den Fingern nach dem Stoff, den er heranzog. Wieder zurück an Land schaute er nach dem Inhalt des Beutels, und ihm blieb beinahe das Herz stehen.

Ein blondes Fellbündel lag darin und bewegte sich kaum, wimmerte leise.

»Lass mal sehen, was wir da haben.«

Vorsichtig langte er hinein und streichelte mit Zeige- und Mittelfinger über das nasse Fell. Ein kurzes Aufschnaufen folgte, kaum wahrnehmbar.

Dann drehte sich ihm ein Gesicht zu, die Augen halb geöffnet. Ein Hundewelpe, zitternd, aber am Leben. Grimm zog die Hand zurück, an seinen Fingern klebte Blut. Viel Blut!

»Oje, das sieht nicht gut aus.«

Er hob den Hund aus dem Beutel und drückte ihn an seine Brust, um Wärme zu spenden. Der Welpe reagierte nicht, schien am Ende aller Kräfte. Das Tier brauchte dringend einen Tierarzt.

»Was mache ich bloß mit dir?«

Er tastete nach seinem Smartphone. Vergeblich, das lag in seinem Pensionszimmer. Kurzerhand rannte er, den Hund an die Brust gepresst, zurück. Auf der Straße vor seiner Pension kam ihm ein Taxi mit ausgeschaltetem Schild entgegen. Grimm baute sich mitten auf der Straße auf, während er mit einer Hand winkte.

Der Fahrer stoppte wild gestikulierend, ließ die Fensterscheibe runter und schrie: »Madonna, was soll das, sind Sie verrückt?«

»Sie müssen mich fahren.«

»Nein, ich habe fertig, keine Tour mehr.«

Die Scheibe surrte nach oben.

»Himmelarsch, ich habe einen verletzten Hund und muss zu einem Tierarzt!«

Er hielt dem Fahrer den Welpen vor die Nase.

Die Fensterscheibe surrte wieder nach unten.

»Madre santa, steigen Sie ein. Ich bin Enzo.«

Der Fahrer namens Enzo trat aufs Gaspedal, die rasante Anfahrt drückte Grimm in den Beifahrersitz, den winselnden Hund auf dem Schoß. Das Taxi hoppelte über das Kopfsteinpflaster. Erst beim dritten Versuch gelang es Grimm, den Gurt anzulegen. Ein paar Straßen weiter bremste der Taxler bereits ab.

»Dr. Gmeiner, sie behandelt mein Kaninchen.«

Enzo deutete mit dem ausgestreckten Arm nach rechts.

Fluchend schnallte sich Grimm ab, sprang aus dem Auto und klingelte an der Tür. Niemand öffnete. Er klopfte und rief, es tat sich nichts. Nebenan, im zweiten Stock, öffnete jemand das Fenster, ein Glatzkopf schaute verschlafen raus.

»Was soll der Krach?«

»Notfall! Wo ist die Frau Doktor?«

»Woher soll ich das wissen, habe geschlafen.«

Die Glatze donnerte das Fenster zu, dass die Scheiben wackelten.

»Vielen Dank auch, du Arschloch!«, schimpfte Grimm und stieg zurück ins Auto.

»Niemand da.«

»Mamma mia!«

»Zum nächsten Arzt, schnell!«

»Dr. Wieber hat Urlaub, das weiß ich. Und Dr. Bormann wollen Sie nicht, glauben Sie mir. Maledetto idiota!«

Enzo verzog angewidert das Gesicht.

»Emma Bosse«, schnappte Grimm.

»Was?«

»Emma Bosse, die Kripochefin. Fahren Sie mich zu ihr. Sie weiß bestimmt, was zu tun ist.«

»Emma, pronto. Gute Idee.«

»Sie kennen Emma?«

»Klaro, anschnallen, es wird rasant.«

Enzo fuhr, als säße er im Cockpit für Ferrari und die Landstraßen wären eine Formel 1-Strecke. Keine fünf Minuten später bog das Taxi auf Emmas Hof, der überraschenderweise hell erleuchtet war. In mehreren Zimmern des Wohnhauses brannte Licht, genau wie im Stall, und die Hofbeleuchtung war ebenfalls in Betrieb.

Grimm öffnete die Wagentür und brüllte: »Emma!«

Aus dem Stall kamen Emma und eine Frau gelaufen, die Grimm nicht kannte. Er schätzte, dass sie ungefähr in seinem Alter war, also Anfang dreißig, die schwarzen Haare hochgesteckt. Sie und Emma hatten Metzgerschürzen oder etwas Ähnliches umgeschnallt. Beide Schürzen waren mit roter Flüssigkeit bespritzt, die wie Blut aussah. Er achtete nicht weiter drauf.

»Niklas?«

Emma sah ihn mit verblüfftem Gesichtsausdruck an.

»No-No-Notfall!«, stammelte er und hielt ihr den nassen Welpen entgegen.

Sie nahm den Hund, musterte ihn kurz und reichte das Tier sofort an die Schwarzhaarige an ihrer Seite weiter, die längst die Arme nach dem Welpen ausgestreckt hatte.

»Lilly, dein Metier.«

»Buona sera, dotoressa Gmeiner«, begrüßte Enzo die Frau namens Lilly.

»Servus, Enzo«, antwortete sie mit einem leichten österreichischen Akzent und nickte erst Enzo, dann Grimm zu.

»Das ist die Tierärztin«, erklärte der Taxifahrer und grinste.

»Wir waren in Ihrer Praxis, aber Sie waren nicht da«, sagte Grimm, der gleich darauf den vorwurfsvollen Ton seiner Aussage bereute.

»Natürlich nicht«, antwortete Emma anstelle der Tierärztin.

»Lilly ist bei mir, weil wir heute Nacht zusammen ein Fohlen auf die Welt gebracht haben.«

Dr. Gmeiner achtete nicht auf die Unterhaltung, sondern untersuchte den Welpen. Ihre Gesichtszüge wechselten von ernst zu besonders ernst.

»Emma, ich brauche meine Tasche. Sofort!«

Ihre Stimme klang besorgt.

Emma Bosse wirbelte herum und lief in den Stall.

KAPITEL 9

Kurz war die Nacht gewesen. Gähnend schraubte Emma den Deckel des Einweckglases auf, löffelte den letzten Rest Himbeermarmelade auf ihr Toast und biss hinein.

Wolfgang stupste mit der Spitze seines Pantoffels die Glastür auf, teilte mit der linken Hand den golden glitzernden Pailettenvorhang und schlüpfte durch den Spalt auf die Terrasse. Die Holzbretter knarrten unter seinen Schritten. In seiner rechten Armbeuge klemmte eine Kanne mit dampfendem Kaffee, in der dazugehörigen Hand hielt er zwei Keramiktassen, und auf dem Unterarm balancierte er ein Milchkännchen.

»Ganz schön aufregend gewesen, die letzte Nacht, mein Schatz.« Wolfgang stellte die Utensilien auf den Holztisch und setzte sich neben Emma.

Sie nahm die Kanne und füllte beide Tassen. In ihren Kaffee gab sie ein Stückchen Süßstoff und eine ordentliche Portion Milch, bevor sie umrührte. Dann trank sie einen großen Schluck und rieb mit der warmen Tassenunterseite auf ihrer Handfläche. Das tat gut. Die Fototasse mit dem aufgedruckten Bild von Hund Nathan war ein Geburtstagsgeschenk ihres Mannes.

Emma nickte. »Aufregend und stressig. Genau deshalb brauche ich Koffein und Frischluft.«

Sie zog die Decke enger um sich, die auf ihrer Schulter lag. Ein bisschen kalt war es schon.

»Ah, deshalb Frühstück im Freien. Ist ziemlich frisch um diese Uhrzeit, wenn der Morgen dämmert.«

Er rückte seine Schildkappe zurecht, die er immer aufsetzte, sobald er ins Freie trat.

Obwohl er vehement widersprach, dass das an seiner Glatze lag, vermutete Emma genau darin den Grund. Eigentlich schade, denn sie fand kahlköpfige Männer interessanter als vollbewuschelte. Wolfgang schien ihr das offensichtlich nicht zu glauben. Sie lehnte sich an seine Schulter, schloss für einen Moment die Augen.

»Mhm, allerdings zum Wachwerden ideal. Der Ausblick auf die Koppel trägt sein Übriges dazu bei, das ist einfach beruhigend. Genau das Richtige, bevor der Arbeitstag auf einen losstürmt.«

Wolfgang legte den Arm um sie. »Bella geht es gut, ich habe grad nach ihr geschaut. Das Fohlen ist ebenfalls wohlauf.«

»Weiß ich.«

Er lachte. »Natürlich weißt du das. Ich habe die Decke und den Schaukelstuhl gesehen, der vor der Box steht. Vermutlich hast du die ganze Nacht gewacht. Mensch, Emma! Wir hatten abgemacht, dass wir uns abwechseln, wenn du das Gefühl hast, das Fohlen könnte kommen. Wieso hast du mich nicht geweckt?«

»Weil du heute den ganzen Tag den Hof bewirtschaften und natürlich ein Auge auf Bella und ihr Kleines werfen musst. Und weil du gestern beim Kartenspielen mit deinen Freunden verdientermaßen ausgespannt hast und erst spät nach Hause gekommen bist. Ich habe mich aus dem Bett geschlichen und bin in den Stall zu Bella gegangen.«

»Mhm«, brummte er.

»War es denn nicht schön gestern, oder hast du die ganze Zeit verloren? Oh Gott, ihr habt doch nicht um Geld gespielt, so wie du schaust?«

»Nein, nein, das haben wir nicht«, wehrte er ab. »Und ja, es war ganz nett mit den Jungs.«

»Irgendwann wirst du sie mal einladen müssen, bislang kenne ich keinen von ihnen so richtig. Ich bin ja froh, dass du dich wieder mit deinen damaligen Schulkameraden triffst.«

»Hmm, ich bringe sie bestimmt mal mit. Irgendwann.«

»Leider werde ich heute kaum Zeit haben, um mal vorbeizuschauen. An dir wird alles hängen bleiben.«

Wolfgang winkte ab. »Ach, das macht mir nichts aus, das weißt du. Der Hof ist meine Leidenschaft.«

»Und meine mittlerweile auch.«

»Nebenbei hast du einen Mordfall zu klären, das ist wichtig, Emma. Leichen gehen vor, das ist der Deal.«

»Klar. Vielleicht war die Nachtwache ganz gut. Bis die ersten Anzeichen für die Geburt kamen, hatte ich ein wenig Zeit, über den Mord nachzudenken.«

»Ist was dabei rausgekommen?«

»Weiß nicht so recht. Ich muss meine Gedanken im Lauf des Tages erst ordnen. Dazu hatte ich heute Nacht keine Zeit, denn ich hatte ziemlich schnell das Gefühl, dass es bei Bella Komplikationen geben könnte. Darum habe ich Lilly angerufen und sie gebeten vorbeizuschauen. Als sie schließlich bei mir im Stall gesessen ist, haben wir bei heißer Schokolade getratscht, und auf einmal ging es los. Zuerst sah es nach Problemen aus, aber Lilly hat einen verdammt guten Job gemacht.«

Emma schmierte den nächsten Toast mit Himbeermarmelade und beobachtete die Tiere, die sie in aller Frühe auf die Weide gelassen hatte.

»Besser als Kino«, meinte Wolfgang und deutete mit der Kaffeetasse auf die Koppel.

»Vieeeel besser als Kino!«, bestätigte sie und lachte.

Den Tag zu beginnen, indem sie beide während des Frühstücks den Tieren beim Grasen zusahen, war zu ihrem gemeinsamen Ritual geworden.

»Fast so gut wie Sex«, sagte sie und dachte, dass das letzte Mal viel zu lange her war.

»Aber nur fast«, gluckste Wolfgang. »Wann ist die Tierärztin gegangen?«

»Etwas später als vorgesehen. Wir hatten überraschenden Besuch.«

»Echt, davon habe ich gar nichts mitbekommen. Muss wohl ziemlich tief geschlummert haben.«

»Ein Notfall, Lilly hatte ganz schön zu schaffen in der Nacht. Fohlen *und* Hundewelpe.«

»Was für ein Welpe?«, nuschelte Wolfgang, während er in eine Semmel biss.

Emma stand mit der Tasse in der Hand auf.

»Komm mit.«

Im Gehen trank sie aus und stellte die Tasse in einen Blumenkübel auf der Terrassentreppe. Sie führte den kauenden Wolfgang quer über den Hof zum Reiterstübchen auf der anderen Seite. Emma legte die rechte Hand an den Türgriff und den Zeigefinger der linken an die Lippen.

»Pssscht!«

Wolfgang wedelte ungeduldig mit der Hand, als Zeichen, dass er verstanden hatte.

Vorsichtig öffnete sie und spähte ins Innere, dann ließ sie Wolfgang den Vortritt und folgte ihm. Die Stube bestand aus einem großen Raum mit einer Eckbank, Tisch, zwei Korbsesseln, einem Kachelofen, einer Küchenzeile und einer durchgesessenen Couch.

Auf ebendieser lag Niklas Grimm, ein Kissen unter dem Kopf

und eine Decke bis ans Kinn gezogen. Er schnarchte leise. In seiner Armbeuge schlummerte der blonde Welpe, den er letzte Nacht aus dem Bodensee gerettet hatte. Auf der Sofalehne kauerte Kätzin Lisbeth, die aus halb offenen Augen zu ihnen hinüberschielte.

»Wer ist das?«, flüsterte ihr Wolfgang ins Ohr.

»Mein neuer Kollege aus München.«

»Der Profiler, von dem du erzählt hast?«

»Genau der.«

»Was macht er auf der Couch im Reiterstüble? Mit einem Labradorwelpen im Arm und Lisbeth auf der Lehne? Sie mag keine Fremden.«

»Tja, anscheinend steckt mehr in dem jungen Kerl, als es den Anschein hat. Lisbeth hat eine gute Menschenkenntnis.«

Niklas rührte sich, seine Augenlider flatterten. Langsam, ganz langsam begann er, wach zu werden. Zuerst sah er Emma an, danach Wolfgang, dann wieder Emma. Schließlich riss er die Augen komplett auf und wollte allem Anschein nach vom Sofa springen. Erst da bemerkte er den Welpen und sank zurück, offensichtlich darauf bedacht, den Hund nicht mit seinem Hintern zu zerquetschen.

»W-w-wie geht es ihm?«, wollte Niklas sofort wissen. Seine Stimme klang ernsthaft besorgt.

»Besser«, antwortete sie. »Lilly hat ihn erstversorgt, die stark blutenden Wunden am Kopf und an den Pfoten verbunden, ihm eine Vitaminspritze, Antibiotikum und ein Schmerzmittel verpasst. Deine Körperwärme hat ihm die Nacht über gutgetan, wie mir scheint. Er sieht fitter aus.«

»Er?« Niklas sah sie verdutzt an.

Sie nickte.

»Richtig, Lilly hat nachgeschaut, bevor sie euch zwei auf die Couch geschickt hat.«

Der junge Oberkommissar rieb seine Augen. »Jetzt, wo du es sagst, kehrt die Erinnerung zurück. Mann, habe ich ein Schädeldonnern.«

Niklas rieb seine Schläfen. »War ein bisschen viel Stress. Ich könnte ein Aspirin vertragen.«

»Kriegst du, außerdem ein anständiges Frühstück auf meiner Terrasse.«

Emma nickte mit dem Kinn in Richtung Labrador. Der Hund hatte die Augen geschlossen. »Ich denke, du hast heute Nacht einen Welpenhandel beobachtet.«

»Welpenhandel am Bodensee, im Ernst?«

»Leider ja, in letzter Zeit hat dieser Irrsinn sogar zugenommen. Illegaler Hundehandel ist ein lohnendes Geschäft und risikolos im Vergleich zu Drogenhandel. Die Tiere werden meist in Osteuropa gezüchtet. Unter Bedingungen, die so schlimm sind, dass man sich das lieber gar nicht vorstellen möchte. Hinzu kommt, dass die Hunde oft bereits nach fünf oder sechs Wochen von der Mutter getrennt werden.«

»Wieso kauft jemand solche Tiere? Unsere Tierheime sind voll, dachte ich.«

»Stimmt schon, Niklas, aber die potenziellen Käufer wollen oft ganz bestimmte Rassen, die normalerweise sehr teuer sind.«

»Hah, und da kauft man nachts von dubiosen Typen einen Welpen? So ein Unsinn!«

»Leider nicht. In Polen, der Tschechei oder in Rumänien werden die Tiere in Kellern zu Tausenden gezüchtet. Sie kriegen kaum Futter, keine Medikamente und werden nicht geimpft. Das spart Kosten, dazu ein gefälschter Stammbaum, um den Hund wertvoller erscheinen zu lassen, als er in Wirklichkeit ist. Bei einem einzigen illegalen Massentransport verdienen die Hintermänner Zehntausende Euro. Ein Labradorwelpe bringt beispielsweise um die eintausendsiebenhundert Euro mit Papieren. Gefälschte Papiere natürlich. Abzüglich dem, was die Mittelsmänner kosten, bleibt eine Gewinnspanne von ungefähr eintausend Euro pro Hund. Bei zwanzig geschmuggelten Hunden macht das zwanzigtausend Euro.«

»Was, so viel Kohle scheffeln die?« Niklas' Kiefer klappte nach unten.

»Ganz recht. Diese Leute interessiert es nicht, wenn die Hunde krank sind und ein Großteil kaum ein Jahr später verstirbt. Der Reibach ist gemacht, und kein Käufer wird zur Polizei gehen oder Schadenersatz verlangen, weil er sich einen kranken Welpen ins Haus geholt hat.«

»Moment, was heißt krank? Ist er …«, Niklas nickte in Richtung Welpe und rutschte zeitgleich ein wenig beiseite, »etwa … Ich meine, hat er übertragbare Krankheiten?«

»Übertreib nicht. Lilly hat ihm Blut abgenommen. Ob er unter irgendwelchen Krankheiten leidet, werden wir sehen. Entfloht und entwurmt hat sie ihn auch schon. Sein Allgemeinzustand ist gar nicht so schlecht. Wir wollen den Teufel nicht an die Wand malen.«

Emma warnte: »Sorgen sollten wir uns dagegen um diesen furchtbaren Hundeschmuggel machen.«

»Ja, das ist schrecklich. Ich wusste gar nicht, dass es das in dieser Größenordnung gibt.«

Niklas warf dem Hund einen unsicheren Blick zu, rutschte aber wieder näher zu ihm heran.

Ein gutes Zeichen, wie Emma fand.

»Wir haben es mit einer richtigen Welpenmafia zu tun«, klärte sie ihn auf. »Die Kollegen von der Lindauer Inspektion bearbeiten eine ganze Reihe von Vorgängen, deshalb weiß ich darüber Bescheid. Außerdem habe ich bei der Vermittlung von einigen Welpen geholfen, wenn mal wieder ein Handel aufgeflogen ist und die Tiere sichergestellt wurden. Das passiert leider viel zu selten, dass ein Schmuggel den Behörden bekannt wird. Meistens kommen wir denen gar nicht auf die Spur, das Dunkelfeld ist enorm.«

»Aber warum diesen Hund ins Wasser werfen, wenn es ein Geschäft ist?«

Grimm tätschelte den Rücken seines Schützlings. »Das leuchtet mir nicht ein. Hört sich nach Geldverbrennen an.«

Emma streichelte dem Hund über Kopf und Verband.

»Ihm fehlt das linke Ohr, das ist dir wahrscheinlich im Dunkeln nicht aufgefallen, hat ziemlich geblutet.«

»Ihm fehlt ein Ohr?«, wiederholte er. »Wie ist das passiert?«

Sie zuckte mit den Schultern.

»Vielleicht wurde es von einem anderen Tier abgebissen oder beim Transport in einem viel zu kleinen Käfig abgerissen. Wer weiß das schon. Jedenfalls hat der Hund für die Schmuggler dadurch seinen Wert verloren. Wieso ihn also mitnehmen? Womöglich später Arztkosten bezahlen und dazu Futter? Dann lieber entsorgen, das kommt billiger. Das ist eine einfache wirtschaftliche Rechnung.«

Niklas ballte die Hände zu Fäusten. »So ein Mist, dass ich diese Schweine nicht zu fassen gekriegt habe.«

»Vielleicht besser so. Diese Leute sind nicht nur zu den Tieren brutal, das sind skrupellose Welpenhändler aus Osteuropa. Die machen kurzen Prozess mit Leuten, die ihnen in die Quere kommen.«

Niklas strich dem Welpen über den Kopf. »Was ist das überhaupt für eine Rasse?«

»Labrador.«

»Kenn ich nicht.«

»Na ja, jetzt schon. Er scheint dich zu mögen.«

»Glaub ich kaum. Ich bin nicht so der Tierfreund, habe kein Gefühl für Hunde und Katzen. Die merken das bestimmt«, wehrte er ab.

»Lisbeth und er sehen das offensichtlich anders, wie mir scheint«, stellte Wolfgang fest und reichte Niklas die Hand. »Angenehm, mein Name ist Wolfgang Bosse. Ich bin der Ehemann dieser reizenden Frau.«

Emma stieß ihm den Ellenbogen in die Seite.

»Niklas Grimm.« Der junge Profiler gab Wolfgang die Hand und schaute ihn irgendwie komisch an, wie Emma fand.

»Du solltest ihm einen Namen geben«, schlug sie vor.

»Wem?«, fragte Niklas, der weiterhin Wolfgang anzustieren schien.

»Dem Labrador, wem sonst?«, erwiderte sie irritiert.

»Wieso ich?«

»Du hast ihm das Leben gerettet.«

»Um ihn kümmern kann ich mich nicht«, ging er sofort in die Defensive. »Ich habe keine richtige Wohnung in Lindau, wohne in einer Pension.«

»Von kümmern hat keiner was gesagt, er braucht einen Namen«, korrigierte ihn Emma.

»Jaja, das kenne ich. Zuerst gebe ich ihm einen Namen, dann suchst du mich als seinen Paten aus und schließlich habe ich ihn ganz am Hals. Ich und ein Hund? Nie im Leben! Hunde stinken, wenn sie nass werden. Und sie werden *immer* nass, springen in Baggerseen, wälzen ihren Körper im Dreck.« Der junge Oberkommissar verzog die Nase. »Außerdem ist mein Smart zu klein, wo soll er sitzen?«

»Er ist ein Welpe«, erinnerte ihn Emma. »Winzig klein, also nimmt er kaum Platz weg.«

»Welpen werden größer.«

»Du kannst im Reiterstüble wohnen, wenn du willst, jedenfalls vorläufig. Der Hund würde sich freuen.«

»In dieser Bruch… ähm, also, ich glaube nicht.«

»Lilly wäre beruhigt, wenn eine weitere Person auf ihn aufpasst. Da wäre es ideal, wenn du die Nacht bei ihm verbringst.«

»Auf keinen Fall! Aus der Sache mit dem Hund und mir wird nichts werden. So viel steht fest.«

»Kein Problem, ins Tierheim kommt er jedenfalls nicht. Er bleibt auf dem Hof, das steht auch fest. Was meinst du, Wolfi? Natürlich entscheide ich nichts über deinen Kopf hinweg, das ist klar.«

Ihr Mann blickte sie liebevoll an.

»Kein Tierheim«, bestätigte er.

»Dann sind wir uns einig. Einen Namen braucht er dennoch. Niklas, das bist du dem Kleinen schuldig.«

Sie schaute Niklas erwartungsvoll an.

Der kniff die Lippen zusammen und musterte den schlafenden Welpen an seiner Seite.

»Er ist ein blonder Kerl.«

»Ein blonder Labrador«, stimmte Emma zu.

»Skandinavier sind sehr oft blond«, sinnierte Niklas. »Dänen, Schweden, Finnen.«

»Habe ich auch gehört«, bestätigte sie und überlegte, wohin die Gedanken ihres Kollegen führten, sie war gespannt.

»Wie wäre es mit Rasmus?«, schlug er nach kurzem Nachdenken vor.

»Rasmus, wieso nicht? Klingt gut. Was meinst du, Wolfgang?«

»Der Name passt zu dem Kleinen. Nennen wir ihn also Rasmus.«

Emma klatschte in die Hände.

»Wunderbar! Niklas, auf der Terrasse steht ein kleines Frühstück. Nichts Besonderes, Toast, aufgebackene Semmeln und Brezen, Marmelade, Honig, ein paar Eier, Käse und Orangensaft. Kaffee natürlich. Wolfgang leistet dir Gesellschaft. Vergesst nicht, Rasmus zu füttern. Geeignete Welpennahrung findet ihr ...«

»Emma, du vergisst, dass ich auch hier wohne«, unterbrach Wolfgang sie grinsend. »Ich weiß, wo das Hundefutter steht.«

Sie schmunzelte. »Okay.«

Emma wandte sich an Niklas.

»Ich fahre von hier aus gleich zum Gestüt Zinsmeister. Den Umweg über die Dienststelle spare ich mir. Bobby kommt nachher vorbei und nimmt dich mit zur Befragung der Bauern Scharold und Hofstetter.«

»Oh«, entgegnete er. »Du hast ja alles bereits organisiert.«

»Natürlich, ich bin die Chefin. Und du willst sicher nicht ein zweites Mal mit dem Taxi fahren. Das wird mit der Zeit recht teuer. Obwohl Enzo ein echt dufter Typ ist, man kann sich auf ihn verlassen. Außerdem hat er einen Onkel, der Queen vergöttert und verdammt gut kochen kann.«

Emma lachte, bevor sie wieder dienstlich wurde.

»Heute am späten Nachmittag treffen wir uns übrigens alle zur Lagebesprechung auf der Dienststelle. Mal sehen, ob wir bis dahin im Seemord ein Stückchen weiter gekommen sind. Wäre zu wünschen.«

Emma sah Niklas an, dass ihm eine Frage auf der Zunge brannte, er sie jedoch nicht stellen würde. Sie wusste sogar welche. Nämlich, wieso sie alleine zur Befragung auf den Hof der Zinsmeisters fuhr.

KAPITEL 10

»Hmm?«

Grimm löste den Blick von dem beeindruckenden Bild vor dem Beifahrerfenster. Er hatte den Pfänder betrachtet. Den Hausberg von Bregenz, der bei freier Sicht von Lindau aus gut zu sehen war. Nachdem sie bereits den Schweinebauern in der Gemeinde Enzisweiler befragt hatten, waren sie nun auf dem Weg nach Oberreitnau zum Milchbauern Hermann Scharold, der dort seinen Hof betrieb. Grimm kam in seinen ersten Tagen ganz schön rum im Lindauer Umland.

Nachdenklich strich er mit den Fingern über die Lederkrawatte, die er wieder trug. Bevor sie zu ihrem Auftrag aufgebrochen waren, hatte er Bobby gebeten, zur Lindauer Pension zu fahren, damit er sich etwas Ordentliches anziehen konnte. In der Kleidung von gestern konnte er unmöglich Dienst verrichten. Nach der Rettung des Welpen Rasmus war sie blutverschmiert. Am besten, er würde Hose und Shirt in den Müll schmeißen. Wer wusste schon, was für Keime an der Kleidung hingen?

»Was du von Albert Hofstetter haltst, habe ich gefragt«, brummte Bobby und schaltete in den dritten Gang, als er auf der Landstraße den BMW beschleunigte. Die Sicht auf den Pfänder verschwand. »Übrigens *dreimal*! Bist du gar eingeschlafen? Bei meiner rasanten Fahrweise grenzt das fast ein Wunder.«

»Müde bin ich zwar, die Nacht war kurz, dennoch wach. Keine Sorge. War leicht abgelenkt.«

»Die Gegend hat was, nicht wahr?«, brummte Bobby. »Der Bodensee mitsamt der Umgebung ist traumhaft. Keine zehn Pferde kriegen mich von hier weg, das steht mal fest. Lindau ist meine Heimat.«

»Bist du hier geboren?«

»Im Lindauer Krankenhaus, vor ziemlich genau fünfzig Jahren. Ich bin ein richtiger Eingeborener. Aber das war nicht das Thema.«

»Entschuldige, was hast du eben gefragt?«

Bobby seufzte.

»Okay, weil du es bist, zum vierten Mal: Albert Hofstetter?«

»Der Schweinebauer?«

Bobby drückte zweimal die Hupe und reckte die Faust in die Luft. »Der Kandidat hat tausend Punkte.«

Grimm zuckte erschrocken zusammen.

»Also, was ist deine Meinung über Hofstetter?«, wiederholte Bobby seine Frage.

»Mein Bauchgefühl sagt mir, er hat nichts mit dem Mord zu schaffen.«

»Weil er seinen Schweinen Lieder vorsingt?«

»Wo man singt, da lass dich ruhig nieder. Böse Menschen kennen keine Lieder«, zitierte Grimm einen Spruch, den er irgendwo aufgeschnappt hatte.

»Kriminalistisch ziemlich fragwürdig, würde ich mal sagen«, antwortete Bobby lachend.

»Und vor Gericht alles andere als beweiskräftig«, erwiderte Grimm und schmunzelte, wurde allerdings schlagartig wieder ernst. »Ich weiß nicht recht, aber dass jemand zum Mörder wird, weil irgendwelche Tieraktivisten ihm Misshandlung vorwerfen, das kommt mir recht vage vor. Das ist kein schlagkräftiges Motiv.«

»Möglich«, stimmte Bobby zu. »Aber überprüfen müssen wir das natürlich. Immerhin haben die Aktivisten seinen Namen genannt, als es um mögliche Feinde von Nele Gruber ging.«

»Ich finde, wir sollten die Eifersuchtsschiene verfolgen, diese Spur ist heißer.«

»Emma verfolgt alles, glaub mir.«

»Na, hoffentlich.«

»Zweifelst du an ihr?«

»Die Frage ist eher, ob sie an mir zweifelt. Ich glaube, das tut sie.«

»Wie kommst du darauf?«, erkundigte sich Bobby.

»Sie hat mir gestern einen ziemlichen Anschiss verpasst. Emma hält mich nicht für geeignet.«

»Für was?«

»Als Prof… Verdammt, jetzt fang ich auch schon damit an. Ich meinte natürlich als Fallanalytiker. Sie traut mir wenig Fachkompetenz zu.«

»Wie du diese Stelle in München bekommen hast, hat sich bereits rumgesprochen.«

»Großartig. Halten mich also alle für einen Dilettanten, der nicht aufgrund seiner Fachkenntnisse zur OFA gekommen ist?« Er dachte an Emmas Worte gestern Nachmittag und griff in die Hosentasche. Die Fünf-Mark-Münze anzufassen beruhigte ihn.

»So direkt würde ich es zwar nicht ausdrücken, aber die grobe Richtung stimmt.«

»Echt toll.«

Bobby trommelte mit den Fingern auf dem Lenkrad, er schien nervös.

Grimm beäugte seinen Kollegen misstrauisch. »Was liegt dir sonst auf der Zunge? Ich spüre, dass da was ist. Spuck's aus!«

»Nein, alles gut, wirklich.«

»Ach, komm. Das glaube ich nicht. Rück raus mit der Sprache. Schlimmer geht es nicht mehr.«

»Wie man's nimmt, wie man's nimmt.«

Bobby atmete tief ein und aus. Und noch mal tief ein und aus. »Okay, kurz und schmerzlos. Du hast den Schlitzer von Pasing entkommen lassen!«

Grimm schluckte; der Speichel schmeckte bitter. Es *war* gerade schlimmer gekommen. Ihm war zwar von Anfang an klar gewesen, dass es ihm nicht auf Dauer gelingen würde, dieses Thema zu meiden. Wie auch? Dennoch kam der Moment ungelegen. Aber gab es überhaupt einen passenden Zeitpunkt, über die eigene Inkompetenz zu sprechen? Wahrscheinlich nicht.

»Ja, das stimmt«, gab er zähneknirschend zu.

»Die Flucht des Schlitzers spricht nicht gerade für dich, da will ich ehrlich sein. Die Kollegen reden über dich, seit bekannt geworden ist, dass du nach Lindau kommst. Immerhin ist der Schlitzer der gefährlichste Serienmörder Bayerns seit Horst David, dem Würger von Regensburg.«

Grimm war es zu verdanken, dass die wahre Identität des Schlitzers inzwischen bekannt war. Aber das spielte nach dem Festnahmedesaster leider keine Rolle mehr. Er sprach das gar nicht erst an, wahrscheinlich käme es als Entschuldigung rüber, was er nicht wollte. Sein anfänglicher Ermittlungserfolg änderte nichts daran, dass er später Mist gebaut hatte. Großen Mist. Aus einer emotionalen Laune heraus war er in den polizeilichen Einsatz geplatzt. Wäre diese saublöde Geschichte mit seiner Exfreundin Pia nicht passiert, wäre er nicht blind vor Zorn losgerannt.

Er hatte auf Teufel komm raus die Lorbeeren für die Festnahme des Serienmörders ernten wollen, was grandios schiefgegangen war. Der Schlitzer war immer noch auf freiem Fuß und eine tödliche Gefahr für die Münchner Bevölkerung. Wenn er nicht gar in einer anderen Stadt untergetaucht war und den nächsten Mord plante. Der Super-GAU!

»Du bist dennoch ein sympathischer Kerl, Niklas.«

Offenbar machte er ein zweifelndes Gesicht, denn Bobby nickte nachdrücklich. So nachdrücklich, dass der BMW ins Schlingern geriet.

»Doch, das meine ich ernst.« Bobby stabilisierte den Wagen wieder. »Fehler machen wir alle mal. Wichtig ist für mich: Du scheinst das Herz am rechten Fleck zu haben. Das erkenne ich auf den ersten Blick, meine Menschenkenntnis ist legendär, weißt du.«

Er lachte dröhnend. »Aber ich warne dich vor Alleingängen wie beim Schlitzer. Das kommt bei unserer Chefin nicht gut an. Jetzt, wo du einen Hundewelpen vor dem Ertrinken gerettet hast, sind deine Aktien bei ihr gestiegen, und zwar enorm.« Verschwörerisch zwinkerte er Grimm zu. »Das könnte der Anfang einer wundervollen Beziehung werden. Enttäusche Emma nicht. Und vor allem: Hintergehe sie nicht! Sie mag es gar nicht, wenn Kollegen ihr ins Gesicht lügen.«

»Habe ich nicht vor«, beruhigte Grimm ihn.

»Gut so.«

Mit einer Hand wickelte Bobby eine Leberkässemmel aus einer Aluverpackung, während er mit der anderen das Lenkrad hielt. »Willst du erzählen, wie es zu dem Fehlschlag mit dem Schlitzer gekommen ist?« Bobby biss in die Semmel.

»Ein anderes Mal«, wehrte Grimm ab.

Nein, über Pia und ihren Betrug an ihm wollte er nicht sprechen. Nicht jetzt. Außerdem war es unprofessionell gewesen, wegen einer persönlichen Ausnahmesituation beruflichen Mist zu bauen. Unnötig, dies Bobby auf die Nase zu binden und so die ersten Anflüge von Vertrauen zu zerstören.

»Erzähl mir lieber von Emma«, lenkte er auf ein anderes Thema.

»Die Chefin ist eine echte Tierliebhaberin, nicht wahr?«, nuschelte sein Kollege zwischen zwei Bissen.

Grimm beobachtete, wie Senf aus der Semmel aufs Lenkrad tropfte und Bobby die gelbe Pampe bei seinen hektischen Kurbelbewegungen mit den Händen verteilte. Unruhig griff Grimm in die Innenseite seiner Lederjacke, am liebsten hätte er mit einem seiner Desinfektionstücher übers Steuer gewischt.

»Nach meinem Geschmack übertreibt sie es. Findest du nicht, Bobby? Entweder leitet sie eine Dienststelle oder ein Tierheim. Beides gleichzeitig, das geht nicht.«

»Ihr Mann kümmert sich um den Hof.«

»Sah mir nicht danach aus, eher das Gegenteil.«

»Weil sie die Tiere genauso liebt wie Wolfgang. Und weil sie ihren Mann liebt. Ihm zuliebe macht sie das. Du weißt nichts über die beiden.«

»Klär mich auf.« Grimm dachte an den Mercedes, den er gestern Abend in Lindau beobachtet hatte: die Blondine in Begleitung eines Manns mit blauer Schildkappe. Genau so eine Kappe, wie sie Emmas Mann trug. Gestern, auf der Koppel, hatte Grimm den werten Gatten nur flüchtig wahrgenommen. Aber als Wolfgang sich heute Morgen im Reiterstübchen vorgestellt hatte, war Grimms Blick sofort auf die Kappe gefallen. Und ihm war klar geworden, dass Wolfgang Bosse seine Frau belog. Emma hatte munter davon berichtet, dass ihr Mann den gestrigen Abend mit seinen Kumpels beim Kartenklopfen verbracht hatte. Aber diese Blondine hatte weder nach Kumpel noch nach Kartenspielerin ausgesehen.

»Hmm, ich bin nicht sicher, ob ich das soll. Aber ein bisschen Hintergrundwissen schadet bestimmt nicht.« Bobby knüllte die

Alufolie zusammen, in der die Semmel eingepackt gewesen war, und warf sie auf den Rücksitz. »Emmas Mann Wolfgang, der war früher Oberstaatsanwalt in München, da hat er die Emma kennengelernt. Bei einem Mord, also, ich meine natürlich nicht, bei … sondern an einem Tatort, einem Mordschauplatz sozusagen. Emma als junge Mordermittlerin und Wolfgang als zuständiger Staatsanwalt. Wie man so hört, hat es gleich mächtig gefunkt zwischen beiden. Vielleicht lag es daran, dass beide gebürtige Lindauer sind, das verbindet in so einer Großstadt. Jedenfalls sind sie ein Paar geworden und haben geheiratet. Ist jetzt bereits bald dreißig Jahre her.«

Bobby überholte einen Traktor, verstummte für einen Augenblick, um dann das Gespräch fortzusetzen: »Während Emma in München eine hervorragende Mordermittlerin geworden ist, hat Wolfgang dem Druck nicht standgehalten, dem er als Oberstaatsanwalt ausgesetzt war. Irgendwann erwischte ihn das Burnout-Syndrom, aber so richtig.«

Bobby schwieg, griff das Lenkrad fest mit beiden Händen, ging vom Gas und starrte geradeaus.

»Und was passierte dann?«, forderte Grimm ihn zum Weitererzählen auf.

»Was dann passierte?« Kopfschütteln bei Bobby. »Emma hat auf ihre Karriere gepfiffen und ist mit ihrem Mann zurück in die Lindauer Heimat gezogen. Wolfgang hat seinen Job bei der Münchner Staatsanwaltschaft gekündigt, er war psychisch nicht mehr in der Lage dazu. Wollte in Lindau den Hof seiner verstorbenen Eltern bewirtschaften. Und Emma hat die Leitung der KPS Lindau übernommen.«

»Chefin der Lindauer Kripo ist kein Rückschritt«, entgegnete Grimm.

»Oh, in Emmas Fall schon. In München hätte sie es in den

höheren Dienst geschafft, wäre bestimmt Kriminaldirektorin oder mehr geworden. Lindau ist eine kleine Stadt, wir haben nicht einmal eine richtige Kriminalpolizei, sind lediglich eine kleine Station. Verglichen mit München sind wir ein Furz im Universum. Das war ganz sicher ein Rückschritt. Aber für die Liebe zu ihrem Mann hat Emma es getan.«

»Hört sich eigentlich gut an«, sagte Grimm und dachte daran, was Emma alles für Wolfgang auf sich genommen hatte. Grimm sah vor seinem geistigen Auge die Blondine, die sich zu Wolfgang auf den Beifahrersitz gebeugt und ihm einen Kuss auf die Wange gegeben hatte.

»Stimmt, auf den ersten Blick«, erwiderte Bobby. »Anfangs lief alles gut. Wolfgang hatte Großes vor mit dem Bauernhof seiner Eltern. Er hat saniert und umgebaut, jedoch ohne wirklichen Plan. Seine ganzen Ersparnisse hat er in das Vorhaben gesteckt und zudem einen Kredit aufgenommen. Er wollte einen Pferdehof mit Übernachtung und allem Pipapo anbieten. Allerdings gab es ein Problem.«

»Und das wäre?«

»Er hat sich übernommen, hat die guten Apfelplantagen seiner Eltern zu einem Spottpreis verkauft, dazu einige Grundstücke, um den Umbau zu finanzieren. Inzwischen sind die Immobilienpreise wie verrückt gestiegen – das war im Nachhinein betrachtet also eine sehr unkluge Entscheidung. Irgendwann ging das Geld aus, er finanzierte über die Bank nach, aber es reichte immer noch nicht. Und Einnahmen kamen wenig rein, die gut verkäuflichen Bodenseeäpfel gab es nicht mehr, und es kamen zu wenig Leute, die gegen Geld ihre Pferde bei ihm einstellten. Das mit dem Übernachten klappte ebenso wenig.«

»Wieso denn? Touristen gibt es am Bodensee jede Menge. Ich

stelle mir vor, gerade die Pensionsgäste bringen gutes Geld«, vermutete Grimm.

»Sollte so sein, das stimmt. Aber nicht, wenn der Herbergswirt statt zahlungskräftigen Touristen ständig Tiere in Not aufnimmt, deren Besitzer nicht zahlen können. Wolfgang Bosse hat lieber in einen Paddock, den Stall und sonst was investiert als in anständige Übernachtungszimmer. Der ganze Hof ist ein riesengroßes Minusgeschäft. Wenn Emma nicht mit ihrem Gehalt zuschießen würde, ginge alles den Bach runter.«

»Wieso tut sie das?«

»Aus Liebe! Der Hof ist alles für ihn. Die Tiere sind alles für ihn. Und *er* ist alles für sie. Im Laufe der Zeit ist ihr Herz für die Viecher größer und größer geworden. Ich glaube, mittlerweile können sowohl Wolfgang als auch Emma nicht mehr ohne den Gnadenhof leben. Das ist die ganze Geschichte.«

Grimm dachte über das eben Gehörte einen Moment nach. »Sie hat mir angeboten, in der Reiterstube zu wohnen.«

»Sehr entgegenkommend.«

»Spinnst du? Warst du in dieser Kammer mal drinnen? Da hole ich mir die Krätze, den Hantavirus oder sonst was. Ich habe eine ganze Packung Desinfektionstücher verbraten, um mich zu reinigen.«

Grimm sehnte sich nach seiner alten Wohnung in München zurück, die zwar klein, aber dafür modern gewesen war. Und wie sollte er mit dem Verdacht umgehen, der sich ihm wegen Wolfgang geradezu aufzwängte? Sollte er Emma einen Tipp geben, ihr sogar von seiner Beobachtung erzählen? Hatte sie ihn nicht davor gewarnt, sie zu hintergehen? Und hatte Bobby vor ein paar Minuten nicht dasselbe gesagt? Andererseits … Was hieß hier hintergehen? *Er* war schließlich nicht derjenige, der hinter dem Rücken seiner Frau mit einer Blondine rummachte. Außerdem log er nicht, wenn er Emma erst gar nicht von seiner Beobachtung erzählte. Nein, das war nicht seine Aufgabe. Wie käme er dazu, sich in fremde Angelegenheiten zu mischen?

»Niklas, du bist mir ein seltsamer Vogel. Wie du meinst, aber ich mache dir wenig Hoffnung, in Kürze eine bezahlbare Wohnung zu finden.«

»Ich könnte bei dir einziehen.«

»Sorry, du bist zwar ein Kollege, aber *so* weit geht meine Kollegenliebe nicht. Tut mir leid. Ich habe eine Frau und zwei Töchter, das reicht mir vollkommen, glaub mir. Außer einer Besenkammer oder dem Dachboden habe ich sowieso nix anzubieten. Da kannst du genauso gut Emmas Reiterstüble nehmen.«

Der BMW ruckelte leicht.

»Ah, wird sind da«, erklärte Bobby mit einem Kopfnicken, während sie auf den Bauernhof von Hermann Scharold einbogen.

KAPITEL 11

»Blöder Arsch!«, schimpfte Emma und zeigte dem Fahrer des froschgrünen Pick-ups den Mittelfinger.

Okay, sie war in Gedanken bei dem neugeborenen Fohlen gewesen und mit ihrem Suzuki vielleicht ein wenig langsam unterwegs. Langsamer als nötig, das räumte sie ein. Obwohl die kurvige Bundesstraße an dieser Stelle sowieso nicht viel mehr Tempo zuließ. Dem Beinamen *Deutsche Alpenstraße* machte sie alle Ehre, so wie sie sich den Berg hinaufschlängelte, links und rechts gesäumt von Bäumen.

Für den Drängler hinter ihr war die unübersichtliche Bergfahrt allerdings kein Hinderungsgrund, an Emma vorbeizurasen – mitten im Überholverbot, hupend und mit der drohend gereckten Faust. Im allerletzten Moment wich sie nach rechts auf einen kleinen Parkplatz aus und kam dort mit ihrem Wagen schlitternd zum Stehen. Der Pick-up schlingerte gerade so an einem Wohnmobil vorbei, das ihm just in diesem Augenblick aus der Kurve entgegenkam. Beinahe wären die beiden Fahrzeuge zusammengerauscht, einzig Emmas Fahrmanöver hatte einen Frontalcrash verhindert.

Sie merkte sich das Kennzeichen, was ihr relativ leichtfiel. *LI-DO* wie der Nachtclub und als Ziffernkombination das Geburtsjahr ihres Mannes. Unmöglich zu vergessen. Zurück auf der Dienststelle würde sie den Halter durchs polizeiliche Abfragesystem jagen und den Kollegen der Kemptener Verkehrspolizei einen kleinen Bericht zukommen lassen. Eine Anzeige und eine Vorladung zum Verkehrsunterricht schadeten solchen Fahrern nie.

Emma zählte das Alphabet auf, um runterzukommen, anschließend rechnete sie das kleine Einmaleins durch. Als sich ihr Puls einigermaßen normal anfühlte, wollte sie den Wagen starten. Da kam *Highway to Hell* im Radio. Wie passend, dachte sie angesichts dessen, was eben passiert war. Ein kurzes Headbanging trieb ihren Puls zwar erneut nach oben, allerdings ging es ihr danach wesentlich besser. Sie fühlte sich fit, den *Rohrach Anstieg* mit seinen vierhundert Höhenmetern und sieben Kehren zu Ende zu bringen. Ein Schild am Straßenrand wies auf die Scheidegger Wasserfälle hin. Ihre Enkel kamen dieses Wochenende zu Besuch. Emma notierte im Hinterkopf, mit den beiden die Wasserfälle zu besuchen, während sie weitertuckerte und die Landschaft bewunderte. In diesem Teil des Westallgäus überwogen Wiesen und Felder, Fischweiher und Wälder. Im Gegensatz zur Lindauer Gegend, wo Apfelplantagen und Weinberge dominierten.

Emma lenkte den Suzuki durch Scheidegg, bis sich ihr ein Panoramablick auf die Allgäuer Alpen bot. Die Sicht heute war hervorragend, der Himmel bayerisch weiß-blau. Emma glaubte sogar, bis zum Schweizer Säntis-Massiv blicken zu können. Sie fuhr an den Straßenrand, vor ihr öffnete sich ein Tal. Dort unten lag die Gemeinde Böserscheidegg, das Ziel ihrer Fahrt.

Den Reiterhof Zinsmeister sah sie bereits von ihrem Aussichtspunkt, das Gestüt war gewaltig. Sie schaltete den Motor aus und ließ das Seitenfenster surrend nach unten sausen. Dabei nickte sie beeindruckt. Eine zwei Meter hohe Mauer umfasste den Hof. Innerhalb der Umgrenzung gab es zahlreiche Gebäude, Schuppen, Scheunen, Stallungen, Unterkünfte für die Mitarbeiter, eine große und eine kleine Reithalle, mehrere

Reitplätze und Lagerplätze für Heu- sowie Strohballen. Emma hatte vor einigen Wochen einen Bericht in der lokalen Zeitung über das Gestüt gelesen. Sehr betuchte Leute stellten bei den Zinsmeisters ihre Pferde unter. Rechtsanwälte, Schönheitschirurgen, Chefärzte und diverse Prominente. An den Wochenenden gaben bekannte Reitsportler Kurse und Privatunterricht. Sogar der Pferdezucht hatten sich die Eigentümer verschrieben.

Das Bimmeln von Kuhglocken holte Emma aus ihrer Gedankenwelt zurück. Links grasten die typischen Allgäuer Kühe auf einer hügeligen Weide. Mit geöffnetem Fenster fuhr sie wieder los, ins Tal hinunter. Ein paar Hundert Meter weiter rechts führte eine Zufahrt zum offen stehenden Tor des Gutshofs. Schmiedeeisern, links und rechts von zwei tänzelnden Bronzepferden in Lebensgröße flankiert. Standesgemäß!

Sie staunte nicht schlecht, als ihr Wagen auf den gekiesten Hof rollte. Ein froschgrüner Pick-up parkte vor dem Herrenhaus, das aus einem Pilcher-Roman entsprungen schien. Von wildem Wein umrankt, mit einem Anbau in Form eines Turms. Das Kennzeichen des Pick-ups passte zu dem dreisten Überholer. Emma stellte ihren weinroten Suzuki neben den Pick-up. Sie packte ihre Handtasche, ließ das Fenster offen, stieg aus und ging auf das Herrenhaus zu. Kies knirschte unter ihren Pumps. Da es ein warmer Maimorgen war, mit Temperaturen an die zwanzig Grad, hatte sie luftigere Kleidung gewählt. Eine weite Sommerhose aus Leinen in himmelblau, die angenehm kühl auf der Haut war. Emma liebte den breiten Schlag, der ein bisschen an die 70-er erinnerte. Dazu eine beige Bluse, den Blazer hatte sie im Auto gelassen. Ihre Pistole lag in der geschulterten Handtasche, jederzeit griffbereit. Sie ging zwar nicht von einer konkreten Gefahrensituation aus, aber ohne Waffe zum Einsatz zu fahren, war leichtsinnig und zugleich alles andere als professionell. Wobei ohne Partner eine Befragung von Personen durchzuführen, die eventuell in Zusammenhang mit einem Kapitaldelikt standen, auch nicht gerade vorschriftsgemäß klang. Aber Emma überging manchmal die eine oder andere Dienstanweisung. Sie war schließlich Chefin.

Als sie entfernte Stimmen hörte, umrundete sie das imposante Gebäude und näherte sich den Stallungen. Links davon lehnten zwei Männer an einem mit Heu beladenen Hänger. Sie beobachteten zwei Mädchen im Alter von etwa zehn Jahren, die auf dem Reitplatz mit zwei teuer aussehenden schneeweißen Arabern ihre Runden drehten. Innerhalb des Kreises stand eine Frau in T-Shirt und Reithose. Sie erteilte den Mädchen Anweisungen.

Die Geräusche der entfernten Landstraße drangen leise an Emmas Ohr. Als sie näher kam, unterzogen die Männer sie einer Musterung. Aufgrund der Ähnlichkeit zueinander vermutete sie sofort die Brüder Zinsmeister in ihnen. Trotz der äußeren Ähnlichkeiten war ihre Ausstrahlung unterschiedlich. Der größere wirkte sympathisch, hinter seiner Brille funkelten listige Augen. Um seine Mundwinkel gruben sich Lachfältchen in die Haut. Der Mann trug zu einem Cowboyhut ein Karohemd, dazu Jeans und Cowboystiefel.

Der andere war gekleidet wie ein Geschäftsmann: graue Hose, weißes Hemd und blaue Krawatte. Das Gesicht aufgedunsen – vermutlich von zu viel Alkohol –, die Nase rot geädert. Die schwarzen Haare hatte er mit zu viel Gel an den Kopf geklatscht, was ihn wie den Klischee-Mafioso aus dem Fernsehen aussehen ließ. Seine schwarzen Lederschuhe waren von einer Staubschicht überzogen, was allerdings kein Wunder war, der Hof war voller Kies, und die Pferde auf dem Reitplatz wirbelten Dreck auf, wenn sie in Trab und manchmal in den Galopp fielen.

Der Geschäftsmann blickte über Emmas Schulter. Es schien, als betrachtete er etwas hinter ihrem Rücken. Auf einmal blitzten seine Augen wissend auf.

»Ach, die Schnecke mit dem Geländewagen für Arme«, höhnte er. »Ein Suzuki Jimmy und ausgerechnet in Rot. Natürlich ein Frauenauto. Hätte ich mir eigentlich denken können. Mit was geben Sie Gas, mit der Nase?«

Sein Lachen dröhnte in der Luft wie ein aufziehendes Gewitter.

»Martin, was soll das?« Der Cowboy verzog das Gesicht, ihm war sein Bruder offensichtlich peinlich.

»Keine Sorge, Stefan. Die Tante kann einfach nicht Autofahren.« Und zu ihr gewandt. »Sie können sich gerne beschweren, interessieren tut mich das halt nicht.«

Er zeigte ein haifischgetränktes Lächeln.

Sie zückte ihren Dienstausweis. »Emma Bosse, Kripo Lindau.«

»Oh, verdammt«, entfuhr es dem Raser.

Der Cowboy grinste.

»Der grüne Pick-up ist Ihrer, Herr …?«

»Zinsmeister, Martin Zinsmeister, hören Sie …«

»Sie sollten nicht so viel Gas geben. Manche Autofahrer hat das bereits den Führerschein gekostet.«

»Entschuldigung, Sie müssen zugeben, dass Sie eine Art Verkehrshindernis gebildet haben.«

Seine Stimme klang kleinlauter, allerdings schien er nicht einsichtig. Emma sah es in seinen Augen. Hinterlistige Augen.

»Das ist kein Grund, das Überholverbot zu missachten«,

belehrte sie ihn. »Außerdem mag ich es überhaupt nicht, wenn man mir eine erhobene Faust zeigt. Das sehe ich als Drohung an«, zischte sie und schob den Kopf einige Zentimeter nach vorne.

»Ich will nicht mit Ihnen streiten, im Grunde haben Sie recht.«

»Im Grunde? Wie darf ich das verstehen?«

Sie schaute ihm so lange in die Augen, bis er nervös zur Seite blickte.

»In Ordnung«, räumte er ein. »Ich habe vielleicht …«

»Vielleicht?«, grätschte sie dazwischen.

»Okay, ich habe *eindeutig* was falsch gemacht. Zufrieden?« Er kniff die Lippen zusammen.

»Sie haben gegen die Straßenverkehrsordnung verstoßen, ich könnte Sie anzeigen.«

»Aber, aber, das muss wirklich nicht sein.«

Er hob in Verteidigungshaltung beide Hände, die Handflächen zeigten in Emmas Richtung.

»Wo wir quasi Kollegen sind.«

»Kollegen?«

Sie horchte auf. »Das wüsste ich.«

»Doch«, beharrte er.

Da ging ihr ein Licht auf.

»Sicherheitswacht? Abendliche Runden im Dienste der Aufrechterhaltung der öffentlichen Ordnung. Solch ein Kollege etwa?«

»Neinneinnein, wo denken Sie hin. Das ist unter meiner Wür… Ähm, bitte nicht falsch verstehen. Ich mache wichtigere Sachen.«

Er hüstelte.

»Für die Sicherheit, meine ich.«

»Ach, und was, zum Beispiel?«

»Ich bin Richter.«

»Richter?«, echote sie. »Ich dachte, Ihnen gehört dieses Pferdegestüt.«

»Hauptberuflich, ja. Richter bin ich ehrenamtlich. Ich bin Schöffenrichter.«

Martin Zinsmeister streckte ihr seine stolzgeschwellte Brust entgegen. Aus dem Augenwinkel bemerkte Emma, wie der Cowboy die Augen verdrehte.

»Aha«, bemerkte sie unbeeindruckt. »Also ein ganz normaler Bürger.«

»Nein, ein Richter.«

»Am Schöffengericht.«

»Ja.«

Er nickte so heftig, dass Emma fürchtete, ihm würde gleich der Kopf von den Schultern fallen.

»Jeder mit normalem Leumund kann Schöffenrichter werden. Sie haben vermutlich nicht Jura studiert?«

»Nein.«

»Also sind Sie kein Richter im juristischen Sinne«, winkte sie ab. »Und Kollegen sind wir gleich zweimal nicht.«

»Sie könnten trotzdem von einer Anzeige absehen und mich stattdessen verwarnen. Dadurch wäre der pädagogische Zweck erfüllt, finden Sie nicht?«

»Ich bin leider nicht Pädagoge genug, um das beurteilen zu können.«

Sie wandte sich an den Cowboy und beachtete den Laienrichter nicht weiter.

»Sie sind demnach der andere Zinsmeister. Das Gestüt gehört einem Brüderpaar, wie ich erfahren habe.«

Er lüftete den Hut und deutete eine Verbeugung an. »Stefan

Zinsmeister. Freut mich, Sie kennenzulernen, Frau Bosse. Was kann ich für Sie tun?«

»Brennend interessieren würde mich Ihr Verhältnis zu den Tierschutzaktivisten von *freedog.*«

KAPITEL 12

Während Bobby seinen wuchtigen Körper mühsam aus dem Wagen quetschte, musterte Grimm längst den Hof. Alles wirkte aufgeräumt, das Pflaster glänzte nass, als wäre es gerade mit dem Schlauch sauber gespritzt worden. Schwalben flogen fiepend durch die Luft, vollzogen wahnwitzige Flugmanöver, bevor sie durch offene Fenster, Türen und Tore in den Stall flogen, aus dem Stampfen zu hören war, untermalt von ständigem Muhen. Das mahlende Geräusch eines Hochsilos drang von irgendwo an sein Ohr.

Bobby deutete nach vorne und marschierte los, Grimm folgte ihm. Sie betraten eine für ihn fremde Welt, als sie in das Schummerlicht des Kuhstalls traten. Das Muhen wurde laut und lauter, der Geruch nach Mist und Tierausdünstungen intensiver.

»Oh, mein Gott«, entfuhr es ihm. »Was für ein Gestank!«

Er duckte sich, als über seinem Kopf etwas Schwarzes hinwegsauste. Eine Schwalbe, wie er erleichtert feststellte. Grimm blickte sich um, er zählte mindestens ein Dutzend Vogelnester, die gut zweieinhalb Meter über seinem Kopf an den Wänden klebten. In etwa der Hälfte der Nester saß eine Schwalbe und glotzte sie an. Vorwurfsvoll, als wollten sie fragen, was die Eindringlinge in ihrem Revier verloren hatten. Dazu aufgeregtes Fiepen der anderen Schwalben, die hin- und herflogen und dann und wann aus dem Stall herausschossen. Ein ständiges Kommen und Gehen.

»Wusste gar nicht, dass die so einen Krach machen«, stellte Grimm fest.

»Willkommen auf dem Land«, raunte Bobby und rief ein »Grüß Gott« in den hinteren Teil des Stalls.

Links und rechts des Mittelgangs liefen, standen und lagen die Kühe in einer Art Laufstall. Grimm hatte die Milchviehhaltung anders in Erinnerung: eingepfercht in engen Gitterboxen und angekettet. Scharolds Stall war ganz anders.

Ein bulliger Körper kam herangestampft. Blonde Haare, blonder Vollbart. Schultern eingezogen, Kopf nach vorne geschoben – fast wie ein angriffslustiger Stier.

»Ja?«, dröhnte ihnen der Mann entgegen, der einen blauen Arbeitsoverall trug.

»Sind Sie Hermann Scharold?«, fragte Bobby.

Als der Bärtige bei ihnen angekommen war, nickte er und blickte sie finster an. »Wer will'n das wissen?«

»Kripo Lindau, mein Name ist Hammel. Hammel wie das Tier. Und das ist mein Kollege Grimm.«

Scharold reichte erst Bobby die Hand, dann ihm. Grimm hatte noch nie zuvor solch große Hände gesehen. Das waren Pratzen, dagegen wirkten seine wie die eines Kindes. Diese Hände konnten problemlos jemanden töten.

»Wir haben gestern die Leiche von Nele Gruber gefunden«, ging Bobby sofort in die Offensive. »Wie wir gehört haben, waren Sie nicht gerade die besten Freunde. Oder wie würden Sie das Verhältnis zu ihr und den Aktivisten um *freedog* beurteilen?«

Es dauerte lange, bis Bauer Scharold antwortete. Als müsste die Frage erst auf Weltreise gehen, bevor sie in seinem Denkzentrum ankam.

»Kein besonders gutes Verhältnis, würde ich sagen.«

»Würden Sie das bitte präzisieren?«, forderte ihn Grimm auf und zückte ein Notizbuch mitsamt Kugelschreiber.

»Milecktsamarsch! Präzise genug?«

Bobby schob seine Nickelbrille zurecht. »Wenn es Ihnen lieber ist, können wir unser Gespräch gerne im Kommissariat weiterführen.«

»Jetzt seid's net solche Kniebiesler, war bloß Spaß«, maulte Scharold.

»Dann wollen wir mal ernst werden«, führte Grimm die Befragung weiter. »Bitte beantworten Sie die Frage meines Kollegen.«

»Schon gut. Die Sache da im Unterallgäu, in Bad Grönenbach, Sie wissen schon.«

»Sie meinen die Ermittlungen der Staatsanwaltschaft Memmingen gegen mehrere Großbauern wegen Tiermisshandlung? Davon habe ich gehört«, entgegnete Bobby in gestelztem Beamtendeutsch. Er nahm seine Nickelbrille ab, die im Kuhdunst zu beschlagen begann, und wischte sie mit einem Taschentuch sauber. »Was hat das mit Ihnen zu tun?«

»Die wollen mich kriminalisieren, vergleichen meinen Betrieb mit denen in Grönenbach. Das geht nicht.«

»Wer sind *die*?«, wollte Bobby wissen.

»Die hinterfotzigen Saulumpen von *freedog*, wer denn sonst?«

»Sie haben sich also nichts vorzuwerfen«, stellte Grimm fest und begann, ein Galgenmännchen in sein Notizbuch zu malen.

Sein Gegenüber schaute ihn misstrauisch und ängstlich an. »Wir anderen Bauern sind die Dummen und werden alle über einen Kamm geschert. Was in Bad Grönenbach passiert ist, das war eine Riesenschweinerei, keine Frage. Aber das waren Großbetriebe, richtige Agrarfabriken, die mit meinem Milchviehstall nicht zu vergleichen sind. Wir kleinen Landwirte sind anders, wir leben für unsere Tiere. Glauben Sie mir.«

Grimm kritzelte weiter und spürte geradezu, wie sich Scharold fragte, was er alles in sein Büchlein schrieb. Nichts machte

Leute bei Befragungen nervöser, als wenn man jede Menge niederschrieb. Ab und zu ließ er ein »Ah« und »Soso« fallen.

»Wenn Sie mich fragen, ist die EU schuld mit ihren dubiosen Förderungen, die desto höher ausfallen, je größer ein Betrieb ist. Mit mehr Kühen fällt natürlich mehr Arbeit an, also braucht man zusätzliche Arbeitskräfte, und an denen wird gespart. Wie sollen die Kühe richtig versorgt werden, wenn über tausend von ihnen gleichzeitig im Stall stehen?«

Das Männchen war fertig, der Galgen war dran. Nun kam die Schlinge.

»Wir kleinen Bauern wissen, was wir an den Tieren haben. Meine leben in einem geräumigen Laufstall, wie Sie sehen. Wieso hacken alle auf uns rum? Ich zum Beispiel liebe meine Kühe, jede einzelne hat einen Namen. Da, sehen Sie.«

Er zeigte mit dem Finger auf einen der tragenden Holzbalken, die alle paar Meter standen und bis zum Dachstuhl reichten. Blechnamensschilder mitsamt Foto waren ans Holz geschraubt.

An diesen und an weitere Balken, wie Grimm bemerkte. Er hob eine Augenbraue und musterte zufrieden seine Zeichnung.

»Elsa?«, fragte Bobby und tippte mit dem Zeigefinger auf das Foto einer Kuh.

»Warum nicht?«, erwiderte Scharold. »Diese hier hört auf den Namen ›Martha‹ und die auf ›Luisa‹.« Er deutete auf zwei Kühe, die für Grimm vollkommen gleich aussahen. »Die da ist die Suleika.«

»Soso.« Grimm kritzelte in sein Notizbuch.

Scharold schielte zu ihm rüber.

»Meine Kühe haben es gut, sie sind nicht eingepfercht. Jeden Tag in den Liegeboxen frisches Stroh als Einstreu, natürlich beste Qualität und in einer dicken Schicht. Darunter Pferdemist, das macht den Untergrund elastischer und weicher, denn die Kühe legen sich gerne hin. Glauben Sie mir, die denken, sie schlafen auf einer Allgäuer Almwiese. Die Lauffläche ist mit Matten ausgelegt, die mit Sägespänen eingestreut werden. Selbstverständlich gibt es sauberes Wasser in der Tränke, gutes Futter in Form einer Mischung aus Getreide, Gras und Maissilage. Für sündhaft teures Geld habe ich eine Belüftungsanlage einbauen lassen.«

Er deutete mit dem ausgestreckten Arm nach oben.

»Außerdem sind meine Mädchen nicht dauernd drinnen. Sie kommen raus auf die Weide, fressen Gras. Allgäuer Luft und Allgäuer Wiesen, was Besseres gibt es nicht. Sogar eine Musikanlage habe ich einbauen lassen, spiele ihnen täglich was vor.«

»Ach«, entfuhr es Grimm, der an den singenden Albert Hofstetter dachte.

»Die Milch wird besser, wenn sie Musik hören.«

»Kommt auf die Musik an, schätze ich«, kommentierte Bobby.

»Mit Beethoven geben sie mehr Milch«, pflichtete ihm Scharold bei.

»Und bei Volksmusik saure?«, machte Grimm einen Scherz, der offensichtlich nicht gut ankam.

Scharold schaute ihn grimmig an. »Woher wollen Sie das wissen? Mögen Sie keine Volksmusik?«

»Ich? Nein, wie kommen Sie drauf?«

»Weil es stimmt.«

»Echt jetzt?«

»Die Beatles sind auch nicht so ihr Ding. Aber Helene Fischer kommt gut an. ›Oh, Happy Day‹ von Edwin Hawkins spiele ich gerne am Morgen. Andrea Berg am Abend. Und …«

»Ich denke, mein Kollege und ich haben verstanden, dass Sie Ihre Kühe lieben«, unterbrach ihn Grimm.

»Sehen Sie, sehen Sie!«, polterte der Kuhbauer und wedelte aufgeregt mit den Armen.

»Und diese Leute von *freedog* behaupten das Gegenteil, ruinieren meinen Ruf, machen mich im Internet schlecht.«

»Weshalb sollen die das tun, diese Leute lieben ebenfalls Tiere«, warf Bobby ein.

»Das sind Fanatiker, ganz schlimme Fanatiker. Ich habe fünfundsechzig Kühe, ich liebe alle wie meine Töchter.«

»Nanana, mal nicht übertreiben«, mahnte Bobby mit erhobenem Zeigefinger.

»Was ich sagen will, ist …« Scharold mahlte mit den Kiefern, schien zu überlegen.

»Ja?«, ermunterte Grimm ihn.

»Ich weiß natürlich nicht zu jeder Minute, wie es der einzelnen Kuh geht.«

»Und das bedeutet?«, fragte Bobby, als Scharold schwieg.

»Das bedeutet«, fuhr der Bauer fort, »dass die eine oder andere Kuh krank sein kann und ich das nicht sofort mitkriege.«

»Und eine solche kranke Kuh haben die Aktivisten in Ihrem Stall entdeckt?«

»Ganz genau, sie muss umgeknickt sein und lag stöhnend da. Hätte ich das gesehen, ich hätte sofort reagiert, den Tierarzt geholt. Aber ich habe es halt nicht gesehen. Und ausgerechnet, als es einer einzigen Kuh schlecht geht, steigen diese Leute in meinen Stall ein, filmen und fotografieren und zetteln einen Shitstorm gegen mich an. Wie wäre es gewesen, mich zu verständigen, hmm! Schon mal was von Erster Hilfe gehört? Gilt das nicht für Tiere?«

»War das nicht der Fall?«, fragte Grimm erstaunt.

»Was glauben Sie?«, blaffte Scharold. »Nein, natürlich nicht. Deshalb sage ich es ja. Die sind sofort an die Öffentlichkeit gegangen. Daher bin ich auf deren Hof gefahren und …«

»Moment mal«, unterbrach Bobby. »Woher wussten Sie, dass *freedog* dahintersteckte?«

Scharold schnaufte.

»Wollen Sie mich verarschen? Das weiß jeder in der Gegend, was das für welche sind. Die Gruberin, die alte Brunzkachl, und ihre gesamte Bagage von *freedog*. Das ist kein Geheimnis, glauben Sie mir.«

»Beweise wären gut, dann könnten Sie einen Einbruch anzeigen.«

Scharold grunzte und winkte ab. »Eine Anzeige bringt nichts, ich will meine Ruhe haben vor denen. Ich bin ein anständiger Bauer.«

»Weil Sie so anständig sind, haben Sie Drohungen gegen *freedog* ausgestoßen?«

»Wer sagt so was?«

»Das spielt keine Rolle«, erwiderte Grimm. »Antworten Sie auf meine Frage.«

»Lauter bin ich geworden, das mag sein.«

»Was ist mit den Drohungen?«, erinnerte Bobby.

»Vielleicht die eine oder andere. Aber das war nichts Schlimmes.«

»›Ich schlachte euch alle ab‹ klingt mir nicht gerade harmlos«, widersprach Grimm und steckte sein Notizbuch weg.

KAPITEL 13

»*freedog*? Verfickte Affen sind das!«, fluchte Martin Zinsmeister. »Schicken diese Drecksäcke uns sogar die Kripo auf den Hals.«

»Wieso sollte die Kripo Interesse an einem Gestüt haben?«, wollte Emma von ihm wissen.

»Was weiß ich«, erwiderte Martin, der bei seinem Ausbruch eben vor lauter Abscheu auf den Boden gespuckt hatte. Jetzt wirkte er allerdings schon etwas ruhiger. »Immerhin haben sie uns erst vor ein paar Monaten hingehängt.«

»Soviel ich weiß, gibt es keine Beweise, dass *freedog* diese Informationen über Tiermisshandlungen an die Öffentlichkeit gebracht hat«, entgegnete sie.

»Wer soll es sonst gewesen sein?«, blaffte er. »Rund um den Bodensee sind das die einzigen Vollidioten, denen ich zutraue, Einbrüche für ihr Tierschutzgedöns zu verüben.«

Stefan Zinsmeister hatte seinen Bruder stumm beobachtet. Währenddessen waren seine Gesichtszüge immer finsterer geworden.

»Egal, wer die Videos aus unseren Ställen ins Netz gestellt hat. Sie hatten verdammt recht! Das war Scheiße, was da bei uns abgelaufen ist, und das weißt du«, wies er seinen wütenden Bruder zurecht.

Emma war überrascht von der Reaktion des Cowboys, der sich mit einem entschuldigenden Lächeln an sie wandte.

»Es gab Dinge …« Er holte tief Luft. »Schlimme Dinge, die

unseren Pferden angetan wurden. Von zwei Pferdepflegern, die ihren Beruf verfehlt haben. Als ich die Videos gesehen habe …«, er schüttelte angewidert den Kopf, »… habe ich sie sofort gefeuert.«

»Wie ich gehört habe, zählen einige der bedeutendsten Persönlichkeiten rund um den Bodensee zu Ihren Kunden, da können Sie sich keine Nachlässigkeiten leisten. Mangelnder Tierschutz wird in diesen Kreisen nicht gern gesehen. Man hat schließlich einen Ruf zu verlieren«, spottete Emma.

»Genau so ist es«, stimmte Martin Zinsmeister zu.

Offensichtlich hatte er Emmas ironischen Unterton nicht richtig eingeordnet.

»Stefan, du hast die Burschen nicht nur entlassen, sondern zusätzlich eine Anzeige wegen Körperverletzung kassiert, weil du dem einen die Nase gebrochen und dem anderen ein blaues Auge verpasst hast«, hielt Martin seinem Bruder vor.

»Sie hatten es verdient«, verteidigte sich Stefan. »Ich schäme mich, dass du solche Leute eingestellt hast, Martin.«

»Machst du mir jetzt Vorwürfe?«

»Das hätte niemals passieren dürfen. Nicht auf unserem Gestüt. Wir schlagen keine Pferde, wir misshandeln sie nicht mit Elektroschockgeräten.«

»Glaubst du, mir hat gefallen, was auf den Videos zu sehen war?«

»Du hättest es am liebsten vertuscht.«

»Ging ja nicht mehr, als die Scheiße im Netz gelandet ist.«

»Du hättest vorher reagieren können.«

»Bitte, bitte«, schaltete sich Emma in das eskalierende Brudergespräch ein. »Was heißt *vorher reagieren?*«

»Wir, also, Martin wurde gewarnt, dass in unserem Stall Pferde misshandelt werden. Ne… ähm, eine Frau Nele Gruber hat angerufen. Martin war am Apparat, und sie hat ihn mit diesen Vorwürfen konfrontiert.«

Er bedachte Martin mit einem wütenden Blick. »Aber mein lieber Herr Bruder hat es vorgezogen, die Dame zu beschimpfen und das Gespräch zu beenden. Tja, zwei Tage später gab es eine anonyme Anzeige, und ein Video aus unserem Stall wurde im Internet hochgeladen. Die Folge war ein Shitstorm, Rufschädigung und das Veterinäramt auf unserem Hof, das selbigen auf den Kopf gestellt hat. Sie können sich bestimmt ausmalen, wie das unseren betuchten Kunden gefallen hat.«

»Nicht gut«, meinte Emma.

»So sieht es aus. Überhaupt nicht gut. Einige haben gedroht, zu gehen und ihre teuren Pferde woanders einzustellen.«

»Und Sie vermuten *freedog* hinter der Aktion?«

»Es liegt nahe, denken Sie nicht?«, knurrte Martin Zinsmeister. »Die Gruber ist doch das Gesicht von *freedog*. Hat keine Gelegenheit ausgelassen, in die Zeitung zu kommen mit ihren Ansichten und Beschuldigungen. Wir sind nicht die Einzigen, auf die es die Gruber mitsamt ihrer nichtsnutzigen Aktivistensippe abgesehen hat.«

»Du hast ihr keine andere Wahl gelassen, als an die Öffentlichkeit zu gehen«, verteidigte Stefan Zinsmeister die junge Frau zu Emmas Überraschung. »Außerdem ist sie eine ganz patente Person.«

»Sie kennen Frau Gruber?«

»Ich habe sie kurz nach dieser dummen Videooffenbarung getroffen, wir haben uns unterhalten, vor allem darüber, wie man Tiere besser schützen kann. Sie ist keineswegs eine Fanatikerin, wie viele behaupten. Ihr liegt das Wohl der Tiere am Herzen.« Er warf seinem Bruder einen giftigen Blick zu. »Wie mir übrigens auch. Wie es uns allen am Herzen liegen sollte.«

»Jajaja«, plapperte der mies gelaunte Martin. »Tu bitte nicht so, als wäre ich ein Tierschänder.«

Er wandte sich beleidigt ab.

»Nele Gruber wurde ermordet«, ließ Emma einen Testballon steigen und wartete auf die Reaktionen.

Martin Zinsmeister wirbelte herum. »Was sagen Sie?«

Aber es war das Verhalten seines Bruders, das Emma wirklich überraschte. Stefan Zinsmeister sackte förmlich in sich zusammen. Erst im letzten Moment gelang es ihm, sich am Holztor des Reitplatzes festzuhalten.

Emma beobachtete ihn interessiert. Sein Gesicht hatte die Farbe von Magerquark angenommen, die Augen aufgerissen, die Pupillen stark erweitert. Sie war überzeugt, die Nachricht von Neles Tod kam für ihn absolut überraschend. Und sie zerriss ihn innerlich. Das sah sie ihm an.

Stefan Zinsmeisters Stimme klang tonlos, als er fragte: »Tot? Nele ist tot?«

»Ermordet, sagen Sie?«, fragte Martin distanziert, geradezu misstrauisch. »Ah, jetzt wird mir so einiges klar. Deshalb sind Sie bei uns aufgetaucht. Sie glauben, wir haben etwas mit Frau Grubers Tod zu tun.«

»Haben Sie das denn?«

Martin stieß geräuschvoll Luft aus. »Beschuldigen Sie mich etwa? Oder meinen Bruder? Brauchen wir einen Anwalt?« Er ballte die Hände zu Fäusten.

»Ich stelle Routinefragen, nichts weiter. Wenn Sie oder Ihr Bruder den Status eines Beschuldigten hätten, dann müsste ich Sie belehren. Habe ich das getan? Nein, also ganz ruhig. Wir leben in einem Rechtsstaat – nicht in einem Polizeistaat. Die Kripo steht am Anfang der Ermittlungen, meine Mitarbeiter und ich überprüfen das Umfeld des Mordopfers. Ihre letzten Kontakte.

Vor allem, mit wem Frau Gruber im Clinch lag, ist uns wichtig. Wann haben Sie übrigens Nele Gruber das letzte Mal gesehen, Herr Zinsmeister?«

Sie schaute Stefan an.

»Vor einer Woche.«

»Ach, ich dachte, Sie haben sie kurz nach dieser Videoveröffentlichung getroffen, und die war vor …?«

»… drei Monaten«, beendete Stefan ihren Satz. »Vor einer Woche hat sie um ein Gespräch gebeten.«

Martin horchte auf. »Du hast diese … diese … *Frau* noch einmal getroffen? Um was ging es, wollte sie Geld erpressen? Ganz bestimmt wollte sie das, das Miststück. Himmelherrgottnochmal!«

»Sprich nicht so über eine Tote«, wies ihn Stefan in scharfem Ton zurecht. »Und nein, sie hat mich nicht erpresst, wo denkst du hin?«

Er wandte sich an Emma. »Es ging um eine Sache, der sie auf der Spur war.«

»Was für eine Sache?«

»Sie war jemandem auf die Schliche gekommen, es ging wohl um Tierquälerei im großen Stil.«

»Genauer haben Sie es nicht?«, zeigte sich Emma enttäuscht.

Dass Nele undercover unterwegs war, wusste sie bereits von den Tieraktivisten. Möglicherweise ergab sich aus diesen Recherchen das Mordmotiv.

»Um wen handelt es sich?«, hakte sie nach. »Hat sie Namen genannt, Orte, um was für Tiere es ging, irgendeine Kleinigkeit, die mir weiterhilft?«

Stefan Zinsmeister zuckte die Achseln. »Keine Ahnung. Namen hat Frau Gruber mir gegenüber nicht geäußert. Sie wollte erst sichergehen, hatte gewisse Vermutungen. Leider kann ich Ihnen nicht mehr dazu sagen. Glauben Sie, dass … oh Gott.«

Er schlug die Hände vors Gesicht.

»Meinen Sie, ich hätte das verhindern können?«, fragte er blinzelnd.

»Machen Sie sich keine Vorwürfe«, bat sie ihn. »Allerdings frage ich mich, wieso Nele Gruber ausgerechnet *Sie* in ihren Verdacht eingeweiht hat?«

»Von eingeweiht kann keine Rede sein«, wehrte Stefan Zinsmeister ab. »Immerhin kannte ich diese Frau nicht so gut, weshalb ich Ihren Gedankengang diesbezüglich nicht nachzuvollziehen kann«, erklärte er nach Emmas Geschmack etwas zu umständlich.

Stefan Zinsmeister strich sich nachdenklich über das Kinn. »Vielleicht hat Frau Gruber bei unseren Gesprä…, ich meine bei unserem Gespräch gemerkt, dass ich es mit dem Tierschutz auf unserem Gestüt sehr ernst nehme. Das Wort ›Seelenverwandter‹ klingt vielleicht zu extrem, aber etwas in der Art hat sie wahrscheinlich in mir wahrgenommen. Das ist meine Erklärung, warum sie das Gespräch mit mir gesucht hat. Eine andere Erklärung habe ich nicht, tut mir leid.«

»Hmm, wenn Sie meinen.«

Emma dachte an ihren Besuch bei *freedog*. Seltsam, die Tieraktivisten hatten ebenfalls nur vage Andeutungen bezüglich Neles Recherchen parat gehabt. Möglicherweise wussten Felix Zacher und Co. mehr, als sie zugaben, und hatten ein Geheimnis. Und nicht nur die, dachte sie mit einem Blick auf die Zinsmeisters.

KAPITEL 14

»Das ist alles an schriftlichen Unterlagen, was wir im Zimmer des Mordopfers gefunden haben«, berichtete Lukas Brunner und knallte den Karton auf Emmas Schreibtisch, dass die Tischplatte vibrierte.

»Entschuldigung, mein Rücken ist nicht mehr der gesündeste.«

Er streckte den Körper durch und rieb mit der Hand über seinen Nacken, das Gesicht schmerzverzogen.

Emma nahm den aktuellen Lagebericht, den sie gerade gelesen hatte, zeichnete ihn ab und legte ihn zur Ablage. Eine Schlägerei unter betrunkenen englischen Touristen an der Hafenmole, ein vollgekotztes Taxi am Bahnhof und zwei umgesägte Apfelbäume auf einer Plantage waren die Meldungen des letzten Tages. Dazu kamen einige Beschwerden über Lärmbelästigungen durch Motorengeräusche im Wald bei Nonnenhorn. Solche Beschwerden waren in letzter Zeit häufiger vorgekommen. Die zwei Anrufer gestern hatten Jugendliche als Verursacher vermutet, die illegalerweise mit einem Quad durchs Unterholz gerauscht waren.

Emma wandte ihre Aufmerksamkeit dem Karton zu und runzelte die Stirn. »Sieht schwer aus«, vermutete sie.

»Kann mein Rücken bestätigen. Meine Leute haben alles reingepackt, was sie finden konnten. Natürlich säuberlich in Tüten und Kuverts verpackt und ordentlich beschriftet. Soll niemand sagen, bei uns komme was weg. Bei mir wird nicht geschlampt. Die Beweismittelkette darf nicht unterbrochen werden. Du weißt ja, dass die Gerichte äußerst sensibel darauf reagieren, wenn nicht lückenlos nachgewiesen wird, wann, wo und von wem das betreffende Beweismittel oder der Spurenträger übergeben wurde. Und für die Strafverteidiger ist es ein gefundenes Fressen, wenn sie Unsauberkeiten bei den Übergaben nachweisen können. Dann könnten sie sogar behaupten, dem Gericht liege gar kein originales Beweismittel vor, weil es zwischendurch ausgetauscht worden ist.«

Er legte ihr ein Formular hin. »Bitte quittieren.«

Als sie unterschrieben hatte, steckte er mit einem gemurmelten »Wahnsinn, was gestapeltes Papier wiegt« das Formular ein.

»Sonst irgendwas?«

»Meine Leute haben das Zimmer des Opfers auf den Kopf gestellt, allerdings nichts gefunden, was auf eine geheime Recherche in einem Stall, Gestüt, Bauernhof oder Sonstigem hindeutet. Keine Fotos, USB-Sticks oder Kartenmaterial. Sogar die Wände und Decken habe ich nach einem Geheimversteck abklopfen lassen, nada. Eine alte Reiseschreibmaschine besaß das Opfer ebenfalls. Beinahe eine wertvolle Antiquität, wenn sie nicht kaputt wäre. Das L fehlt komplett und beim Z die untere Hälfte. Hieran sieht man auf dem Blatt Papier, das in der Maschine steckte, da wurde ein Gedicht drauf getippt. Das liegt ebenfalls im Karton. Aber ansonsten siehst du mich mit leeren Händen dastehen.«

»Nele könnte ein anderes Versteck benutzt haben, der Hof ist groß genug.«

Lukas seufzte.

»Unübersichtlich obendrein. Wo sollen wir anfangen zu suchen, wo aufhören? Ohne den geringsten Hinweis, dass überhaupt ein Versteck existiert.«

»Computer, Handy?«

»Ihren Laptop untersuchen gerade die Fachleute, ein Smartphone fanden wir nicht, auch keine Kamera.«

»Hat vielleicht jemand verschwinden lassen«, merkte sie an. »Mitsamt Geldbeutel und Ausweisen.«

»Es gab nicht die geringste Spur auf ein unbefugtes Eindringen ins Zimmer von Frau Gruber. Alle gesicherten Fingerabdrücke stammen entweder vom Opfer selbst oder den anderen Aktivisten, also alles Berechtigte.«

Lukas wandte sich zum Gehen.

»Tschuldige, Emma, ich muss nach Kempten zurück.«

»Ah, das Mutterschiff ruft«, spottete sie über die übergeordnete Dienststelle.

»Dort liegt jede Menge Arbeit, und *die* ruft nach mir.«

Bobby und Niklas kamen durch die offene Tür.

»Wir melden uns zurück von unserer Bauerntour«, tönte Bobby sarkastisch.

»Servus, Lukas«, grüßte er den Erkennungsdienstler, der sich an den beiden vorbeizwängte. »So eilig?«

»Wäre ich Ermittler, wie du einer vorgibst zu sein, hätte ich jede Menge Zeit«, zog ihn Lukas auf. »Bin ich aber leider nicht, ich muss Spuren bearbeiten. Ohne mich und meine Spuren findet ihr nämlich niemals einen Mörder. Habe die Ehre.«

Lukas rauschte davon.

»Können wir Scharold und Hofstetter von der Verdächtigenliste streichen?«, fragte Emma und bedeutete den zwei Ermittlern, auf den Besucherstühlen Platz zu nehmen.

»Wie man's nimmt.« Bobby quetschte seinen Körper in den Stuhl, der unter seinem Gewicht knirschte.

»Was soll das bedeuten, ich hätte es gerne ein wenig klarer«, mäkelte sie.

»Beide waren ziemlich sauer auf Nele Gruber«, erklärte Niklas an Bobbys Stelle. »Der Schweinebauer Hofstetter scheint mir allerdings wenig bis gar nicht zur Gewalt zu neigen. Während der Milchbauer Scharold ein anderes Kaliber ist. Aufbrausend und versucht, andere einzuschüchtern. Bei uns hat er da auf Granit gebissen.«

»Ein richtiges Gifthaferl«, bestätigte Bobby.

»Ein Gift…was?«, wollte Niklas wissen.

»Anderes Wort für unbeherrscht«, klärte Emma den jungen Oberkommissar auf. Da Niklas aus Wiesbaden stammte, fügte sie ein »Sagt man in Bayern so« hinzu.

»Und wieder was gelernt«, spottete Bobby.

»Die Frage ist nur: Ist unser Gifthaferl in der Lage, einen Mord zu begehen?«, wandte Emma sich wieder an Niklas.

»Sind wir das nicht alle?«, konterte der mit einer Gegenfrage.

Eine Methode, die Emma einerseits nervte, die sie andererseits aber selbst bei Befragungen anwandte.

»Kommt auf die Lage an, in der man sich befindet, nicht wahr?«, hielt sie dagegen.

Niklas kräuselte die Nase. »Ist ein Mann zu einem brutalen Mord fähig, der seinen Kühen Lieder vorspielt?«

»Seine Kühe hören Musik?«

»Wusstest du, dass Beethoven beruhigend wirkt?«

»Auf wen?« Emma verschränkte die Hände ineinander.

»Auf seine Kühe. Ich frage mich, ob das bei Menschen ebenfalls zutrifft? Du auch?«

»Was, dass mich Beethoven beruhigt?«

»Nein, ganz allgemein gefragt.«

Verdammt, was für ein Frage-und Antwort-Spiel! Wie in einer Quizsendung. Sie schlug die Hände vors Gesicht. »Bitte, Niklas, schone meine Nerven, die sind zur Genüge angespannt.«

Das Telefon klingelte, Mareike von der Vermittlung war dran: »Ein Stefan Zinsmeister möchte dich sprechen.«

»Sag ihm, ich bin in einer Besprechung, er soll später anrufen.«

Emma legte den Hörer auf und runzelte die Stirn.

»Wo waren wir stehen geblieben? Ach ja, bei den Landwirten. Also?«

»Ausschließen können wir zum jetzigen Zeitpunkt keinen der beiden«, bekräftigte Bobby. »Sowohl der Schweinebauer als auch der Kuhbauer haben zwei Gemeinsamkeiten.«

»Erstens.« Er hob den linken Daumen. »Sie mögen *freedog* nicht, und zweitens.« Zum ausgestreckten Daumen gesellte sich der Zeigefinger. »Sie lieben es, ihren Tieren Musik zu präsentieren. Hofstetter singt seinen Schweinen Schlager vor, während Scharold extra eine Musikanlage für die Kühe in den Stall gebaut hat.«

»Die Sache mit der Musik ist schön und gut«, meinte Emma genervt, »aber interessant ist vielmehr, dass die zwei ein Motiv hätten, gegen Nele vorzugehen. Eventuell sogar mit Gewalt.«

»Eins steht fest«, fügte Niklas hinzu. »Nele hat es geschafft, jede Menge Feinde anzuhäufen.«

»Sieht so aus, fürchte ich.« Emma berichtete von ihrem Besuch beim Gestüt Zinsmeister und lehnte ihren Körper vor, die Hände ineinander verschränkt. »Martin Zinsmeister ist ein rücksichtsloser Egoist.«

»Weil er dich überholt hat?« Bobby rückte seine nach unten rutschende Nickelbrille zurück.

»Vor allem sein Verhalten im Anschluss. Er zeigte keinerlei Unrechtsbewusstsein. Im Gegenteil, er schob mir die Schuld zu. Ein Choleriker ist er obendrein. Jemand, der schnell die Fassung verliert.«

»Und womöglich zuschlägt?«, stellte Niklas die wichtigste Frage.

»Zutrauen würde ich es ihm, keine Frage.«

»Und sein Bruder?«, wollte Bobby wissen.

»Ist das genaue Gegenteil. Weder aufbrausend noch arrogant. Er verfügt über Empathie, was ich von Martin nicht behaupten kann. Leider hat Lukas keine relevanten Täterspuren am Leichenfundort sichern können. Wir können keiner Person nachweisen, dass sie unmittelbaren Kontakt zum Opfer hatte. Verflucht, wir wissen nicht einmal, ob die Fundstelle der Tatort ist oder ob man die Leiche im Anschluss an die Ermordung da abgelegt hat. Es gibt einfach keine Spuren, die das be- oder widerlegen.«

»Es kann kein Kontakt zwischen zwei Objekten vollzogen werden, ohne dass diese wechselseitige Spuren hinterlassen«, zitierte Niklas das Locard'sche Prinzip, das jeder Mordermittler kannte.

»Nur menschliches Versagen, diese zu finden, zu studieren und zu verstehen, kann den Wert der Spuren zunichte machen«, rezitierte Emma einen weiteren Satz des berühmten französischen Forensikers Edmond Locard, der diese These vor mehr als einhundert Jahren formuliert hatte.

»Sag das mal unserem Chef der Erkennungsdienstler«, warf Bobby ein. »*Menschliches Versagen!* Lukas springt dir mit dem nackten Arsch ins Gesicht.«

»Lukas kann nix dafür. Spuren müssen nicht nur gefunden, sondern selbstverständlich auch jemandem zugeordnet werden.« Sie hielt kurz inne, hob mahnend den Zeigefinger, bevor sie fortfuhr. »Bei meinem Besuch auf dem Gestüt der Zinsmeisters war was anderes sehr seltsam. Stefan Zinsmeister, irgendwie werde ich das Gefühl nicht los, dass er was verheimlicht. Ich weiß nicht, wie ich es erklären soll ... Jedenfalls wirkte er irgendwie komisch.«

»*Irgendwie komisch* ist im Moment nicht sehr hilfreich«, kommentierte Bobby unnötigerweise.

»Jaja, das ist mir klar. Warte, da komme ich bestimmt dahinter, was mit dem ist.«

»Dass Felix Zacher und Konsorten von Neles angeblichen Recherchen nichts Genaues wissen wollen, finde ich wiederum rätselhaft«, sinnierte Niklas.

»Das denke ich auch. Deshalb knöpfen wir uns *freedog* noch mal vor«, versicherte Emma.

Eine Weile schwiegen alle, jeder hing seinen Gedanken nach.

»Ich mach mit Brainstorming weiter«, schlug Niklas nach einer gefühlten Ewigkeit vor und blickte sie fragend an.

Emma nickte ihm aufmunternd zu.

»Ist Nele vielleicht regelmäßig am Fundort gejoggt und war ein Zufallsopfer? Wenn ja, müssten wir in eine ganz andere Richtung denken.«

»Sie trug keine Laufbekleidung, das schließe ich aus«, antwortete sie. »Aber grundsätzlich ist das eine interessante Frage: Wenn sie nicht joggen war, wieso hatte sie dann keinen Geldbeutel dabei, keine Handtasche, keinen Ausweis und kein Handy?«

»Weil der Fundort nicht der Tatort war«, vermutete Bobby.

»Nicht unbedingt«, widersprach Niklas. »Es könnte ein Raubmord gewesen sein. Deshalb fehlen der Geldbeutel und die restlichen Dinge. Darum auch der brutale Schlag auf den Hinterkopf. Einfach, aber effizient. Typisch für einen Raubmord.«

»Raubmord? Also, ich weiß nicht«, entgegnete sie. »Woher sollte der Täter wissen, dass Nele überhaupt Wertvolles bei sich hatte? Sie hätte diesbezüglich eine Niete sein können. Das ist mir zu weit hergeholt. Man überfällt eine Tankstelle, einen Juwelierladen, eine Spielhalle. Von mir aus eine Bank. Aber am Bodenseeufer irgendeine Frau totzuschlagen, nur weil sie *eventuell* ein paar Euroscheine in der Tasche hat?«

Bobby schüttelte ebenfalls den Kopf. »Da bin ich bei dir, Emma. Klingt unwahrscheinlich.«

»Vielleicht hat Nele jemanden observiert und ist aufgeflogen«, verfolgte Emma eine weitere Theorie. »Denkt an ihre Undercovertätigkeit.«

»Glaubst du wirklich, Tierschänder bringen eiskalt eine heimliche Beobachterin um die Ecke?« Der junge Oberkommissar sah sie zweifelnd an.

»Du weißt nicht, wie schwarz das Herz eines Menschen sein kann, Niklas. Ich als langjährige Mordermittlerin weiß das allerdings ganz gut. Wie hast du vorhin treffend bemerkt? Wir können alle zu Mördern werden! Außerdem wissen wir nicht, wem oder was Nele auf der Spur war, in welchen Dimensionen von Tierquälerei wir denken müssen.«

Das Telefon auf ihrem Tisch klingelte. Sie hob ab.

»Ah, Dr. Lange! Grüß Gott, haben Sie was Neues? Moment, ich stelle auf Lautsprecher. Die Kollegen Hammel und Grimm hören mit.«

»Grüß Gott in die Runde«, schallte es aus dem Telefonhörer.

Niklas und Bobby grüßten zurück.

»Freitagnachmittag, das Wochenende so nah und doch so fern. Sammeln Sie fleißig Überstunden bei Ihrer Mordermittlung?«

Der Doktor lachte leise und fuhr dann fort: »Spaß beiseite, jetzt wird es ernst. Robert Hammel wird Sie bestimmt über das Ergebnis der Obduktion gestern Abend informiert haben. Deshalb gehe ich darauf nicht mehr ein, außer Sie haben Fragen dazu.«

»Nele Gruber ist mit einem stumpfen Gegenstand erschlagen worden. Die Gewalt am Kopf war die Todesursache. Hinweise auf ein Sexualdelikt haben Sie nicht gefunden«, fasste Emma kurz zusammen.

»Kurz und knapp. Besser hätte selbst ich es nicht gekonnt«, lobte der Doktor.

»Lange hätte drei Stunden dafür gebraucht«, spottete Bobby leise.

»Was war das?«, grantelte es aus dem Hörer.

Emma warf Bobby einen bösen Blick zu. »Ach, nichts, Dr. Lange. Das kam von einer Vernehmung aus dem Nebenzimmer.«

»Aha, na gut.« Dr. Lange hüstelte. »Das mit dem stumpfen Gegenstand präzisiere ich mal lieber. Nicht, dass Ihr Herr Hammel was falsch verstanden hat«, lästerte er. »Bis Sie meinen schriftlichen Bericht erhalten, dauert es immerhin noch eine Weile. Die Form der Kopfwunde und die Art der Frakturen am Schädelknochen deuten sowohl auf ein kantiges als auch ein abgerundetes Schlagwerkzeug hin.«

»Kantig und rund? Ist das nicht ein Widerspruch?«, wunderte sich Emma.

»Nicht, wenn es sich um einen Fleischhammer mit rundem Kopf handelt.«

»Fleischhammer?«, platzte es aus Niklas heraus.

»Schsch«, machte Emma und legte den Zeigefinger an die Lippen.

»Vielleicht sagt den Herren der Schöpfung der Name Fleischklopfer mehr«, dozierte der Rechtsmediziner weiter. »Sie essen bestimmt Schnitzel, nicht wahr? Mit einem solchen Gegenstand, also einem Fleischhammer, respektive Fleischklopfer, wird das Schnitzel flach geklopft. Kennen Sie bestimmt. Die Unterseite des Klopfers hat ein gezacktes Profil, deshalb die kantigen Spuren am Schädelknochen. Und runde Schlagspuren, weil das Tatwerkzeug eben rund war. Den Fleischklopfer gibt es nämlich auch in runder Ausführung. Mir ist ja die viereckige Variante lieber, aber das tut jetzt nichts zur Sache.«

Der Doktor holte tief Luft, bevor er weitersprach.

»Ich habe die Schlagspuren ausgemessen, kann also Rückschlüsse auf die Breite des Werkzeugs ziehen. Das Instrument dürfte nicht breiter als fünf Zentimeter gewesen sein. Außerdem habe ich Aluminiumpartikel gesichert. Die Mordwaffe war also mit diesem Material beschichtet. Ich nehme an, das hilft Ihnen weiter.«

Er wartete die Antwort erst gar nicht ab, sondern dozierte sofort weiter. »Außerdem habe ich heute das Ergebnis von der toxikologischen wie auch der Alkohol- und Drogenuntersuchung erhalten. Ich spanne Sie mal nicht auf die Folter. Alles negativ.«

»Haben Sie was vom Entomologen gehört?«, wollte Niklas wissen.

»Von wem kam diese Bemerkung? Bestimmt von Grimm, habe ich recht?«, schnappte Dr. Lange. »Unser Schlaumeier aus München, nicht wahr? Ganz schön ungeduldig, Ihr neuer Kollege, Frau Bosse. Zu dem Thema wollte ich mich gerade äußern. Also zum Thema Insektenforscher, nicht zum Thema Grimm, das ist Ihre Sache, Frau Bosse. Immerhin …«

Kurze Stille am Hörer, einige Sekunden lautes Schnaufen, dann ein schnelles: »Wo war ich stehen geblieben? Ach ja, bei den Insekten. Der Entomologe datiert die *minimale* Leichenliegezeit am Fundort auf fünf Tage vor dem Auffinden. Er hat eine bestimmte Fliegenmadenart gefunden, deren Alter er exakt auf diese fünf Tage festlegt.«

Er seufzte ins Telefon. Sein Tonfall machte klar, dass die

nächsten Worte an Niklas gerichtet waren. »Für die Laien unter uns bedeutet das: Das Opfer ist mindestens fünf Tage tot, der Todeszeitpunkt kann theoretisch jedoch länger zurückliegen. Beispielsweise, wenn das Mordopfer an einem anderen Ort umgebracht wurde, an dem es keine Fliegen gab, und anschließend an den Leichenfundort gebracht wurde. Das ist unter Umständen bei einer Wohnungsleiche der Fall, da ist es möglich, dass Insekten der Zugang erschwert wird. Bringt der Täter diese Leiche später weg, wird sie logischerweise erst zu einem späteren Zeitpunkt von Fliegen besiedelt, obwohl sie schon länger das Zeitliche gesegnet hat. Habe ich mich für Sie alle verständlich ausgedrückt? Für die Laien unter uns, meine ich?«

»Eine genaue Bestimmung der Todeszeit, also eine bestimmte Uhrzeit, ist demnach nicht möglich«, antwortete Niklas, der den überheblichen Ton des Rechtsmediziners offensichtlich nicht wahrnahm.

»Exactamente«, bestätigte Dr. Lange im versöhnlichen Ton eines Lehrers, der zufrieden feststellt, dass sein Schüler verstanden hatte. »Näheres entnehmen Sie bitte dem Gutachten des Entomologen, das ich Ihnen übersende.«

»Super, wie sollen wir da eine Alibiüberprüfung vornehmen?«, meckerte Bobby.

»Soll ich vielleicht Ihre Arbeit zusätzlich zu meiner übernehmen, Herr Hammel? Für so was seid ihr Mordermittler da, oder täusche ich mich?«

Dr. Lange war charmant wie immer, dachte Emma.

»Danke, Doktor.« Sie wollte das Gespräch beenden, als der Rechtsmediziner nachlegte.

»Habe ich gesagt, ich bin fertig?« Ohne auf eine Antwort zu warten, fuhr er fort. »An der Leiche habe ich Abbauprodukte von Sperma entdeckt.«

Kurzes Schweigen im Raum, alle sahen sich an. Emma runzelte die Stirn und warf Bobby einen fragenden Blick zu, den dieser mit einem Schulterzucken beantwortete. Niklas wirkte ebenfalls ratlos.

»Ein Sexualdelikt haben Sie gestern verneint«, traute sich Emmas junger Kollege schließlich aus der Deckung. Die Tatsache, dass er es gewagt hatte, den Doktor zu hinterfragen, musste Niklas sofort büßen.

»Ein Sexualdelikt, das ja. Habe ich gerade von so einem gesprochen?«, giftete Dr. Lange. »Ich glaube kaum, vielleicht haben Sie sich verhört. Haben Sie sich etwa verhört, *Herr* Grimm?«

»Nein, also ja, ich meinte vielleicht«, gab dieser kleinlaut zu und senkte den Kopf, als säße der Doktor direkt vor ihm und nicht Emma.

Sie bekam beinahe Mitleid mit Niklas. Dr. Lange konnte manchmal bissiger sein als eine Klapperschlange.

»Spuren von Gewaltanwendung zum Zwecke der Ausübung des Geschlechtsverkehrs waren nicht festzustellen«, dozierte der Doktor geschwollen. »Keinerlei Widerlagerverletzungen, für unseren unwissenden Kollegen: Das sind Hautrötungen oder Schürfwunden am Rücken über knöchernen Widerlagern, insbesondere an den Schulterblättern oder dem Steißbein. Ein Begriff, der bei sexualisierter Gewalt gebraucht wird. Die sind nämlich dann zu finden, wenn eine Vergewaltigung auf einem harten Untergrund stattgefunden hat. Außerdem keinerlei Entkleidungs- und Fixierverletzungen. Auch keine Hämatome an den Oberschenkelinnenseiten. Das war es, was ich Ihrem Kollegen Hammel während der Obduktion erklärt habe. Wobei ich ausdrücklich darauf hinweise, dass ein Fehlen von diesen Hinweisen eine Vergewaltigung nicht unbedingt ausschließt. Das Opfer könnte sich aus Angst nicht gewehrt haben, der Untergrund könnte weich gewesen sein und so weiter und so fort. Meine Aussagen sind lediglich *Hin*weise, keine *Be*weise.«

»Das habe ich verstanden, ganz blöd bin ich nicht«, gab Emma zurück.

Sie konnte ebenfalls grob sein, wenn man ihr dumm kam.

Dr. Lange ging auf ihren Kommentar nicht ein, er schwieg einfach.

»Haben Sie DNA?«, wollte sie wissen.

Der Rechtsmediziner hüstelte. »Ich will Sie nicht mit Fachvokabular bombardieren, das Sie sowieso nicht verstehen. Sperma ist nicht allzu lange im menschlichen Körper nachweisbar. Die Ermordete macht hier keine Ausnahme. Ich habe auch keine Spermaspuren gefunden, sondern lediglich Abbauprodukte, die auf Sperma hinweisen. Eine *hundertprozentige* Aussage kann ich nicht treffen. Dass Sperma vorhanden war, ist lediglich eine Vermutung von mir, die keinerlei Beweiswert vor Gericht hat. Aus offensichtlichen Gründen ist eine DNA-Extrahierung nicht möglich, dazu *fehlt* ja das Sperma. An der Kleidung war nichts festzustellen. Schade, denn in Textilien hält es sich bis zu zehn Jahren. Was ich sagen will: Nele Gruber hatte mit gewisser Wahrscheinlichkeit einvernehmlichen Verkehr relativ kurz vor ihrem Tod. Falls Ihnen das weiterhilft.«

Nachdem Dr. Lange aufgelegt hatte, herrschte einen Moment Stille.

»Was bedeutet das für unsere Ermittlungen?«, wollte Bobby wissen. »Selbst wenn es stimmt, was der Doc sagt, und wir es nicht verwenden können.«

Niklas räusperte sich und sah Emma an. Offenbar wartete er auf ihre Erlaubnis zu sprechen.

Sie nickte ihm aufmunternd zu.

»Bei unserem Besuch hat Friederike uns erzählt, dass Nele

bereits vor zwei Wochen untergetaucht ist. Wenn sie also kurz vor ihrem Tod Sex hatte, dann ganz bestimmt nicht mit Felix Zacher, ihrem Freund«, klärte Niklas schließlich Bobby auf.

Emma nahm einen Bleistift aus einer Stiftebox und kaute auf ihm herum.

»Gehen wir davon aus, dass Nele während ihres Untertauchens *nicht* zu ihrem Freund Felix ins Bett gestiegen ist, dann ist sie fremdgegangen. Und wenn Nele fremdgegangen ist, erzeugt das einen ganz anderen Blickwinkel auf unsere Ermittlungen. Selbst wenn wir das forensisch nicht belegen können.«

Sie sah Niklas an.

»Eifersucht!«, warf der junge Kollege in den Raum. »Wie ich bereits vermutet habe.«

Der Triumph in seiner Stimme war für Emma unüberhörbar.

»Eifersucht! Eines der ältesten Mordmotive der Welt«, stimmte sie ihm zu.

»Wenn Felix Zacher dahintergekommen ist, dass Nele ihm Hörner aufgesetzt hat, tja …« Niklas schnalzte mit der Zunge.

»Dann hatte er ein glasklares Mordmotiv«, führte Bobby den angefangenen Satz zu Ende.

Emma kniff die Lippen zusammen. Er hatte den Nagel auf den Kopf getroffen.

»Du sagst es, Bobby, du sagst es«, flüsterte sie.

KAPITEL 15

Grimm öffnete die Zimmertür in seiner Pension, und die Einsamkeit begrüßte ihn wie einen alten Kameraden. Er öffnete das Fenster, um muffige Luft ins Freie zu lassen. Das Jackett hängte er über den Stuhl, dann streifte er die Schuhe ab und schlüpfte aus der Hose, die er zusammengefaltet über das Jackett legte. Hemd und Krawatte folgten. In Unterhose und T-Shirt warf er sich aufs Bett, schaltete mit der Fernbedienung den Fernseher an und zappte durch die Programme. Gelangweilt stand er auf und war mit einem Schritt an der Tür zum Bad des winzigen Zimmers, das trotz Minigröße und spartanischer Ausstattung seinen Geldbeutel stärker belastete, als ihm lieb war. Für ein paar Tage okay, aber auf Dauer zu teuer.

Er stützte die Hände aufs Waschbecken und beugte sich so weit vor, bis seine Augen höchstens einen oder zwei Zentimeter vom Spiegel entfernt waren. Bildete er sich das lediglich ein, oder war er seit der Geschichte mit Pia gealtert? Hatte er plötzlich Tränensäcke bekommen, war das ein graues Haar in seinem ansonsten pechschwarzen Vollbart?

»Was mache ich überhaupt in Lindau?«, fragte er sein Spiegelbild, das ihn wild anstierte.

»Gegenfrage: Was würdest du in München tun?«, erwiderte der Spiegel-Niklas.

»Am liebsten Pias Liebhaber in den Hintern treten«, antwortete Grimm seinem Gegenüber.

»Aber hätte sie deinen Zorn verdient? Bist du nicht selbst

schuld, in Wiesbaden alles stehen und liegen gelassen zu haben. Für eine Frau!«

»Wahrscheinlich hast du recht«, stimmte er Spiegel-Niklas zu. »Vielleicht gehöre ich zurück an den Ort, wo ich geboren wurde.«

Sein gespiegeltes Ich hob und senkte den Kopf, Grimm fasste das als Bestätigung auf.

»Was soll ich in München und überhaupt in Lindau? Lindau ist ein Kaff! Ein Kaff am Bodensee, okay. Bestes Wetter, mediterranes Klima. Aber trotzdem ein Kaff. Ich kann nicht ständig aufs Wasser glotzen, das versetzt mich in noch depressivere Stimmung als ohnehin schon. Wenn, dann sollte ich mit Pia aufs Wasser blicken. Arm in Arm, wie ein Liebespaar.«

Ernst war es ihm mit ihr gewesen. So ernst, dass er ihr einen Verlobungsring hatte schenken wollen. Sein Plan war gewesen, den Ring heimlich an ihrem Arbeitsplatz zu deponieren – als Überraschung. Zu diesem Zweck hatte er einen ihrer Kollegen mit einem Kasten Bier bestochen und mit ihm gemeinsam abends das Versicherungsgebäude betreten, in dem sie arbeitete. Tja – und was hatte er dort vorgefunden? Pia und ihren Chef, die sich miteinander vergnügten und dabei in wilder Liebeslust den gesamten Schreibtisch leergeräumt hatten. Was für ein Schock!

Beim bloßen Gedanken daran fühlte er sich noch immer so niedergeschlagen, als würden Pech und Teer sein Innerstes verkleben.

Spiegel-Niklas guckte genauso bedröppelt aus der Wäsche.

Vor Wut donnerte Grimm die Faust gegen die Fliesen neben dem Waschbecken und beendete das Selbstgespräch. Das Spiegelbild zitterte, die Knöchel schmerzten, waren aufgescheuert. An den Fliesen klebten Hautfetzen. Grimm wirbelte herum und war im nächsten Augenblick bereits am Schrank, aus dem er seinen Koffer zerrte. Er ließ die Verschlüsse aufklappen und kramte in seiner Wäsche, bis er eine Dartscheibe zu fassen bekam. Liebevoll drehte er sie im Kreis und betrachtete die zahlreichen Löcher, die im Laufe der Zeit entstanden waren.

Dartspiel war immer sein großes Hobby gewesen. Er befestigte die Scheibe an der Zimmertür und warf drei Pfeile. Wieder und immer wieder. Bei jedem Durchgang mit größerer Wut, die Pfeilspitzen bohrten sich mit einem dumpfen *Plopp* immer tiefer in das Brett. Beim letzten Wurf schrie er ein »Fuck!« und warf sich aufs Bett, zog das Kopfkissen über den Schädel. Der innere Schmerz ließ nicht nach. Was sollte er tun, wenn nicht einmal Dart als Ablenkung half?

Pia!

Er dachte immer noch an sie. Trotz allem, was sie ihm angetan hatte. Die gemeinsame Zeit mit ihr breitete sich blitzschnell vor ihm aus – wie Tinte auf einem Löschpapier. Wunderbar war es gewesen mit Pia, eine Zukunft zu zweit in München hatte er in Gedanken geplant gehabt. Und jetzt? Vor ihm ein Beziehungsscherbenhaufen, die neue Stelle in Lindau lief ebenfalls nicht besonders. Seine Chefin Emma schien eine komplizierte Frau zu sein, um es mal harmlos auszudrücken. Und die Zusammenarbeit würde vermutlich noch komplizierter werden, sobald Emma dahinterkam, was ihr Mann an den freien Abenden wirklich trieb. Aber das war ihre Privatangelegenheit, ging ihn nichts an. Obwohl er sich ihren Schmerz lebhaft vorstellen konnte – er war schließlich auch betrogen worden. Diesbezüglich waren er und Emma Bosse Seelenverwandte. Aber bedeutete das nicht, dass er sie aufklären oder zumindest einen Tipp geben musste? Er war nicht sicher, was er tun sollte.

Den Kopf voller wirrer Gedanken beschloss er, in die Lindauer Altstadt zu laufen. Bestimmt gab es dort eine Kneipe, wo jemand Dart spielte und er mitmachen durfte. Heute war Freitagabend, das Wochenende stand vor der Tür. Na ja, für ihn nicht ganz. Denn Emma Bosse hatte für Samstagmittag das gesamte Kripoteam zu einer Lagebesprechung ins Kommissariat bestellt. Ein Grund mehr, etwas Entspannung mit ein bisschen Dart zu suchen. Vielleicht half ihm das, die Gedanken an Pia zu vertreiben. Aus dem Koffer zerrte er eine Cargohose, in Beige. Er hatte noch eine in olive, aber die schien ihm für einen Kneipenabend unpassend. Dazu wählte er ein langes Jeanshemd in hellblau. Seine nassen Turnschuhe hatte er auf der Heizung getrocknet, sie waren wieder tragbar. Die Dartpfeile steckte er in eine kleine Box und schob diese in eine der vielen Taschen der Cargohose. Als er ins Freie trat, begann es zu tröpfeln, Grimm schlüpfte in die Lederjacke, die er sich beim Rausgehen geschnappt hatte, und schlug den Kragen hoch.

In der Altstadt wehte ihm aus sämtlichen Richtungen Essensduft entgegen. Der Geruch nach italienischen Gewürzen, Pizza, Kebab und diversen anderen Gerichten ließ ihm das Wasser im Mund zusammenlaufen. Ziellos schlenderte er durch die Straßen, bewunderte die schmalen Gassen mit den bunten Häusern. An einem Schuhgeschäft blieb er stehen und betrachtete die Auslage. Bei dem allgegenwärtigen Kopfsteinpflaster auf der Lindauer Insel würde er bald neue Turnschuhe benötigen. Das Schuhgeschäft hatte bereits geschlossen, im Inneren stand eine attraktive Brünette in einem figurbetonten Kostüm vor einem Regal und schichtete Kartons um. Sie bemerkte ihn und schenkte ihm ein warmes Lächeln. Beiläufig hob er die Hand, nickte und ging rasch weiter, da er nicht wie ein Voyeur wirken wollte.

Ein paar Dutzend Schritte vor ihm lief ein Mann, der eine Schildkappe trug und den Kopf seltsam noch vorne neigte. So als wollte er nicht, dass ihm entgegenkommende Fußgänger ins Gesicht schauten. Grimms Spürsinn sprang sofort an. Außerdem kam ihm die Statur des Mannes irgendwie bekannt vor.

Grimm beschleunigte seine Schritte, als der Kerl um die nächste Ecke gebogen war. Als Grimm dort ankam, lugte er vorsichtig um die Seite und sah, wie der Typ in einem Hauseingang verschwand. Grimm holte tief Luft. Denn bei dem Kerl, der soeben eines der Patrizierhäuser betreten hatte, handelte es sich tatsächlich um niemand anderen als Wolfgang Bosse. Und hinter ihm hatte eine langhaarige blonde Frau die Tür geschlossen. Grimm wartete eine halbe Minute, dann ging er zu dem Haus und musterte das Klingelschild. Der Name sagte ihm nichts. Natürlich musste das nichts bedeuten, redete er sich ein. Dennoch beschloss er, baldmöglichst mit Emma zu sprechen.

Er setzte seinen Weg fort. Feiner Nieselregen sammelte sich in kleinen Tröpfchen auf seinem Gesicht. Das Pflaster glänzte nass vom Regen. Die Temperaturen waren mild, es war ein angenehmer Spaziergang in der Dämmerung. Nach wenigen Minuten gelangte Grimm an den Hafen. Der Neue Leuchtturm wurde von Lampen angestrahlt, die das Gebäude besonders eindrucksvoll in Szene setzten. Grimm erinnerte sich an den Reiseführer, dort wurde der Turm als südlichster Leuchtturm Deutschlands beschrieben und als der einzige in Bayern. Im Jahr 1856 war er in Betrieb genommen worden, und als einer der wenigen Türme besaß er eine Uhr in der Fassade. Gegenüber, auf der linken Seite der Hafenmole, saß der Lindauer Löwe, eine gewaltige Steinfigur, die ebenso angestrahlt wurde und dadurch noch majestätischer wirkte. Wie überhaupt alles am Hafen in einem hellen Licht strahlte, eine einzige Illumination, angefangen vom Mangturm, dem Vorgänger des Neuen Leuchtturms, über die Hotels am Platz bis zu einem im Hafen ankernden Linienschiff der Bodensee-Schiff-Betriebe.

»Konstanz«, las Grimm an der Seite des Ausflugsbootes, das man anscheinend auch für Geburtstagspartys im Hafen buchen konnte, wie das laute »Happy Birthday«-Gesinge an Bord verriet.

Alles in allem eigentlich ein traumhafter Anblick, allerdings war es in Grimms Innerem stockfinster, da brannte kein Licht, nicht einmal ein Lichtlein. Trübsinnig ging er den Weg zurück, bislang hatte er kein gemütliches Lokal gefunden.

In einer winzigen Seitengasse lockte ihn ein sonderbares Schild, das eigentlich eher in die 80er-Jahre passte. Der Umriss von Freddie Mercury blinkte in Form einer Leuchtreklame über einer Kneipe. Über der Eingangstür las Grimm in fetten Rotbuchstaben »Freddies«. Wenn das kein gutes Omen war, dachte Grimm, denn er mochte den legendären Leadsänger der Rockgruppe Queen. Ihre Lieder hörte er sehr gerne. Bei seinem Eintreten empfing ihn der Hit *We Will Rock You* und ließ ihn sofort rhythmisch mit dem Kopf mitwippen.

An der Bar saßen zwei Männer in den Fünfzigern, die ebenfalls ihre Köpfe mit dem Sound bewegten, während sie an ihren Biergläsern nippten. Zwei Tische waren besetzt mit einer bunten Mischung aus Leuten. Touristen, vermutete Grimm. Sie aßen Pizza. Die anderen Tische waren verwaist.

Die Kneipe schien ganz nach seinem Geschmack, zudem entdeckte er ein alternatives Dartbrett. Genauso eins, wie er es liebte. Es gab auch eines dieser elektrischen Dinger. Leider spielte an beiden niemand. Alleine zu werfen war ihm zu langweilig. Immerhin lief gute Musik, ein Queen-Hit nach dem anderen, das versöhnte ihn mit den mangelnden Dart-Partnern. Die gesamte Einrichtung bestand aus Queen-Devotionalien. An den Wänden hingen Dutzende Bilder von den Bandmitgliedern,

Schnappschüsse von Konzerten und Autogrammkarten. In einer Ecke gab es sogar einen alten Flipperautomaten, an dessen Kopfteil die Bandmitglieder abgebildet waren.

Grimm nahm neben den Mittfünfzigern an der Theke Platz, grüßte sie freundlich und wurde ebenso nett willkommen geheißen. Er bestellte ein Weißbier. Der Wirt sah aus wie ein Doppelgänger von Freddie Mercury. Der falsche Freddie stellte ihm das Glas mit einem »Prego« vor die Nase. Ein italienischer Doppelgänger von Freddie also. Grimm fingerte die Fünf-Mark-Münze aus der Hosentasche und ließ sie spielerisch durch die Finger gleiten. Immer und immer wieder. Im Laufe der Jahre hatte er einige Geschicklichkeit darin entwickelt. Die Münze wanderte wie von Geisterhand vor und zurück. Bei *Another One Bites the Dust* stieß ihn jemand an.

»Vom Anschauen wird das Bier schal.«

Grimm sah auf und blickte in das grinsende Gesicht von Enzo, dem Taxifahrer.

»Du hier?«, fragte er den Italiener.

»Könnte ich dich auch fragen.«

»Entschuldige, blöde Bemerkung.«

»Kein Problem.« Er setzte sich neben Grimm und bestellte ein Glas Wasser.

»Kein Bier?«

»Nee, lieber nicht. Vielleicht kommt ein Auftrag rein, wer weiß.«

»Was ist mit Feierabend?«

»Wenn ich keine Lust mehr habe, fahre ich nach Hause. Da wartet Maria auf mich.«

»Deine Frau?«

»Meine Schwester, wir wohnen zusammen bei Mama.«

»Wahrscheinlich besser als eine Frau.«

»Oh, sage das nicht. Maria ist eine ziemliche Nervensäge. In einem schwierigen Alter, gerade mal zwölf.«

»Hast du keine Freundin?«

»Oh, Nik. Ich darf doch Nik sagen, ja?«

Grimm bejahte und nippte an seinem Glas.

»Nik, ich bin Italiener, keine dreißig Jahre alt. Natürlich habe ich eine Freundin. Jedes Jahr eine neue, manchmal auch zwei. Ich lebe am Bodensee, du verstehst?«

Er zwinkerte verschwörerisch.

»Neues Jahr, neue Touristinnen.«

»Also ein Paradies?«

»Für mich auf alle Fälle.« Enzo lachte und schlug ihm auf die Schulter.

»Was hat es mit dem Fünf-Mark-Stück auf sich?«, fragte der Italiener mit einem Blick auf seine Hand, in der immer noch die Münze zwischen den Fingern spazieren ging, wie Grimm es für sich selbst nannte.

»Wieso, was soll mit ihr sein?«, entgegnete er, schloss die Hand und begrub die Münze darin.

»Du starrst sie an wie eine Geliebte.«

In Enzos Gegenwart begann sich Grimm besser zu fühlen. Der Italiener hatte eine angenehme Art, und Grimm verstand, dass Frauen auf den Schwerenöter abfuhren. Dunkle Locken, Dreitagebart, südlicher Teint und Augen, die Grimm an den Schauspieler Elyas M'Barek erinnerten. Einige Sekunden musterte er seine mittlerweile zur Faust geballte Hand.

»Mein Vater hat sie mir geschenkt«, beantwortete er endlich Enzos Frage. »Vor vielen Jahren, kurz vor seinem Tod.«

Grimms Gedanken reisten zurück in die Vergangenheit, in seine Kindheit, als er zwölf Jahre alt gewesen war. Plötzlich stand das Bild seines Vaters gestochen scharf vor seinem inneren Auge.

»Oh, das tut mir leid«, tröstete ihn Enzo.

»Er war auch Polizist, weißt du. Man hat ihn ermordet.«

»Madonna!«, flüsterte Enzo und bekreuzigte sich.

»Den Mörder hat man nie gefasst. Das war wahrscheinlich mit ein Grund, dass ich zur Polizei gegangen bin. Ich dachte, mir würde es gelingen, eine Jahre zurückliegende Mordtat aufzuklären.«

Grimm steckte die Münze wieder in die Hosentasche und schaute mürrisch in sein Bierglas. »Habe ich aber leider nicht, der Mörder läuft immer noch frei herum«, murmelte er.

»Hast du Hunger?«, schnitt Enzo ein anderes Thema an.

»Ein bisschen«, gab Grimm zu und war froh, dass der Italiener versuchte, ihn auf andere Gedanken zu bringen.

»Die Tramezzini kann ich wärmstens empfehlen.«

Enzo wandte sich an den Wirt.

»Hey, Freddie, mein Freund Nik hat Lust auf ein paar Queenies.«

»Kommt sofort.«

Das Freddie-Double verschwand in der Küche.

»Die Queenies von Freddie sind die besten. Mit Hähnchen, Gurke und Kresse.«

»Freddie, echt jetzt?« Grimm zeigte mit der Hand in Richtung Küche.

»Eigentlich Alfredo. Er ist mein Onkel, musst du wissen.«

»Oh.«

»Der Bruder meiner Mama. Manchmal helfe ich ihm aus, wenn ich keine Taxifahrt habe. Alfredo nennt ihn fast niemand. Er ist großer Fan von Queen, deshalb Freddie.«

»Ist nicht wahr.«

Grimm lächelte.

Enzo ebenfalls.

»Spielst du Dart?«, wollte der Italiener wissen.

»Sag bloß, du auch?«

»Klaro. Aber nicht am blöden Automaten. Ich werfe auf die altmodische Art, mit richtigen Pfeilen aufs gute alte Brett.«

Grimm zückte seine Box mit den Pfeilen, öffnete sie und zeigte sie Enzo.

»Aaah, ein Profi. Bravissimo!«, erklärte Enzo begeistert.

Drei Stunden später, nach einem Dutzend belegter Vollkornbrötchen und ein paar Bieren zu viel, zahlte Grimm die Zeche und beglich Enzos Rechnung gleich mit. Gemeinsam traten sie hinaus in die Lindauer Nacht. Die Gasse vor der Kneipe lag in einem schummrigen Licht. Der blinkende Leuchtreklamen-Freddie spiegelte sich auf dem nassen Kopfsteinpflaster.

»Wieso willst du in der Pension bleiben? Du hast von Emmas Angebot erzählt, in ihrer Reiterstube zu wohnen.«

»Bei meiner Chefin? Das ist keine gute Idee, denke ich.«

»Ach, komm, du hast von ihr gesprochen, als würdest du sie mögen. Mindestens respektieren.«

»Man sollte seine Vorgesetzten immer respektieren«, antwortete Grimm.

»Nik, ich mache dir einen Vorschlag. Mein Taxi steht gleich da drüben. Wir holen in der Pension deine Sachen, danach fahre ich dich zu Emma.«

»So spät? Es ist fast elf Uhr nachts.«

»Emma freut sich über deinen Besuch, glaub mir. Ich kenne sie. Egal, wie spät es ist.«

»So sicher bin ich mir da nicht.«

»Wir machen Nägel mit Köpfen«, insistierte Enzo. »Du hast zu viele Biere intus. Selbst fahren geht nicht, ich bin heute dein kostenloser Chauffeur. Ein Freundschaftsdienst als Gegenleistung dafür, dass du mich vorhin zum Essen eingeladen hast.«

Grimm wusste nicht, weshalb er auf Enzos Vorhaben einging. Möglicherweise war es der Alkohol, der ihn übermütig und optimistisch stimmte. Vielleicht auch die trübe Aussicht, in der Pension zu übernachten. Jedenfalls fand er auf einmal die Idee, in Emmas Reiterstube einzuziehen, gar nicht mehr so schlecht.

»Na gut, machen wir es so.«

Enzo klatschte in die Hände. »Fantastico! Eine gute Idee, du wirst sehen.«

*

Das Taxi bog auf Emmas Hof, der trotz der fortgeschrittenen Zeit hell erleuchtet war. Grimm hatte ein Déjà-vu: War etwa erneut ein Fohlen im Anmarsch? Ein weißer Transporter parkte quer vor der Scheune, ausländisches Kennzeichen. Als Grimm ausstieg, vernahm er irgendwo in der Ferne erhobene Stimmen.

Auf der anderen Seite des Taxis lehnte Enzo an der Fahrertür, legte den Kopf schief und lauschte. Nach einem Augenblick deutete er mit dem Kopf in Richtung Transporter.

Grimm nickte, er hatte ebenfalls die Streitenden auf der anderen Seite des Fahrzeugs ausgemacht. Zusammen mit Enzo umrundete er den Sprinter, sie trafen auf eine Gruppe von drei Menschen.

Emma blockierte mit ausgebreiteten Armen den Eingang zur Scheune, ihr gegenüber standen zwei zwielichtige Gestalten, beide mit kahl rasiertem Schädel, Unterarme und Hals jeweils komplett tätowiert. Einer war groß und schlank, der andere klein und dick.

Emma war anscheinend bereits im Zu-Bett-Geh-Modus, denn sie trug Sporthose sowie T-Shirt. Die nackten Füße steckten in Pantoffeln. Wie es schien, war sie durch den Besuch überrascht worden.

»Haben wir ein Problem?«, fragte Enzo mit übertrieben italienischem Akzent.

Die Galgengesichter wirbelten erschrocken herum.

»Wer seid ihr zwei, zum Teufel?«, schnappte der Größere.

»Ich bin Enzo«, antwortete Enzo mit ungewohnt rauchiger Stimme.

Grimm warf ihm einen überraschten Blick zu.

»Und das ist mein Freund Luigi.« Enzo deutete auf Grimm, ohne ihn dabei anzusehen, und verschränkte die Arme ineinander.

Luigi, wirklich? Grimm beäugte seinen neuen Freund, der sich vor den Typen aufbaute und wirkte wie ein Killer der Camorra. Kalt und gnadenlos. Grimm trat von einem Bein aufs andere und versuchte ebenfalls, eine bedrohliche Haltung einzunehmen. Er verengte die Augen zu Schlitzen, legte die linke Hand an seine Gürtelschnalle und strich mit den Fingern der rechten über seinen Vollbart. Mit tiefer und hoffentlich einschüchternder Stimme raunte er: »Enzo, sie sprechen nicht.«

Er bemerkte, wie Emma Bosse, die gegenüber von Pat und Patachon stand, die Augen verdrehte und nach oben sah. Gefiel ihr die Schauspieleinlage etwa nicht? Er setzte ein »Falls ihr Probleme habt, kein Problem« hinzu.

Emma schlug lautlos die Hände über dem Kopf zusammen.

»Wir sind nämlich Problemlöser«, fügte Enzo hinzu und rückte ganz nah an Grimm heran.

»Ganz genau, Enzo, Problemlöser.«

Der Größere schien der Tonangebende zu sein, denn er antwortete, allerdings an Emma gewandt, zu der er sich umdrehte: »Soso, du hast Unterstützung geholt. Diesmal gehen wir, aber du wirst nicht immer Hilfe haben.«

Er reckte Emma drohend den ausgestreckten Arm entgegen und fuchtelte mit dem Zeigefinger vor ihrem Gesicht herum. »Immer locker bleiben, Ponymama, und schön wachsam, wir kommen wieder.«

»Richtig, Igor, wir kommen wieder«, echote der Kleinere.

Der Igor Genannte packte seinen Kumpel an der Schulter. »Lass uns gehen.«

Sie warfen Grimm und Enzo böse Blicke zu, stiegen in den Sprinter und fuhren mit quietschenden Reifen vom Hof. Kieselsteine flogen durch die Luft.

»Wer waren denn diese zwei Knallköpfe?«, wollte Grimm von Emma wissen.

»Luigi?«, stellte Emma mit zweifelndem Gesicht eine Gegenfrage.

»War meine Idee?«, erklärte Enzo stolz.

»Aha!« Emma schüttelte den Kopf. »Problemlöser? Was für ein Schmarrn!«

»Sie scheinen es geglaubt zu haben«, verteidigte Enzo die Theaterinszenierung.

»Stimmt, es hat gewirkt. Sie sind abgehauen«, bekräftigte Grimm.

»Danke, aber ich kann mir selbst helfen«, grantelte Emma.

»Wir wollten nur helfen«, entschuldigte sich Enzo.

»Ja, danke«, kam es nun von Emma, die vortrat und erst ihm, danach Grimm die Hand schüttelte.

»Danke!«, wiederholte sie. »Wollte nicht grob rüberkommen, aber für einen Moment hatte ich Angst.«

»Was wollten die?« Grimm bemerkte, dass Emma zitterte.

»Baby Blue und Sylvie.«

»Die Mini-Ponys?«

»Genau die. Ich habe dir ja erzählt, dass ich sie aus einem Wanderzirkus geholt habe. Zusammen mit dem Veterinäramt, dem ich geholfen habe. Oder umgekehrt, das Veterinäramt mir. Wie man's nimmt. Verständigt habe das Amt jedenfalls ich, als ich vom Zustand und der miesen Haltung der Ponys erfahren habe.«

Grimm nickte.

»Die da …«, sie nickte in Richtung der in der Ferne verschwindenden Schlussleuchten des Sprinters, »… Igor und sein Schrumpf-Freund sind aus dem Zirkus und wollten die Ponys zurück.«

»Dazu haben die bestimmt kein Recht, oder?«

Grimm schaute Emma an.

»Natürlich nicht, aber sie probieren es. Zuerst mit einem freundlichen Anruf, danach mit einem nicht mehr ganz so freundlichen Anruf. Später mit Drohanrufen. Als das nicht funktioniert, statten mir zwei Schlägertypen einen Besuch ab.«

»Wo ist eigentlich Wolfgang?«, fragte Grimm beiläufig.

»Karten spielen«, sagte Emma und unterdrückte ein Schniefen.

Bei einer Blondine, die ungefähr zwanzig Jahre jünger ist als er?, dachte Grimm.

»Er und seine Kumpels trinken ein paar Bierchen zusammen, und danach bleibt er über Nacht. Ich bin ja froh, dass er vor ein paar Monaten zwei Jugendfreunde wiedergefunden hat und sie sich regelmäßig treffen.«

Regelmäßig? Soso, und auch noch über Nacht? Grimms Vermutung hinsichtlich Wolfgang begann sich langsam zu einem Verdacht zu erhärten. Emmas Mann ging fremd, das war sonnenklar.

Emma ballte die Hände zu Fäusten, in ihren grünen Augen schimmerten Tränen. »Niemals kriegen diese Tierschänder meine Ponys!«

Grimm war froh über Emmas Gefühlsausbruch, das erleichterte ihm, über Wolfgang hinwegzugehen. Niemals hätte er ihr in diesem Augenblick von seiner Beobachtung erzählen können, das hätte ihr den Rest gegeben. Er musste sein Vorhaben auf einen anderen Augenblick verschieben.

»Vielleicht ist es eine gute Idee, wenn ihr einen Untermieter habt, dann ist ein Mann mehr im Haus«, schlug Enzo vor.

Emma sah ihn an. »Hast du jemanden Bestimmtes im Visier?«

Enzo boxte Grimm unauffällig in die Seite.

»Ähm, mich«, antwortete Grimm schließlich. »Du hast mir vorgeschlagen, dass ich, also, ich ... ähm, würde gerne ...«, stammelte er.

»Niklas würde sehr gerne bei euch einziehen«, beendete Enzo das sprachliche Drama und trat ihm mit dem Fuß in die Wade.

Grimm kniff die Lippen zusammen und nickte dem Italiener dankbar zu.

»Ach, möchte er das? Und wieso kann er nicht für sich selbst sprechen?«, fragte Emma.

»Ja, ich will!«, schoss es aus ihm heraus, als wäre er auf seiner eigenen Hochzeit. »Ich zahle selbstverständlich Miete«, fügte Grimm rasch hinzu.

»Fürs Reiterstüble können wir keine Miete verlangen, das wäre unfair, das ist nicht fertig hergerichtet. Als Wohnung höchstens eine Notlösung«, erklärte Emma. »Aber Mithilfe im Stall und auf der Koppel als Gegenleistung, das geht schon«, entschied sie. »Ausmisten und Pferdeäpfel auf der Koppel einsammeln, das ist genau das Richtige für einen Stadtmenschen wie dich, Niklas. Außerdem hilft uns das, dann müssen wir die Arbeit nicht alleine stemmen.«

Seine Chefin tätschelte ihm mütterlich die Schulter. »Kannst heute Nacht gleich dableiben.«

Ausmisten und Pferdekacke einsammeln? Grimm war nicht mehr sicher, ob er Enzos Idee mit dem Einziehen bei Emma so toll fand. Hygienisch klang das nicht gerade. Gleich morgen würde er in den nächsten Drogeriemarkt fahren und sich mit Desinfektionsmitteln eindecken.

»Ich hole das Gepäck«, rief Enzo, zeigte ihm den erhobenen Daumen, grinste und lief zum Taxi.

Emma stemmte die Hände in die Hüften und lachte.

»Wie ich sehe, hattest du sowieso vor, bei uns einzuziehen. Und wieder hat dich Enzo hergefahren. Ist der Akku des Smart leer, dass du ein Taxi brauchst?«

Sie schnüffelte, dann schlich sich ein wissendes Lächeln in ihr Gesicht.

»Ah, der Herr hat zu tief ins Glas geschaut. Deshalb Enzo als Chauffeur.«

KAPITEL 16

Das Sofa knarrte, als Grimm sich umdrehte. Begleitet vom Quietschen der durchgelegenen Federn. Hatte die Couch überhaupt Bettfedern, oder was quietschte derart penetrant? Da die Jalousien nicht heruntergelassen waren, schien die Morgensonne ungestört ins Zimmer und kitzelte ihn an der Nase. Um nicht geblendet zu werden, zog er das Kopfkissen über den Kopf. Langsam schlummerte er wieder weg, doch irgendwas zerrte am Kissen, etwas Nasses, Klebriges und Feuchtes kroch darunter und seine Wange entlang.

»Was …?«

Mit einem Ruck wurde das Kissen weggeschleudert, Grimm riss die Augen auf.

»Oh Gott, was ist *das*?«, schrie er, als ihn ein riesiges Auge anglotzte, Millimeter von seinem Gesicht entfernt. Er rollte weg von diesem Ding und richtete seinen Körper an der Wand auf.

»Wie kommst du zu mir rein?«, polterte er und verbesserte sich sofort. »Ich meine, ihr zwei?«

Er starrte entgeistert auf die offene Tür, ein Windstoß bewegte sie leicht, die Türangeln stöhnten leise.

Aha, daher das Quietschen.

Baby Blue und Sylvie, Emmas Miniponys, standen Fell an Fell nebeneinander und zogen mit den Zähnen an der Bettdecke, zerrten sie auf den Boden.

»Guten Morgen allerseits«, schallte es vom Eingang der Reiterstube.

Emma lehnte an der Türschwelle und richtete ihre blauen Augen auf Grimm, in der Hand eine Tasse dampfenden Kaffee. Sie trug eine Reithose und die dazu passenden Stiefel. Als sie seinen Blick bemerkte, erklärte sie: »Ausreiten am frühen Morgen, es gibt nichts Schöneres.«

Sie lächelte, nippte am Kaffee und machte einen Schritt ins Zimmer hinein.

Nathan bellte einmal kurz auf und folgte seinem Frauchen.

»Du nicht!«, befahl seine Chefin und deutete mit dem Arm nach draußen. »Kein Kontakt zu Rasmus, verstanden?«

Nathan winselte, befolgte den Befehl und blieb draußen stehen, behielt sein Frauchen allerdings im Blick.

»Nur zu.« Grimm winkte. »Kommt alle rein, macht es euch bequem. Will jemand einen Keks?«

Mit einem Maunzen tappte Kätzin Lisbeth an Nathan vorbei.

»Wird das ein Klassentreffen?«

Grimm schlug die Beine untereinander und rutschte im Schneidersitz ans Ende seines Betts.

»Wollte sehen, was die Mädels bei dir wollen.«

»Mädels?«

Da ging ihm ein Licht auf.

»Du meinst die Ponys?«

»Genau. Ich habe vor einer halben Stunde die Tiere auf die Koppel gelassen. Baby Blue und Sylvie sind entwischt und …«

»… zu mir reingetrampelt«, vollendete er ihren Satz. »Toll! Hat den … den Mädels etwa jemand die Türe geöffnet?« Fragend sah er Emma an. »Alleine sind sie dazu bestimmt nicht in der Lage«, vermutete er.

»Oh, da kennst du die Mädels schlecht. Habe ich dir nicht erzählt, dass sie aus einem Zirkus stammen? Die Reiterstube lässt sich leider nicht verschließen, und der Sperrhaken an der Tür ist kein Problem für ein intelligentes Pony. Den hebt Baby Blue mit der Nase hoch.«

Grimm notierte innerlich, dass er ein richtiges Schloss anbringen musste, um vor weiteren unliebsamen Besuchen verschont zu bleiben.

»Sie ist die schlauere von beiden«, erklärte Emma. »Du musst wissen, das Reiterstüble war bis vor einem halben Jahr ein Stall, da waren die Miniponys die erste Zeit untergebracht. Das ist quasi ihr Zuhause. Aber Wolfgang hatte die Idee, eine Reiterstube draus zu machen.«

»Ich schlafe in einem Stall?«

Er spürte seine Nackenhaare einzeln aufstehen.

»In einem ehemaligen Stall«, verbesserte Emma.

»Aber ein Stall! Wahrscheinlich voller Bazillen und Viren. Oh Gott!«

»Jedenfalls *denken* die Ponys, das wäre ihr Stall.«

»Großartig, soll ich mit ihnen meine Wohnung teilen, oder was schwebt dir vor? Reicht es nicht, dass Rasmus …?«

Der Welpe hockte in seinem Körbchen in der Ecke und schaute ängstlich auf die Ponys. Diese waren ihm sichtlich unheimlich. Grimm schwieg, er wollte den Hund nicht zusätzlich durch seinen Unmut belasten. Bestimmt spürte der Welpe das.

Leiser fuhr er fort: »Kontakt zwischen Ponys und ihm ist okay?«

Emma schlürfte ihren Kaffee.

»Kontakt nenne ich das nicht, er traut sich nicht ran an die Mädels. Außerdem hat die Blutanalyse nichts Bedenkliches bei ihm ergeben. Lilly hat mich heute früh angerufen. Aber ein bisschen aufpassen müssen wir natürlich. Er hat noch eine Weile Stubenarrest. Aber was anderes ist komisch.«

»Was?«

»Die Ponys sind normalerweise nicht so menschenbezogen. Sie haben schlechte Erfahrungen im Wanderzirkus gemacht. Vor allem mit Männern.«

»Kein Wunder, die Typen, die sie wiederhaben wollten, sahen nicht aus wie tierliebe Gesellen.«

»Dich scheinen sie jedoch zu mögen. Seltsam. Vor allem Baby Blue. Schau sie an.«

»Und?« Er schürzte die Lippen. »Ich bemerke nichts, rein gar nichts.«

»Wie sie dich ansieht.«

»Mir fällt nichts Besonderes auf.«

»Aber mir. Streck deine Hand aus, bilde eine Faust.«

»Bitte?«

»Na komm, mach einfach.«

Zögerlich streckte er den linken Arm aus, die Hand zur Faust geballt.

Baby Blue schob ihren Kopf vor und stupste mit den Nüstern gegen seine Fingerknöchel. Es kitzelte.

»Sieht beinahe aus wie eine Gettofaust«, kommentierte Emma.

»Was?«

»Eine sogenannte Pferdegettofaust.«

Anscheinend machte er ein bedröppeltes Gesicht, denn Emma erklärte lachend: »Den Begriff habe ich soeben erfunden.«

Grimm schielte auf seine Armbanduhr.

»Erst acht Uhr, wann fahren wir aufs Kommissariat?«

»Später. Keine Sorge, die Arbeit läuft dir nicht weg. Mir übrigens auch nicht. Mach dich frisch und komm zum Frühstück auf die Terrasse. Näheres dort.«

Als seine Chefin, die Ponys und Katze Lisbeth seine Wohnung verlassen hatten, versorgte er als Erstes Rasmus. Der Hund war offensichtlich genauso froh wie Grimm, wieder alleine zu sein. Schwanzwedelnd und leise kläffend wuselte er um seine Beine herum. Emma hatte ihm einen Karton Hundefutter besorgt. Grimm öffnete eine Dose und gab etwas vom Inhalt in einen Napf, über den sich Rasmus schmatzend hermachte. Grimm holte ein kleines Radio aus seinem Koffer und schaltete es an.

In einem winzigen Nebenzimmer befand sich das Bad mit Dusche, Wanne und WC. Dazu ein Waschbecken mit Spiegelschrank. Nicht sehr komfortabel, es erfüllte allerdings seinen Zweck. Grimm duschte und wollte seine Haare trocknen. Als er den Föhn einschaltete, ging der kurz an und sofort wieder aus. Gleichzeitig hörte das Radio zu dudeln auf.

»Verflixt, was ist jetzt los?«

Nach einigen erfolglosen Versuchen gab er auf, zog seine Klamotten an und wollte auf die Terrasse gehen, wo Emma auf ihn wartete. Auf dem Weg dorthin irritierten ihn seltsam brummende Geräusche von der andere Hofseite. Er ging dem Klang nach, vorbei an einem der Schuppen, und sah sich Auge in Auge mit einem Lama, das zusammen mit anderen auf einem umzäunten Platz stand. Als er nähertrat, kam eines von ihnen näher. Spuckten die nicht? Bevor er die Antwort auf diese Frage am eigenen Leib zu spüren bekam, drehte er sich schnell um und eilte zur Terrasse.

»Der Föhn geht nicht mehr«, erklärte er nach Emmas fragendem Blick auf seine nassen Haare.

Seine Chefin hatte sich umgezogen, die Reiterkleidung gegen eine graue Jogginghose und ein weißes Sweatshirt getauscht.

»Hast du was anderes angesteckt? Ich meine, zusätzlich zum Föhn?«, fragte Emma zwischen zwei Schluck Orangensaft.

»Mein Radio, wieso?«

»Ach, deshalb. Ich hätte dir sagen sollen, dass die Elektrik in der Stube nicht die beste ist.« Sie warf einen Blick auf ihren Mann, der gerade auf die Terrasse kam.

Grimm war überrascht. Er hatte Wolfgang noch in den Armen der Blondine vermutet. Doch aus irgendeinem Grund war er bereits zurück.

Wolfgang hob beide Hände. »Das war mein Fehler«, entschuldigte er sich. »Vielleicht habe ich irgendwas vermurkst, als ich den Stall umgebaut habe. Jedenfalls fliegt immer die Sicherung raus, wenn mehr als ein elektrisches Gerät betrieben wird. Also entweder Radio hören *oder* föhnen. Beides zur gleichen Zeit funktioniert nicht.«

»Großartig! Na ja, jetzt weiß ich, woran ich bin.«

Grimm setzte sich neben Wolfgang und beäugte ihn misstrauisch. »Ist das eigentlich erlaubt, sollte das nicht ein Profi erledigen? Elektrik und solche Sachen?«

Wolfgang winkte ab. »Profis werden überbewertet.«

Emma verdrehte die Augen.

»Er hört nicht mal auf mich, gib dir keine Mühe, Niklas.«

»Was nicht passt, wird passend gemacht«, war Wolfgangs Kommentar, während er eine Breze mit Butter schmierte.

»Das Problem ist: Es passt nicht, egal, wie lange du rumschraubst«, tadelte Emma, löffelte grinsend ihr Müsli und schüttelte den Kopf.

»Ihr habt Lamas, ich habe gerade welche gesehen«, stellte Grimm fest und biss in eine Semmel.

»Lamas *und* Alpakas.«

»Die Tiere haben ein eigenes Gehege?«

»Ist besser«, erklärte ihm Wolfgang. »Lamas und Alpakas legen Kotplätze an und fressen ungerne an Stellen, wo sich die Kacke anderer Tiere befindet.«

Bei dem Gedanken daran schüttelte sich Grimm innerlich.

Als sie das Frühstück beendet hatten, räumte Wolfgang ab und ließ lediglich den Kaffee stehen.

Emma verschwand im Haus. Kurze Zeit später kehrte sie mit einem Karton zurück und stellte ihn auf den Tisch.

»Neles Unterlagen. Ich habe gestern etwas Arbeit mit nach Hause genommen und schlage vor, wir nützen das schöne Wetter und durchforsten den Inhalt hier draußen im Freien.«

»Eine Art Home-Office.«

»Sozusagen.« Emma lächelte und schenkte ihm Kaffee nach. »Nach dem Mittagessen fahren wir ins Kommissariat und treffen uns mit den anderen zur Lagebesprechung.«

Die nächsten Stunden verbrachten sie mit dem Durchforsten von allerlei Papierkram. Besonders ordentlich schien Nele Gruber nicht gewesen zu sein. Die einzige Art von Ordnung hatten die Spurensicherer in das Chaos gebracht, als sie die Sachen grob gesichtet und in Kuverts verpackt oder Ordnern abgeheftet hatten, die mit dem Stempel des Erkennungsdiensts gekennzeichnet waren.

Grimm überflog Versicherungsschreiben und Nachrichten von der Bank. Ein paar Kontoauszüge waren dabei, aber nur vom letzten Monat. Auffälligkeiten entdeckte er keine. Die Überprüfung von Neles Bankgeschäften übernahmen sowieso andere Kollegen, wie er wusste.

Als er ein Tagebuch entdeckte, hoffte er für einen kurzen Augenblick auf spannende Einsichten. Das Buch war allerdings nur auf der ersten Seite mit einem Datum versehen, welches von letztem Jahr stammte. Der Rest: leere Seiten. Die Arbeit verlief eintönig und wurde nur einmal von tierischer Seite unterbrochen, als ein Ziegenbock die Stufen zur Terrasse hochhüpfte.

»Was bist du denn für einer?«, wollte Grimm wissen.

»Das ist Herr Frodo, unser zahnloser Ziegenbock«, klärte Emma auf.

»Zahnlos? Für sein Alter scheint er mir ziemlich fit zu sein.«

»Hüpfen geht gut, mit dem Fressen hapert es ein bisschen. Herr Frodo benötigt Spezialnahrung, außerdem hobeln wir Karotten klein, die frisst er für sein Leben gerne. Nicht wahr, Herr Frodo?«

Emma kraulte dem Ziegenbock das Kinn, dann trollte er sich wieder.

Die kurze Ablenkung hatte Grimm gutgetan. Mit frischem Elan machte er sich erneut an die stumpfsinnige Arbeit. Zwischendurch musterte er Emma, wie sie sich mit gefurchter Nase durch die Blätter wühlte.

»Hah!«, triumphierte sie und zog langsam ein Blatt aus einem Kuvert, fasste es an den Ecken und schob es vorsichtig in eine Klarsichthülle.

»Das muss Lukas nach Fingerabdrücken untersuchen.«

»Was ist das?« Grimm reckte neugierig den Kopf.

»Ein Brief deines singenden Schweinebauern.«

»Albert Hofstetter?«

»Genau der. Singen ist nicht alles, was er kann.«

Grimm nahm ihr die Hülle aus der Hand und las laut vor. *»Gruberin, du wirst bald sehen, was du von deinen Lügen hast. Unschuldige Bauern in Verruf bringen. Was soll das? Meine Schweine haben es gut, du bist eine falsche Schlange. Geh mir aus dem Weg, lass mich in Ruhe, oder …«*

Emma nickte, schwieg allerdings.

»Oder *was*?«, stellte laut Grimm die Frage, die sie beide interessierte.

»Tja, das steht da nicht, nur die drei Punkte. Man könnte es durchaus als Drohung auffassen, findest du nicht?«

»Interessant«, meinte Grimm. »Ein Grund mehr, Hofstetter stärker auf den Zahn zu fühlen als zuletzt.«

Er schob nachdenklich die Lippe vor. »Der eine Bauer schreibt einen Drohbrief, der andere wird verbal ausfällig. Die Zinsmeisters hegen ebenfalls einen Groll gegen das Opfer. Und Eifersucht ist zusätzlich im Spiel. Also jede Menge potenzielle Tatverdächtige.«

»Die Arbeit geht uns nicht aus«, kommentierte seine Chefin.

Grimm gab ihr den Brief zurück und widmete sich erneut harmlosen Bankschreiben. Er legte gerade eines zur Seite, als er bemerkte, dass auf dem unteren Rand mit Bleistift Figuren und Kreise hingekritzelt waren. Als wäre jemandem langweilig gewesen, beispielsweise während eines Telefonats. Es schien belanglos zu sein. Nichts Besonderes also.

Sein Nacken schmerzte mit der Zeit, er reckte die Arme erst nach oben, dann nach hinten und massierte schließlich seine linke Schulter. Seufzend nahm er das nächste Blatt, aber irgendetwas an dem Gekritzel des vorherigen Schreibens hatte in seinem Unterbewusstsein etwas angestoßen. Also nahm er sich den Zettel ein zweites Mal vor.

Nachdem er einige Sekunden draufgestarrt hatte, begann die Bleistiftzeichnung langsam eine Form anzunehmen, die Grimms Gehirn förmlich greifen konnte. Ein Schweißtropfen lief ihm ins Auge, er wischte ihn weg. Grimm spürte, dass er etwas auf der Spur war. Das da könnte mit viel Fantasie ein Pferd sein, mutmaßte er, vielleicht ein Esel. Jedenfalls irgendwas in der Art. Aber daneben, das war ein Herz. Oder doch nicht? Er hob das Blatt ganz nah vor die Augen. Ein Herz, jetzt war er sicher. Genau oberhalb des Herzens stand ein Name, oder spielten seine Sinne verrückt? Grimm versuchte die Buchstaben zu entziffern.

»Herrgott, ist das ein Kindergekrakel!«, platzte es aus ihm raus. »Kann das sein?«

Aus dem Augenwinkel bemerkte er Emmas neugierigen Blick.

»Kann das wirklich sein?«, wiederholte er.

»Was?«, drängte sie ihn.

»Ich nehme an, das ist Neles Gekritzel auf diesem Schreiben der Bank.«

Er zeigte seinen Fund.

»Was soll das sein, ein Bilderrätsel?«, fragte Emma mit ratlosem Unterton.

»Ein Pferd, ein Herz und zwei Buchstaben als Initialen. Fällt dir jemand ein, auf den all das zusammen hinweisen könnte?«, fragte er.

»Die Buchstaben kann ich nicht lesen. Moment mal, kann es sein, meinst du tatsächlich …? Das wäre ein Ding! Nele Gruber und …?«

Emma fuhr sich durch die Haare.

»Genau der«, bestätigte Grimm und lächelte.

KAPITEL 17

Als Emma ihr Büro im Kommissariat aufschloss, fiel ihr der gelbe Post-it-Zettel auf, der an der Türklinke klebte. Sie las die Notiz leise vor.

»Servus, ein Stefan Zinsmeister hat am Abend x-mal angerufen. Habe ihn auf Samstagnachmittag verwiesen. Grüße, Waschtl.«

Emma nahm die Notiz des Wachbeamten und betrat das Arbeitszimmer. Sie hängte Handtasche und Blazer an den Kleiderständer, dann griff sie zum Telefonhörer und wählte die Nummer des Pferdegestüts. Leider bekam sie die Auskunft, nur Martin Zinsmeister sei im Hause, sein Bruder sei den ganzen Samstag nicht gesehen worden. Man wisse auch nicht, wo Stefan Zinsmeister sich aufhalte. Emma hinterließ die Aufforderung, Stefan möge sie sofort anrufen, wenn er zurück sei. Für alle Fälle rief sie auch noch beim Dienstgruppenleiter der Polizeiinspektion in Lindenberg an und bat ihn, einen Streifenwagen zum Gestüt zu schicken und Zinsmeister die eindeutige Weisung zu überbringen, bei der Lindauer Kripo zu erscheinen. Und zwar pronto. Wenn möglich, sollten sie ihn gleich mitnehmen. Natürlich nur, wenn er freiwillig mitkomme, schließlich sei er kein Beschuldigter. Jedenfalls noch nicht, nach dem aktuellen Stand der Ermittlungen.

Eine Viertelstunde später saß Emma im Besprechungsraum und hörte den Wasserstandsmeldungen ihrer Mitarbeiter zu. Die Umfeldermittlungen zu Nele Gruber waren von den Kollegen sehr ausführlich erledigt worden. Allerdings ohne neue Ansatzpunkte, die die Ermittlungen vorangetrieben hätten. Weder gaben Neles Vermögensverhältnisse Anlass, sie aus der Welt zu schaffen, noch fanden sich bekannte kriminelle Kontakte, die mit ihrem Tod in Verbindung gebracht werden konnten. An ein Zufallsopfer glaubte Emma sowieso nicht, blieben also die diversen Anfeindungen bestimmter Leute, die als Motiv herhielten, oder …

Sie warf Niklas einen wissenden Blick zu, dann ließ sie die Bombe platzen: »Nele Gruber und Stefan Zinsmeister waren ein Liebespaar.«

»Heilige Scheiße!«, kommentierte Bobby und lehnte seinen massigen Körper vor.

Die anderen Kollegen der Kripo sahen sich vielsagend an.

»Woher wisst ihr das?«, wollte Bobby stellvertretend für alle wissen.

Emma hielt das Bankschreiben hoch, das Niklas bei ihren morgendlichen Recherchen entdeckt hatte. Es steckte in einer Folie; später würde sie es dem Erkennungsdienst übergeben, der es intensiv untersuchen würde. Sie ließ es herumreichen.

»Beachtet bitte die Zeichnung auf der Rückseite.«

»Was soll das sein, ein Bilderrätsel?«

Ohne es zu wissen, wiederholte Bobby genau das, was sie heute Vormittag gesagt hatte, als Grimm ihr den Zettel gezeigt hatte.

»So in etwa. Diese Zeichnung hat Nele gefertigt, als sie möglicherweise telefoniert oder irgendwas anderes gemacht hat. Wie viele von uns, wenn sie abgelenkt sind. Ich finde es sehr aussagekräftig. Ihr seht ein Pferd, ein Herz und den Großbuchstaben S. Und dahinter ein großes Z. Wofür mag das wohl stehen, wenn nicht für Stefan Zinsmeister?«

Niklas räusperte sich. »Wenn wir davon ausgehen, dass Nele

ein Verhältnis hatte, dann sagt mir diese Zeichnung, dass es sich sehr wahrscheinlich bei ihrem Liebhaber um Stefan Zinsmeister gehandelt hat.«

»Das ist ein Ding«, meinte Bobby. »Und was sagt Don Juan dazu, hast du ihn bereits befragt?«

»Nein«, erwiderte Emma. »Er hat gestern mehrmals versucht, mich auf der Dienststelle zu erreichen. Das erste Mal habe ich ihn abgewimmelt, da waren wir in unserer Besprechung, wenn du dich erinnerst. Später war ich nicht mehr da. Vorhin habe ich auf dem Gestüt nachgefragt, dort wissen sie nicht, wo er ist.«

Niklas zwirbelte seinen Vollbart und fragte: »Meinst du, er wollte dir das Verhältnis beichten?«

Sie sah ihn nachdenklich an, während sie über seine Frage nachgrübelte. Niklas war heute legerer gekleidet als die letzten Tage. Weder Sakko noch Stoffhose, auch keine glänzenden Lederschuhe. Stattdessen Cargohose, langes Hemd und Turnschuhe. Sie hatte nichts dagegen. Im Gegenteil, diese Aufmachung machte ihn sympathischer. Eine Krawatte passte nicht zu ihm, wie sie fand. Schließlich antwortete sie auf seine Frage: »Wer weiß, jedenfalls muss es wichtig gewesen sein, wenn er mehrmals angerufen hat. Ich habe die Kollegen aus Lindenberg zum Gestüt geschickt, damit sie ihn umgehend hier vorbeibringen.«

»Das heißt«, warf Niklas in die Runde, »dass das Motiv Eifersucht immer stärker in den Vordergrund drängt. Nele, die Frontfrau von *freedog*, und ein mutmaßlicher Tierquäler. Das dürfte für Unruhe bei den anderen Aktivisten gesorgt haben, sollten diese irgendwie davon erfahren haben. Und Felix Zacher muss innerlich vor Wut geplatzt sein. Ich meine, stellt euch das mal vor.«

Der junge Oberkommissar breitete die Hände aus wie ein Prediger.

»Seine Freundin steigt ausgerechnet mit jemandem ins Bett, der eigentlich zum Feindbild von *freedog* gehört. Das muss ihn verdammt wütend gemacht haben. Da kann man durchaus ausflippen und im Affekt einmal zu heftig zuschlagen. Wie seht ihr das?«, wollte er mit einem Rundumblick wissen.

Bobby nickte, die anderen stimmten brummend zu.

Emma griff sich nachdenklich ans Kinn und rieb über ihre Haut. »Ich denke, wir sollten uns tatsächlich diese Variante genauer vornehmen. Ein aus dem Ruder gelaufener Undercovereinsatz scheint mir unter diesen Umständen sehr unrealistisch. Unsere drohfreudigen Bauern rücken auch ins zweite Glied der Verdächtigen. Trotzdem sollten wir sie weiter auf dem Schirm haben.«

Niemals auf eine Variante festlegen. Emma dachte an die Worte ihres Vaters. Sie wandte sich an Bobby.

»Fahr bitte zu *freedog*, unter *keinen* Umständen anrufen. Ich will, dass du selbst rausfährst. Lade Zacher für Montagvormittag zur Zeugenvernehmung vor. Halte dich bedeckt, tu ein bisschen geheimnisvoll, um ihn zu verunsichern. Mal sehen, ob er sich während der Vernehmung in Widersprüche verwickelt. Vorher will ich allerdings mit diesem Stefan Zinsmeister reden. Ich will aus seinem Mund hören, was er mit Nele am Laufen hatte.«

Von der restlichen Truppe forderte sie: »Bis Montag will ich alles über Felix Zacher wissen, was ihr finden könnt. Erstellt mir ein komplettes Personenprofil. Außerdem will ich wissen, ob er irgendwie mit dem Leichenfundort in Verbindung gebracht werden kann.«

Sie sah Beate an, eine ihrer weiblichen Ermittlerinnen. »Du telefonierst mit dem Erkennungsdienst. Ich weiß, es ist Samstag, und Lukas ist höchstwahrscheinlich auf dem Weg ins Fußballstadion nach München. Aber der Mord geht vor. Sag ihm, wir konzentrieren uns auf Felix Zacher als Tatverdächtigen. Lukas und sein Team sollen alle gesicherten Spuren sichten und mir irgendwas Verwertbares bringen, was wir mit Zacher abgleichen können. DNA oder Fingerabdrücke. Und falls Lukas nichts findet, soll er mit der Suche von vorne beginnen. Die Zeit drängt! Wenn Zacher am Montag auf meinem Kommissariat erscheint, will ich irgendwas haben, mit dem ich ihn zu einem Geständnis bewegen kann.«

»Sollte er tatsächlich der Mörder sein«, schränkte Bobby ein.

»Sollte er es sein«, stimmte ihm Emma zu.

»*Confessio est regina probationum* – das Geständnis, die Königin der Beweise«, ließ Niklas einen lateinischen Spruch los, den Emma als Mordermittlerin sehr gerne bekräftigte.

»Ich fürchte, es wird auf ein Geständnis hinauslaufen«, gab Bobby zu bedenken und zupfte an seinen Hemdsärmeln. »Denn eindeutige Spuren, die Zacher überführen, haben wir nicht.«

Niklas runzelte die Stirn, bevor er ergänzte: »Und eindeutige Spuren werden wir höchstwahrscheinlich auch nicht finden, sonst hätten wir sie längst. Die Leiche und der Fundort haben einfach zu wenig Verwertbares hergegeben.«

»Deshalb müssen wir uns bemühen, Indizien zu sammeln«, versuchte Emma, ihre Ermittler zu motivieren. »Nicht zu negativ denken, Leute. Also …«, sie klatschte aufmunternd in die Hände, »… auf geht's: Packen wir es an!«

Stimmengewirr mischte sich mit knarzenden Stühlen, die über den Linoleumboden geschoben wurden. Der Besprechungsraum leerte sich. Das Telefon klingelte, Emma nahm im Aufstehen den Hörer und lauschte. Mit einem »Danke« legte sie auf.

»Das waren die Kollegen aus Lindenberg«, erklärte sie gegenüber Niklas und Bobby, alle anderen Teammitglieder waren bereits aus dem Zimmer und erledigten die zugeteilten Aufgaben.

»Stefan Zinsmeister ist nicht auf dem Hof. Sein Bruder weiß nicht, wo er sich rumtreibt, oder sagt es zumindest nicht.«

»Was machen wir jetzt?« Niklas rieb mit den Fingern über die Nase. »Wäre schon wichtig, mit ihm zu reden, bevor wir Zacher in die Mangel nehmen.«

Emma betrachtete eine Weile die Magnettafel an der Wand, auf der sich seit dem Leichenfund einiges getan hatte. Neben dem Foto des Opfers hafteten weitere Bilder. Von Tatverdächtigen, wie den Bauern Scharold und Hofstetter sowie Felix Zacher, dazu von wichtigen Zeugen und Personen, zu denen Nele in der letzten Zeit Kontakt gehabt hatte. Verbunden waren die einzelnen Namen unter den Fotos mit Strichen und Pfeilen. Zeitleisten und Tabellen ergänzten das Ganze und erinnerten sie an den Matheunterricht in der Schule.

Bobby tippte mit dem Zeigefinger auf das Porträt von Stefan Zinsmeister.

»Der kommt uns nicht aus«, versicherte der erfahrene Mordermittler. »Und wenn ich höchstpersönlich auf diesen Pferdehof fahren und seinen miesepetrigen Bruder an den Ohren ziehe, bis er mir sagt, wo er steckt.«

Erneut bimmelte das Telefon. Emma hörte kurz zu.

»Leopold wer? Was möchte er? Will er nur mir sagen? Okay, kannst du ihn in mein Büro bringen? Das wäre nett, vielen Dank.«

*

Fünf Minuten später saß Emma an ihrem Schreibtisch einem Mann namens Leopold Kittner gegenüber. Niklas hatte in der Ecke Platz genommen, sie hatte ihn gebeten, bei dem Gespräch anwesend zu sein. Ihr Besucher trug teure Designerklamotten, am Arm glitzerte eine wertvoll aussehende Uhr. Um den Hals funkelte eine Goldkette, sogar ein Eckzahn Kittners blinkte, als wäre er vergoldet.

»Ich bin Vorsitzender von *Pfötchenliebe*, einer privaten Tierschutzorganisation. Vielleicht haben Sie von uns gehört?«

Oha, sie hätte Kittner mit seinem Weihnachtsbaumgeglitzer eher in die Rotlichtszene eingeordnet. Zusammen mit der Hakennase und dem leicht nach oben gezogenen Mundwinkel wirkte er verschlagen. So konnte man sich täuschen. Emma überlegte und schüttelte schließlich den Kopf. Sie kannte einige Tierschützer, schon aus privaten Gründen wegen ihres Gnadenhofes. *Pfötchenliebe* sagte ihr nichts.

»Ach, schade.«

Kittner machte ein verlegenes Gesicht.

»Unser Sitz ist in Konstanz.«

»Konstanz ist auf der anderen Seite des Bodensees, weit weg von Lindau. Was wollen Sie von mir? Gegenüber der Beamtin in der Wache taten Sie recht geheimnisvoll.«

»Nun ja, ich wohne in Lindau. Deshalb dachte ich …«

»Schon gut«, unterbrach sie den privaten Tierschützer ungeduldig. »Ich und mein Kollege haben nicht viel Zeit. Es ist sowieso ein Glück, dass Sie uns am Samstag antreffen, normal ist das nicht.«

»Dass Sie heute arbeiten, hat einen guten Grund, nehme ich an.«

»Annehmen dürfen Sie.«

»Der Mord am Seeufer in Reutin ist kein Geheimnis unter den Lindauern.«

»Die Ermittlungen hingegen schon.«

»Die Identität des Mordopfers ist geklärt, wie ich erfahren habe. Da ich öfters in Konstanz bin …« Er zuckte die Achseln. »So was spricht sich rum.«

»Was wollen Sie?«

»Nele Gruber hat den Kontakt zu mir als Vorsitzendem von *Pfötchenliebe* gesucht. Mein Verein und *freedog* arbeiten seit Längerem eng zusammen, wenn es um das Tierwohl geht.«

Emma beugte sich vor. Jetzt wurde es interessant. »Und?« Mit der Hand machte sie eine auffordernde Bewegung.

»Sie war Welpenschmugglern auf der Spur.«

»Welpenschmugglern?«, echote sie.

Handelte es sich bei Neles geheimnisvollen Nachforschungen darum? »Sprechen Sie weiter.«

Kittner warf einen kurzen Blick zu Niklas Grimm, hielt die Hand vor den Mund und hüstelte. Unsicher blickte er Emma an.

»Reden Sie ruhig, Herr Grimm ist Kriminalbeamter, genau wie ich. Also keine Angst.«

»Sie hat Namen genannt, sogar ein Autokennzeichen. Ein relativ großer Welpenschmuggel auf dem Seeweg steht in den nächsten Wochen bevor, meinte sie. Von Konstanz nach Lindau. Mehr als einhundert Tiere.«

»Wie ist Frau Gruber an diese Info gekommen?«

»Keine Ahnung. Wir hatten zweimal Kontakt in dieser Angelegenheit, danach hat sie sich nicht mehr gemeldet. Ich habe mich umgehört, habe etwas Geld springen lassen für Tipps. Jemand hat angebissen, mir die genauen Daten des Schmuggels genannt. Das wollte ich mit Nele Gruber besprechen. Nachdem sie nicht mehr auf meine Anrufe und Nachrichten reagiert hat, habe ich mich direkt an *freedog* gewandt, an Laura Dörr. Übrigens eine sehr patente Frau, sie setzt sich ungeheuer für Tiere ein. Sie hat ein großes Herz. Menschen wie Frau Dörr gibt es leider viel zu wenige.« Kittner seufzte beinahe theatralisch und fuhr dann nach einem Moment des Schweigens fort: »Nun ja, das ist ein anderes Thema.« Der Tierschützer zog die Augenbrauen zusammen. »Was glauben Sie, wie groß meine Überraschung war, als ich von Neles grausamem Tod erfahren habe. Frau Dörr ist extra am Freitagabend zu unserer Geschäftsstelle in Konstanz gekommen, um mit mir persönlich zu sprechen. Komisch, dass Laura und der Rest von *freedog* nichts von Neles Verdacht gewusst haben. Sie hat anscheinend im Alleingang recherchiert, weshalb auch immer. Frau Dörr hat übrigens in Konstanz übernachtet, gemeinsam sind wir heute Mittag nach Lindau gefahren und haben besprochen, wie wir bezüglich des Hundeschmuggels verfahren sollen. Am Ende haben wir beschlossen, zur Kripo zu gehen. Ich gebe Ihnen gerne Zeitpunkt und Ort des Schmuggels.«

Emma verschränkte die Finger. »Wir überprüfen das natürlich.«

Kittner zog einen zerknitterten Zettel aus seinem Geldbeutel und schob ihn konspirativ über den Tisch.

»Sie finden alle Daten auf der Rückseite. Danke fürs Anhören.«

Er stand auf und verabschiedete sich.

Emma gab Niklas den Zettel. »Setz dich mit unserer Wasserschutzpolizei in Verbindung. Die sollen eine Razzia vorbereiten, dieser Schmuggel fällt in deren Zuständigkeit.«

Niklas war keine zwei Minuten weg, da klopfte es an der Tür.

»Herein«, sagte sie, ohne aufzusehen.

»Der Mörder ist bestimmt schon hinter Schloss und Riegel«, tönte eine tiefe Stimme, die ihr mehr als bekannt vorkam.

Papa Bosse stand in der Tür, die er komplett ausfüllte.

Emma schnaufte. Am liebsten wäre sie unter den Tisch gekrochen. Stattdessen nahm sie den aussichtslosen Kampf gegen ihren Vater auf.

»Was willst du, wer hat dich überhaupt reingelassen?«

Hubert Bosse hob verärgert die Arme. »Schon vergessen, ich war mal Chef in diesen Räumen. Ich wüsste von keinem Hausverbot gegen mich.«

»Du bist seit einigen Jahren Zivilist«, hielt sie dagegen. »Ach, was soll's. Ist sowieso sinnlos. Was verschafft mir die Ehre?«

»Deine Tochter und die Enkel sind heute Nachmittag gekommen.«

»Amelie?«

»So heißt deine Tochter, wenn ich mich nicht irre.«

Seine Augenbrauen zogen sich zu einem V zusammen.

»Liebe Emma, du hast sie erst gestern mir gegenüber angekündigt. Schon vergessen?«

»Entschuldige. Bei all der Arbeit habe ich ganz übersehen, dass heute Samstag ist.«

»Weil du tief in einer Mordermittlung steckst, hatten wir auch ausgemacht, dass Amelie direkt bei uns vorbeischaut. Daran erinnerst du dich aber schon, oder? Deine Mutter hat sich riesig gefreut, dass Amelie und die Enkel sogar über Nacht bleiben wollen und nicht wie sonst bei euch auf dem Hof übernachten.«

»Morgen Vormittag habe ich mir auf alle Fälle freigeschaufelt. Deshalb mache ich heute länger und fahre morgen Nachmittag ebenfalls wieder ins Kommissariat. Ich will mit Katharina und Leon morgen früh zu den Scheidegger Wasserfällen fahren, das kannst du ihnen schon mal ausrichten. Gleich nach dem Frühstück bin ich bei euch. So gegen neun Uhr.«

»Tue ich, tue ich.« Papa Bosse machte keine Anstalten zu gehen.

»Eigentlich hättest du anrufen können, um mir das mit den Enkeln mitzuteilen.«

»Hätte ich.« Ihr Vater nickte.

»Hast du aber nicht. Und ich kenne den Grund dafür. Deine Neugier! Du wolltest wissen, was die Ermittlungen machen.«

»Nicht nur das.«

Er trat an ihren Tisch, zog den Besucherstuhl zurück und setzte sich.

Oje, sein Aufenthalt sollte offenbar länger dauern.

»Emma, du musst taktvoll vorgehen«, mahnte ihr Vater. »Du bringst die gesamte Lindauer und Allgäuer Bauernschaft gegen dich auf.«

»Wie kommst du auf diese Schnapsidee? Weil wir überprüfen, ob jemand als Täter infrage kommt? Das ist unser Job, gerade du müsstest das wissen. Immerhin hast du diese Dienststelle selbst geleitet.«

»Was ist mit *freedog*?«

»Was soll mit denen sein?«

»Mir kommen die nicht koscher vor. Tierschutz okay, aber ...«

»Was aber?« Emma fürchtete, dass er das alte Thema wieder hochkochen würde. Ihr Vater hatte von Anfang an gegen den Gnadenhof gewettert. Dass Wolfgang den Staatsanwaltposten wegen eines Erschöpfungszustandes aufgegeben hatte, begriff ihr Vater nicht. Ein Staatsanwalt sei der richtige Mann an ihrer Seite, betonte er immer wieder. Am besten einer, der eine leitende Position innehabe. Aber ein Mann, der einen Gnadenhof führte? Undenkbar!

Als die Finanzprobleme hinzugekommen waren, hatte das die Sache auch nicht besser gemacht.

»Man kann es *übertreiben.*«

Emma wusste, dass ihr Vater damit nicht *freedog* meinte. Das hatte die Betonung des letzten Worts ganz klargemacht. Sie beschloss, auf keinen Fall das eigene Zuhause zum Thema zu machen.

»Was, glaubst du, machen ich und meine Kollegen am Wochenende? Vorgestern waren wir bei den Aktivisten und haben ihnen auf den Zahn gefühlt. Wir ermitteln weiter in alle Richtungen. Die Aktivisten von *freedog* gehören natürlich zum Kreis der Leute, die wir näher überprüfen.«

Mehr wollte sie selbst ihrem Vater gegenüber nicht preisgeben.

»Allerdings sind sie nicht die Einzigen, die in unseren Fokus geraten sind«, fügte sie hinzu. Dass Felix Zacher ihr momentaner Hauptverdächtiger war, würde sie ihrem Vater keinesfalls auf die Nase binden. Ehemaliger Kripochef hin oder her.

»Vorhin hatten wir einen Leopold Kittner im Kommissariat«, warf sie ihm einen anderen Knochen hin. Sollte er daran kauen und sich irgendwelche nützlichen oder unnützen Gedanken machen. »Ein paar Minuten früher, und du hättest ihn angetroffen.«

»Den schönen Leo?«, fragte ihr Vater.

»Du kennst ihn?«

»Seine Frauengeschichten sind offenbar Gesprächsthema beim Frisör. Was glaubst du, was deine Mutter jedes Mal für Tratschgeschichten mitbringt, die ich mir dann den ganzen Abend anhören muss.«

»Und du bist sicher, sein Spitzname lautet *Der schöne Leo*?« Emma sah ihren Vater zweifelnd an. »Der ist hässlich wie die Nacht. Upps«, sie fasste an ihr Kinn. »Habe ich das wirklich gesagt? Entschuldige, das sollte ich nicht, ist alles andere als nett.«

»Aber die Wahrheit«, stimmte ihr Vater zu. »Der schöne Leo ist alles andere als ein Mister Germany, aber dafür sehr charismatisch, geht auf die Damenwelt ein, legt den Frauen quasi die

Welt zu Füßen. Dass er Privatier ist, vom Vermögen seines verstorbenen Vaters lebt und mit Geld um sich schmeißt, das spielt bei den Damen bestimmt eine nebensächliche Rolle.«

Papa Bosse zwinkerte ihr verschwörerisch zu und rieb Daumen und Zeigefinger aneinander.

»Er kämpft gegen den Welpenhandel am Bodensee«, wusste Emma zu berichten.

»Darüber weiß ich nichts, das ist kein Thema beim Frisör. Welpenhandel ist außerdem nichts für die Kripo, das geht die Schutzpolizisten an, fällt nicht in unser Metier«, wiegelte er ab.

»*Unser* Metier?«

»*Dein* Metier«, verbesserte er sich. »Jedenfalls geht es beim Frisör um andere Sachen als Welpenhandel. Deine Mutter weiß immer, wen der schöne Leo gerade als neue Freundin hat. Kommt bei den Frauen gut an. Von der Erbschaft seines Vaters lebt er ziemlich gut, wie man hört. Sein Haus am See hat er erst letztes Jahr komplett renoviert, sieht klasse aus. Eigenes Bootshaus für ein Motorboot. Man könnte neidisch werden, wenn man zu Neid neigen würde.«

»Was ist mit seiner Mutter?«

»Lange tot. Geschwister hat er keine, falls du das wissen willst. Er ist der Typ verwöhntes Einzelkind. Was wollte er bei euch, bei der Kripo? Wie gesagt, Welpenhandel ist nichts für euch.«

»Vielleicht wollte der schöne Leo sich wichtigmachen. Papa, leider muss ich weiterarbeiten. Sonst wird es nichts mit dem morgigen Ausflug zu den Wasserfällen.«

Ihr Vater verstand den Wink und erhob sich.

»Übrigens, deine Mutter lässt fragen, ob du zum Abendessen kommst.«

»Schaffe ich nicht, es gibt zu viel zu tun. Wie gesagt, die …«

»… Wasserfälle warten. Ich weiß, Emma.«

»Ganz genau. Ich will morgen wenigstens ein bisschen Zeit mit meinen Enkeln genießen. Deshalb wird es heute bei mir bestimmt sehr spät. Aber Wolfgang kommt sicher, er wird über Nacht bleiben wollen. Wie ich euch kenne, spielt ihr zwei bis in alle Puppen noch Karten und zischt das eine oder andere Bierchen.«

*

Emma parkte ihren Suzuki vor der Scheune, direkt neben Niklas' Smart, und ging ins Haus. Ihr Kollege hatte eine Stunde früher Feierabend gemacht. Eigentlich war sie todmüde und wollte nur noch ins Bett fallen und schlafen. Aber sie sagte ihren Tieren immer Gute Nacht, also würde sie das auch heute tun. Obwohl inzwischen bereits bettfertig, lief sie zurück in den Hof. Zuerst ging sie durch die Scheune, schaute bei Bella und dem Fohlen vorbei. Anschließend gab sie den Stuten Manu und Prise ein paar Karotten. Dann führte sie ihr Weg zum Offenstall. Emma legte die Hände auf die oberste Stange des Paddocks. Sie hörte zwar das übliche Schnauben und Stampfen, aber ein ganz bestimmtes Wiehern fehlte. Ihre Blicke suchten das Gelände ab.

»Oh Gott, nein!«, rief sie erschrocken.

KAPITEL 18

Irgendwie wurde Grimm das Gefühl nicht los, beobachtet zu werden. Die Jalousien der Reiterstube waren zugezogen, Vorhänge gab es nicht. Zumindest bislang, denn wenn er länger auf Emmas Hof wohnen wollte, musste er an der Einrichtung zwingend etwas ändern. Es gab keine Schlitze zwischen den einzelnen Lamellen, die Jalousie war nirgends verrutscht oder hochgeschoben. Kein Augenweiß, das durch eine Lücke blinzelte, kein heimlicher Beobachter von außerhalb.

Das konnte also nicht der Grund für dieses Gefühl sein, dass irgendjemand ihn beobachtete. Was bedeutete: Der Beobachter hielt sich im Inneren auf. Möglichst unauffällig stand Grimm von der Couch auf, wo er sich zum Schlafen hingelegt hatte. Scheinbar ungerührt bewegte er sich zur Wand, summte leise eine Melodie und drückte den Lichtschalter. Das aufflammende Licht erzeugte keine Reaktion. Niemand warf sich auf ihn, kein hinterhältiger Angriff oder Schlag auf den Kopf. Langsam arbeitete er sich zur Küchenzeile vor. Nur keine hastigen Bewegungen machen, vor allem galt es: normal wirken.

Ein schneller Blick zur Seite.

Rasmus lag zusammengerollt im Hundekorb, schnarchte leise und zeigte keinerlei Regung. Wachhund war also nicht sein Ding.

Im Schein der Deckenlampe nahm Grimm plötzlich aus dem Augenwinkel ein Funkeln wahr. In Zeitlupe bewegte er seinen Körper in diese Richtung. Seitlich versetzt, Fuß vor Fuß setzend.

Dann wirbelte er mit einem Ruck herum und sah sich Auge in Auge mit zwei schmalen Schlitzen konfrontiert, die ihn aufmerksam anstarrten und jede seiner Aktionen verfolgten. Ruhig, ohne von Grimms hektischer Bewegung nervös zu werden oder panisch zu reagieren.

Die Coolness in Person einer Katze, die mit untergeschlagenen Pfoten auf der Küchenanrichte saß.

»Lisbeth, wie lange bist du hier drinnen, und überhaupt, wie in Dreiteufelsnamen hast du es in meine Wohnung geschafft? Stammst du auch aus dem Wanderzirkus und hast solche Tricks drauf?«

Als Antwort begann Lisbeth zu schnurren wie ein Dieselmotor.

Mit den Fingern der rechten Hand zeigte Grimm auf Rasmus.

»Und überhaupt, Lisbeth, ich weiß nicht, ob du in die Nähe dieses Hundes darfst. Du weißt schon«, er malte mit den Fingern Anführungszeichen in die Luft, »Ansteckungsgefahr! Buhu.«

Lisbeth zwinkerte und gähnte. Streckte die Pfoten aus, machte einen Katzenbuckel und leckte über ihre Brust. Mit einem leisen Miauen sprang sie auf den Boden, tappte rüber zu Grimms Ausziehcouch und sprang auf eines der vielen Kissen, wo sie sich zusammenrollte. Von ihrer Umwelt nahm sie anscheinend keine Notiz mehr.

Schulterzuckend musterte er den schlafenden Welpen.

»Und du, Rasmus, was sagst du zu einer Katze unter unserem Dach? Hunde mögen keine Katzen, dachte ich.«

Rasmus hob verschlafen ein Augenlid, das prompt wieder zufiel. Der Welpe grunzte.

»Auch eine Antwort.«

Grimm klatschte die flache Hand an die Stirn.

»So weit ist es mit mir gekommen. Meine Exfreundin hat was mit ihrem Chef, und ich? Ich rede mit einer Katze und einem Hund. Ich denke, es ist Zeit, wieder ins Bett zu gehen. Ach, ich vergaß, das ist ja *dein* Bett, Lisbeth. Wo soll ich …?«

Lautes Rufen unterbrach seinen Katzendialog. Er horchte.

»Das ist Emma! Was geht da draußen vor?«

Die Rufe klangen panischer, irgendwas stimmte nicht. Grimm riss die Tür auf und rannte ins Freie. Erst, als er bereits den Kies auf seinen nackten Fußsohlen spürte, merkte er, dass er nur in Boxershorts und Unterhemd auf dem Hof stand.

Emma lief vor dem Pferdestall aufgeregt im Kreis. Sie trug eine Jogginghose, ein viel zu großes Schlabberhemd, das ihr bis zu den Knien reichte, und Hausschuhe. Ihre blonden Haare waren zerzaust.

»Sie … Sie sind we-weg«, stammelte sie.

»Wer ist weg?«

»Sylvie und Baby Blue. Die Ponys sind nicht mehr auf dem Paddock.«

»Wieder mal ausgebüxt?«

Bereits als die Frage seine Lippen verlassen hatte, wusste er, dass das nicht stimmen konnte. Emmas Reaktion war viel zu heftig für so eine harmlose Erklärung.

»Entführt!«

»Die Typen aus dem Zirkus«, erfasste er sofort die Situation.

»Wer sonst?«

»Die können nicht lange weg sein, vielleicht erwischen wir sie noch. Komm, wir fahren ihnen nach. Ich hole meinen Autoschlüssel.«

»Bist du bei Trost, mit deinem E-Mobil? Womöglich geht uns unterwegs der Strom aus, und wir stehen blöd da. Nix Elektrosmart, wir nehmen meinen Geländewagen.«

»Lass mich fahren, du bist zu aufgeregt.«

»Kennst du dich in Lindau und Umgebung aus? Ich denke, nicht. Außerdem bist du barfuß.«

Ohne seine Antwort abzuwarten, rannte Emma zu dem roten Suzuki. Beinahe hätte sie ihren rechten Hausschuh verloren. Sie hüpfte kurz auf einem Bein und rückte den Schuh wieder zurecht, bevor sie auf den Fahrersitz sprang. Der Schlüssel steckte.

Sie fuhr bereits an, als er in den Wagen kletterte. Mit quietschenden Reifen schoss das Fahrzeug aus dem Hof in die dunkle Nacht. Lichter eines anderen Wagens konnte Grimm nirgends entdecken.

»Wir hätten Wolfgang wecken sollen«, sagte er.

»Wolfi schläft heute bei meinen Eltern«, entgegnete Emma. »Ich bin allein.«

»Nein, bist du nicht«, entgegnete Grimm. »Du hast mich an deiner Seite.«

Emma kurbelte am Lenkrad, polterte die schmale Straße entlang. Links und rechts sausten die dunklen Umrisse der Apfelbäume vorbei.

Grimm schaute auf die Leuchtziffern seiner Armbanduhr. Kurz nach Mitternacht. Weder kam ihnen ein Fahrzeug entgegen, noch schlossen sie zu einem auf. Im Lichtkegel des Geländewagens tauchte ein Schild auf. Links ging es nach Hoyerberg, rechts gab es eine Unterführung, die nach Bodolz führte.

Emmas Wagen tuckerte im Leerlauf, sie war unschlüssig, wohin sie fahren sollte, das war offensichtlich.

Grimm überlegte. »Hoyerberg gehört zu Lindau, richtig?«, wollte er von Emma wissen.

»Richtig.«

»Rechts, was kommt da als nächste größere Stadt?«

»Wasserburg.«

»Größer.«

»Friedrichshafen in Baden-Württemberg. Sechzigtausend Einwohner. Groß genug?«

»Fahr rechts.«

»Wieso?«

»Nenn es Instinkt.«

»Wirklich?«

»Tu es einfach.«

Emma legte den Gang ein und drückte das Gaspedal durch.

Grimm wurde in den Sitz gedrückt. Sie brausten durch die Unterführung nach Bodolz, am Rathaus vorbei, verließen das Dorf, als Nächstes beleuchteten die Scheinwerfer das Ortsschild von Bettnau. Nichts zu sehen vom Sprinter, wenn sie überhaupt das gleiche Fahrzeug wie letztes Mal fuhren.

»Wir haben sie verloren.« Emmas Stimme klang resigniert, beinahe weinerlich.

»Links, bieg links ab«, forderte er.

»Nach Wasserburg?«

»Fahr!«

»Das hat keinen Zweck.« Emmas Stimme begann, brüchig zu werden. Trotzdem folgte sie seinem Rat. Der Suzuki setzte sich wieder in Bewegung.

»Keine Sorge, wir kriegen die Mistkerle«, redete er beruhigend auf sie ein.

Als er das Hinweisschild auf die Bundesstraße 31 nach Friedrichshafen bemerkte, wusste er, dass sie richtig waren.

»Nach Friedrichshafen, die wollen in die nächste größere Stadt. Glaub mir, Emma. Die fahren nicht in ein kleines Kaff. Zu auffällig und leicht zu finden. Das ist die einzig logische Schlussfolgerung. Gib Gas!«

Der Geländewagen beschleunigte stark, die Leitpfosten rasten an ihnen vorbei. In der Ferne leuchteten Rücklichter, die rasch näher kamen, weil Emma mit Vollgas fuhr.

»Jaaah!«, schrien er und sie gleichzeitig, als sie zu einem weißen Sprinter aufschlossen, der einen Pferdehänger zog.

Das Kennzeichen passte, es handelte sich um das gleiche Fahrzeug, mit dem kürzlich die zwei Russen auf dem Hof gewesen waren. Sie hatten die Ponydiebe.

»Jetzt sind die Kollegen dran«, drohte Emma und ballte die Faust. »Zeit, Unterstützung zu rufen. Wähl die 110.«

»Ich habe kein Handy mit, das liegt in der Reiterstube. Gib mir deins.«

»Und ich bin direkt vom Schlafzimmer in den Hof gelaufen, meins ist auf dem Nachtkästchen.«

»Verdammter Mist«, fluchte er. »Da bleibt uns nichts anderes übrig, als selbst einzugreifen. Sonst sind die über alle Berge. Also schnappen wir sie uns, schließlich sind wir Polizisten.«

»So sieht es aus«, stimmte ihm seine Chefin mit entschlossenem Gesichtsausdruck zu, ihre Finger umschlossen mit festem Druck das Lenkrad.

In der Abfahrt nach Retterschen überholte Emma und drängte den Sprinter mitsamt Hänger beinahe von der Straße.

»Vorsicht, die Ponys!«, warnte er und hielt sich mit beiden Händen an der Armlehne fest.

»Keine Angst, ich weiß, was ich tue.«

Sie schlingerte mit dem Geländewagen vor den Sprinter, bremste langsam ab, zog abrupt die Handbremse und stellte ihren Wagen schleudernd quer. Der Sprinter kam nicht mehr an ihnen vorbei, er hätte höchstens rückwärts auf die Bundesstraße rangieren können.

Grimm stieß die Autotür auf und stieg aus, Emma auf der anderen Seite tat es ihm gleich.

Beide Fahrzeugtüren des Transporters gingen gleichzeitig auf, zwei gedrungene Gestalten sprangen aus dem Wagen und nahmen in drohender Haltung Aufstellung vor dem Transporter, dessen Scheinwerfer sie von hinten anstrahlten. Mit gefletschten Zähnen und baumelnden Armen näherten sie sich Emmas Geländewagen.

Langsam und gefährlich.

Wie zwei Hyänen.

Es waren dieselben Kerle, die Grimm bereits kannte. Er konzentrierte sich auf den Größeren, den er beim letzten Zusammentreffen als vermutlichen Anführer ausgemacht hatte. Wie hieß er gleich noch mal? Irgendein russischer Name war es gewesen.

»Ach, das ist die Ponymama«, grüßte der Große abfällig. »Und dein Begleiter? In solch einer aparten Aufmachung, wie nett. Hat der Kleine seine Schuhe vergessen? Was wollt ihr, etwa die Viecher zurück?«

Emma nickte.

Der Russe schüttelte den Kopf.

»Keine Chance, die siehst du niemals wieder.«

Drohend richtete er den Zeigefinger auf Emma und befahl: »Deine Dreckskarre, fahr sie zur Seite! Sofort, dann passiert euch nichts.«

»Stimmt, Igor, dann passiert ihnen nichts«, wiederholte der Kleinere und nickte stumpfsinnig.

»Das ist Diebstahl«, belehrte sie Emma.

»Und, was geht mich das an?«, zeigte sich der Große unbeeindruckt.«

»Ganz genau, Igor, was geht uns das an?«, plapperte der Kleine nach.

»Wir können euch nicht weiterlassen, wir sind die Polizei«,

warnte Grimm, tastete reflexartig nach seinem Ausweis in der Hosentasche und fand lediglich den Stoff seiner Boxershorts.

Der Polizeiausweis steckte in seinem Geldbeutel. Und der lag zusammen mit dem Handy in der Reiterstube auf der Küchenanrichte.

»Was du nicht sagst, jetzt habe ich aber Angst.«

Der Große namens Igor baute sich vor ihm auf, er war einen halben Kopf größer als Grimm.

Der Typ würde jeden Moment zuschlagen, davon war Grimm überzeugt. Ohne Vorwarnung. Das machten sie immer. Er kannte diese Art von Leuten.

»Mein Baby gehört zu mir«, zischte Grimm.

»Häh?«, erwiderte der Typ und stutzte.

Die kurze Sekunde der Ablenkung war genau das, was Grimm brauchte. »Auch egal«, schnauzte er und rammte dem Mann, der *Dirty Dancing* nicht kannte, die Faust in die Magengrube.

Mit einem Röcheln ging der große Igor zu Boden und krümmte sich vor Schmerzen.

Rechts von ihm hörte Grimm ein erbostes Schnaufen, dem ein kurzes Zischen folgte, danach ein lauter Aufschrei. Ein kurzer Blick reichte, um sich zu vergewissern: Emma hatte die Lage im Griff und benötigte keine Hilfe.

Seine Chefin hielt eine Dose Pfefferspray in der ausgestreckten Hand und verpasste dem Ponydieb gerade die nächste Ladung mitten ins Gesicht.

»Ojeojeoje«, winselte der Gepfefferte und hob beide Hände vor die Augen, versuchte sie zu schützen. Allerdings erfolglos. Emma kannte keine Gnade und leerte die Dose, bis lediglich ein Rest Sprühfilm aus der Düse zu Boden tropfte.

»Pfefferspray?« Grimm deutete auf die Dose.

»Habe ich immer im Auto, man kann nie wissen«, erwiderte sie mit einem Achselzucken und einem bösen Grinsen auf den Lippen.

»Top!« Er nickte anerkennend und reckte den Daumen nach oben.

Zwei Minuten später lagen die Gauner gefesselt im Gras neben der Straße. Emma hatte als stets einsatzbereite Polizistin neben Pfefferspray zusätzlich ein Bündel Kabelbinder im Kofferraum. Mit einigen davon hatte Grimm den Typen Hände und Füße zusammengebunden, an Flucht war nicht mehr zu denken.

Unterdessen lief Emma zu dem Pferdehänger, sah nach Baby Blue und Sylvie.

»Alles in Ordnung«, rief sie aus der Dunkelheit des Hängers.

Die nächsten Sätze schienen den Pferden zu gelten: »Brav, alles gut, Mädels, keine Angst. Euch passiert nichts.«

Als Antwort hörte Grimm ein Schnauben und Blubbern. Erleichtert lehnte er die Schulter an Emmas Wagen und wischte sich den Schweiß von seiner Stirn. Kaum zu glauben, diese kleinen Mistviecher waren ihm in der kurzen Zeit tatsächlich ans Herz gewachsen. Nicht auszudenken, wenn die Miniponys erneut in einem Zirkus ihr Dasein hätten fristen müssen.

KAPITEL 19

Gegen Mittag lenkte Emma ihren Wagen wieder auf den Hof. Ihre Enkel Katharina und Leon auf dem Rücksitz waren bester Laune nach dem Sonntagsbesuch der Scheidegger Wasserfälle. Jetzt freuten sich alle auf ein leckeres Essen. Emmas Tochter Amelie hatte versprochen, Kässpatzen zu kochen, das Lieblingsgericht der Kinder. Emma brauchte die Ablenkung nach der Aufregung um die Ponyentführung letzte Nacht. Dazu der berufliche Stress mit dem Mordfall und der inneren Anspannung vor morgen. Da galt es, den Hauptverdächtigen Felix Zacher zu einem Geständnis zu bewegen. Was angesichts bislang fehlender Belastungsspuren nicht einfach werden würde. Einzig das Motiv belastete ihn.

Als Emma den Suzuki parkte, bemerkte sie den Wagen von Tierärztin Dr. Gmeiner. Lilly war vermutlich gekommen, um bei den Ponys nach dem Rechten zu sehen. Emma hatte ihr noch in der Nacht eine Textnachricht geschickt und die Ereignisse geschildert.

Katharina und Leon liefen voraus, direkt ums Haus rum auf die Terrasse und stürmten durch die offene Schiebetür ins Innere. Der Paillettenvorhang schlackerte hin und her. Auf der Terrasse fand Emma ihren Mann und Lilly im Gespräch, während Amelie den Holztisch mit Tellern, Besteck und Gläsern deckte. Offensichtlich ging es bei der Unterhaltung um Niklas Grimm, denn Lilly nickte lächelnd in Richtung Pferdekoppel, wo der junge Oberkommissar – in blauer Stoffhose, weißem Hemd und tatsächlich in seinen Lederschuhen – gerade mit einer Mistgabel etwas unbeholfen Pferdeäpfel auf eine Schubkarre schaufelte. Einmal Städter, immer Städter, dachte sie. Ihm war anzusehen, dass er das nicht oft machte. Baby Blue und Sylvie wichen ihm nicht von der Seite und verfolgten ihn von Pferdeapfel zu Pferdeapfel auf Schritt und Tritt.

»… scheinen ihn tatsächlich zu mögen«, hörte Emma ihren Mann sagen.

Lilly lachte, glockenhell.

»Tierlieb und attraktiv, eine verdammt gute Kombination«, folgerte die Tierärztin in ihrem österreichischen Dialekt, den Emma so gern mochte.

Lilly kam ursprünglich aus Bregenz von der gegenüberliegenden Seite des Bodensees. Dort war sie geboren und aufgewachsen. Nach dem Studium der Tiermedizin und Anstellungen bei verschiedenen Tierärzten und Kliniken hatte sie sich mit dreißig Jahren selbstständig gemacht und in Lindau die Tierarztpraxis des in Rente gegangenen Dr. Bürgl übernommen. Das war vor zwei Jahren gewesen, da hatte Emma auch Lilly kennengelernt, denn Dr. Bürgl war Emmas bisheriger Tierarzt gewesen. Mit der feschen Österreicherin hatte sich über das Berufliche hinaus rasch eine Freundschaft entwickelt.

»Sag bloß, du hast ein Auge auf meinen jungen Kollegen geworfen«, platzte Emma in die Unterhaltung. »Das mit der Tierliebe ist so eine Sache. Ich schätze, die Tiere mögen ihn mehr als er sie.«

»Glaube ich nicht«, erwiderte Lilly und umarmte Emma. »Hallo, schön dich so gut gelaunt anzutreffen. Dein Mann hat mir bis ins kleinste Detail geschildert, was mit den Ponys passiert ist. Das war ziemlich dramatisch, letzte Nacht, nicht wahr?

Dein neuer Kollege hat sich heldenhaft verhalten, wie ich gehört habe.«

Emma fiel auf, dass Lilly immer wieder verstohlen Richtung Niklas schielte.

»Kann man sagen. Und wäre Nik nicht gewesen, weiß ich nicht, ob wir die Miniponys jemals wiedergefunden hätten. Ich bin ihm wirklich sehr dankbar.«

»Ist er für die Chefin auf einmal der Nik?« Wolfgang grinste sie an.

»Spätestens seit er mit mir zusammen die Mädels befreit hat, hat er den Spitznamen verdient«, antwortete sie.

»Baby Blue und Sylvie geht es übrigens prächtig«, versicherte Lilly. »Ich habe sie untersucht. Keine sichtbaren Verletzungen, alles gut. Dein Nik ist übrigens sehr nett, finde ich. Ist dir schon aufgefallen, wie er riecht?« Sie schürzte anerkennend die Lippen. »Von seinem Körper geht ein Duft von wildem Pfeffer aus, gemischt mit einer holzigen Note.«

»Also doch ein Auge auf ihn geworfen!« Emma lachte und kniff sie in die Seite.

»Amelie«, rief Emma ihrer Tochter zu. »Lilly bleibt zum Essen und sitzt am Tisch neben Niklas.«

Leon und Katharina stürmten durch den Paillettenvorhang ins Freie, ziemlich genau im gleichen Tempo, in dem sie vorhin ins Innere gerast waren.

»Hey, ihr zwei, schön langsam. Das Essen steht bislang nicht auf dem Tisch, Geduld ist angesagt«, tadelte Amelie ihre Kinder.

Katharina stellte sich neben Emma und blickte ihre Mutter Amelie neunmalklug an.

»Mama, wusstest du eigentlich, dass Arschlöcher keine Blinker haben?«

Leon kicherte und zupfte an Katharinas Hose.

Emmas Tochter wandte sich mit vorwurfsvollem Blick zu ihr um. Amelies Lippen formten stumm »Keine Schimpfwörter vor den Enkeln!«.

»Schon gut«, antwortete Emma ebenso lautlos.

Die Enkel verfolgten den stillen Wortwechsel aufmerksam und hingen an den Lippen von Mama und Oma, verstanden aber offenbar kein Wort, wie Emma zufrieden feststellte.

»Nur *schlechte Autofahrer* haben keine Blinker«, gab Amelie endlich eine hörbare Antwort. »Das andere A-Wort will ich von euch nicht mehr hören.« Sie hob mahnend den Zeigefinger.

»Oma sagt das auch«, wehrte sich Katharina, und Leon stimmte heftig nickend zu.

Beide Kinder tippelten unruhig mit den Füßen auf den Holzdielen.

»Ihr habt euch bestimmt verhört«, widersprach Amelie und kräuselte die Nase.

»*Dreimal* verhört?« Leon schüttelte den Kopf. »Glaube ich nicht, Mama.«

Amelie stemmte die Hände in die Hüften und funkelte Emma wütend an.

Emma zuckte entschuldigend mit den Schultern, mehr an Verteidigung brachte sie nicht vor. Wäre auch schwierig gewesen, angesichts der bis über beide Ohren grinsenden Enkel.

Niklas war mit dem Misten fertig und kam zu ihnen.

»Ich ziehe mich um und bin gleich da. Aus der Küche duftet es ja richtig verführerisch«, sagte er.

»Nik«, Emma deutete auf seine Hände, »du trägst beim Misten tatsächlich Plastikhandschuhe?«

Für einem Moment sah er sie ungläubig an, dann schlich sich ein Lächeln in sein Gesicht. Offensichtlich gefiel ihm, dass sie die Kurzform seines Namens benutzte. Er murmelte leise irgendwas vor sich hin. Emma glaubte, etwas von Bazillen und Bandwürmern verstanden zu haben, war sich allerdings nicht sicher. Dann eilte er rasch die Treppen der Terrasse nach unten und verschwand aus ihrem Blickwinkel.

»Kinder!«, rief Amelie und klatschte in die Hände. »Holt aus der Küche mal was zum Trinken. Drei große Flaschen Mineralwasser und eine Limonade für euch. Aber die *ohne* Zucker!«

Als die Enkel im Haus waren, nahm Amelie sie zur Seite, sodass sie sich außer Hörweite von Wolfgang und Lilly befanden, die wieder in ein Gespräch vertieft waren. »Wie steht's um den Hof?«, flüsterte ihre Tochter.

»Es geht, irgendwie geht es immer«, war Emmas knappe Antwort. Darüber wollte sie an diesem sonnigen Tag bestimmt nicht sprechen.

»Mutti, du brauchst nichts verheimlichen«, mahnte ihre Tochter. »Wenn ihr Geld braucht, sag es einfach.«

»So weit kommt es noch«, empörte Emma sich, »dass ich meine Tochter anpumpe.« Amelie als Marketingexpertin und ihr Mann Philipp als Versicherungsvertreter nagten sicher nicht am Hungertuch, trotzdem war das Leben in München teuer. Außerdem hatten sie zwei kleine Kinder, die Geld kosteten. Emma schätzte die angebotene Hilfe, würde aber niemals akzeptieren, dass Amelie an ihr Erspartes ging, um ihre Mutter zu unterstützen.

»Du kannst auch Georg fragen.«

»Meinen Sohn pumpe ich ebenfalls nicht an. Keines meiner Kinder, dass das klar ist!« Georg war erst am Anfang seiner beruflichen Karriere als Realschullehrer in Hamburg. Er hatte zwar wechselnde Freundinnen, aber wer wusste schon, ob er jetzt mit dem Berufsbeginn nicht bald auch an die Gründung einer Familie dachte. Da benötigte er jeden Euro für sich selbst.

»Ich meine es bloß gut. Immerhin weiß ich, was euch der Hof bedeutet. Ein Verkauf steht nach wie vor nicht zur Debatte?«

»Niemals!«, entgegnete sie bestimmt. »Das würde Wolfgang psychisch nicht überstehen, das weißt du. Die Tiere sind alles für ihn.«

Emma fasste sich in den Nacken. »Außerdem, wo sollen wir hin, in eine kleine Stadtwohnung? Soll dein Vater etwa den ganzen Tag aus dem Fenster starren und in Gedanken bei den Pferden und Ponys sein? Bei seinen geliebten Tieren, die irgendwo anders untergebracht wurden, sodass er nicht weiß, wie es ihnen geht?«

»Bei den derzeitigen Immobilien- und Grundstückspreisen dürfte für den Hof mehr rausspringen als das Geld für eine kleine Stadtwohnung.«

»Du vergisst, wie viel Geschichte mit all diesen Gebäuden verbunden ist.« Emma machte eine ausholende Armbewegung und ließ dabei ihren Mann nicht aus den Augen. Fehlte noch, dass er mitbekam, worüber sie gerade diskutierten.

»Wolfgang hat an diesem Ort seine Kindheit verbracht, das ist sein Elternhaus. Ich weiß, du hast keine besondere Bindung an diesen Ort. Georg und du, ihr seid schließlich beide in München aufgewachsen. Die wenigen Besuche bei euren Großeltern …«

»… haben mir immer großen Spaß bereitet. Georg übrigens auch. ›Wir machen Urlaub auf dem Bauernhof‹, das haben wir immer gewitzelt.«

»Lass uns das Thema bitte beenden, zu Mittag essen und wenigstens ein *bisschen* heile Familienwelt genießen.«

Amelie legte ihr den Arm um die Schultern, was Emma guttat. »Schon okay, kein Wort mehr.«

Kurze Zeit später saßen alle am Tisch und schöpften aus

zwei großen Töpfen Kässpätzle auf die Teller. Katharina und Leon stürzten sich auf das Essen, als wären sie am Verhungern. Emma blickte in die Runde und sah lauter fröhliche Gesichter und lange Käsefäden, die von den Tellern bis zu den Lippen reichten. Sie beobachtete Lilly, die sich angeregt mit Niklas unterhielt. Ihr junger Kollege hatte seine Kleidung gegen Freizeitklamotten getauscht und offenbar geduscht. Die Haare glänzten feucht, anscheinend hatte er wieder Schwierigkeiten mit der Elektrik der Reiterstube gehabt. Obwohl smart im Small Talk, wirkte er distanziert. Was der Grund dafür sein mochte, wusste sie nicht.

Emmas Handy vibrierte in ihrer Hose, sie hatte es auf lautlos gestellt, wollte während des Essens nicht gestört werden. Das Vibrieren hörte auf, nur um sofort wieder anzufangen. Eine Ahnung beschlich sie, weshalb sie mit einem entschuldigenden Murmeln aufstand und das Handy aus der Tasche fingerte. Ein Blick aufs Display, dort leuchtete Bobbys grinsendes Gesicht auf. Sie seufzte und nahm das Gespräch an.

Statt mit einem Gruß meldete er sich mit einem ernsten »Man hat Zinsmeister gefunden!«

*

Der Tote winkte Emma mit geschlossenen Augen zu, zumindest wirkte es so. Die Leiche lag auf der Seite und bis zur Hälfte im Wasser. Wann immer eine Welle den Leblosen umspülte und ans Ufer klatschte, hob sich der Körper einige Zentimeter. Dadurch schwappte der rechte Arm nach oben.

Stefan Zinsmeister hatte seine letzte Liegestätte inmitten von Schilf gefunden. Eine über den Bodensee wehende Brise ließ die Blätter des Röhrichts leise rascheln. Ab und zu hörte man das übliche Kiau-Kiau-Geschrei der am Himmel kreisenden Möwen.

Dr. Lange watete in Gummistiefeln um den Toten herum; am Hals des Rechtsmediziners baumelte an einer Schlaufe eine Kamera. Leise diktierte er in ein Tonbandgerät, ging hin und wieder in die Hocke und tastete den toten Körper ab.

Niklas trat an Emmas Seite. »Welches Geheimnis er wohl mit in sein nasses Grab genommen hat?«

»Das werden wir vielleicht niemals erfahren, und daran bin ich schuld«, antwortete sie.

»Du?«

Ihr Kollege blickte sie von der Seite an, der Wind zerzauste seine schwarzen Haare.

Sie biss sich auf die Lippe, bis es wehtat. »Als Zinsmeister uns am Freitagnachmittag angerufen hat, da habe ich ihn abgewimmelt. Der Anruf war wichtig, sonst hätte er den Abend über nicht mehrmals auf der Polizeiinspektion nach mir gefragt.«

»Woher hättest du wissen sollen, dass …?« Niklas verstummte.

Sie hob in einer hilflosen Geste die Hände und flüsterte: »Jetzt ist es zu spät.«

Mit hinter dem Rücken verschränkten Händen blickte Emma ins Leere, irgendwo hinaus auf den Bodensee. Gemeinsam warteten sie vielleicht zehn Meter vom Ufer entfernt auf dem Trockenen.

Lukas Brunner kam auf sie zugewackelt, eine Aktentasche unter die Achsel geklemmt. Bobby lief neben ihm her.

»Ein Glück, dass man ihn gefunden hat«, brummte der Erkennungsdienstler statt einer Begrüßung.

Bobby hob kurz die Hand. »Servus.«

»Die Galgeninsel ist wegen Astbruchgefahr gesperrt, da sollte sich eigentlich niemand hierher verirren«, sagte Lukas. »Ihr habt ja das Absperrgitter hinten am Bodenseepfad gesehen.«

»Insel?«, fragte Niklas verwirrt.

»Eine Halbinsel«, klärte Bobby den jungen Kollegen auf. »Früher war sie mal eine Insel, der reichsstädtische Galgen von Lindau stand auf ihr, deshalb der Name. Jetzt ist es ein Naturschutzgebiet.«

»Wer hat den Toten entdeckt?«, wandte sich Emma an den Chef des Erkennungsdienstes.

»Ein Jogger, der kacken musste und der irrigen Meinung war, im Sperrgebiet ungestört zu sein.«

»Verbotsschilder gelten nicht für Mörder«, meinte sie zynisch.

Lukas zog ein Taschentuch aus seiner Hosentasche und putzte sich geräuschvoll die Nase. »Meine Leute suchen den Uferbereich ab, es gibt ein paar Schuhabdruckspuren in der Erde rund um die Stelle, wo das Opfer im Wasser liegt. Ich kann allerdings nicht sagen, von wie vielen Personen die Spuren stammen. Die eine, die deutlich zu erkennen ist, scheint mir mit ziemlicher Sicherheit von Zinsmeister zu sein. Sobald die Leiche geborgen ist und ich deren Schuhe näher untersuchen kann, weiß ich mehr. Die anderen Schuhspuren, tja …«

»Ein anständiger Gipsabdruck wäre was«, merkte Emma an.

»Daraus wird wohl nichts. Jemand hat diese Spuren verwischt, und das mit recht gutem Erfolg.«

»Verwischt?«, fragte Niklas. »Was bedeutet das?«

»Das bedeutet, es muss mindestens eine weitere Person hier gewesen sein, was nicht unbedingt für einen Freitod à la König Ludwig spricht. Wobei das mit Ludwigs Suizid im Starnberger See eigentlich auch nicht bewiesen ist. Manche behaupten, der König wäre ermordet waren. Sei's drum, ich wollte nicht abschweifen. *Ihr* seid die Ermittler.«

»Suizid habe ich nie in Erwägung gezogen, dafür hatte er nicht den geringsten Anlass«, gab Emma zu bedenken. »Wenn jemand Zinsmeisters Schuhspuren unverändert lässt, die eigenen dagegen verwischt, spricht das eher für eine Fremdbeteiligung.«

»Wie gesagt, *ich* suche Spuren, *ihr* den Verursacher des Ablebens. Ansonsten sieht die Spurenlage ziemlich mau aus. Einzelheiten wie Größe oder wenigstens einen Teilabdruck des zweiten Schuhpaars kann ich dir nicht bieten.«

Dr. Lange stieg aus dem Wasser und näherte sich ihnen mit verkniffenem Gesichtsausdruck. Seine Gummistiefel quietschten bei jedem Schritt, Wasser perlte an der Außenhaut ab.

»Grüß Gott allerseits.« Ein angedeutetes Kopfnicken des Doktors. Der Rechtsmediziner widmete sich nach der Begrüßung erst seinem Tonbandgerät, das er seelenruhig in der ledernen Aktentasche verstaute, die Lukas unter seiner Achsel hervorzog und dem Doktor reichte.

»Auf den ersten Blick sehe ich keine äußerlichen Verletzungen«, äußerte Dr. Lange sich schließlich unvermittelt. »Der Tote lag nicht allzu lange im Wasser, Tierfraß hat zwar bereits eingesetzt, ist aber zu vernachlässigen. Bei Weitem nicht in dem Maße vorhanden wie bei unserer letzten Toten. Ich schätze mal, vor dreißig bis sechsunddreißig Stunden war der gute Mann noch am Leben«, sinnierte er und blickte in die Ferne, als würde er im Kopf seine Zeitangabe noch mal nachrechnen.

»Freitagnachmittag gegen sechzehn Uhr hat er bei uns im Kommissariat angerufen«, berichtete Emma.

»Na, dann gehen Sie mal von einem Todeszeitpunkt irgendwann am Freitagabend oder in der Nacht zu Samstag aus«, präzisierte der Doktor.

»Todesursache?«, wollte sie wissen.

»Sage ich Ihnen heute Abend nach der Obduktion. Bin kein Hellseher.«

Emma legte den Kopf schief.

Dr. Lange seufzte. »Könnte ertrunken sein, aber das ist Spekulation.«

»Könnte ihn jemand ins Wasser gestoßen haben?«

»Könntekönntekönnte«, maulte er. »Im Wasser kann ich keine anständige äußere Leichenschau durchführen, das sollte selbst Ihnen klar sein. Entsprechende Spuren wie Druckstellen oder Hämatome an den Armen hoffe ich bei der Autopsie festzustellen. So Gott will.«

Emma kannte den manchmal griesgrämigen Rechtsmediziner zu lange, als dass sie ihm seine mitunter derbe Wortwahl allzu übel nahm.

»Rufen Sie mich an«, entgegnete sie knapp.

Dr. Lange nickte und stapfte davon, die lederne Aktentasche, die er in der rechten Hand hielt, schwang im Rhythmus seiner Schritte mit.

»Reizend wie eh und je«, kommentierte Lukas, der mit seiner manchmal ebenfalls recht bissigen Art jedoch bei Weitem nicht an den Rechtsmediziner heranreichte. »Emma«, fuhr er fort, »für mich sieht es nach der ersten Inaugenscheinnahme des Tatorts so aus, dass Stefan Zinsmeister nicht alleine ans Ufer gegangen ist. Wie bereits gesagt, sind die Schuhspuren seines Begleiters zwar verwischt, allerdings nicht diejenigen von Zinsmeister. Und diese sagten mir immerhin eines.«

Der Erkennungsdienstler verstummte und ließ ein knisterndes Schweigen in der Luft hängen.

»Rück raus mit der Sprache«, durchbrach sie ungeduldig die Stille und wedelte mit der Hand.

»Die Abdrücke seiner Schuhe sehen aus, als wäre er getorkelt oder schleifenden Schrittes gewankt. Denkt an das Schlurfen eines Zombies, ungefähr so. Oder wie Betrunkene es machen oder jemand, der unter Drogen steht, wenn ihr versteht, was ich meine.«

»Alkohol oder Drogen wird der übellaunige Doktor bestimmt feststellen«, kommentierte Bobby.

Emma nickte.

Lukas rieb über seine Glatze und brummte: »Ich habe es im Urin, dass der Leichenfledderer weder Alkohol noch Drogen finden wird.«

»Was sollte er sonst entdecken?«, stellte Niklas genau die Frage, die Emma auf der Zunge lag.

»KO-Tropfen!«, vermutete Lukas.

»Du lehnst dich weit aus dem Fenster«, warnte sie. »KO-Tropfen sind nicht sehr lange in Blut und Urin nachweisbar. Höchstens einige Stunden, die Leiche lag deutlich länger im Schilf.«

»Vielleicht hilft eine Haaranalyse«, ließ Lukas Brunner nicht locker. »Wartet einfach ab, ich bin zwar nur der olle Spurensicherer«, er tippte auf seinen Bauch, »aber nicht nur ihr habt Intuition. Das würde zu meiner Einschätzung passen, dass jemand das Opfer ans Wasser geführt und es reingestoßen hat.«

»Um es elendig ersaufen zu lassen?« Niklas riss die Augen auf.

Die Stimme des jungen Oberkommissars an Emmas Seite hätte empörter nicht klingen können. Sie empfand denselben Abscheu.

»Normalerweise würde er doch schwimmen können?«, hakte Niklas nach.

»Mit einem Drogencocktail intus? Fragwürdig«, entgegnete Lukas.

»Wie hinterhältig«, zischte Niklas.

»Ein eindeutiges Mordmerkmal, würde ich sagen«, stimmte sie zu.

»Heimtücke!«, raunte Bobby und nannte eines der im Strafgesetzbuch angeführten Merkmale, die einen Mord vom Totschlag unterschieden.

KAPITEL 20

Grimm hob fragend die Hand. Eine Sache war ihm nicht ganz klar.

»Wäre es nicht sinnvoller gewesen, das Opfer weiter ins Wasser zu schieben? Es wäre abgetrieben worden, im Bodensee versunken und wer weiß wann aufgetaucht. Vielleicht niemals. Keine Leiche, kein Problem für den Täter.«

»Vor dem Schilfgürtel befindet sich ein Zaun, der das Schutzgebiet eingrenzt. Deshalb hat der Mörder das Opfer nicht weiter hineingeschoben, denn die Leiche konnte sowieso nicht weiter hinaustreiben«, merkte Lukas Brunner an.

Die Sonne blendete ihn, deshalb hob Grimm eine Hand vor die Augen und kniff sie zusammen.

»Ah, ich verstehe.«

Erst jetzt bemerkte er die aus dem Wasser ragenden Pfähle und das Zaungeflecht. Während Emma Bosse und Lukas zusahen, wie zwei Männer in schwarzer Kleidung einen Blechsarg über den eigens angelegten polizeilichen Trampelpfad bis ans Ufer trugen, entfernte er sich ein paar Schritte. In seinem Inneren arbeitete es, allerdings wusste er nicht, was genau da vor sich ging. So nah dran an Ermittlungen war er bisher nie gewesen. In Wiesbaden als Personenschützer sowieso nicht, aber auch während seiner kurzen Dienstzeit bei der Operativen Fallanalyse in München war er erst später in die Ermittlungen eingebunden worden. Wenn er ehrlich war, hatte er dort eigentlich nur an einem einzigen Mordfall richtig mitgearbeitet. Dabei hatte es sich um einen Teil einer Mordserie gehandelt. Die Morde des Schlitzers von Pasing. Dessen Flucht er am Ende unfreiwillig begünstigt hatte. Grimm schüttelte den Kopf, versuchte den trüben Gedanken zu vertreiben.

Er warf einen Blick zurück auf den toten Stefan Zinsmeister, den die Männer des Bestattungsdienstes gerade aus dem Wasser hievten. Zwei Beamte der Spurensicherung in Gummistiefeln halfen ihnen dabei, den Toten zu bergen. Zinsmeister, innerhalb weniger Tage die zweite Leiche, vor der Grimm stand. Zwei Tote, zwei Morde seit seinem Dienstantritt.

»Die Toten von Lindau«, flüsterte er und beobachtete einen Mann im Ruderboot.

Der offenbar von dem Polizeiaufgebot nichts mitbekam, da er mit dem Rücken zum Ufer im Boot saß und ganz auf seine Angel konzentriert war, wie es schien.

Gerade befreite er einen Fisch vom Angelhaken und warf ihn in einen Eimer. Mit einer geschickten und eingeübten Bewegung aus dem Arm heraus schleuderte er die Angelleine mit einem Surren in den See. Als der Haken eintauchte, breiteten sich kreisrunde Wellen auf dem Wasser aus. Ein Entenpaar flatterte mit schlagenden Flügen ein paar Meter davon, sie wollten vor dem Mann im Boot wohl ihre Ruhe haben.

Im Gegensatz zu dem Angler schienen andere von dem Leichenfund allerdings etwas mitbekommen zu haben. Zwei Motorboote kamen rasch näher, Gischt spritzte nach allen Seiten. Grimm sah griffbereite Kameras und gezückte Handys. Entweder Gaffer oder sensationsgeile Presseleute in der Hoffnung auf einen Schnappschuss. Allerdings machte ihnen die Lindauer Wasserschutzpolizei einen Strich durch die Rechnung, die *Hecht* schob sich mit eingeschaltetem Blaulicht zwischen Ufer und die herannahenden Boote. Das Martinshorn des Polizeibootes heulte dreimal auf, ein Beamter ging an die Reling und machte der Besatzung der Motorboote mit eindeutigen Gesten klar, dass sie kehrtmachen mussten.

Grimm schritt nachdenklich zum Tatort zurück. Der Blechsarg, in dem Zinsmeisters Leiche mittlerweile lag, reflektierte die zuckenden Blaulichter der *Hecht*. Er sah den Männern des Bestattungsdienstes nach, die den Sarg wegtrugen.

»Mit der Vernehmung Zachers warten wir nicht bis morgen«, hörte er Emma gerade zu Bobby sagen. »Noch heute will ich ihn in unserem Kommissariat haben. Wollen mal sehen, ob wir aus dem *freedog*-Mitglied und Zeugen Zacher nicht den Beschuldigten Zacher zaubern können. Des Weiteren hoffe ich, dass Lukas seinen Teil beiträgt und uns die eine oder andere schöne Spur liefert.«

Sie sah Grimm anerkennend an. »Wie es aussieht, hattest du von Anfang an den richtigen Riecher mit deiner Eifersuchtsthese«, lobte sie ihn. »Die Ermordung Zinsmeisters ist für mich ein weiteres Indiz, dass Zacher dahintersteckt. Niklas, deine Hypothesen und Wahrscheinlichkeiten deuteten gleich zu Beginn in eine Richtung, die korrekt zu sein scheint. Bewiesen ist zwar noch nichts, wir sind allerdings auf dem richtigen Weg.«

»Noch ist Zacher nicht überführt«, mahnte Bobby.

»Deshalb gibt es uns«, antwortete Emma. »Das ist die Aufgabe der Kripo.«

»Zacher hatte für beide Morde ein starkes Motiv«, bestätigte Grimm. »Nele hat ihn betrogen, deshalb musste sie sterben. Stefan Zinsmeister war aus seiner Sicht der Verursacher, er hat ihm schließlich Hörner aufgesetzt. Deshalb durfte er ebenfalls nicht weiterleben. Zumindest aus der Sicht des Mörders.«

»Blöd ist, dass mit Zinsmeister auch die Person das Zeitliche gesegnet hat, die als einzige die Affäre bestätigen kann. Und somit das Motiv liefert«, wagte Bobby einen Widerspruch. »Denkt an das, was Dr. Lange bezüglich des Spermanachweises gesagt hat.«

»Es gibt keinen Nachweis, es war lediglich eine Vermutung von ihm«, erinnerte Grimm.

»Genau.« Bobby nickte. »Wir haben also gar kein Motiv, weder für den ersten noch den zweiten Mord. Jedenfalls so lange nicht, bis wir die Affäre zwischen den Mordopfern belegen können. Möglichst hieb- und stichfest, also gerichtsverwertbar.«

»Was, wenn Zinsmeister ihm als Mörder von Nele auf die Schliche gekommen ist? Was, wenn er Felix möglicherweise zur Rede stellen wollte, ihn zu einem Treffen aufgefordert hat? Dann hatte Felix Zacher einen weiteren Grund, Zinsmeister zu ermorden«, sinnierte Emma Bosse. »Um nicht aufzufliegen!«

Sie schob die Lippe vor und wieder zurück, biss mit den Zähnen in die Unterlippe. Nachdenklich zupfte sie an ihrem Ohrläppchen.

»Nehmen wir mal an, es stimmt: Zacher hat bereits einmal gemordet. Wieso nicht ein zweites Mal? Wenn er Zinsmeister aus dem Weg räumt, wäre der einzige Zeuge tot, der ihn belasten konnte. Für mich ist das Mosaik vollständig, jetzt heißt es, die Beweislage wasserfest zu machen. Wir müssen alles zusammentragen, was wir gegen Zacher verwenden können. Was spricht dafür, dass wir einen Einzeltäter suchen und es sich nicht um Taten zweier verschiedener Täter handelt?«

»Für ein und denselben Täter spricht die Nähe zum See«, erläuterte Grimm. »Zweimal hat der Mörder sein Opfer am Seeufer umgebracht. Dazu kommt: Beide Leichenfundorte sind nicht weit voneinander entfernt. Neles Leiche wurde nur wenige Hundert Meter entfernt entdeckt. Dort drüben.«

Grimm deutete mit dem ausgestreckten Arm nach links und fuhr dann fort: »Es gibt vermutlich einen bestimmten Grund, warum sowohl Nele als auch Stefan hier am See ermordet beziehungsweise aufgefunden wurden. Dieser Grund dürfte beim Täter zu suchen sein. Handelt es sich um eine Zwangshandlung oder hat die Örtlichkeit symbolische Bedeutung für ihn? Nachdem das erste Opfer am See umgebracht wurde, sollte das zweite vielleicht an einer ähnlichen Örtlichkeit sterben. Gemeinsam im Leben, gemeinsam im Tod? Dann müsste der Mörder logischerweise zu Nele Gruber als auch zu Stefan Zinsmeister eine emotionale Bindung haben. Felix Zacher ist die naheliegendste Lösung, da er mit beiden Opfern in Verbindung zu bringen ist. Und das nicht gerade in positiver Hinsicht.«

»Zacher also«, stimmte ihm Bobby zu und schob seine rutschende Nickelbrille zurück. »Unser Problem liegt darin, ihm die Tat nachzuweisen. Bislang führen keine Tatortspuren zu ihm und das Motiv steht auf wackeligen Beinen.«

»Zurück zu Zinsmeister«, wechselte Emma die Personalie. »Wenn er in Felix Zacher den Mörder von Nele Gruber gefunden hat …«

»Wie hätte er das anstellen sollen?«, unterbrach Grimm seine Chefin.

»Keine Ahnung, vielleicht hat Nele eine Andeutung gemacht. Etwa in der Art, dass Felix hinter ihre Liebesaffäre gekommen sei oder so was. Möglicherweise wollte Stefan Zinsmeister mir genau das am Telefon offenbaren.«

Emma verstummte und schüttelte mit angespannter Miene den Kopf. Dann fuhr sie fort: »Mist, bestimmt hätte ich ihn bereits an dem Tag, als ich Neles Todesnachricht überbracht habe, dazu verleiten können, mir von ihrer Affäre zu beichten. Wenn ich nachgebohrt und die richtigen Fragen gestellt hätte ... Verdammt, ich hatte damals bereits ein komisches Gefühl. Wieso habe ich nicht auf meinen Bauch gehört?«

Emma kickte mit ihrem linken Fuß einen Stein ins Gebüsch, es knackte laut. »Eine saubere Ermittlerin bin ich. Den zweiten Mord hätte ich verhindern können, und der Mörder wäre längst hinter Schloss und Riegel.«

»Nanana«, beruhigte Bobby sie.

»Es war Zinsmeisters Entscheidung, zu schweigen«, versuchte selbst Grimm, seiner Chefin moralisch beizustehen. Er konnte ihre Gefühle nachvollziehen. Schließlich machte er sich selbst wegen der verpatzten Münchner Polizeiaktion immer noch schwere Vorwürfe.

»Anfangs ja«, entgegnete sie. »Später nicht mehr, da wollte er reden. Versteht ihr, er wollte es und suchte den Kontakt zu mir, den ich ihm verwehrt habe. Deshalb ist er tot!«

»Nein, das stimmt nicht«, widersprach Bobby vehement. »Niemand hat ihn gezwungen, allein zum See zu fahren und die Konfrontation mit einem mutmaßlichen Mörder zu suchen. Er hätte sein Wissen jedem anderen Polizeibeamten mitteilen können, du bist nicht die einzige Polizistin in Lindau.«

Bobby stampfte mit dem Fuß auf. »Verflucht, Stefan Zinsmeister hätte den verdammten Notruf wählen können!«

»Bobby hat recht«, stimmte Grimm dem Mordermittler zu.

Fast hätte er Emma mitfühlend eine Hand auf die Schulter gelegt. Im letzten Moment zog er die Finger zurück.

»Und wenn er dazu nicht mehr in der Lage war?«, warf Emma ein. »Denkt an die Worte von Lukas, der glaubt, Zinsmeister wurde betäubt. Was, wenn Zacher ihm vorher KO-Tropfen verpasst und ihn anschließend hergefahren hat?«

»Wir stellen sein Auto auf den Kopf. Wenn wir die kleinste

Hautschuppe von Zinsmeister in der Karre finden, ist Zacher fällig«, knurrte Bobby und ballte die Hände, sodass seine Knöchel knackten.

KAPITEL 21

Felix Zacher saß Emma im Vernehmungsraum des Kommissariats gegenüber. Seine Locken waren wie bei ihrem ersten Zusammentreffen verwuschelt. Er trug ein rot-weiß kariertes Holzfällerhemd und eine verwaschene Jeans. Dazu Turnschuhe, einige der Nähte waren geplatzt.

Auf einem einfachen Holzstuhl in einer Ecke saß Niklas Grimm, den Emma zu der Vernehmung dazugebeten hatte. Allerdings hatte sie ihn instruiert, sich nicht einzumischen und dem Gespräch stumm zu lauschen. Emma sortierte ein paar Blätter vor sich auf dem Tisch und legte einen Kugelschreiber sowie ein Notizbuch parat.

Zu Beginn der Vernehmung wies Emma auf den Zeugenstatus von Felix Zacher hin. Sie war sich aber bewusst, dass sie ihn sofort als Beschuldigten belehren musste, wenn die ersten Anzeichen dafür sprachen, dass er sich selbst belastete oder in Widersprüche verwickelte.

Die Vernehmung zeichnete Emma mit einer Videokamera auf. Anfangs führte sie mit Zacher ein normales Gespräch über Alltagsdinge, um ein angenehmes Klima zu schaffen. Sie fragte nach Hobby und Familie, seinem Lieblingsessen und ob er später einen Kaffee trinken wolle. Außerdem über weitere Dinge, die nicht im Zusammenhang mit den beiden Morden standen, zum Beispiel ›Wie alt sind Sie?‹ oder ›Was haben Sie für einen Beruf erlernt?‹.

Dabei beobachtete sie genauestens seine normale Körpersprache und prägte sich sein Verhalten ein. Bei diesen belanglosen Erkundigungen sagte er mit Sicherheit die Wahrheit. Später, wenn Emma die unbequemen Fragen stellte, wäre es wichtig zu sehen, wie sich die Körperhaltung von Felix Zacher änderte oder ob sie gleich bliebe. Sein persönliches Verhältnis zu seiner Freundin Nele Gruber klammerte sie vorerst aus, das kam später.

Nachdem diese Art von belanglosen Fragen abgehandelt war, schwieg Emma einen sehr langen Moment, las in ihren Unterlagen, um hier und da aufzusehen und Zacher eingehend zu mustern, ihn mit ihren Augen zu fixieren, als würde sie eine Hypnose bei ihm versuchen. Schließlich hüstelte sie leise. Ab jetzt würde es spannend werden. Sie beschloss, zu den Fragen überzugehen, die mit den Mordfällen zusammenhingen. Wenn Zacher anfinge zu lügen, würde er sich anders verhalten als zuvor bei den Alltagsfragen, das wusste sie als erfahrene Mordermittlerin.

»Stefan Zinsmeister ist tot!«, schoss sie den ersten Pfeil ab.

»Was sagen Sie?«

»Sie haben mich schon verstanden.«

»Was wollen Sie von mir, denken Sie etwa, *ich* hätte ihn umgebracht?«

»Von einem *unnatürlichen* Tod war nicht die Rede. *Sie* sprachen von Mord!«

»Versuchen Sie etwa, mich in die Enge zu treiben?«

»Gibt es einen Grund dafür?«, konterte sie mit einer Gegenfrage.

»Natürlich gibt es keinen.«

»Seit wann wussten Sie von der Liebesaffäre ihrer Freundin Nele?«

Abrupter Themenwechsel. Eine Taktik, um das Gegenüber nervös zu machen.

»Was für eine Affäre?«

Zacher neigte den Kopf zur Seite. »Nele hatte keine Affäre. Mit niemandem, sie war ja mit mir zusammen.«

»Wollen Sie wirklich behaupten, nichts von der Liaison mit Stefan Zinsmeister geahnt zu haben?«

»Ich kann von nichts geahnt haben, das nicht existiert hat.«

»Wie sind Sie dahintergekommen?«

»Hinter was?«

»Die Affäre Ihrer Freundin.«

»Wenn sie eine Affäre gehabt hätte, wüsste ich es. Schließlich bin ich nicht von gestern«, beharrte Zacher.

»Soso.«

Emma notierte etwas in das Notizbuch und blätterte um, damit Zacher nicht lesen konnte, dass sie lediglich die Namen ihrer Pferde aufgeschrieben hatte. Ein weiterer Ermittlertrick, um den Vernehmenden zu verunsichern.

»Hören Sie, Frau Bosse. Ich weiß wirklich nicht, was Sie von mir wollen. Zinsmeister ist tot, sagen Sie. Okay, aber das interessiert mich nicht die Bohne. Diesen Typen kannte ich nicht persönlich. Nur indirekt, sozusagen. Auf seinem Gestüt sind Pferde misshandelt worden, aber das habe ich Ihnen bereits bei Ihrem Besuch erklärt.«

Emma nahm keine Veränderungen an Zachers Verhalten wahr im Vergleich zu den harmlosen Anfangsfragen. Sie hatte erwartet, dass seine Augen trocken werden, er blinzeln oder durstig werden und nach Wasser verlangen würde. Bei Lügnern wurde die Haut blasser, weil sie weniger durchblutet war. Nichts dergleichen stellte Emma fest. Felix hatte sich im Griff, das gestand sie ihm zu. Allerdings war sie von seiner Schuld überzeugt.

»Wo waren Sie am Freitagabend, so ab zwanzig Uhr?«

»Moment, da muss ich überlegen.« Er legte den Zeigefinger

an die Stirn, schloss kurz die Augen. »Nachmittags habe ich einen Freund in Friedrichshafen besucht. Als ich heimgekommen bin, mussten die Tiere gefüttert werden. Laura war ja nicht da, sie war in Konstanz, hatte einen Termin bei der Tierschutzvereinigung *Pfötchenliebe*. Und Friederike, tja, die schlief schon, also blieb die Arbeit mit den Tieren an mir hängen. Später war ich hundemüde und bin vor dem Fernseher eingepennt. Friederike war nebenan, fragen Sie sie einfach.«

»Ich dachte, Friederike hätte geschlafen. Haben Sie das nicht eben gesagt?«

»Zwischendurch ist sie aufgewacht und hat ab und zu bei mir vorbeigeschaut.«

»Friederike Ludwig kann also bestätigen, dass Sie am Freitagabend das Haus nicht noch einmal verlassen haben?«

»Brauchen Sie etwa ein Alibi von mir?«

»Beantworten Sie meine Frage«, forderte Emma ihn auf.

»Ich denke schon, ja.«

»Sie denken?«

»Friederike hat ein Alk… also, sie trinkt manchmal ein bisschen mehr als sie sollte. Sie war bestimmt etwas angedüdelt, trotzdem müsste sie mich gesehen haben.«

»Müsste Frau Ludwig das? Soso.« Emma kräuselte zweifelnd die Nase. »Das werden wir überprüfen.«

»Tun Sie das.«

Zacher blickte ihr in die Augen, ohne zu blinzeln.

Nicht eine Spur von Nervosität spürte Emma an ihm. Für gewöhnlich führt der Stress beim Lügen zu Abweichungen vom Normalverhalten. Zacher hingegen saß ruhig auf seinem Stuhl und hörte Emma zu. Keine ungewöhnlichen Augenbewegungen, weil er etwa durch das Ausdenken von Ausreden und Details beschäftigt wäre, kein ständiges Schauen zur Decke.

»Keine Sorge, Friederike ist auf dem Kommissariat und wird bereits vernommen.«

»Sagen Sie mir endlich, was so dringend ist, dass Sie mich am späten Sonntagnachmittag unbedingt als Zeugen vernehmen müssen. Ich *bin* doch Zeuge, oder?«

Zacher furchte die Augenbrauen und setzte sich gerade auf.

»Wie ich bereits sagte: Stefan Zinsmeister ist tot«, antwortete sie, ohne zunächst auf seine Frage einzugehen, der Moment war noch nicht gekommen. »Und ja, jemand hat ihn umgebracht. Ziemlich brutal sogar. Das ist der zweite Mord innerhalb kürzester Zeit.«

»Dazu kann ich nichts sagen. Kann ich jetzt gehen?«

Zacher erhob sich halb.

»Sitzen bleiben!«, befahl Emma.

Zacher sank auf den Stuhl zurück.

»Wann Sie gehen können, entscheide ich, ist das klar?«

Der Tieraktivist nickte eingeschüchtert angesichts ihres groben Tonfalls.

»Stefan Zinsmeister und Nele Gruber wurden beide ermordet. Wir gehen davon aus, dass ein- und derselbe Täter dafür verantwortlich ist. Die Kripo Lindau ermittelt also in einem Doppelmord. Da unsere Ermittlungen ergeben haben, dass die beiden Mordopfer eine sexuelle Beziehung zueinander hatten …«

Zacher hieb mit der Faust auf den Tisch.

»Hatten sie nicht, niemals!«

»… haben *Sie* ein Motiv für beide Morde«, beendete Emma schließlich ihren Satz.

»Wie bitte? Sie sind ja irre!«

»Sie hatten ein Motiv, und Sie haben kein richtiges Alibi, denn eine betrunkene Friederike Ludwig erscheint mir nicht gerade zuverlässig.«

»Nein, nein, nein, ich habe weder mit dem Mord an Nele was zu tun noch mit dem Tod von Zinsmeister! Ich habe Nele geliebt, sie war … alles für mich.«

»Herr Zacher, es ist an der Zeit, dass ich Sie erneut belehre. Ab jetzt sind Sie Beschuldigter in einem Strafverfahren wegen des Verdachts des zweifachen Mordes. Anhand der bisherigen Ermittlungen sind Sie dringend tatverdächtig, sowohl Nele Gruber als auch Stefan Zinsmeister ermordet zu haben.«

Emma holte kurz Luft und setzte die Belehrung fort. »Sie haben das Recht, ab jetzt die Aussage zu verweigern oder einen Rechtsanwalt zu nehmen. Wenn Sie es möchten, kann ich Ihnen einen Pflichtverteidiger besorgen. Außerdem haben Sie das Recht, Beweisanträge zu stellen. Das heißt, Sie können Entlastendes vorbringen, das wir selbstverständlich überprüfen. Haben Sie die Belehrung verstanden? Schauen Sie bitte in die Kamera, Herr Zacher, und beantworten Sie meine Frage.«

»Ja«, kam es leise aus seinem Mund.

»Dann fahren wir mit der Beschuldigtenvernehmung fort.«

»Nein, das machen wir nicht«, erwiderte er, diesmal mit fester Stimme. »Ab jetzt sage ich gar nichts mehr.«

Er verschränkte die Arme vor der Brust und schaute sie trotzig an. »Ich will einen Anwalt!«

KAPITEL 22

Während der Rechtsanwalt mit seinem Mandanten beratschlagte, hatte Grimms Chefin ihn in sein Büro geschickt. Sie selbst wollte mit der Staatsanwaltschaft telefonieren und das weitere Vorgehen in der Sache Felix Zacher diskutieren.

Grimm war die Aufgabe zugefallen, in der Zwischenzeit Nele Grubers sichergestellten Papierkram zu sichten und das auszusortieren, was ihren Angehörigen baldmöglichst zukommen sollte. Hauptsächlich ging es um private Dinge, die Neles Eltern die Möglichkeit geben sollten, die Erinnerung an die Tochter aufrechtzuerhalten. Fotos oder Briefe, die für die polizeilichen Ermittlungen keine Rolle spielten und nicht länger benötigt wurden.

Während Grimm die Unterlagen durchstöberte und überprüfte, ob nicht irgendetwas hineingeraten war, das nicht für Familie Gruber bestimmt war, schweiften seine Gedanken ab. Wie weit Eifersucht einen Menschen wie Felix Zacher doch treiben konnte. Sogar in einen Mord.

Unwillkürlich musste er an Emmas Mann Wolfgang denken. Alles wies darauf hin, dass Wolfgang eine Affäre hatte. Grimm bekam sofort ein schlechtes Gewissen. Sein Vorhaben, Emma von seinen Beobachtungen zu erzählen, hatte er immer noch nicht in die Tat umgesetzt. Bislang hatte sich keine günstige Gelegenheit ergeben, um ihr gegenüber dieses ernste Thema anzusprechen. Zumindest redete er sich das ein. Immerhin hielt der Mordfall Nele Gruber, der zu einem Doppelmordfall geworden war, das ganze Kommissariat in Atem. Zeit für privates Geplänkel gab es da nicht.

Genervt widmete er sich wieder seiner Arbeit und entfernte Klammern und angeheftete Notizzettel, die Lukas Brunner und seine Kollegen der Spurensicherung angebracht hatten. Dabei fiel ihm ein zerknittertes Bild in die Hände. Er betrachtete es kurz. Es zeigte Nele Gruber, die gut gelaunt vor einem Fenster posierte. Man sah ihren Kopf und einen Teil der nackten Schulter.

Er legte das Bild zur Seite, da bemerkte er ein Detail, dem er anfangs wenig Beachtung geschenkt hatte. Im Hintergrund sah man den Pfänder, den Bregenzer Hausberg. Aber das war nicht das, was ihm aufgefallen war. Nein, der Lindauer Leuchtturm erregte sein Interesse. Genauer gesagt, das obere Drittel des Gebäudes. Die linke Hälfte des Turms war von Neles Oberkörper verdeckt.

Aufgrund der Größe des Turms schätzte Grimm, dass das Fenster, vor dem Nele stand, höchstens fünf- bis sechshundert Meter von der Hafenmole entfernt war. Vermutlich eine Wohnung im zweiten oder dritten Stock. Etwas anderes an dem Foto stieß seine Gehirnzellen ein weiteres Mal an. Aufgeregt hielt er das Bild nah an seine Augen. Die nackte Schulter, Neles Lachen, das leicht gerötete Gesicht.

Gerötet vom Liebesspiel mit ihrem Lover Stefan Zinsmeister?

Wenn ja, hatte Grimm vielleicht einen Anhaltspunkt in der Hand, wo das Liebesnest der beiden zu suchen war. Denn dass die beiden eine Affäre gehabt hatten, war bislang nicht eindeutig belegt. Der Erkennungsdienst würde dort im Bett oder Badezimmer bestimmt Spuren sichern, die bewiesen, dass Nele und Stefan sich dort vergnügt hatten. Und somit der Kripo den dringend benötigten Beweis für das Motiv liefern. Ein Motiv, das äußerst wichtig war für die Mordanklage gegen Felix Zacher. Dieser hatte sich in der Vernehmung ungefähr so greifbar gezeigt wie ein Stück Schmierseife.

Grimm griff zum Telefon und wählte die Nummer des Lindauer Einwohnermeldeamtes. Während es klingelte, fiel sein Blick auf den Kalender. Sonntag!

Da arbeitete natürlich niemand von der Stadtverwaltung. Missmutig warf er den Hörer auf die Gabel. Aber es gab andere Möglichkeiten. Der Polizeicomputer hatte Zugriff auf die Daten des Einwohnermeldeamtes. Grimm tippte rasch das dafür nötige Passwort in die Maske, und kurz darauf war er im Bilde. Weder Nele Gruber noch Stefan Zinsmeister besaßen eine Eigentumswohnung auf der Insel oder waren als Mieter eingetragen.

»Hmm!«

Fieberhaft überlegte er, fuhr mit den Händen durch seine Haare.

Was, wenn sich die beiden in der Wohnung eines Freundes oder einer Freundin getroffen hatten? Könnte sein.

Es half nichts, Recherche vor Ort war angesagt. Grimm dachte kurz daran, Emma oder Bobby Bescheid zu sagen. Andererseits war er seiner Sache nicht sicher, er wollte lieber selbst seinen Verdacht überprüfen. Daher rief er Bobby im Vorbeigehen an dessen Büro lediglich ein »Ich hole mir schnell was zu essen« zu, verließ das Kommissariat und eilte zu seinem Smart, den er einem Dienstwagen für die kurze Fahrt auf die Lindauer Insel vorzog.

*

Zehn Minuten später stand Grimm mitten auf der Lindauer Hafenpromenade, wippte mit den Füßen und musterte den schätzungsweise zweihundert Meter entfernten Neuen Leuchtturm. Ein gerade zurückgekehrtes Ausflugsschiff legte an und spuckte Fahrgäste aus, die laut plaudernd an Land gingen. Ein südländisch aussehender Bettler humpelte auf einer Krücke an ihn heran, hielt eine Mütze vor Grimms Nase und brummelte etwas.

Grimm verstand lediglich ›*Euro*‹ und ›*habe fünf Kinder*‹. Er warf einen Zwickel in die Mütze und setzte sich ruckartig in Bewegung. Während er am Mangturm, dem früheren Leuchtturm, vorbeilief, betrachtete er auf der linken Seite die Hotels am Platz. Schnell kam er zum Entschluss, dass dort das Liebesnest nicht zu finden wäre. Die Lage zum Neuen Leuchtturm war zu nah, auf dem Foto schien der Turm deutlich weiter weg. Also setzte er die Suche fort. Zur Unterstützung holte er sein Smartphone aus der vorderen Tasche seiner Cargohose und wischte übers Display, bis das Bild von Nele Gruber erschien, das er vorhin auf dem Kommissariat abfotografiert hatte. Mit der in die Kamera lächelnden Nele vor dem Gesicht ging er die Häuserreihen ab. Währenddessen hielt er das Handy mit ausgestrecktem Arm und drehte sich immer mal wieder im Kreis, während er die Position des Neuen Leuchtturms überprüfte, indem er Realität und Displayfoto abglich.

»Nein, hier nicht«, murmelte er einmal halblaut vor sich hin, später ein »Fast, aber nein, es passt doch nicht« und schließlich »Oh Mann, ich werde wahnsinnig, diese Stelle ist es auch nicht.«

Er merkte zwar, dass der eine oder andere Passant stehen blieb und ihn verständnislos angaffte, aber Grimm war das im Moment egal. Immerhin war er beruflich unterwegs und recherchierte in einem Doppelmordfall. Als er zu einem Verkaufshäuschen der Bodenseeschifffahrt gelangte, schob er sich durch die Warteschlange hindurch. Hinter dem Gebäude hatte er das Gefühl, endlich an der richtigen Stelle zu sein. Grimm hob das

Handy vors Gesicht, als wollte er ein Selfie schießen. Stattdessen checkte er die Nele auf dem Foto mit dem Neuen Leuchtturm ab.

»Sehr gut, könnte passen«, sagte er.

»Wie meinen?«, fragte eine ältere Dame mit Gehwagen, die an ihm vorbeiging.

»Tschuldigung, Sie waren nicht gemeint«, haspelte er und sah eilig über die Schulter nach hinten.

Dort las er die Straßennamen »Reichsplatz« und »Brettermarkt«, dann tastete sich sein Blick weiter bis zu einem mehrstöckigen Wohnhaus, das olivfarben gestrichen war, vielleicht auch mintgrün. Grimm konnte sich nicht für eine Farbe entscheiden.

»Bingo!«

Jetzt wusste Grimm, in welchem Haus er nachforschen musste. Er steckte das Handy weg und machte sich auf den Weg.

Beinahe wäre er mit jemandem zusammengestoßen. Rasch entschuldigte er sich und wollte weiter.

»So eilig?« Eine sympathische Stimme ließ ihn innehalten und aufschauen. Eine hübsche Brünette lachte ihn an, süße Grübchen zeigten sich in ihren Wangen.

»Kennen wir uns?«, fragte er.

»Na ja, *kennen* ist übertrieben. Neulich beobachteten Sie mich durchs Schaufenster.«

»Das Schuhgeschäft!«, fiel es ihm sofort ein. Die Kartons sortierende, attraktive Frau, die er ein wenig zu lange angestarrt hatte.

»Ganz genau.«

Sie gab ihm die Hand. »Silke Ottilinger, ich bin die Inhaberin. Gerade auf dem Weg zu einer Tasse Sonntagskaffee mit Blick auf den wunderbaren See.«

»Freut mich, mein Name ist Niklas Grimm. Also, nicht dass

Sie denken … wegen neulich vor dem Schaufenster … Ein Stalker bin ich bestimmt nicht«, stammelte er.

»Kein Problem«, winkte sie ab. »Sie sind mir nur eben aufgefallen, weil es wirkte, als würden Sie nach was Bestimmtem suchen. Ich habe Sie sofort erkannt. Kann ich Ihnen bei der Suche helfen?«

Flirtete sie etwa mit ihm? Silke Ottilinger trug ihr braunes Haar schulterlang. Die engen Jeans betonten die sportliche Figur, das weiße T-Shirt ließ ihre grünen Augen besonders gut zur Geltung kommen. Abgerundet wurde das Erscheinungsbild durch schicke geschnürte Stiefeletten, passend zu einer Schuhverkäuferin.

»Ich Sie auch, also ich meine, ich hätte Sie auch erkannt, wenn ich nicht so verpeilt gewesen wäre«, antwortete er nicht gerade geistreich. Aber das fiel ihm zu spät auf.

»Kann ich Ihnen bei der Suche helfen?«, wiederholte sie.

»Nein«, wehrte er schnell ab. Vielleicht zu schnell, wie er an der Stirnfalte seines Gegenüber ablas.

»Wenn Sie in Zeitnot sind, will ich nicht der Bremsklotz sein«, antwortete sie dementsprechend zurückhaltend.

»Das bin ich tatsächlich, also in Eile, meine ich«, entschuldigte er sich. »Sie müssen wissen, ich bin beruflich hier. Ich bin bei der Kripo und ermittle gerade, deshalb die Hektik.«

»Ach, Sie sind ein Kollege von Emma?«

»Sie kennen Frau Bosse?«, fragte er überrascht.

»Natürlich, sie kauft gerne bei mir ein. Mittlerweile sind wir ein bisschen befreundet.«

Ihr Lächeln gefiel Grimm.

»Was halten Sie davon, wenn ich kurz meine Ermittlungen durchführe und Sie später zu Ihrem geplanten Kaffee einlade«, schlug er vor. »Es dauert höchstens fünf Minuten«, versprach er.

»Gerne.« Ihre Miene hellte sich auf. »Ich setze mich da vorne auf die Bank und schaue eine Weile auf den See, bis Sie kommen.«

»Einverstanden.«

Gut gelaunt schlenderte Grimm auf sein Ziel zu, da dachte er unwillkürlich an Pia. Seine Ex geisterte immer im ungeeignetsten Moment durch seinen Kopf. Und dann erschien noch eine weitere Frau vor seinem inneren Auge. Lilly, die schwarzhaarige Tierärztin, die ihn auf Emmas Terrasse offensichtlich angeflirtet hatte. War er wirklich bereit für ein neues Liebesabenteuer? Der seelische Schlag, den Pia ihm verpasst hatte, saß tief, da machte er sich nichts vor. Und jetzt hatte er innerhalb weniger Tage zwei neue und sehr attraktive Bekanntschaften gemacht. Grimm schüttelte den Gedanken ab, als er vor dem Wohnhaus ankam. Zuerst die Arbeit. Um über Frauen nachzudenken, war später noch genügend Zeit.

Sein Blick glitt kurz zum nicht weit entfernten Alten Rathaus, dessen farbenfrohe Fassade gerade das Thema einer Stadtführerin war. Die junge Frau gestikulierte gestenreich und deutete mehrmals auf das imposante Gebäude, bevor sie auf den Lindaviabrunnen schräg gegenüber zeigte. Grimm mochte Brunnen ganz allgemein, und über die Lindavia, die als weibliche Verkörperung der Stadt auf dem Sockel des roten Marmorbrunnens thronte, hatte er bereits gelesen. *Lindavia*, schon wieder schlich sich eine Frau in seine Gedanken, er schüttelte kurz den Kopf und konzentrierte sich wieder auf das mint- oder olivfarbene Haus vor ihm. Mehrere Klingelknöpfe auf einmal drückend, wartete er ab, bis jemand aus der Gegensprechanlage antwortete. Grimm gab sich als Kriminalbeamter zu erkennen. Als der Türsummer ertönte, trat er ein. Im zweiten Stock empfing ihn eine ältere Frau, schätzungsweise Mitte siebzig. Er zückte seinen Ausweis, den die Dame, die sich mit Frau Wiesner vorgestellt hatte, genau inspizierte. Dazu setzte sie eine Brille auf, blickte auf das Ausweisfoto und verglich es mit Grimm. Anscheinend war das Prüfergebnis positiv, denn sie winkte ihn mit einem Lächeln näher.

»Was wollen Sie wissen, junger Mann?«

Unten ging die Haustür auf, fiel wieder ins Schloss. Schritte hallten auf der Treppe und verstummten.

»Ich bin auf der Suche nach einer Wohnung, die in diesem Haus im dritten Stock sein könnte. Diese Wohnung wurde …«, er suchte nach den richtigen Worten, »… sagen wir mal, auf eine gewisse Weise *zweckentfremdet.*«

Mehr wollte er nicht preisgeben.

»Sie meinen, da haben welche miteinander …« Frau Wiesner verdrehte die Augen zum Himmel, ihre Wangen liefen rot an. »… geschnackselt?«

»Ins Detail darf ich nicht gehen. Sie verstehen bestimmt.« Er zwinkerte ihr zu. »Ermittlungsgeheimnisse!«

Sie zwinkerte zurück und deutete mit dem Kopf nach oben.

»Der Herr Bullinger ist seit drei Monaten in Kanada. In seine Wohnung kam aber regelmäßig jemand, der nach dem Rechten gesehen hat. Ziemlich oft, wenn Sie mich fragen. *Zu* oft. Er hatte einen Schlüssel. Gekannt habe ich den Herrn nicht, aber gefragt habe ich ihn natürlich schon, was er da trei… also macht. Man weiß ja nie. Er hat sich vorgestellt, war sogar ziemlich nett.«

»Wissen Sie den Namen noch?«

»Habe ich vergessen. Er hat mir den Wohnungsschlüssel gezeigt und versichert, dass alles in Ordnung sei.«

Grimm hatte leider kein Bild von Stefan Zinsmeister mitgenommen, das hatte er in der Hektik vergessen. Aber Frau Wiesner beschrieb den Mann mit Bullingers Wohnungsschlüssel ziemlich gut. Grimm war überzeugt: Zinsmeister war in der Wohnung aus- und eingegangen.

»Er blieb meistens sehr lange, viel zu lange, um nur die Blumen zu gießen« schilderte Frau Wiesner weiter. »Der hat was anderes gegossen, soviel ist mal sicher.«

Ihre Wangen färbten sich wieder rot. Tiefrot diesmal. »Ich bin ja nicht blöd. Zehn Minuten nach ihm ist immer ein junges Mädchen gekommen, die Treppen hochgeschlichen und wurde von ihm reingelassen. Das habe ich mehr als einmal beobachtet.« Sie zuckte mit den Schultern. »Na, mir soll es egal sein. Aber ob der Bullinger das wusste?«

Frau Wiesner sah ihn fragend an. »Sind Sie deshalb hier, sind Sie von der Sitte?«

»Nein«, beruhigte er sie und zeigte ihr das Bild von Nele auf seinem Handy. Er deckte die nackten Schultern mit seinem Zeige- und Mittelfinger ab.

»Das ist sie!«, rief Frau Wiesner.

Grimm bedankte sich für die Hilfe, schickte die alte Dame zurück in die Wohnung und ging die Treppen hoch zu besagter Unterkunft. Vor der Tür beschlich ihn ein dumpfes Gefühl. Eigentlich hätte er Emma anrufen und über sein Ermittlungsergebnis informieren müssen. Aber es konnte doch nichts schaden, wenn er einen winzigen Blick in die Räumlichkeiten warf, wo er schon mal vor Ort war. Er würde nichts anfassen und gleich wieder verschwinden. Später könnte Emma einen Durchsuchungsbeschluss erwirken und mit einem Team der Spurensicherung vorbeikommen.

Grimm wusste, dass er auf einem schmalen Grat wandelte und eigentlich gut daran täte, sich eng an die rechtlichen Vorgaben zu halten. So lange war es ja nicht her, dass er aufgrund zu forschen Vorgehens einen Einsatz vermasselt hatte. Die Erinnerung an die Flucht des Schlitzers von Pasing kehrte mit Wucht zurück. Andererseits … Was sollte schon passieren, wenn er nach einem kurzen Blick ins Schlafzimmer sofort wieder die Wohnung verließ?

Er schob die Bedenken beiseite und drückte die Türklinke hinunter. Natürlich verschlossen. Als Polizist hatte er ein paar Tricks drauf, zückte ein kleines Mäppchen, das er im Kommissariat vorsorglich in die rechte Oberschenkeltasche seiner Cargohose gesteckt hatte, und öffnete den Reißverschluss.

Öffnungswerkzeug für den Notfall kam zum Vorschein. Er grinste und versicherte sich, dass ihn niemand beobachtete, dann konzentrierte er sich auf sein Vorhaben. Nach einigen Sekunden Rumstochern im bereits zerkratzten Schloss glitt die Tür auf. Mit einem letzten Blick über die Schulter schlüpfte er hinein. Ein paar Schritte in den Gang, Grimm hielt inne und horchte.

Hatte er gerade was rascheln gehört? Das Geräusch schien von links zu kommen.

War er nicht alleine?

Aber wer sollte sich hier aufhalten? Laut Nachbarin war der Eigentümer in Kanada. Die beiden heimlichen Nutzer Nele und Stefan waren tot.

Aus dem Augenwinkel sah er eine Bewegung aus dem Zimmer zu seiner Linken, er wirbelte herum und stieß einen erleichterten Seufzer aus. Eine Taube saß draußen auf dem Fensterbrett und flatterte mit den Flügeln, bevor sie davonflog.

Daher der Laut.

Grimm entspannte sich und bewegte sich weiter hinein ins Schlafzimmer. Außer dem Doppelbett gab es einen Kleiderschrank, der eine ganze Wandseite einnahm, ein Nachtkästchen, eine Stehlampe und ein Bild von van Gogh direkt über dem Bett. Ans Fenster tretend, schob er den Vorhang zur Seite, Sonnenlicht flutete den Raum. Grimm blickte auf den Lindauer Hafen, am Horizont sah er die Gipfel der schneebedeckten Alpen. Zufrieden holte er sein Handy hervor.

Zwei Schritte zurückweichend, streckte er den Arm aus und hielt das Telefon von sich. Der Vergleich von Original versus Foto auf dem Handydisplay verlief positiv. Die Lage des Neuen Leuchtturms passte. Am Fensterrahmen entdeckte Grimm einen langen Kratzer, den er auf dem Foto wiederfand.

»Volltreffer!«

Das Liebesnest von Gruber und Zinsmeister war gefunden. Jetzt galt es, beweissicher nachzuweisen, dass sich beide hier drinnen aufgehalten hatten. Das war Arbeit für die Leute der Kemptener Spurensicherung. Grimm war überzeugt, die Spezialisten würden so einiges finden. Von beim Liebesspiel herausgerissenen Haaren über Hautschuppen bis zu Sperma und anderen Flüssigkeiten. Dadurch wäre die Affäre der beiden bewiesen und ein weiteres Mosaiksteinchen für die Täterschaft Zachers gefunden. Der nächste Sargnagel für den Aktivisten.

Plötzlich spürte Grimm einen Luftzug, eine Hand legte sich schwer auf seine Schulter, Finger packten zu und bohrten sich in den Stoff seines Hemds.

Grimm riss sich los, machte einen Hechtsprung über das Bett und rollte sich auf der gegenüberliegenden Seite ab. Kampfbereit kam er auf die Füße, beide Fäuste erhoben zum Gegenschlag.

KAPITEL 23

»Emma, du siehst müde aus.«

Sie sah auf, während das Telefon in ihr Ohr tutete.

Bobby lehnte an der Tür zu ihrem Büro, die Augen funkelnd hinter der Nickelbrille. Seine Wangen leuchteten leicht gerötet.

Sie legte den Hörer zurück auf die Gabel.

»Ich habe eben mit der Oberstaatsanwältin für Kapitaldelikte bei der Staatsanwaltschaft in Kempten gesprochen. Sie will *keinen* Antrag auf Haftbefehl beim Ermittlungsrichter stellen.«

»Lass mich raten. Eine Bleistiftzeichnung mit zwei Buchstaben reicht ihr alleine nicht als Motiv.«

»So ungefähr hat sie es ausgedrückt«, antwortete Emma und kaute auf der Unterlippe. »Ich fürchte, wir müssen Zacher gehen lassen. Den Tatverdacht gegen ihn«, sie hob in einer hilflosen Geste die Schultern, »kann ich nicht durch Fakten untermauern. Leider hat der Erkennungsdienst keinerlei Spuren von Stefan Zinsmeister in Zachers Passat gefunden. Mit diesem Wagen ist Zinsmeister also nicht zur Galgeninsel transportiert worden. Ebenso wenig hat eine Durchsuchung auf dem Hof von *freedog* weiteres Belastungsmaterial geliefert. Weder die Tatwaffe für den Mord an Nele noch KO-Tropfen. Übrigens hat Dr. Lange, wie befürchtet, im Körper des Toten keine KO-Tropfen nachweisen können. Zinsmeister war zu lange tot. Eine Haaranalyse steht noch aus.«

Bobby stieß sich vom Türrahmen ab und setzte sich Emma gegenüber auf den Besucherstuhl.

»Ich habe eine weitere blöde Nachricht«, sagte er und hob sein Tablet in die Höhe.

»Schau mal, wir sind bereits in der Online-Presse. Die Schlagzeile der örtlichen Zeitung.«

»*Die Toten von Lindau*«, las Emma wenig begeistert vor. »Prima, öffentlicher Druck ist genau das, was ich jetzt brauche.«

»Na ja«, meinte Bobby. »*Lindauer Kripo tappt im Dunkeln* direkt darunter finde ich ebenfalls nicht gerade motivierend.«

»Aasgeier, diese blöden Pressefritzen!«, maulte Emma.

Es klopfte zweimal, kurz und heftig, dann wurde die Tür aufgestoßen.

»Hallihallo, der Weihnachtsmann ist da«, trällerte Lukas Brunner und marschierte zu ihnen herein. »Und der hat euch an diesem wunderschönen Sonntagnachmittag was mitgebracht.«

»Lukas, was soll der Blödsinn?«, tadelte Emma. »Nach Witzeleien ist mir wirklich nicht zumute.«

Sie taxierte den offensichtlich gut gelaunten Lukas, der die letzten Tage anscheinend häufiger im Freien zugebracht hatte. Sein Kahlkopf war von einem Sonnenbrand gerötet. An einigen Stellen löste sich bereits die Haut.

»Warte es ab, Emma, warte es einfach ab.« Der Erkennungsdienstler hielt zwei Klarsichtfolien in den Händen, irgendwelche Schreiben steckten darin, wie Emma mit einem Seitenblick registrierte.

»Eigentlich wollte ich zunächst *das* zeigen.« Lukas wedelte mit einer Folie in der Luft rum, als wollte er Fliegen vertreiben, während er die andere fest gegen den linken Oberschenkel presste. »Deshalb bin ich eigens aus Kempten direkt zu euch ins wunderschöne Lindau gefahren. Natürlich ohne vorher anzurufen.« Er zwinkerte verschwörerisch. »Wollte die Überraschung nicht verderben. Ratet mal, wen ich vorhin am Eingang zur Wache getroffen habe, hmm? Martin Zinsmeister, und der hat *das* mitgebracht.«

Lukas nahm die gegen seinen Oberschenkel gepresste Folie und hielt sie hoch über den Kopf.

»Übrigens, Emma. Der Bruder des Mordopfers sitzt im Vernehmungszimmer zwei. Das habe ich vorsorglich gleich veranlasst. Ich verwette nämlich meinen Arsch, dass du den Pferdeheinzi höchstpersönlich zum Inhalt der geheimnisvollen zweiten Folie befragen wollen wirst.«

»Herrschaft, Lukas, bring meine Neugier nicht zum Platzen«, schimpfte Emma.

Lukas reichte ihr die Folie, die in ihren Händen knisterte.

»Martin Zinsmeister hat im Büro seines toten Bruders dieses Schreiben gefunden«, erklärte er. »Es steckte in einem kleinen Notizbuch neben dem Telefon auf dem Schreibtisch.«

»*Zinsmeister, es reicht! Aussprache auf der Galgeninsel*«, las Emma den Text auf dem Zettel laut vor. »Könnte von jedermann stammen oder jederfrau«, entgegnete sie, ohne Lukas' Euphorie zu teilen. »Auf einem weißen Blatt Papier mit Schreibmaschine getippt.«

Sie reichte die Folie an Bobby weiter.

Lukas hob einen Zeigefinger.

»Ganz genau, Schreibmaschine. Eine *alte* Schreibmaschine, die heutzutage niemand mehr benutzt. Klingelt da was?«

»Neles Reiseschreibmaschine?«, glaubte sie sich zu erinnern. »Meinst du die etwa?«

»Jepp! Gut, dass ich mir dieses schöne Stück genauer angeschaut hatte. Bei den Tasten fehlte das L komplett und beim Z die untere Hälfte. Fällt dir was auf?«

Lukas blinzelte, sichtlich aufgeregt, und deutete mit den Augen Richtung Bobby.

»Natürlich!« Sie riss Bobby die Folie aus den Händen.

»Das Z bei Zinsmeister, es ist nicht vollständig. Und das l bei Galgeninsel, das fehlt ganz.«

»Sehr richtig. Das nenne ich als Erkennungsdienstler einen sogenannten ›Individualnachweis‹. Dadurch weise ich dir nach, dass dieser Brief auf der Schreibmaschine von Nele Gruber getippt wurde. Übrigens war ich fleißig. Bevor ich zu dir gekommen bin, habe ich das Blatt nach Fingerspuren untersucht und bin fündig geworden. Alle Abdrücke stammen von Felix Zacher. Ein Hoch auf die neuartige digitale Technik und unser modernes Computersystem.«

Lukas hob die Arme wie ein Fußballer beim Torjubel.

Emma strahlte den Leiter des Erkennungsdienstes an. »Wahnsinn, Lukas, das sind wirklich tolle Nachrichten, die du uns bringst! Eine Überraschung von der guten Sorte. Ich denke, ich sollte der Oberstaatsanwältin sofort von den neuesten Erkenntnissen berichten. Vorhin hat sie darüber gemeckert, dass ich sie am Sonntag zu Hause gestört habe. Aber angesichts der neuen Beweislage sollte sich ihre Laune bessern. Das müsste für einen Haftbefehl reichen.«

Sie griff zum Telefon.

»Moment, der Weihnachtsmann ist noch nicht fertig mit dem Geschenkeverteilen«, bremste Lukas sie.

»Was denn noch?« Emma schaute ihn neugierig an und ließ den Hörer zurück auf die Gabel sinken.

»Du kennst gar nicht den eigentlichen Grund, weshalb ich nach Lindau gekommen bin.«

Lukas drückte ihr die andere Klarsichtfolie mit einem Lächeln in die Hand. »Die Telefonverbindungen von Stefan Zinsmeisters Festnetzanschluss und seinem Handy. Die habe ich heute erhalten. Es gab in den Tagen vor seinem Tod mehrere Anrufe von ein und derselben Nummer. Die Gesprächsdauer war nicht sehr lange, in den meisten Fällen bloß ein paar Sekunden, höchstens fünf. Zweimal wurde offensichtlich sofort aufgelegt, als Zinsmeister rangegangen ist. Insgesamt verzeichnen wir sieben Anrufe von dieser Nummer. Es gelang mir, sie auf einen ganz bestimmten Namen zurückzuverfolgen.«

Lukas sah zuerst Bobby, danach Emma an. »Und der lautet: Felix *Zacher.*«

Den Nachnamen betonte Lukas besonders hart.

»Wir haben ihn!«, jubelte Bobby, dem fast seine Nickelbrille von der Nase geflogen wäre. Im letzten Moment fing er sie auf.

»Wir haben ihn!«, echote Emma.

»*Jetzt* kannst du bei der Oberstaatsanwältin anrufen«, vollendete Lukas und grinste selbstzufrieden.

KAPITEL 24

»Aua, bist du verrückt, oder was?«

»Enzo?«, fragte Grimm verblüfft. »Zum Teufel, was hast du in dieser Wohnung verloren?«

»Madonna, das könnte ich dich genauso fragen.«

Der Italiener verschränkte die Hände vor der Brust. Seine Wuschellocken hüpften, als er vorwurfsvoll den Kopf schüttelte.

»Schon vergessen, ich bin bei der Kripo?« Grimm breitete beide Arme aus.

»Und da dringt man in fremde Wohnungen ein? Braucht es da nicht so was wie einen Durchsuchungsbefehl?«

»Beschluss!«

»Bitte?«

»Das heißt Durchsuchungs*beschluss*, nicht *-befehl*.«

Enzo winkte ab. »Sapientone!«

»Hmm?«

»Vergiss es!«, murmelte der Italiener.

»Das war eine kriminalpolizeiliche Überprüfung, wenn du es genau wissen willst. Wieso spionierst du mir nach?«

»Du hast dich komisch verhalten, unten am Hafen. Ich habe mein Taxi am Bahnhof stehen lassen und kurz eine Pause gemacht, einen Espresso getrunken, als ich dich sah. Auf mein Winken hast du nicht reagiert, warst total versunken. Da bin ich neugierig geworden und dir nachgelaufen. Bin in dieses Haus, als jemand gerade rausgegangen ist, und habe dich bei deinem Gespräch mit der Mitbewohnerin belauscht. Als du in die Wohnung … ähm, *eingedrungen* bist, war ich noch neugieriger. Wie hast du eigentlich die Tür aufbekommen, war sie auch angelehnt wie bei mir?«

Mist, dachte Grimm. Wie fahrlässig von ihm, die Tür nicht ins Schloss zu ziehen.

»Ich verfüge über gewisse Fähigkeiten«, spielte er sein Eindringen herunter. »Tu mir einen Gefallen, schleich nie an mehr mich ran. Mir ist beinahe das Herz stehen geblieben vor Schreck. Wenn ich nicht eine so gute Ausbildung genossen und kaltblütig und besonnen reagiert hätte, tja, dann wäre es schlimm ausgegangen für dich.«

»Wirklich?«

»Natürlich, Enzo. Um ein Haar hätte ich dich mit einem Handkantenschlag ins Reich der Träume geschickt«, übertrieb er absichtlich.

»Nik, ich …«

Enzo kam nicht mehr dazu, seinen Satz zu vollenden, denn eine Gestalt sprang in den Raum. Etwas Schwarzes sauste auf seinen Kopf, sodass Enzo augenblicklich zusammenklappte und nach vorne fiel, direkt in Grimms Arme.

Für einen Bruchteil einer Sekunde war Grimm unfähig zur Verteidigung. Als er Enzo zur Seite aufs Bett warf, war es bereits zu spät.

Die maskierte Gestalt ließ den Totschläger auch auf ihn niedersausen.

Grimm duckte sich zur Seite weg, die Waffe streifte ihn glücklicherweise nur, dafür traf ihn die linke Gerade des Angreifers mitten ins Gesicht. Direkt unter das linke Auge. Grimm ging in die Knie, ihm wurde schwarz vor Augen. Der Typ wusste, was er tat, war kein Anfänger. Erneut sauste der Totschläger auf Grimm nieder, diesmal erwischte es ihn an der Schulter. Der Schmerz war schier unerträglich und ließ ihn zurücksacken. Mit dem Rücken prallte er gegen die Heizung vor dem Fenster und stöhnte. Fahrig tastete er nach seiner Pistole, es gelang ihm, sie aus dem Gürtelholster zu ziehen. Auf sein Ziel ausrichten konnte er die Heckler & Koch allerdings nicht, der Vermummte trat sie ihm aus den Händen. Die Pistole schlitterte unters Bett, unerreichbar für Grimm.

Breitbeinig baute der Angreifer sich vor ihm auf, schließlich hob der Mann die rechte Hand mit dem Totschläger, holte aus.

Grimm war zu keiner Abwehr fähig. Wenn ihn der Unbekannte voll träfe, würde er schwere Verletzungen davontragen, landete vielleicht sogar im Koma. Im schlimmsten Fall würde er in den Tod geprügelt. Verzweifelt hob er die Hände vors Gesicht und versuchte, wenigstens Nase und Augen zu schützen.

Plötzlich Riesengeschrei und Tumult, Grimm nahm die Hand vom Gesicht und sah den Vermummten taumeln. Auf dessen Rücken saß Enzo und würgte den Maskierten. Offensichtlich vertrug Enzos italienischer Schädel mehr, als man ihm ansah. Der Taxifahrer wirkte wieder relativ fit.

Der Maskierte drehte sich im Kreis, versuchte den Ballast loszuwerden.

Enzo hämmerte dem Typen die Hacken in die Seite, als säße er auf einem Springpferd. Wie ein Berserker drosch er mit den Händen auf Kopf und Brust des Vermummten.

Irgendwann hatte der Kerl die Schnauze voll, rannte rückwärts und rammte Enzo mit voller Wucht gegen die Wand.

Der Italiener rutschte nach unten, seine Lungen pfiffen wie ein Blasebalg. Wie eine Marionette, deren Schnüre durchgeschnitten wurden, sackte er auf dem Teppichboden zusammen.

Mit einem Grunzen rannte der Maskierte aus dem Zimmer, hob irgendetwas vom Boden auf und verschwand schließlich nach rechts.

Die Wohnungstür knallte.

Grimm schüttelte den Kopf und rieb seine Schulter, dann rappelte er sich mühsam hoch und kümmerte sich um Enzo, der stöhnend die Augen aufschlug.

»Alles in Ordnung?«

»Dio! Der Rücken tut weh, mein Kopf dröhnt lauter als die Glocken von Rom. Aber sonst ist alles dran, glaube ich zumindest. Ich fühle mich, als wäre gerade ein Güterzug mit mir kollidiert.« Enzo wischte mit der Hand übers Gesicht. »Zefix!«, fluchte der Italiener plötzlich auf Bairisch. »Was war das jetzt für einer?«

»Geht es dir wirklich gut, Enzo?«

»Mein Schädel ist noch dran.«

Grimm hielt ihm drei Finger seiner Hand vor die Nase. »Was siehst du?«

»Drei Speckfinger«, kam die Antwort wie aus der Pistole geschossen.

»Okay, mit dir stimmt alles. Ich muss dem Kerl nach.«

»Nicht ohne mich.« Enzo rappelte sich hoch, stand aber auf wackeligen Beinen.

»Wie sah der Kerl aus?«, wollte Grimm von Enzo wissen.

»Er hatte eine Maske auf, ich habe genauso viel gesehen wie du, Nik.«

Sie rannten ins Treppenhaus.

»Toll, das hilft uns weiter. Im Nacken hatte er ein Tattoo«, erinnerte sich Grimm vage. »Als er rausgerannt ist, habe ich es bemerkt.«

»Sehr gut, und was hatte er für Klamotten an?«, drängte Enzo, als sie zusammen die Treppe nach unten hasteten, immer zwei Stufen auf einmal nehmend.

Grimm kramte in seinem Gedächtnis. Der Kampf im Schlafzimmer war rasant abgelaufen, er hatte sich darauf konzentriert, dem Totschläger auszuweichen. »Turnschuhe, er trug weiße Turnschuhe.«

»Du hast dem Schläger auf die Füße geguckt, ernsthaft?«

»Eine Jacke, dunkel. Glaube ich.«

»Ziemlich dürftig, die Beschreibung«, kritisierte Enzo, als sie ins Freie traten.

»War leider beschäftigt, nicht zu Boden zu gehen. So wie du«, schleuderte er dem Italiener entgegen.

Draußen schien ihnen die Maisonne ins Gesicht, blendete sie für einen Moment.

»Wo ist er hin?« Grimm sah sich gehetzt um.

Enzo packte ihn an der Schulter. »Schau mal, da will jemand was von uns.«

Silke, die Schuhverkäuferin, kam von der Hafenpromenade aus auf sie zugelaufen und wedelte mit den Armen wie ein Fluglotse.

»Da ist so ein Blonder wie ein Irrer zum Hafen gerannt und hat während des Laufens eine Maske vom Gesicht gerissen.«

»Ist er das?« Enzo deutete mit dem ausgestreckten Arm nach vorne. »Der blonde Kerl, der gerade was in seine Jacke stopft. Sieht aus wie eine Skimaske.«

Silkes Blick folgte dem Arm Enzos. »Ich glaube, das ist er«, sagte sie und nickte.

Grimm fixierte die Schuhe des Typen. »Weiße Turnschuhe, komplett weiß. Stimmt, das ist er!«

Er hastete zu seinem Wagen, den er direkt neben dem Hauptzollamt abgestellt hatte.

»Er läuft zum Bahnhof«, rief Enzo. »Beeilung, gleich ist er um die Ecke verschwunden!«

»Jesus!«, polterte Grimm.

»Sieht mir nicht nach ihm aus. Der Typ trägt weder Vollbart

noch Sandalen«, kommentierte Enzo trocken, als er zu Grimm in den Wagen stieg.

Grimm rief Silke ein »Entschuldigung, ich melde mich später bei Ihnen« aus der offenen Wagentür zu. Er trat aufs Gaspedal, der Elektrowagen schoss los, die Fahrertür fiel krachend zu. Eine japanische Touristengruppe umkurvend, düsten sie über die Hafenpromenade. Vorbei an drei Musikern, die hastig ihre Instrumente in Sicherheit brachten, und an dem humpelnden Bettler, der erschrocken die Krücke zur Seite warf und auf einmal gar nicht mehr humpelte. Grimm beobachtete den Schauspieler für den Bruchteil einer Sekunde im Rückspiegel.

»Simulant und Betrüger!«, zischte Grimm und erhaschte einen verwirrten Blick von Enzo, den er mit einem Kopfschütteln abtat.

Im Zickzack ging die Fahrt weiter, zwischen zahlreichen Passanten hindurch. Verwunderte Gesichter sahen ihnen nach, einige Leute reckten die Fäuste, und der eine oder andere schleuderte ihnen offensichtlich eine Verwünschung nach, wenn Grimm die Lippenbewegungen richtig deutete. Als sie um die nächste Ecke bogen, sahen sie den Blonden bereits am Bahnhofsgebäude vorbeieilen. Der Kerl blickte sich hastig um, schien seine Verfolger bemerkt zu haben.

»Mein Taxi steht gleich da vorne«, rief Enzo. »Damit sind wir schneller.«

»Spinnst du? Anhalten, ins Taxi springen und wieder losfahren. Dann ist er längst über alle Berge. Er ist bloß zu Fuß. Sogar mein Smart ist schneller als er.«

Enzo schaute über die Schulter.

»Das ist ein Zweisitzer. Mann, ist der winzig.«

»Schau nach vorne, Enzo. Wo ist er, siehst du ihn noch?«

Enzo beugte sich vor. »Da!«, stieß er aus. »Rechts rein in die Maximilianstraße.«

Grimm schlitterte in die Kurve und bremste ab.

»Wo ist er abgeblieben, ich sehe ihn nicht mehr. Enzo, mein Freund, wo steckt der Blonde?«

Enzo schwieg und zuckte mit den Schultern.

Sie fuhren weiter, links und rechts gingen schmale Gassen ab.

»Kacke, das war mein Fehler!«, motzte Grimm. »Mir hätte das zerkratzte Türschloss gleich auffallen müssen. Ich Volltrottel habe nicht bemerkt, dass vor mir jemand eingebrochen ist.«

In einer der Gassen entdeckte er den Mann wieder, am Ende der Straße bog der Flüchtige links ab.

Grimm riss das Lenkrad herum und kurvte hinein. Zwei Fußgänger sprangen mit empörtem Gesichtsausdruck zur Seite. Beinahe hätte er einen Blumenstand umgefahren. Ganz knapp gelang es ihm, ohne Unfallschaden daran vorbeizufahren. Eine Vase begann durch den Luftzug zu wippen. Der Smart hoppelte über das Kopfsteinpflaster bis zum Ende der Gasse, dann schleuderte der Wagen scharf nach links.

Der Blonde war nicht zu sehen.

Grimm nahm den Fuß vom Gas, der Smart schnurrte im Schritttempo dahin.

Zehn Meter, zwanzig Meter.

Grimm warf einen Blick in den Seitenspiegel. Ja! Da war der Schläger! Er hatte sich in einem Hauseingang versteckt und gewartet, bis sie an ihm vorbeigefahren waren. Jetzt rannte er in dieselbe Gasse zurück, aus der sie eben gekommen waren.

Grimm wendete. Glücklicherweise war der Smart für eine Verfolgung in den engen Straßen wie geschaffen. Enzo und er wurden während des wilden Wendemanövers in den Sitzen hin- und hergeschleudert.

Wieder nach rechts, der Blonde rannte ihnen entgegen, den Kopf gesenkt. Grimm konnte das Gesicht nicht erkennen, dafür das Tattoo im Nacken. Ein Wolf!

Bremse treten, Rückwärtsgang einlegen.

Lautes Hupen hinter ihm.

Er sah in den Rückspiegel, ein Toyota blockierte ihn.

Am Steuer ein Rentner, der den Kopf schüttelte und die Hupe ein zweites Mal drückte.

»Verflixt!«

Grimm stieß die Tür auf, sprang aus dem Wagen und zum Rentner. Zeigte ihm den Dienstausweis.

»Polizeieinsatz. Weg da!«

Der alte Mann blickte ihn entgeistert an, dann warf er einen seltsamen Blick auf den Smart. Bevor er was erwidern konnte, brüllte Grimm ihm ein »Sofort!« durch die geöffnete Fahrerscheibe ins Ohr.

Grimm rannte zum Smart zurück. Als der Weg frei war, fuhr er rückwärts und folgte dem Flüchtenden, der allerdings außer Sicht war. Auf gut Glück tuckerte Grimm durch die nächsten Gassen, und, tatsächlich, er entdeckte den Blonden erneut.

Enzo musste ihn im gleichen Moment bemerkt haben, denn der Italiener schrie: »Dadada!«

»Ich sehe ihn. Jetzt ist er fällig.«

Grimm schaltete in den nächsthöheren Gang.

Der Blonde war vielleicht zweihundert Meter entfernt.

Einhundertfünfzig Meter.

Er stieg in einen dunklen 3er BMW mit getönten Heckscheiben.

Einhundert Meter.

Der BMW schoss mit quietschenden Reifen aus der Parklücke, driftete ein wenig, bevor er mit einem Affenzahn die Straße entlangraste.

Grimm folgte ihm, er versuchte es jedenfalls. Der Abstand wurde schnell größer. Sie fuhren an der Inselhalle vorbei, der BMW wurde immer kleiner, geriet komplett aus dem Blickfeld.

»Enzo, hast du das Kennzeichen abgelesen?«

»Nein, die Karre war zu weit weg.«

»Mist!«, schimpfte Grimm.

Als er auf die Seebrücke einbog, war der Fluchtwagen außer Sichtweite. Grimm trommelte mit den Händen aufs Lenkrad.

»Na, super! Wir hätten mein Taxi nehmen sollen«, meinte Enzo und streute Salz in Grimms Wunde.

KAPITEL 25

»Sondertouren mag ich eigentlich nicht«, tadelte Emma ihren jungen Kollegen und bugsierte mit der Mistgabel eine Ladung Pferdeäpfel auf den Schubkarren.

»Entschuldigung, ich …«

Sie hob die Hand. »Moment, ich war noch nicht fertig. In deinem Fall drücke ich ausnahmsweise ein Auge zu. Du konntest ja nicht ahnen, dass jemand in die Wohnung einbricht. Wolltest nur das Foto mit Nele Gruber überprüfen. Du hast Eigeninitiative gezeigt, obwohl du mich hättest informieren sollen, *bevor* du zu der Wohnung gefahren bist.«

Niklas hatte Emma bereits vor zwei Tagen im Kommissariat erzählt, wie die Sache mit dem Einbrecher abgelaufen war. Der junge Oberkommissar hatte – laut eigenen Angaben – eine offene Tür festgestellt und war laut rufend ins Innere der Wohnung gegangen. Dort war er dann von dem Einbrecher überrascht worden. Wäre Enzo nicht gewesen, der Niklas nachgegangen war, hätte es möglicherweise schlimmer als mit einem Veilchen unter dem Auge geendet.

Niklas Grimm nickte und tätschelte gedankenverloren Ponystute Sylvie über den Kopf, als sie an ihm vorbeilief. Was Baby Blue offensichtlich nicht gefiel, denn sie scheuchte Sylvie weg und stupste ihn mit den Nüstern in die Seite. Erst als auch Baby Blue ihre Streicheleinheit von ihm bekommen hatte, war sie zufrieden und trabte davon.

»Hätte böse enden können. Blöd, dass dir und Enzo der Typ

entwischt ist«, sagte sie, bohrte die ›Bollengabel‹, wie sie das Arbeitsgerät auch nannte, in die Wiese und umklammerte den Stiel.

»Das blaue Auge war es mir wert. Wäre ich nicht sofort zur Wohnung gefahren, wäre der Einbrecher längst weg gewesen. So haben wir wenigstens eine vage Beschreibung und haben verhindert, dass der Kerl zu viele Spuren vernichtet.«

»Da kann ich nicht widersprechen«, stimmte sie ihm zu. Nachbesprechung eines polizeilichen Einsatzes auf der Pferdekoppel. Hatte sie auch nicht oft. Aber seitdem Niklas im Reiterstübchen wohnte und als Gegenleistung für die Unterkunft bei der Stall- und Hofarbeit mithalf, ergab sich das einfach so. Emma hatte sich das Liebesnest von Stefan Zinsmeister und Nele Gruber sofort persönlich angesehen. Von Niklas hatte sie sich in allen Einzelheiten erklären lassen, wie er die Wohnung entdeckt hatte. Gewisse Dinge sollte man als Kripoleiterin allerdings mehr als einmal thematisieren, wie sie fand. Deshalb kam sie heute in einer etwas zwangloseren Umgebung noch einmal darauf zu sprechen.

»Den Einbrecher hätte ich liebend gerne zwischen die Finger bekommen, das kannste mir glauben«, raunte Niklas mit wütendem Gesichtsausdruck und rieb über sein geschwollenes Veilchen, das mittlerweile in Blaugrüngelb leuchtete und ihn offensichtlich schmerzhaft an das Ereignis erinnerte.

»Den Notruf wählen und Unterstützung anfordern wäre eine Lösung gewesen«, bemerkte Emma. »*Bevor* du in eine Wohnung gehst, wenn du einen Einbrecher darin vermutest.«

»Hmmm.« Sein Tonfall wurde eine Spur zerknirschter. »Nicht daran gedacht«, nuschelte er.

»Jagdtrieb«, bewertete sie seine Aktion mitfühlend. »Ich kenne das.«

»Ja?« Niklas sah sie überrascht an.

»Und wie. Da vergisst man alles um sich herum und hat nur den Täter vor Augen. Das ist verständlich. Ist mir auch hin und wieder mal passiert.«

»Wirklich?«

Anscheinend hatte Niklas einen Anschiss erwartet, wie sie an seinem überraschten Gesichtsausdruck ablas.

»Im Endeffekt hast du Spitzenarbeit geleistet. Du hast das Liebesnest von Nele und Stefan entdeckt. Lukas Brunner hat in der Wohnung Spuren gefunden, die das eindeutig belegen. Zachers Verteidiger kann sich also nicht herausreden und behaupten, es habe gar keine Liebesbeziehung zwischen den beiden gegeben. Den Zahn habe ich ihm bereits gestern Nachmittag gezogen. Jetzt haben wir ein stichhaltiges Motiv, das durch die bisherigen Indizien richtig schwerwiegend wirkt. Der Einbruch ist ein weiterer Beleg für die Täterschaft Zachers.«

»Ach ja?«

Emma wandte sich dem nächsten Pferdeapfel zu. Nun war Niklas an der Reihe. Sie reichte ihm die Bollengabel, und er schaufelte mit angewidertem Gesicht die Ponyhinterlassenschaft in den Schubkarren.

»Ganz klar«, beharrte sie. »Durch die Aussagen der Nachbarin und die Spuren in der Wohnung haben wir relativ deutliche Hinweise in Richtung einer Affäre. Vielleicht ist Zacher durchgedreht und hat versucht, die Beweise zu vernichten. Daher hat er jemanden mit dem Einbruch beauftragt, um Spuren zu verwischen, die Zimmer zu säubern, alle Hinweise auf ein Liebesverhältnis der beiden zu beseitigen. Wer das war, das werde ich Zacher bei der nächsten Vernehmung aus der Nase ziehen. Seine Chancen sind deutlich schlechter geworden. Er steht mit dem Rücken zur Wand.«

Emma ließ den Blick über die Koppel schweifen, sie fand jedoch nichts mehr zum Entsorgen. Zufrieden schob sie den Schubkarren Richtung Misthaufen auf der gegenüberliegenden Seite der Wiese.

Niklas an ihrer Seite schulterte die Gabel und stiefelte mit zufriedenem Gesichtsausdruck neben ihr her. Offensichtlich war er froh, dass die Arbeit erledigt war.

»Apropos«, kam sie auf das Thema zurück. »Du hast gesagt, der Typ hat irgendetwas mitgenommen. Die Wohnung wurde durchwühlt, anscheinend ist derjenige fündig geworden. Ich bin überzeugt, der Einbrecher hat auf Anweisung Zachers gehandelt. Jedenfalls war es gut, dass du ihm in die Parade gefahren bist. Womöglich hätte es der Unbekannte tatsächlich geschafft, alle Hinweise auf die Affäre der beiden verschwinden zu lassen.«

Als die Pferdeäpfel auf dem Misthaufen gelandet waren, atmete der junge Kollege erleichtert auf. Ein Landmensch würde aus ihm sicher nie werden, fand Emma. Immerhin trug er inzwischen Arbeitsklamotten und Gummistiefel. Aber wirklich reingewachsen war er in diese noch nicht. Er wirkte immer noch wie ein Stadtmensch, der Urlaub auf dem Bauernhof macht. Emma verstaute den Schubkarren im Pferdestall und holte ein paar Karotten aus dem Vorratsraum.

»Komm, Niklas, wir machen ein paar Übungen mit den Miniponys, das ist witzig.«

»Witzig? Für wen?«, kommentierte er und folgte ihr sichtlich widerwillig.

Grinsend ließ Emma die Ponys im Kreis oder im Zickzack laufen.

Unterdessen lehnte Niklas an einer der Paddockstangen und beobachtete sie mit verschränkten Armen und gelangweilter Miene. Nur wenn Baby Blue und Sylvie plötzlich buckelten oder mit allen vieren in die Luft hüpften, verzog sich sein Mund zu einem leichten Lächeln.

Emma empfand eine tiefe Genugtuung zu sehen, wie die Miniponys das neue Leben auf dem Gnadenhof genossen. Sie reichte Niklas hin und wieder eine Karotte, der dann vor den Ponys herlief und sie zum Galoppieren animierte.

»Wir müssen die Ziegen füttern, Niklas«, beendete sie die Übungseinheit mit den Miniponys und führte ihren jungen Kollegen an eine Stelle des Gehöfts, die er bislang nicht kannte.

»Sind wir eigentlich noch im Dienst?«, murmelte er fragend.

»Wieso?«

»Ich mein ja nur, weil du immerzu Anweisungen erteilst und mich rumkommandierst. Irgendwann sollte mal Dienstschluss sein«, grummelte Niklas und steuerte auf einen zusammengezimmerten Klettersteig zu.

»Immerhin gibt es auf eurem Hof jeden Tag was anderes zu entdecken«, kommentierte er das Gerüst, das sich in der Mitte eines umzäunten und mit Holzspänen eingestreuten Vierecks befand.

Drei Ziegen und der zahnlose Bock Herr Frodo kamen angelaufen und streckten die Köpfe zwischen die Holzlatten.

»Das sind Lore, Hanne und Berta«, stellte Emma die Ziegen vor.

»Sag mal, haben alle deine Tiere Namen?«, fragte Niklas.

»Natürlich, sie sind für mich so etwas wie meine Kinder.«

Niklas blickte sie irritiert an.

Emma legte den Zeigefinger an ihre Lippen. »Psssscht! Sag das nicht meiner Tochter.«

»Ganz bestimmt nicht«, versicherte Niklas.

Das Geräusch von knirschenden Autoreifen veranlasste sie zurückzugehen, Niklas folgte ihr. Enzos Taxi parkte im Hof. Auf der Beifahrerseite stieg Emmas Freundin, die Schuhladenbesitzerin Silke, aus.

»Hallo Leute, schaut mal, wen ich mitgebracht habe«, posaunte Enzo. »Hey, Nik, hattest du nicht am Sonntag eine Verabredung mit dieser wunderhübschen Frau, als uns jemand dazwischengekommen ist und uns zwei mehr oder weniger verprügelt hat?«

Emma bemerkte, wie Niklas unwillkürlich an sein blaues Auge fasste.

»Tja, heute ist bereits Dienstag. Und als ich Silke vorhin zufällig am Hafen getroffen habe, sagte ich zu mir: ›Enzo, du könntest mit deinem Freund Niklas und Silke ein Glas Wein zum Feierabend trinken.‹«

Der Italiener strahlte über das ganze Gesicht.

Emma kannte Enzo nur zu gut, um zu wissen, dass von einem zufälligen Treffen nicht die Rede sein konnte. Verkuppeln wollte Enzo die beiden, das war sonnenklar.

Silke verbeugte sich spielerisch vor Enzo, der die Geste erwiderte.

»Übrigens, gut gemacht, Enzo«, lobte Emma.

Fragend blickte der sie an.

»Ich meinte natürlich dein Eingreifen bei dem Einbruch«, schob sie rasch nach, um keine Missverständnisse aufkommen zu lassen. Nicht, dass er dachte, sie würde seine Verkuppelungsversuche befürworten.

»Wenn ich könnte, ich würde dich zum Ehrenkommissar ernennen«, sagte sie.

Ein Jeep kam angerauscht.

»Ah, wenn das mal nicht unsere Lilly ist, die rasante Tierärztin. Wahrscheinlich will sie nach deinem Rasmus schauen«, sagte sie lächelnd zu Niklas.

Von ihm kam kein Einwand, was zweierlei bedeuten konnte. Entweder er hatte den kleinen Welpen so in sein Herz geschlossen, dass er sich mittlerweile tatsächlich als sein Herrchen betrachtete. Oder aber die Anwesenheit zweier junger und hübscher Frauen hatte ihm die Sprache verschlagen.

Aus dem Augenwinkel registrierte sie, wie Niklas unruhig mit den Fußballen wippte, als Lilly ausstieg. Emma tendierte daher zur zweiten Möglichkeit, gab die Hoffnung allerdings nicht auf, dass Rasmus in Niklas jemanden gefunden hatte, der zu ihm passte.

Die Tierärztin warf Silke einen irritierten Blick zu, als sie der kleinen Gruppe entgegenlief. Peinliches Schweigen breitete sich zwischen allen Beteiligten aus.

»Lilly, unserem Rasmus geht es wirklich gut«, durchbrach Emma schließlich die Stille.

»Dann wollen wir uns den kleinen Racker mal ansehen«, sagte Lilly und schritt Richtung Reiterstube. Niklas und Silke folgten ihr.

Emma hatte ein ganz mieses Gefühl, als sie dem Triumvirat nachblickte. Enzo dagegen nicht, wie sie seinem Grinsen ansah.

»Enzo, ich hoffe, du weißt, was du tust«, raunte sie ihm zu.

»Liebe Emma, unser Niklas muss auf andere Gedanken kommen. Was funktioniert da besser als ein bisschen Amore? Als Italiener kenne ich mich in dieser Hinsicht bestens aus.«

»Dein Ansinnen ehrt dich, Enzo. Aber Lilly und Silke sind meine Freundinnen, ich kenne sie ziemlich gut. Die zwei sind keine dummen Mädchen. Sie wissen, was sie wollen. Und auf gar keinen Fall wollen sie einen harmlosen Flirt. Du solltest nicht den Fehler machen, Lilly und Silke gegeneinander auszuspielen. Sonst nimmt die Geschichte kein gutes Ende«, prophezeite sie. »Außerdem möchte ich weder die eine noch die andere als Freundin verlieren. Deshalb werde ich mich schön raushalten. Wenn es Ärger gibt, musst du ihn ausbaden. Oder Niklas«, fügte sie mit einem wissenden Blick auf die Reiterstube hinzu.

KAPITEL 26

Seine Chefin warf ihm einen amüsierten Blick zu, anscheinend hatte sie Spaß an Grimms Reitkünsten. Obwohl er sich den Samstagmorgen anders vorstellen konnte als auf dem Rücken eines Pferdes. Vor allem nach dieser Woche, wo sie jeden Tag bis spät in den Abend hinein an dem Fall gearbeitet hatten, um die Mordanklage gegen Felix Zacher wasserdicht zu machen. Die Leitende Oberstaatsanwältin war nach Emmas Einschätzung sehr zufrieden mit den bisherigen Ermittlungen und guter Dinge, eine Verurteilung wegen Mordes in zwei Fällen zu erreichen.

Die viele Arbeit hatte bislang auch verhindert, dass er Emma von seinem Verdacht in Bezug auf Wolfgang berichtete. Es hatte schlicht keinen passenden Moment dafür gegeben. Vielleicht war dieser Reitausflug ideal, um das Thema anzusprechen. Es lag Grimm nämlich im Magen, dass Emma hintergangen wurde.

Wobei er die letzten Tage selbst nicht ehrlich zu ihr gewesen war. Er hatte verheimlicht, dass er in die Lindauer Altstadtwohnung ›eingebrochen‹ war – hatte die Sache sogar richtiggehend beschönigt. Aber er fand, es tat nichts zur Sache, *wie* er in die Wohnung gekommen war. Schließlich war kurz zuvor tatsächlich jemand widerrechtlich eingedrungen. Seine Chefin ging davon aus, er hätte die Einbruchspuren an der Eingangstür bemerkt und wäre deshalb ins Innere der Wohnung vorgedrungen. Der einzige Mensch, der die Wahrheit kannte, war Enzo, und der würde schweigen.

»Gestern nach Dienstschluss war ich ebenfalls hier. Um den warmen Abend auszunutzen«, sprengte Emma seine Überlegungen.

»Auch ein Reitausflug?«, fragte er und schwankte bedrohlich.

Grimm hatte Mühe, nicht aus dem Sattel zu kippen. Zum ersten Mal saß er auf einem Pferd und versuchte, Emmas Ratschlag zu folgen: ›Vertraue dem Tier. Es weiß, wo es hintritt.‹ Allerdings schmerzte ihn bereits nach fünfzehn Minuten der Hintern mehr als nach einem ganzen Bürotag.

»Nee, wo denkst du hin, so oft geht das leider nicht«, klagte Emma. »Wenn möglich, reite ich morgens noch vor dem Frühstück eine halbe Stunde aus. Das tut unheimlich gut und gibt mir Kraft für den Rest des Tages. Gestern allerdings, da war ich Herbstzeitlose ausstechen. Wie an dem Tag, als Neles Leiche gefunden wurde und mich Bobby direkt von der Wiese geholt hat. Du erinnerst dich bestimmt.«

»Sag mir mal, was hat es mit den Pflanzen auf sich? Wieso ausstechen?«, fragte er neugierig. Ein belangloses Thema ansprechen und sich dann langsam zum unangenehmen Teil mit Wolfgang vorarbeiten. Das war sein Plan.

»Herbstzeitlose sind hochgiftig für Mensch und Tier. Mir geht es in erster Linie ums Tier, denn selbst im Heu, also im getrockneten Zustand, ist die Herbstzeitlose lebensgefährlich. Wenn ein Pferd oder Pony zu viel davon abbekommt, kann es sterben. So einfach ist das. Deshalb das mühsame Ausstechen. Wolfgang und ich machen das Heu für unsere Tiere selbst und kümmern uns selbstverständlich um eine anständige Wiese.«

»Puh!« Grimm stöhnte. »Hat dir Wolfgang auch mit dem Ausstechen geholfen? Das sollte man doch nicht alleine machen. Ich meine, das hört sich anstrengend an.«

»Ist es auch. Aber was sein muss, muss sein. Das ist einfach so, wenn man die Verantwortung für einen eigenen Pferdehof hat. Kannst du dir als Stadtmensch bestimmt schwer vorstellen.«

»Bin gerade dabei, das zu ändern. Immerhin lebe ich jetzt auf dem Land.«

Nur wie lange noch, dachte er. Pferdemist wegschaufeln, mit einem Hund im selben Raum schlafen. Zwei Miniponys, die bei ihm ein- und ausgingen, weil sie die Reiterstube als ihren Stall betrachteten. Dazu das Gekreische eines Hahns im Morgengrauen, außerdem schnatternde Gänse, das Blöken von Schafen. Das alles war mehr als gewöhnungsbedürftig für ihn, den Stadtmenschen. Dazu kam das Wohnen bei seiner Chefin, die ihn auch nach Dienstschluss herumkommandierte. Nicht zu vergessen die Eheprobleme, von denen Emma noch nichts wusste. Wollte Grimm wirklich bei einem Paar leben, das in eine ernsthafte Krise hineinschlitterte, vielleicht sogar anfinge, täglich zu streiten? Mit einem Niklas Grimm mittendrin? Das konnte er sich nicht vorstellen.

Möglicherweise käme Emma jeden Tag auf die Idee, einen gemeinsamen Reiterausflug veranstalten zu wollen. In aller Herrgottsfrühe. Wie der Ausflug an diesem Samstagmorgen, zu dem sie ihn überredet hatte. Gar keine andere Wahl hatte sie ihm gelassen, als sie in Reiterklamotten im Türrahmen zum Reiterstüble stand und ihn aufgefordert hatte, endlich aufzustehen. Einen Ritt am Waldrand entlang hatte sie vorgeschlagen, eigentlich eher befohlen oder mindestens angeordnet. Als eine Art Belohnung für die gemeinsame gute Arbeit und den Ermittlungserfolg wollte sie ihm das Reiten näherbringen. Wo wir so günstig liegen mit unserem Hof, hatte sie gesagt. Direkt im Grünen, mit Blick auf den Bodensee.

Grimm versuchte, trotz des unbequemen Sattels den Ausflug zu genießen. Der ungetrübte Blick auf den See war grandios, da stimmte er Emma zu. Wäre aber auch ohne Ritt auf einem Pferd gegangen. Bei einem Spaziergang beispielsweise. Am Nachmittag, nachdem er ausgeschlafen war.

Den Schimmel Poseidon hatte Emma als Grimms Reittier ausgesucht, weil er besonders gutmütig war. Und höchstens zwei- bis dreimal jemanden abgeworfen hatte, wie Emma mit einem spöttischen Schmunzeln angemerkt hatte.

Tja, dachte Grimm. Wie beruhigend er das fand. Im Ernst: Poseidon klang wirklich alles andere als harmlos.

Die Morgensonne glitzerte auf dem See, es war kurz nach sieben Uhr. Emma und er waren direkt nach der morgendlichen Stallarbeit losgeritten. Einzelne Nebelschwaden glitten über die Wiesen und Felder.

Grimm holte tief Luft, jetzt war der Moment der Wahrheit gekommen. Er musste Emma reinen Wein in Sachen Wolfgang einschenken.

»Komisch«, hörte er sie da auf einmal sagen. »Das war gestern nicht da.«

Sie stoppte Louisa, ihre Fuchsstute, und deutete auf eine Reifenspur, die von dem Feldweg rechts in den Wald abging.

»Vielleicht ein Jäger«, vermutete Grimm. »Ich glaube, ich habe einen Jägerstand nicht weit von eurem Hof entfernt gesehen.«

Emma wiegte den Kopf hin und her. »Hmm, der gehört dem alten Magnus. Auf die Jagd geht der schon lange nicht mehr. Er beobachtet aber von seinem Stand aus manchmal Tiere, so sagt er jedenfalls. In Wahrheit trinkt er dort oben ein paar Gläser Schnaps, was ihm seine Frau ansonsten verbietet. Das ist ein offenes Geheimnis. Gestern erst habe ich ihn beim Bäcker getroffen. Hat sich mächtig aufgeregt, weil jemand seinen geliebten Jägerstand als Müllhalde benutzt. Kaugummis wurden ans Holz geklebt und zerknüllte Brotzeittüten zurückgelassen. Am besten, ich frage Magnus, ob er etwas Verdächtiges bemerkt hat.«

Grimms Blick folgte den Spuren, die auf einen unbefestigten Waldweg führten und irgendwo im Dunkel der Bäume verschwanden.

»Wo geht's da hin?«, wollte er wissen.

»Zu einer halb verfallenen Holzhütte. Als Kind habe ich dort manchmal gespielt. War bereits zu meiner Zeit ziemlich unheimlich. Ich bin zwar regelmäßig hier oben auf unseren Wiesen, bei dieser Hütte war ich jedoch seit Jahren nicht mehr. Gibt auch keinen Grund für. Bislang habe ich niemanden gesehen, der da reinspaziert. Nicht mal Waldarbeiter oder einen Förster. Du siehst selbst, das ist kein richtiger Weg. Total zugewachsen. Der Wagen, der da gefahren ist, hat das ganze Gras platt gedrückt. Ein Wunder, dass der überhaupt durchgekommen ist. War wahrscheinlich ein Geländewagen.«

»Sollen wir nachschauen?«, schlug Grimm vor. »Das ist merkwürdig, findest du nicht?«

»Irgendwie schon.«

Emma lenkte Louisa in den Wald.

»Brrr, vorsichtig, mein Mädchen«, redete sie beruhigend auf das Tier ein.

Grimm tat es Emma nach. Während er ihr folgte, tätschelte er Poseidon den Hals. Nicht, dass der Schimmel ausgerechnet jetzt auf die Idee kam, seinen Reiter abzuwerfen.

Beinahe sofort verschluckten die Bäume das Licht. Mit einem Schlag wurde es kühler, eine leichte Gänsehaut kroch über Grimms Nacken. Es roch nach Harz. Unter den Hufen der Tiere brachen Zweige, Laub knisterte. Die Pferde waren alles andere als leise. Während er sich am Sattel festklammerte, sah Grimm über die Schulter zurück.

»Pass auf!«, mahnte Emma.

Grimm wandte sich wieder nach vorne und konzentrierte sich auf den schmalen Weg zwischen den Bäumen. Bereits nach wenigen Metern gab es gar keinen Pfad mehr, nur Unterholz, Farn und hohes Gras. Der Wagen musste sich richtiggehend durchgepflügt haben. Ganz bestimmt war das ein Allrad gewesen, sonst wäre er nicht weit gekommen.

Sie ritten tiefer in den Wald. Grimm sah nach oben. Die Äste und Zweige der Bäume streiften sich gegenseitig und verursachten ein pfeifendes, säuselndes Geräusch. Es hörte sich an, als unterhielten sich die Bäume flüsternd miteinander.

Unheimlich!

Nach mehreren Hundert Metern hob Emma den Arm und stieg vom Pferd.

Sie legte den Finger an die Lippen. »Pssst!«

Grimm versuchte ebenfalls, aus dem Sattel zu kommen. Das gelang ihm zwar nach mehreren Versuchen, allerdings alles andere als würdevoll. Er verhedderte sich im Steigbügel und wäre beinahe auf den Rücken gefallen. Gerade rechtzeitig ergriffen seine Finger den Sattelknauf, sofort packte er fest zu und erlangte das Gleichgewicht zurück. Als er endlich sicheren Waldboden unter beiden Füßen spürte, atmete er erleichtert auf. Leise fluchend folgte er Emmas Beispiel und befestigte Poseidon mit dem Führstrick am Stamm einer Tanne.

»Da vorne steht die Hütte«, raunte ihm Emma ins Ohr.

»Wer ist der Eigentümer?«

»Keine Ahnung. Wie gesagt, die gibt es seit Jahrzehnten, und ich würde sagen, seit beinahe ebenso langer Zeit fällt sie dem Verfall anheim. Schau, da steht ein silberner Nissan Pathfinder.«

»Du kennst dich ziemlich gut aus, was Automarken angeht«, bemerkte er anerkennend.

»Logo, fahre immerhin selbst Geländewagen. Wenn ich mehr Geld zur Verfügung gehabt hätte, wäre solch ein Auto meine erste Wahl gewesen. Leider hat es bloß zum Suzuki gereicht.«

Sie zuckte mit den Schultern und schlich vorwärts.

Grimm folgte ihr seitlich versetzt. Wie zwei Indianer traten sie behutsam auf, um sich möglichst lautlos zu nähern. Der Waldboden glich einer grünen Wellenlandschaft mit Dünen aus Moos, Reisig, Zweigen und Tannenzapfen. Komische Laute kamen aus Richtung des Wagens. Fiepen und Jaulen.

Kurzzeitig verlor er Emma aus den Augen, bis ihre Silhouette wieder zum Vorschein kam, etwa zwanzig Meter von ihm entfernt. Sie blieb stehen und deutete mit dem ausgestreckten Arm nach vorne.

Er verstand und umrundete die Hütte, um sich von hinten an das Fahrzeug heranzutasten. Der Kofferraum stand offen, ein blonder Mann in blauer Trainingsjacke und schwarzer Stoffhose beugte sich hinein, hantierte im Inneren des Wagens, wobei er ihnen den Rücken zuwandte. Wieder war Fiepen zu hören, vermischt mit leisem Winseln, es schien aus dem Kofferraum zu kommen.

Grimm stockte der Atem, als er ein Tattoo im Nacken des Typen erkannte.

Einen Wolf!

Er taxierte die Schuhe des Blonden, sie waren komplett weiß. Leuchtend weiße Turnschuhe. Außerdem passte die Statur des Kerls.

Der Mann, der ihm in der Lindauer Altstadtwohnung das blaue Auge verpasst und mit dem Totschläger eins übergezogen hatte, war keine fünf Meter von ihm entfernt.

»Polizei, keine Bewegung!«, stieß Grimm hervor und ließ ein »Flossen hoch!« folgen.

Darauf gefasst, dass der Einbrecher wieder die Flucht ergreifen würde, ging Grimm zwei Schritte seitwärts und grub die Hacken seiner Schuhe ins Moos. Bereit, sofort loszusprinten und den blonden Kerl in die Arme von Emma zu treiben, die auf der anderen Seite des Wagens lauerte. Zu seiner Überraschung machte der Mann jedoch keinerlei Anstalten zu fliehen. Ganz im Gegenteil, er hob langsam die Hände und drehte sich um.

*

Der Stuhl im Vernehmungszimmer knarzte, als Grimm sich bewegte. Er beobachtete, wie Emma ihre Augen zu Schlitzen verengte. »Woher kennen Sie Felix Zacher?«

Ihr gegenüber saß der Mann mit dem Wolfstattoo, den sie auf frischer Tat festgenommen hatten, als er mehrere Käfige mit Hundewelpen in der Waldhütte deponieren wollte. Laut seiner Identitätskarte stammte er aus Bulgarien und hieß mit Vornamen Bela. Den Nachnamen konnte Grimm kaum aussprechen. Der Mann hatte eine kräftige Statur, ein stoppelbärtiges Kinn und ein Tränentattoo unter dem linken Auge. Um seinen Hals hing eine silberne Kette. Das Auffallendste an ihm waren aber die Ohren. Er hatte ein eng anliegendes und ein stark abstehendes Ohr, was ihm Ähnlichkeit mit einer überzeichneten Comicfigur verlieh.

»Zacher? Kenne nicht diese Mann«, antwortete er in holprigem Deutsch.

»Du bist in seinem Auftrag in eine Wohnung auf der Lindauer Insel eingebrochen.« Im Gegensatz zu Emma duzte er den Mistkerl.

»Eingebrochen, ich?«

Bela hob beide Hände in die Höhe.

»Niemals in meine ganze Leben ich wo eingebrochen. Ich schwören bei Mutter.«

»Leugnen bringt nichts.« Grimm stieß sich von der Wand ab, zog einen Stuhl heran und setzte sich neben Emma. »Ich habe dich gesehen. Du erinnerst dich bestimmt«, sagte er zu dem Typen. Er legte den Zeigefinger unter sein Auge. »Dieses Veilchen habe ich dir zu verdanken.«

Bela starrte ihn an und schwieg.

»In deinem Nissan haben wir einen Totschläger gefunden. Mit so einem hast du auf mich und meinen Begleiter eingeprügelt. ›Gefährliche Körperverletzung‹ nennt man das.«

Der Bulgare kniff die Lippen zusammen, markierte offensichtlich den harten Kerl.

»Schweigen bringt ebenfalls nichts«, drohte Grimm. »Eine Strumpfmaske ergibt Sinn, wenn man nicht erkannt werden will. Dumm nur, wenn man im Nacken ein Wolfstattoo trägt.«

Belas linkes Lid zuckte, dadurch verriet er sich. Das spürte er anscheinend selbst, denn er senkte den Blick und starrte mit mahlenden Kiefern auf die Tischkante.

»Also«, begann Emma von Neuem. »Wieso hat Zacher Sie in die Wohnung auf der Lindauer Insel geschickt? Wir wissen mittlerweile, dass es das Liebesnest von Frau Gruber und Herrn Zinsmeister war.«

Bela blickte erst Emma, dann Grimm mit großen Augen an. »Diese Namen mir nichts sagen.«

Emma beugte ihren Oberkörper drohend vor. »Wir ermitteln in zwei Mordfällen, mein lieber Herr Bela. Sie sollten gut überlegen, mit uns zusammenzuarbeiten. Schon mal von Beihilfe zum Mord gehört? Dafür wandert man sehr lange in den Bau! Wenn Sie uns helfen und ehrlich sind, werde ich beim Staatsanwalt ein gutes Wort für Sie einlegen.«

»Mord?«

Bela sackte in sich zusammen. »Mit so was ich nichts zu schaffen. Wirklich, keine Ahnung. Glauben Sie mir.«

Er seufzte mehrmals, dann straffte er seine Schultern, als wollte er Mut aus dieser Körperhaltung ziehen. »Okay, gut. Ich in die Wohnung eingestiegen. Aber nicht wegen diese Mann. Wie heißen noch mal?«

»Zacher. Felix Zacher«, wiederholte Emma.

»Nicht diese Mann hat mich hingeschickt. Andere Mann, ›Schmuggelmann‹ ich nenne«, radebrechte er. »Sollte in Wohnung nach Fotos suchen.«

»Fotos, welche Fotos?«, fragte Grimm verwirrt.

»Na Fotos, wo zeigen Welpenschmuggel. Wo drauf Mann zu sehen ist, der mich geschickt hat, zu finden Fotos. Eben diese Schmuggelmann.« Bela zuckte die Achseln. »Ich helfe diese Mann manchmal bei Transport von Hunden über See. Gibt mir gutes Geld, ich nicht viel fragen.«

»Sind Ihnen die Hunde egal, ist Ihnen wirklich vollkommen egal, was mit den Tieren passiert?«, platzte es aus Grimm heraus.

Bela schürzte die Lippen. »Das sind bloß Tiere, wieso regen auf? In Bulgarien nix zählen diese Viecher. In Deutschland bringen viel Geld.«

Er rieb Zeigefinger und Daumen gegeneinander.

Grimm wandte sich an Emma.

»Ich dachte, ihr habt vor ein paar Tagen diesen Welpenschmuggel auffliegen lassen. Der Tipp von diesem Tierschützer aus Konstanz war doch zutreffend, habe ich gehört.«

»Mhm, die Kollegen der Wapo waren erfolgreich, das stimmt.«

Bela winkte ab. »Bah, ich habe gehört von dieser Razzia. Ist aber nicht Schmuggelmann, für den ich arbeite. Diese Mann hat sich gefreut, dass Leute aufgeflogen. Hat nun Konkurrenten weniger.«

Der Bulgare grinste, seine Zähne blitzten, der Weiße Hai wäre neidisch gewesen.

Grimm bemerkte, wie Emma nachdenklich auf der Lippe kaute. Unruhig knetete sie die Finger, um dann abrupt aufzustehen. Ihr Stuhl kippte nach hinten, wäre beinahe umgefallen, wenn Grimm ihn nicht an der Lehne gepackt hätte.

»Emma, was hast du? Du bist ganz bleich im Gesicht«, fragte er besorgt.

»Weißt du, was das bedeutet? Was der Einbruch in das Liebesnest bedeutet, wenn Zacher *nicht* der Auftraggeber war?«

Sie lief auf und ab wie ein Tiger im Käfig eines Zirkuswagens.

Bela verfolgte sie mit argwöhnischen Blicken, leckte ab und zu mit der Zunge über seine Lippen.

Grimm versuchte, ihrem Gedankengang zu folgen. Bela war der Einbrecher, aber hatte nicht im Auftrag von Zacher gehandelt, wenn man dem zwielichtigen Bulgaren trauen durfte. Stattdessen war er von jemand anderem geschickt worden, einem Welpenschmuggler. Der hatte von Fotos gesprochen. Fotos, die …

»Nele!«, rief Grimm. »Nele Gruber hatte die Beweisfotos geschossen, die Bela stehlen sollte.«

»Richtig, Niklas. Darüber denke ich die ganze Zeit nach. Was hat das für unsere Ermittlungen in den Mordfällen zu bedeuten?«

»Gar nichts, der Täter ist gefasst.«

»Dachte ich, Niklas. Das dachte ich«, wiederholte sie leise, blieb vor Bela stehen und verschränkte die Arme vor der Brust.

»Raus mit der Sprache! Sie hatten den Auftrag, auch woanders einzubrechen als auf der Lindauer Insel, stimmt's?«

Emma funkelte den Bulgaren drohend an.

Grimm legte die Finger beider Hände ineinander, stützte die Arme auf dem Tisch ab und legte sein Kinn auf die Knöchel. Gespannt beäugte er Bela, der Emma mit zugekniffenen Augen musterte.

»Stimmt das?«, fragte sie ein zweites Mal, diesmal lauter.

»Stimmt das?« *Bedeutend* lauter.

Bela blieb stumm, schaute zu Grimm, danach wieder zu Emma. Dann bewegte er seinen Kopf. Ganz langsam. Erst nach oben, verharrte dort einen Moment, bevor sein Schädel wie in Zeitlupe nach unten sank.

Ein Nicken.

»Wo noch?«, hakte Grimm nach.

Der Bulgare drehte den Kopf, bis seine Augen sich in die von Grimm zu bohren schienen.

»Der zweite Einbruch, wo?«, drängte Grimm.

»In Reiterhof, Nahe Scheidegg. Habe versteckt ein Blatt, das mir Schmuggelmann gegeben.«

»Welcher Reiterhof?«, polterte Emma.

»Keine Ahnung wie heißen, liegt bei Scheidegg«, antwortete Bela und rieb mit den Fingern über seine Nase.

»Die Zinsmeisters!«, schnappte Grimm.

»Verdammt!« Emma schlug die flache Hand gegen die Wand. »Sie haben Beweismittel untergeschoben, Bela. Um jemanden als Mörder hinzustellen.«

»Ich nix untergeschoben«, widersprach der. »Habe bloß Blatt in Schublade von Schreibtisch getan. Weiß nicht, was da stand geschrieben. War getippt mit Schreibmaschine, aber ich nix kann gut lesen Deutsch. Und von Mord ich keine Ahnung. Ich schwöre!«

Der Bulgare hob die Schultern und ließ sie gleich darauf sacken.

Grimm sah Emma in die flackernden Augen.

»Wenn das stimmt, dann ist Felix Zacher nicht unser Mörder!«, flüsterte er.

»Nein, ist er nicht«, zischte sie.

»Belas Auftraggeber für die Einbrüche, dieser Welpenhändler …«

»… der ›Schmuggelmann‹, wie Bela ihn nennt«, unterbrach ihn Emma und schnippte mit den Fingern.

»Der hat Nele und Felix auf dem Gewissen«, stellte Grimm fest. »Jemand hat uns auf verdammt miese Art an der Nase herumgeführt.«

Seine Chefin war mit zwei Schritten am Tisch, klatschte ihre flachen Hände auf die Tischplatte und schob den Kopf vor, bis ihre Augen höchstens fünf Zentimeter von Belas Nase entfernt waren.

»Der Name! Wie lautet der Name dieses Schmugglers?«, fauchte sie.

KAPITEL 27

Emma wurde durchgeschaukelt, als Bobby den Zivilwagen um die nächste Kurve jagte.

Auf dem Rücksitz stöhnte Niklas auf.

Das Magnetblaulicht auf dem Fahrzeugdach mitsamt dröhnendem Martinshorn scheuchte Autofahrer, Fahrradfahrer und Fußgänger zur Seite. Hinter dem BMW folgten drei uniformierte Streifenwägen der Polizeiinspektion Lindau. Das Ziel der Fahrt lag in Reutin. Wie so oft in letzter Zeit, schoss es Emma plötzlich durch den Kopf.

Die rasende Fahrt führte sie zu einem Einfamilienhaus, mit direktem Zugang zum Bodensee. Dort wohnte der von Bela verpfiffene Welpenschmuggler, der allem Anschein nach der Doppelmörder war. Und nicht Felix Zacher.

Laut den Karten und der Information des Einwohnermeldeamtes sowie der Hafenbehörde gab es auf dem Grundstück zusätzlich ein Bootshaus mit dazugehörigem Motorboot. Ideal für eine Flucht über das Wasser. Deshalb hatte Emma ebenfalls die Lindauer Wasserschutzpolizei informiert. Die *Hecht* war hoffentlich bereits auf dem Weg und würde den Einsatz vom Wasser aus unterstützen.

»Sein Strandhaus ist der ideale Stützpunkt für den Welpenschmuggel über den See«, rief Emma gegen das brüllende Martinshorn an. »In Reutin, na klar. Ganz in der Nähe der beiden Leichenfunde. Es passt alles zusammen.«

»Trotzdem hatten wir ihn nicht auf dem Schirm«, sagte Niklas und schob seinen Kopf zwischen Fahrer- und Beifahrersitz nach vorne.

»Natürlich nicht, er stand zu keiner Zeit im Fokus, hat geschickt falsche Spuren gelegt und den Verdacht von Anfang an auf Felix Zacher gelenkt.«

»Diese Drecksau!«, fluchte Bobby und kurbelte am Lenkrad. »Den knöpf ich mir gleich vor, aber so was von.«

Mit quietschenden Reifen kamen der BMW und die Funkwagen zum Stehen. Emma, Niklas und die uniformierten Beamten sprangen aus den Autos und formierten sich auf dem Gehweg zu einer kleinen Gruppe.

Bobby schloss prustend wenige Augenblicke später zu ihnen auf. Aufgrund seiner Leibesfülle waren ihm solch sportliche Aktionen zuwider, wie Emma wusste und an seinem Gesichtsausdruck ablas.

Sie instruierte in aller Kürze die Uniformierten, woraufhin drei von ihnen mit gezogenen Schusswaffen ausschwärmten, das Grundstück durch ein hölzernes Gartentor betraten und das Haus umstellten. Zwei weitere Beamte liefen zum Bootshaus hinab. Der letzte Uniformierte schloss sich Emma und den beiden Mordermittlern an.

Zusammen näherten sie sich unter Emmas Kommando dem Einfamilienhaus. Auf Klopfen und Rufen reagierte niemand; aus dem Inneren war nicht das geringste Geräusch zu vernehmen. Nach kurzem Überlegen gab sie Bobby ein Zeichen, der daraufhin ein schwarzes Mäppchen zückte, Werkzeug hervorholte und am Türschloss hantierte. Emma bemerkte, wie Niklas mit hochgezogener Augenbraue Bobbys Arbeit beobachtete. Offensichtlich war er überrascht, dass der Kripobeamte keinen Schlüsseldienst für die Öffnung einer Haustür benötigte. Niklas hatte noch viel zu lernen.

Nach wenigen Sekunden und einem leisen Klicken öffnete sich die Tür wie von Zauberhand. Emma hatte bereits auf der Dienststelle mit der Leitenden Oberstaatsanwältin telefoniert. Diese hatte in Rekordzeit beim Ermittlungsrichter einen Durchsuchungsbeschluss erwirkt, der kurz darauf zur Kripo durchgefaxt worden war. Der Beschluss steckte jetzt in der Innenseite von Bobbys zerknittertem Anzug und wartete nur darauf, dem Besitzer dieses Hauses unter die Nase gehalten zu werden.

Unter lauten Rufen »Polizei!« und »Ist jemand da?« kämpften sie sich durch das kleine, aber relativ komfortabel eingerichtete Wohnhaus.

Bobby und der Uniformierte stiefelten die Treppe nach oben und nahmen sich die dortigen Zimmer vor. Einen Keller gab es offensichtlich nicht.

»Niemand da«, grummelte Niklas. »Der Vogel ist wohl ausgeflogen. Hoffentlich hat ihn niemand gewarnt.«

»Vielleicht ist er auf Hundeschau«, meinte Emma zynisch und betrachtete das Wohnzimmer mit dem gewaltigen Fenster hinaus in den Garten, der bis ans Ufer des Bodensees reichte.

»Wahnsinnsaussicht!«, bemerkte Niklas, der ihrem Blick gefolgt war.

Der allgegenwärtige See ruhte still unter einem Himmel, dessen blasse Blaufärbung an verwaschene Jeans erinnerte.

»Oben ist niemand«, hörte sie Bobbys Stimme, sein Eintreten im Wohnzimmer hatte sie gar nicht bemerkt. Wie so oft rubbelte er seine Nickelbrille am Hemdsärmel sauber.

Gemeinsam standen sie für einen Moment etwas ratlos beisammen, während eine große Standuhr in der Ecke mit ihrem Ticken das einzige Geräusch verursachte.

Ein teuer aussehendes Sofa nahm einen Großteil des Wohnzimmers ein, gegenüber prangte ein gewaltiger LED-Fernseher auf einem Standfuß. Ein paar Bilder an den Wänden, die Landschaftsaufnahmen zeigten. Vor allem Sonnenuntergänge, irgendwo am Ufer des Bodensees aufgenommen, wie Emma vermutete. Auf dem Marmorboden ein dicker Teppich, cremefarben. Eine Yucca-Palme stand vor dem Panoramafenster.

Emma bemerkte, dass im Garten etwas vor sich ging. Die zwei zum Bootshaus geschickten Polizisten traten aus diesem heraus und winkten aufgeregt mit den Armen, riefen irgendetwas Unverständliches. Sie trat ans Fenster. Öffnete den Riegel, schob die Flügeltür zur Seite.

»Schnell, hierher. Da liegt einer«, hörte sie einen der Beamten rufen, der daraufhin mit seinem Kollegen sofort wieder im Bootshaus verschwand.

»Niklas, du kommst mit mir. Bobby, du hältst die Stellung und suchst weiter nach Beweismaterial.«

Ein paar Schritte über eine Holzterrasse, dann ging es drei Stufen zum Garten hinunter. Emma eilte den zum See hin abfallenden Garten nach unten, Niklas an ihrer Seite.

Einer der blau uniformierten Beamten wartete am Eingang des Bootshauses und führte sie ins Innere des Gebäudes, das ungefähr die Größe einer Doppelgarage hatte und auf Holzpfählen ins Wasser gebaut war. Im Inneren führte ein hölzerner Steg rund um das Boot, das im Wasser leicht hin und her schaukelte. An den Wänden hingen allerlei Utensilien, wie ein Kanu, mehrere rot-weiße Rettungsringe, Kescher und Angeln.

Das Tor zum See hatte einen elektrischen Antrieb und war nach oben gefahren. Es gab den Blick frei auf den Bodensee, als ob das Boot in Kürze starten sollte. Das Boot sah teuer und neu aus. Mit einer Holzleiter stieg man vom Steg aus hinab. Es lag zwei bis drei Meter unterhalb im Wasser.

Der Mann, der auf dem hinteren Deck lag, schien allerdings

nicht hinuntergeklettert zu sein, nein, er hatte die Leiter mit ziemlicher Sicherheit nicht benutzt. Sein Anblick bildete einen krassen Gegensatz zum friedlich glitzernden See.

Der Mann war tot!

Er war gefallen, und zwar direkt in eine Teleskopharpune, die am Bootsheck in einer Halterung angebracht war. Die Spitze hatte sich durch seinen Brustkorb gebohrt und ragte hinten am Rücken blutig heraus. Der Tote streckte Arme und Beine von sich, der Kopf hing vornüber. Durch die Harpune wurde der Körper in der Luft gehalten wie eine bizarre Skulptur. Unter ihm hatte sich auf den Holzplanken des Boots ein roter Blutsee ausgebreitet.

Der zweite der Uniformierten war bereits nach unten gekraxelt und kniete vor dem Aufgespießten.

»Mausetot!«, stellte er mit fachkundigem Blick fest. »Eindeutig, da ist nichts mehr zu machen. Einen Notarzt können wir uns sparen. Der hat eine Verletzung, die ist mit dem Leben nicht mehr zu vereinbaren.«

Der Polizist richtete sich auf und sah Emma an.

Sie folgte der Aufforderung, sich selbst zu überzeugen, und stieg die Holzleiter hinunter. Gleich darauf hörte sie, wie Niklas hinter ihr aufs Deck sprang. Emma beugte sich zu dem Toten hinunter und blickte in das bleiche Gesicht des Welpenschmugglers. Ein Gesicht, das ihr bekannt vorkam.

»Der schöne Leo sah im wahren Leben schon nicht besonders hübsch aus«, sagte sie. »Im Tod noch viel weniger.«

*

Der Samstagmittag rückte mit Hunger im Gepäck an. Emmas Magen knurrte, aber an Essen war nicht zu denken. Nach dem Auffinden des toten Leopold Kittner musste sie dafür sorgen, dass die Polizeimaschinerie anlief: angefangen von der Verständigung der Spurensicherung über die Einbeziehung der Polizeipräsidiums-Pressestelle, der Benachrichtigung der zuständigen Oberstaatsanwältin bis hin zum Herbeizitieren des Rechtsmediziners.

Der Einsatzort wurde großräumig abgesperrt, am Ufer patrouillierte die Wasserschutzpolizei, während Lukas Brunner mit seinem Team das Bootshaus unter die Lupe nahm. Selbst das Wohnhaus wurde von oben bis unten auf den Kopf gestellt.

Mit Erfolg, die Beamten hatten eine Digitalkamera mitsamt Speicherkarte sowie einen Umschlag mit Fotoabzügen sichergestellt, die sie in der untersten Schublade des Büroschreibtischs entdeckt hatten. Die Aufnahmen hatten es in sich: Sie zeigten Leopold Kittner an Bord seines Boots, wie er Käfige mit Hunden an Land brachte. Auf der Kamera fand sich ein Aufkleber mit den Initialen N.G., die Emma der ermordeten Nele Gruber zuordnete. Außerdem war hinter zahlreichen Tuben und Tiegeln im Medizinschrank des Badezimmers eine kleine Flasche aufgefunden worden, die laut Lukas Brunner sehr wahrscheinlich KO-Tropfen enthielt. Brunner versicherte, die Substanz sofort per Kurier zu Dr. Lange ans Institut für Rechtsmedizin nach Ulm bringen zu lassen. Das Ergebnis der Haaranalyse von Stefan Zinsmeister sollte bald vorliegen, dann konnte Dr. Lange die Werte mit den sichergestellten Tropfen vergleichen.

Nach geraumer Zeit kamen Niklas und Bobby zu ihr in die ruhige Gartenecke, in die Emma sich zurückgezogen hatte. Sie beendete ihr Telefonat mit dem Polizeipräsidenten, den sie über die letzte Wendung im Doppelmord auf den neuesten Stand gebracht hatte.

»Der schöne Leo ist also unser Doppelmörder«, begann Bobby, nahm seine Nickelbrille ab, hauchte die Gläser an und putzte sie an seinem Hemdsärmel. »Nicht zu fassen. Ich kenne ihn nur als Tierschützer.«

»Manche Leute sitzen beim Sonntagsgottesdienst in der ersten Reihe, haben aber im Geheimen einen Pakt mit dem Teufel geschlossen«, antwortete Emma trocken.

»Du meinst …«, begann Bobby. Seine nächsten Worte schienen nicht über seine Lippen kommen zu wollen.

»Ganz recht«, bestätigte sie. »Sein Leben als Tierschützer, das war alles Fassade, Bobby. Leopold Kittner hat *Pfötchenliebe* als Tarnung für die skrupellosen Geschäfte mit Welpen benutzt. Junge Hunde, die er mit dem Motorboot über den Bodensee geschmuggelt hat. Bela hat uns alles erzählt. Die Fotos, die die Leute vom Erkennungsdienst gefunden haben, sprechen Bände. Nele Gruber war dem vermeintlichen Tierschützer auf der Spur, *das* war ihr geheimnisvoller Einsatz, von dem Felix Zacher gesprochen hat, ohne nähere Einzelheiten zu kennen. Nele hat Beweise gesammelt, und das ist ihr schließlich zum Verhängnis geworden.«

»Wie passt Stefan Zinsmeister in die Geschichte?«, wollte Niklas wissen.

»Ich vermute, er hatte von Anfang an einen Verdacht. Einen Verdacht, den er später mit uns teilen wollte. Leider kam es nicht dazu, vorher hat ihn der schöne Leo betäubt und in den Bodensee geworfen, um den einzigen Menschen loszuwerden, der ihm auf die Schliche gekommen war.«

Emma verschränkte die Hände hinter dem Rücken.

»Perfide ist er zu Werke gegangen, hat dafür gesorgt, dass wir Felix Zacher verdächtigen, hat ihm mithilfe des unwissenden Bela Beweismittel untergeschoben. Er hat den Bulgaren sogar dazu benutzt, ihm Neles Kamera und die belastenden Fotos zu stehlen.«

Niklas zog zweifelnd die Stirn in Falten und fragte: »Bela, ein Unschuldslamm?«

»Unschuldig?«, antwortete sie mit einer Gegenfrage und richtete den Blick in die Ferne, auf den Bodensee, dessen Wasseroberfläche in der Mittagssonne glitzerte.

»Unschuldig ist er sicher nicht«, fuhr sie nach ein paar Sekunden fort. »Er ist ein Einbrecher und hat einem Welpenschmuggler geholfen. Aber er hat uns erst auf die Spur von Kittner gebracht, das sollten wir nicht vergessen. Ich denke, Leopold hat ihn benutzt. Genauso, wie er uns benutzt hat. Denk an Kittners Auftritt in unserem Kommissariat. Aushorchen wollte er uns, ein Alibi für den Mord an Stefan Zinsmeister am Freitag hat er uns nebenbei präsentiert.«

»Laura Dörr von *freedog* war doch sein Alibi, wie steht es darum?«, fragte Bobby.

»Diese Dame habe ich vor zehn Minuten angerufen. Ziemlich kleinlaut hat sie mir gestanden, dass das Alibi nicht stimmt. Kittner hat sie gebeten, ihm eins zu geben.«

»*Das* hat sie getan, warum?« Bobby schüttelte ungläubig den Kopf.

»Weil er angeblich mit der Frau eines guten Freundes im Bett gelandet war. Es war ein großer Fehler, sie haben das beide sehr bereut. Würde nie wieder vorkommen, weshalb er nicht wollte, dass jemand davon erfährt«, antwortete Emma. »Zumindest hat Leo das der naiven Laura auf die Nase gebunden. Deshalb gab sie an, mit ihm am Freitag in der Geschäftsstelle von *Pfötchenliebe* den ganzen Abend an einem Tierschutzprojekt gearbeitet zu haben.«

»Diese Laura hat mir schon bei unserem Besuch auf deren Hof nicht gerade den hellsten Eindruck gemacht«, stellte Niklas fest.

»Es ist, wie es ist«, stellte Emma klar. »Jetzt kennen wir die Wahrheit, darauf kommt es schließlich an.«

»Ah, das Triumvirat der Lindauer Kripo vollständig versammelt«, frotzelte Lukas Brunner, als er aus dem Bootshaus kam und sie beisammen stehen sah.

In der Hand hielt er einen Gegenstand, der in eine durchsichtige Plastiktüte eingewickelt war. Wie einen Schatz hielt er ihn mit ausgestrecktem Arm vor sich und ging auf sie zu. Die Folie der Tüte knisterte bei jedem seiner Schritte. In seinem weißen Einweganzug und mit der Haube über dem Kopf wirkte er wie der Mitarbeiter eines Virenlabors, als er ihr den Inhalt der Tüte präsentierte.

»Seht mal, was ich in einer Werkzeugkiste auf dem Boot gefunden habe.«

Emma musterte den Inhalt der Tüte.

»Einen Fleischklopfer! Ist es das, was ich denke?«, fragte sie und spürte, wie ihr Puls schneller schlug.

Die Haare auf ihren Unterarmen stellten sich auf, sie fühlte ein Kribbeln im Nacken. Wie immer, wenn ein Fall vor der endgültigen Aufklärung stand.

»Ich verwette meinen süßen Arsch, dass ich hier die Mordwaffe in Händen halte, mit der Nele Gruber erschlagen wurde. Der Klopfer wurde zwar abgewaschen, aber mit Luminol kann ich Blut sichtbar machen. Selbst abgewaschenes, wie du weißt. In meinem Labor in Kempten werde ich das Teil genauestens untersuchen und euch schnellstmöglich das Ergebnis zukommen lassen. Zusammen mit den anderen Beweismitteln, die wir gefunden haben, ist das eine glasklare Angelegenheit. Aus der Nummer kommt der Tote nicht mehr raus. Oder was meinen die Experten?«

Der Erkennungsdienstler sah einen nach dem anderen an.

»Auch wenn es ihm als Leiche eigentlich egal sein könnte. In den Knast kommt er sowieso nicht mehr«, stellte er lachend fest. Aber das Lachen war kein fröhliches, sondern ein sarkastisches.

»Was kannst du mir zu seinem Tod sagen?«, wandte sich Emma an ihn.

»Die Gerechtigkeit hat bei ihm gnadenlos zugeschlagen, würde ich mal behaupten. Wie es aussieht, war Leopold Kittner in ziemlicher Hast auf dem Weg zu seinem Boot. Muss in großer Eile gewesen sein. Meinst du, er hat Lunte gerochen? Wollte er flüchten, weil ihr ihm auf die Spur gekommen seid?«

Emma legte den Kopf schief, dachte über Lukas' Bemerkung nach. Niklas hatte bereits eine ähnliche Frage gestellt, als sie das leere Wohnhaus durchsucht hatten.

»Nein, ich wüsste nicht, woher er das hätte wissen sollen. Ein Helfer von Kittner, ein Bulgare namens Bela, hat uns auf seine Spur gebracht. Bela kann unmöglich den schönen Leo vor unserem Auftauchen gewarnt haben, denn der Bulgare sitzt seit dem frühen Morgen bei uns im Kommissariat.«

»Vielleicht hätte dieser Bulgare zu einem Treffen erscheinen sollen. Als er das nicht tat, ist euer Welpenschmuggler nervös geworden und wollte die Fliege machen. Das denke ich deshalb, weil er ganz schön schnell gelaufen sein muss auf dem Steg. Eigentlich ist da Vorsicht angeraten, ist ja nicht gerade so breit wie eine Autobahn«, erklärte Lukas. »Unter Deck habe ich übrigens einige leere Käfige gefunden. Könnte also auch sein, dass Kittner auf dem Weg zu einer Welpenübergabe und deswegen in Eile war. Meiner Ansicht nach hat er auf dem Steg das Gleichgewicht verloren und ist ziemlich blöd gefallen. Direkt in die Harpune, die ihn aufgespießt hat.«

»Unfall?«

»Sieht verflucht danach aus. Von meiner Seite aus wenigstens. Habe keine Spuren von Fremdeinwirkung gefunden. Die Harpune hat ihm niemand in den Körper gestoßen, das steht mal fest. Übrigens habe ich Dr. Lange bereits die Bühne überlassen, ich denke, du kannst mal rüberschauen und ihn nach seinen ersten Erkenntnissen befragen. Wie ich den guten Doktor kenne, wird er hocherfreut sein.«

KAPITEL 28

Grimm beobachtete Emma, die gerade den Telefonhörer auflegte.

»Bobby meint, Dr. Lange wäre nicht überschwänglich begeistert gewesen, am Sonntagvormittag eine Obduktion durchzuführen«, sagte seine Chefin. »Aber da der Doktor morgen auf einer Fortbildung in München weilt und er es schließlich war, der die beiden Toten von Lindau obduziert hat, wollte er die dritte Leiche auch selbst untersuchen, statt sie einem seiner Assistenten zu überlassen.«

»Und?«

»Er ist erst am Anfang, also bei der äußeren Leichenschau. Bobby wollte uns nur schnell die ersten Eindrücke schildern, denn eines konnte der Rechtsmediziner bereits sagen: Hämatome oder Prellungen, die von einem Stoß oder Schlag stammen, hat er nicht festgestellt.«

»Damit bestätigt sich, was er gestern am Tatort bereits vermutet hat«, sinnierte Grimm.

»Es deutet nichts auf Fremdeinwirkung hin.«

»Suizid?«

»Freiwillig wird er kaum in die Harpune gesprungen sein!«, stellte seine Chefin nüchtern fest. »Auf diese Art und Weise sterben? Kann ich kaum glauben. Also bleibt nur ein Unfall.«

»Manchmal siegt eben die Gerechtigkeit.«

»Gerechtigkeit hätte er vor einem Gericht gefunden«, war Emma anderer Meinung.

Diese Ansicht teilte Grimm nicht. Deutschen Richtern fehlte es seiner Meinung nach an Entschlossenheit, den Strafrahmen voll auszuschöpfen. Wie oft hatte er über milde Urteile den Kopf geschüttelt. Urteile, die seiner Meinung nach die Täter in ihrem jeweiligen Tun im Nachhinein nur bestärkten. Grimm dagegen war ein Verfechter harter Strafen, aber eine Diskussion über das deutsche Rechtssystem wollte er mit Emma jetzt nicht führen.

»Was ist mit Zacher?«, fragte er stattdessen.

»Der Ermittlungsrichter hat den Haftbefehl gegen ihn gestern Abend außer Vollzug gesetzt. Soviel ich weiß, ist Zacher gegen Mitternacht aus der JVA Kempten von seinen *freedog*-Gefährten abgeholt worden. Ich habe ihm über die Anstaltsleitung mitteilen lassen, er möge bitte heute Vormittag auf dem Kommissariat erscheinen.«

»Wieso?«

»Zacher saß unschuldig ein. Ich finde, es ist das Mindeste, ihm zu sagen, dass es mir leidtut. Von Angesicht zu Angesicht. Außerdem steht in unserem Hof sein Wagen, den wir zur Spurensicherung sichergestellt hatten.«

»Ach, die alte Rostlaube.«

»Genau die. Für das Fahrzeug haben wir keine Verwendung mehr, er kann es abholen. Diese Gelegenheit ...«

Das Klingeln des Telefons unterbrach Emma. Sie nahm ab, hörte kurz zu, seufzte einmal tief auf und antwortete: »Na gut, ich komme runter.«

Während sie auflegte, blickte sie in seine Richtung und sagte: »Die gesamte Truppe von *freedog* ist an der Wache aufmarschiert. Sie weigern sich allerdings, das Gebäude zu betreten. Aus Protest gegen die illegale Verhaftung, wie sie es ausdrücken.«

Emma zuckte mit den Schultern. »Kommst du bitte mit, Niklas.«

Es war keine Frage, also stand Grimm auf und verließ das Büro. Emma folgte ihm bis vor die Wache des Polizeigebäudes, wo die restlichen drei Tierschützer ungeduldig warteten.

Gemeinsam führten sie die Aktivisten zu Zachers Passat in den Hof, wo sämtliche Fahrzeuggaragen standen.

»Der Schlüssel steckt«, sagte Emma und überreichte Zacher das Sicherstellungsprotokoll.

Widerwillig und ohne Emma anzusehen, nahm er das Blatt entgegen. Zachers schmächtiger Oberkörper steckte im selben Holzfällerhemd wie am Tag seiner Vernehmung, der auch zum Tag seiner Verhaftung geworden war. Fehlerhafterweise.

Die Kripochefin deutete mit dem Finger auf eine Stelle des Papiers und drückte ihm einen Kugelschreiber in die Hand. »Dort bitte für die Rückgabe quittieren.«

»Hoffentlich habt ihr meinen Wagen nicht versaut«, maulte er.

»Die Karre war vorher schon kein Schmuckstück, und das hat sich auch nicht geändert«, schaltete Grimm sich ein und stieß zischend Luft aus.

»Unschuldige Bürger schikanieren, das könnt ihr«, sprang Laura Dörr ihrem Freund Zacher zur Seite.

»Was haben Sie überhaupt hier verloren?«, wies Grimm sie zurecht, der das Gefühl hatte, seine Chefin verteidigen zu müssen.

»Ich habe die zwei hergefahren.« Laura deutete mit dem Finger auf Zacher und Friederike Ludwig. »Seinen Passat hattet *ihr* ja«, setzte die Rothaarige hinzu, deren grüne Augen funkelten.

»Sie haben ein Auto?«

»Was dagegen?«, motzte Laura Dörr zurück und hakte die Finger unter die Träger ihrer blauen Latzhose. Darunter trug sie ein enges Top, das nach Grimms Meinung farblich nicht zur Arbeiterhose passte. Hellrot. Außerdem klobige Schuhe mit silberner Sicherheitskappe.

»Natürlich nicht«, sagte Emma und gab Grimm mit einem Wink zu verstehen, dass er schweigen sollte.

An Zacher gewandt, fuhr sie fort: »Felix, mir tut es wirklich sehr leid, dass ich Sie des Mordes verdächtigt habe und Sie deswegen im Gefängnis saßen.«

»Unschuldig!«, fauchte Friederike Ludwig und nahm Zachers Hand, drückte sie.

Auffallend fest, wie Grimm fand. Friederike wirkte nüchterner, als er sie in Erinnerung hatte. Außerdem schien sie frisch geduscht und roch nach Lavendel. Sie trug eine graue Jogginghose mit dazu passendem himmelblauen T-Shirt. Die Füße steckten in dunkelroten Turnschuhen.

»Unschuldig!«, gab Emma zu.

»Uns hält nichts mehr in dieser Gegend«, zischte Zacher. Er faltete das Sicherstellungsprotokoll zusammen und stopfte es in die hintere Hosentasche seiner Jeans. Dann hob er den Kopf und sah Emma direkt in die Augen.

»Mein Ruf ist sowieso ruiniert. Ich gelte jetzt als derjenige, der im Knast gesessen hat«, herrschte er sie an.

»Sie sind unschuldig!«, bekräftigte sie in neutralem Tonfall.

»Sagen Sie das den Leuten auf der Straße. Und *Sie* sind dafür verantwortlich«, giftete Zacher und vollführte eine abfällige Handbewegung Richtung Emma. »Als Sie mich vernommen haben, waren Sie von meiner Schuld überzeugter als überzeugt.«

»Und jetzt bin ich von Ihrer *Un*schuld überzeugt«, konterte Emma. »Die Fakten sprachen gegen Sie, Felix. Kittner hat Beweise manipuliert und Sie als den Mörder von Nele Gruber und Stefan Zinsmeister dastehen lassen.«

»Und Sie sind darauf reingefallen«, entgegnete der Tieraktivist unversöhnlich. »Unsere großartige Lindauer Kripo.« Er klatschte höhnisch Beifall.

»Kittners Verhalten konnte niemand vorhersehen«, verteidigte sich Emma.

»Ihnen gegenüber habe ich mehrfach meine Unschuld beteuert, Frau Bosse.«

»Das haben Sie«, entgegnete Grimms Chefin leise.

»Sie haben mir nicht geglaubt.« Eine Ader an Zachers Hals trat hervor und pochte.

Grimm platzte langsam die Hutschnur. »Dass Sie in Untersuchungshaft gelandet sind, haben Sie einzig dem Halunken Kittner zu verdanken. Vielleicht hätten Sie vorher mal überdenken sollen, ob es so klug ist, mit diesem Herrn Umgang zu haben. Letztendlich waren Sie es, der mit Kittner zusammengearbeitet und ihm Zutritt zu Ihrem Grundstück gewährt hat«, wies Grimm ihn zurecht und schnaubte. »Ich glaube kaum, dass es meine Chefin war, die es Kittner ermöglicht hat, den verdächtigen Brief auf Neles Schreibmaschine zu tippen. Das hat er irgendwann bei einem der Treffen auf eurem verfallenen Hof bewerkstelligt.«

Grimm warf einen wütenden Blick auf Friederike Ludwig. »Während Sie wahrscheinlich wieder am Whiskey geschnuppert haben«, schnappte er. »Sehr viel bekommen Sie in Ihrem Rausch ja nicht mit.«

»Schon gut, es reicht«, ging seine Chefin dazwischen.

Sie legte ihm die Hand auf den Arm. Ihre Stimme war bestimmt, aber nicht belehrend.

Grimm meinte, in ihrem Blick eine gewisse Dankbarkeit wahrzunehmen. Vielleicht, weil er sich für sie ins Zeug legte. Aber das war ihm jetzt egal.

Wütend schüttelte er die Hand ab, er kam erst richtig in

Fahrt. Auch wenn er es verstand, dass Felix Zacher einen Groll hegte, weil er unschuldig in Haft gesessen hatte. Das gab diesem Typen noch lange nicht das Recht, sich gegenüber Emma so aufzuführen. Sie hatte nach bestem Wissen und Gewissen ermittelt.

Aber um ganz ehrlich zu sein, war das nicht der einzige Grund, aus dem Grimm so erbost war. Seine Theorie war gewesen, dass es sich um eine reine Beziehungstat handelte. Dass der Mörder also aus dem näheren Bekanntenkreis von Nele Gruber stammen musste. Die Eifersuchtsthese hatte er von Anfang vertreten. Und sich geirrt. Andererseits hatten die Beweise eindeutig auf Felix Zacher hingewiesen.

»Den großen Tierschützer hat der schöne Leo markiert. Und Sie haben es alle geglaubt«, wetterte er weiter. »Lediglich Nele hat Verdacht geschöpft und ihn heimlich observiert, dabei die Beweisfotos geschossen. Sie alle …«, Grimm zeigte mit dem Zeigefinger nacheinander auf die drei. »Sie alle waren blind wie Maulwürfe. Leo Kittner hat den belastenden Brief geschrieben und Stefan Zinsmeister unterschieben lassen. Kittner war es auch, der sich wahrscheinlich heimlich auf euren Hof geschlichen hat und mit Ihrem Handy, Herr Zacher, bei Zinsmeister angerufen hat, um eine weitere falsche Spur zu legen. Hätten wir Kittner nicht rechtzeitig entlarvt, hätte er mit Sicherheit andere Beweise bei Ihnen deponiert. Etwa das Mordwerkzeug, mit dem Nele erschlagen wurde, oder die KO-Tropfen, mit denen Stefan betäubt wurde. Danken Sie Gott, dass es dazu nicht gekommen ist. Sonst säßen Sie immer noch im Knast. Ich finde, Sie sollten eine Spur dankbarer dafür sein, dass es Emma Bosse war, die aus einem wichtigen Zeugen genau die Information herausgekitzelt hat, die uns auf die Spur des wahren Mörders geführt hat.«

Felix Zacher riss den Mund weit auf, offenbar setzte er gerade zu einer Erwiderung an, da schob ihn Friederike Ludwig zur Seite.

»Lass es, Felix, es hat keinen Sinn, mit den Bullen zu diskutieren. Wir fahren auf den Hof, räumen unsere Sachen zusammen, vermitteln die Tiere und dann tschüss Lindau. Tschüss, Bullen! Tschüss, Bodensee!«

Friederike hob die linke Hand, streckte ihnen den Mittelfinger entgegen und pflanzte ihren Hintern auf den Beifahrersitz des Passats. Zacher setzte sich zeitgleich auf den Fahrersitz, startete den Motor und rauschte mit aufheulendem Motor und quietschenden Reifen vom Hof. Eine schwarze Reifenspur blieb auf dem Asphalt zurück.

»Wo sie recht hat, hat sie recht«, kommentierte Laura Dörr mit kühler Stimme. »Bullen bleiben eben Bullen!«, zeigte sie sich ebenso wenig einsichtig und schlurfte Richtung Vorderseite des Kommissariats.

Grimm beobachtete, wie sie zu einem weißen Opel Corsa auf den Besucherparkplätzen ging.

Als sie an der Fahrerseite angekommen war, drehte sie sich um und rief: »Frau Bosse, Sie sollten lieber Herbstzeitlose ausstechen. Das können Sie bedeutend besser als ermitteln. ACAB!«, krakeelte sie und hob eine Faust.

ACAB – All cops are bastards, die gängige Beleidigung gegenüber Polizisten.

»*ACAB* – All cops are beautiful!«, donnerte Grimm der Rothaarigen eine abgewandelte Form hinterher.

Während der Corsa auf die Hauptstraße einbog, kurbelte Dörr die Fensterscheibe herunter und zeigte ihnen, wie Friederike Ludwig zuvor, den ausgestreckten Mittelfinger.

KAPITEL 29

»Ciao Freddie, ciao Enzo«, verabschiedete sich Emma von ihren Lieblingsitalienern und verließ die Kneipe auf der Lindauer Insel.

In der kleinen Kühlbox in ihrer Tasche befand sich eine Portion Tiramisu. Von Freddie gemacht und ein wahres Gedicht. Damit würde sie sich ihren Feierabend versüßen, während sie mit einem Glas Wein auf der Terrasse saß und den Tieren auf der Koppel zusah. Alleine, denn Wolfgang war beim Schafkopfen mit Freunden. Wieder einmal. Grundsätzlich hatte sie nichts dagegen, aber in letzter Zeit häuften sich die Treffen.

Auf den erholsamen Abend freute sie sich bereits den ganzen Tag, sie benötigte ihn dringend. Die finanziellen Sorgen um den Gnadenhof und der berufliche Stress wegen der Mordfälle hatten ihr ziemlich zugesetzt. Gegenüber ihrer Familie hätte sie das natürlich niemals zugegeben, das machte sie mit sich selbst aus. Das fehlte noch, dass ihr Vater, der ehemalige Lindauer Kripochef, von ihren Zweifeln – beruflich wie privat – erfuhr. Sofort würde wieder das Thema Tiere losgehen. Die *Tierpension*, wie Hubert Bosse den Hof abfällig nannte, war in seinen Augen ein Übel und passte nicht zu Emmas verantwortungsvoller Position als Leiterin einer Polizeidienststelle. Eine Kripochefin und eine *Tierpension*? Sie sah ihren Vater vor sich, wie er die Mundwinkel verzog, sie von oben herab mit gefurchter Stirn betrachtete.

Mitglied im Rotary-Club oder im Segelverein, das schwebte

ihrem Vater vor. Am besten gleich Präsidentin oder mindestens im Vorstand.

Um sich zu erholen, hatte sie heute ausnahmsweise etwas früher Schluss gemacht und Bobby und Niklas ein paar letzte Aufgaben übertragen, die in dem geklärten Mordfall zu erledigen waren.

Vorher hatte sie allerdings etwas anderes vor. In der Papiertüte in ihrer Hand klirrten zwei Flaschen Rotwein, die sie Freddie abgeluchst hatte. Von der besseren Sorte natürlich. Eine für sie selbst, während die zweite ergatterte Flasche einem anderen Zweck diente. Seit der etwas unschönen Verabschiedung von Felix Zacher und seiner Truppe am gestrigen Sonntag arbeitete es in Emma. So wollte sie die Sache nicht stehen lassen, das entsprach nicht ihrem Charakter. Außerdem waren da noch die Schützlinge der Tierschützer auf dem Hof. Schweine, Gänse und diverse weitere Tiere, die Emma gar nicht alle bei ihrem Besuch gesehen hatte.

Sie wollte bei *freedog* vorbeischauen, den jungen Leuten die Flasche schenken und ihnen vorschlagen, bei der Tiervermittlung zu helfen. Zacher hatte angedeutet, die Region verlassen zu wollen. Möglichst schnell. Wenigstens bei der Unterbringung der Hoftiere wollte Emma eine Stütze sein, indem sie den Aktivisten mit ihren Kontakten zur Seite stand.

Sie öffnete mit der Fernbedienung den Suzuki, stieg ein, schob ihre Handtasche auf den Beifahrersitz und legte die Tüte mit den Weinflaschen in den Innenraum. Dann fuhr sie durch die malerische Innenstadt. Sie liebte die engen Gassen, das Kopfsteinpflaster und das Hoppeln im Auto, wenn man drüberfuhr. Ein anderes Leben als am Bodensee und in Lindau konnte und wollte sich Emma nicht mehr vorstellen. Sie schätzte das Leben hier, das mediterrane Klima, die Apfel- und Kirschblüten im Frühling, das kristallklare Wasser des Sees, Spaziergänge am Ufer.

Gewohnt langsam steuerte sie den Suzuki, bremste immer mal wieder ab, um einige der zahlreichen Touristen über die Straße zu lassen. Wie Hunderte Male zuvor bewunderte sie die bunten Häuser auf der Inselstadt. Hin und wieder winkte sie bekannten Gesichtern zu, nickte und grüßte, bis sie auf die Seebrücke einbog und von der Insel fuhr.

*

Ihren Wagen parkte Emma im Hof direkt neben dem Bauschuttcontainer. Zachers verrosteter Passat war nirgends zu sehen. Der Einsiedlerhof wirkte wie ausgestorben. Keine grunzenden Schweine, der dazugehörige Pferch leer. Auch Gänse oder Hühner sah Emma nirgends. Anscheinend hatten es Zacher und Co. tatsächlich sehr eilig gehabt, von hier zu verschwinden. Die einzigen Geräusche kamen aus dem Wald, der den Hof von drei Seiten umschloss und ihn zu verschlingen drohte. Die Natur holte sich zurück, was ihr gehörte, dachte Emma. Ihr fiel die offen stehende Tür zum Hauptgebäude auf.

Sie packte Handtasche und Weintüte, stieß die Wagentür mit dem linken Ellenbogen auf und schlängelte sich aus dem Fahrzeug. Mit der Spitze ihres Schuhs gab sie der Tür einen Stoß, die Autotür schlug mit einem dumpfen Knall zu. Entschlossen ging Emma auf den Eingang zu, verharrte einen kurzen Moment auf der Schwelle und trat schließlich ein.

»Hallo, Emma Bosse hier. Ist jemand da?«, rief sie in den düsteren Gang hinein und schwenkte die Weintüte.

Keine Antwort.

Langsam schlenderte sie vorwärts, spähte in die einzelnen

Zimmer. Bei ihrem ersten Besuch hatte Zacher sie und Grimm sofort auf die Terrasse gelotst, weil er die Polizei nicht im Haus haben wollte. Angeblich wegen der Unordnung.

So schlimm sah es aber nicht aus, wie sie fand. Vielleicht, weil die jungen Leute ihr Hab und Gut eingepackt hatten, um dann wegzuziehen?

Bei ihrem weiteren Erkundungsgang verstärkte sich dieser Eindruck mehr und mehr. Einige Zimmer hatten bis vor Kurzem als Wohnraum gedient. Jetzt waren sie verwaist. Wo früher Bett oder Schrank gestanden hatten, herrschte jetzt gähnende Leere. Ein einzelner Socken auf dem verschrammten Holzboden war die letzte Hinterlassenschaft eines Bewohners. Anhand der Größe ordnete sie das Kleidungsstück Zacher zu. Die blaue Socke hatte ein Loch an der Ferse. Wahrscheinlich zurückgelassen, weil unbrauchbar.

Lediglich ein Raum schien noch bewohnt. Bett, Schrank und Tisch, alles da. Auf dem ordentlich gemachten Bett lag Damenwäsche. Entweder gehörte sie Laura Dörr oder Friederike Ludwig. Eine der beiden wohnte noch auf dem Hof, wie es aussah. Emma tippte auf Laura, denn Friederike war bestimmt mit Felix gegangen. Wahrscheinlich erhoffte sie sich, dass sie endlich ein Paar wurden.

Plötzlich ein lautes, dumpfes Geräusch, irgendwo hinter dem Haus.

Patsch! Patsch!

Es klang wie Schläge, die sich in kurzen Abständen wiederholten.

Erst zuckte Emma zusammen, dann realisierte sie, um was es sich handelte: Jemand klopfte einen Teppich aus.

Vage erinnerte sie sich, bei ihrem letzten Besuch eine Teppichstange neben der Terrasse gesehen zu haben. Inmitten eines verwilderten Gartens.

Sie folgte dem Lärm bis zur Küche. Auf dem Tisch stand ein Gaskocher. Elektrischen Strom gab es nicht. Deshalb auch die Teelichter und Kerzen, die überall im Gebäude verteilt waren. Die Aktivisten hatten in ziemlich einfachen Verhältnissen gelebt. Eher gehaust, dachte Emma.

Sie trat an die Verandatür, sah durch die mit Fliegendreck und Staub verschmutzte Scheibe und wollte diese gerade öffnen, als sie innehielt. Dann trat sie einen halben Schritt nach links und blickte aus dem weniger verdreckten Fenster in den Garten.

Draußen, vielleicht zehn Meter entfernt, drosch Laura Dörr mit kräftigen Schlägen auf einen Teppich ein. Staub flirrte umher und vernebelte die Luft. Laura hatte die roten Haare zu einem Zopf gebunden, der bei jedem Schlag durch die Luft wirbelte. Sie trug kurze Hosen, ein T-Shirt und war barfuß. Emma war überrascht, mit welcher Wucht die zierliche Frau den Teppich bearbeitete.

Bei jedem Schlag stöhnte sie wie eine Tennisspielerin beim Aufschlag. Plötzlich hielt die junge Frau in der Bewegung inne und drehte den Kopf leicht nach rechts.

Emma wollte gerade winken und hatte bereits die Hand, in der sie die Weintüte hielt, erhoben, als eine männliche Stimme ertönte. Hastig ließ Emma die Hand sinken.

»Was hast du gesagt?«, fragte Laura.

Irgendwo aus dem Schatten hörte Emma etwas, das wie eine Frage klang. Nicht zu verstehen für sie.

»Jaja«, antwortete Laura. »Bin gleich fertig, dann erledigen wir das.«

Erneut die männliche Stimme, die aber im Teppichklopfen unterging.

Emma drehte den Kopf und versuchte, den Sprecher ausfindig zu machen, sah ihn aber nicht. Beinahe hätte sie mit den

Knöcheln gegen die Glasscheibe geklopft. Da trat die Person einen Schritt nach vorne.

Emma zuckte zurück, sie spürte den Puls hart und schnell an ihrer Schläfe pochen.

Was machte *er* denn hier – auf dem Hof von *freedog*?

Aber das war nicht alles. Als sie sah, was die Person in den Händen hielt, schlug Emma unwillkürlich die Hand vor den Mund. Die Tasche am Unterarm baumelte hin und her.

»Nein!«, platzte es aus ihr heraus.

Ihre Gedanken begannen, sich zu überschlagen. Äußerungen und Beobachtungen der letzten Tage schossen durch ihren Kopf.

Was zum Teufel sollte das bedeuten?

Wie gebannt starrte sie durch das Glas der Verandatür.

Vielleicht einen Moment zu lange?

Laura hielt kurz inne mit dem Klopfen. Schnell duckte sich Emma zur Seite, weg vom Glas. Gott sei Dank war die Scheibe so verdreckt, dass man kaum hindurchsehen konnte.

Emma schob den Kopf leicht zurück, spähte seitlich durch die Scheibe.

Gedämpfte Unterhaltung an der Teppichstange. Offenbar hatten die beiden den Eindringling nicht bemerkt.

Behutsam öffnete Emma den Reißverschluss der Tasche, kramte mit den Fingern nach dem Handy. Fand es natürlich nicht auf Anhieb. Taschentücher, Lippenstift, Schminkspiegel und Kugelschreiber glitten durch ihre Finger, bis sie endlich hatte, was sie suchte. Sie musste sofort das Kommissariat verständigen.

Ihre Hände waren schweißnass, das Telefon flutschte einfach weg und polterte auf die Dielen.

»Verdammt«, fluchte sie leise und griff hastig nach dem Handy. Dabei schlugen die Weinflaschen in der Tüte gegeneinander und schepperten.

Ein kurzer Blick nach draußen.

Unveränderte Situation. Laura und ihr Gegenüber immer noch im Gespräch.

Auf allen vieren robbte Emma zurück, raus aus der Küche. Dann richtete sie sich vorsichtig auf, atmete langsam aus.

Das Teppichklopfen setzte wieder ein. Rhythmisch und beruhigend. Alles gut.

Von ihrer Position auf dem Gang warf Emma einen raschen Blick durch die Küche in den Garten: Laura Dörr vor dem staubenden Teppich. Von dem Mann war nichts mehr zu sehen.

Verflucht, wo war er?

Emma zog sich weiter zurück. Von irgendwoher kam ein knarzendes Geräusch.

Eine sich öffnende Tür oder ein Fenster?

Auf Zehenspitzen schlich Emma weiter, steckte ihr Handy erst einmal weg, fasste reflexartig an ihren Gürtel zum Waffenholster.

Und griff ins Leere.

Natürlich, sie war privat unterwegs. Ihre Dienstwaffe steckte zwar in dem Holster. Das lag allerdings gut verwahrt im Waffenschrank auf dem Kommissariat.

Verdammt!

Da hörte sie wieder etwas. Schritte! Rasch näher kommende Schritte.

Hilfe suchend blickte sie sich um. Linker Hand eine schmale Tür. Sie öffnete sie und schlüpfte in einen dunklen Abstellraum, der bis auf einen alten Eimer leer zu sein schien. Als sie die Tür schloss, legte sich Dunkelheit um Emma wie ein schwarzes Tuch.

Draußen auf dem Gang knarrten die Schritte auf den alten und halb vermoderten Dielen.

Langsam und offenbar bemüht darum, leise aufzutreten.

Dann schneller. Die Haustür wurde aufgerissen, quietschte in den Türangeln. Rasche Schritte in den Hof. Knirschen von Kies unter schweren Stiefeln.

Emma stellte sich vor, wie der Typ nach draußen ging und sich umblickte. Ihr Wagen parkte glücklicherweise hinter dem Container und war auf den ersten Blick nicht zu sehen. Das musste sie ausnutzen. Sie öffnete die Tür einen Spalt, horchte kurz, ob die Luft rein war.

Alles ruhig, bis auf das rhythmische Teppichklopfen und das Hämmern ihres eigenen Pulses.

Eilig schlüpfte sie nach draußen.

Zwei Schritte nach rechts, weg von der Haustür, dann nach links in eines der unbewohnten Zimmer. Direkt ans Fenster mit Blick auf die Vorderseite des Hauses. In dieser Position hatte sie den Hof im Blick und sah den Kerl, wie er sich suchend im Kreis drehte.

Jetzt lief er zum Container. Gleich würde er ihren Wagen entdecken.

Emma hatte keine Zeit mehr zu verlieren. Schnell holte sie ihr Handy aus der Damentasche und wischte übers Display.

Kein Netz, stellte sie enttäuscht fest. Sie beschloss, eine Textnachricht zu tippen und an verschiedene Absender zu schicken. Mit etwas Glück hätte sie irgendwann Empfang und die Nachrichten würden automatisch versendet. Gerade als sie das erste Wort eingeben wollte, stoppte sie in der Bewegung.

Irgendetwas war anders. Nur was? Sie lauschte und hörte …

… Nichts!

Richtig, das rhythmische Klopfen fehlte.

Verdammt, wie lange war es schon still?

Zu lange.

Der Schlag auf den Hinterkopf traf sie unvorbereitet.

Sie spürte, wie sich ihr Griff um die Papiertüte lockerte, die Flaschen fielen zu Boden.

Geräusch von zerbrechendem Glas.

Ihr Handy rutschte durch die Finger, bis sie es nicht mehr spürte.

Das Letzte, was ihre Sinne aufnahmen, war der Geruch von Rotwein.

Lieblich und süß.

Dann wurde es Emma schwarz vor Augen.

KAPITEL 30

Die Toten von Lindau – Fall geklärt, prangte als Schlagzeile auf der Titelseite.

Grimm öffnete die oberste Schublade seines Schreibtischs und legte die Regionalzeitung hinein. Das Exemplar würde er behalten, schließlich war eine ganze Seite den Ermittlungen gewidmet. Ermittlungen, bei denen Grimm an vorderster Front beteiligt gewesen war. Sein Name wurde in dem Artikel zwar nicht erwähnt, der seiner Chefin dafür umso häufiger. Allerdings störte ihn das nicht. Sein erster Fall in Lindau, ein Doppelmord! Niemals hätte er gedacht, dass seine Versetzung an den Bodensee derart spektakulär beginnen und durch eine überraschende Wendung noch spektakulärer enden würde.

Nach den aufregenden Tagen fand Grimm endlich Zeit, sein Büro einzuräumen. Der Feierabend nahte, seine Chefin war bereits auf dem Weg nach Hause. Verständlich, dachte Grimm. Am heutigen Montag hatte Emma einige Pressetermine wahrnehmen müssen, dazu die Telefonate mit der Leitenden Oberstaatsanwältin und dem Polizeipräsidenten aus Kempten. Trotz des Tods von Leo Kittner, dem mutmaßlichen Mörder, galt es, die Ermittlungsakte fertigzustellen und der Staatsanwaltschaft zu übergeben.

Grimm hängte seine Dartscheibe an eine freie Stelle der Wand. Die Box mit den drei Ersatzpfeilen verstaute er in der untersten Schreibtischschublade, wo auch Süßigkeiten, Kaugummis und Müsliriegel lagerten. Seine Lieblingspfeile steckten in seinem Sakko. Nach Dienstschluss wollte er sich mit Enzo auf eine Runde Dart im *Freddies* treffen. Deshalb hatte er heute auf zu förmliche Kleidung verzichtet. Zu dem nachtblauen Sakko hatte er sich für Jeans und ein mintfarbenes Hemd entschieden.

Zufrieden betrachtete er die Dartscheibe, dadurch fühlte sich sein Büro einigermaßen heimelig an, schließlich wusste er nicht, wie lange er in Lindau bleiben würde. Die letzten Tage mit dem Ermittlungserfolg hatten ihn wegen seiner Zukunftsaussichten jedoch nachdenklich werden lassen.

Vielleicht würden ihm die schnelle Aufklärung des Falls und die Rolle, die er dabei gespielt hatte, helfen. Vielleicht gelang es ihm, die Karriereleiter wieder hochzuklettern, nachdem er so unvermittelt einige Stufen runtergeschlittert war. In Gedanken malte er sich aus, wie ihn der Chef der Münchner Fallanalyse zurückforderte, weil Grimm in Lindau unfassbar gute Arbeit geliefert hatte. Bei dem Gedanken lächelte er.

Außerdem war es endlich an der Zeit, mit Emma über Wolfgang zu sprechen. Heute sollte sie den Erfolg der Ermittlungen noch auskosten, aber dann würde er ihr die Wahrheit sagen. Bevor sie es anderweitig herausbekam. Und das würde sie – sie war schließlich eine kluge Frau. Aber auch kluge Menschen konnten einen Nervenzusammenbruch erleiden, wenn sie herausfanden, dass sie grausam betrogen worden waren. Das kannte Grimm aus eigener Erfahrung. Und genau deshalb wollte er nicht, dass seine Chefin die Fakten von einem Fremden erfuhr. Nein, er würde es ihr persönlich mitteilen. Und spätestens dann wurde sein Leben in Lindau kompliziert werden, vor allem auf Emmas Hof. Und wenn er es recht bedachte: Ein Einheimischer würde er nie werden, dazu war er zu sehr Stadtmensch. Auf Dauer am Bodensee zu leben, war für ihn kaum vorstellbar.

Aber was war mit den beiden jungen Frauen, die unvermittelt in sein Leben getreten waren? Die Tierärztin Lilly und Schuhverkäuferin Silke? *Die Dinge auf sich zukommen lassen, es langsam angehen.* Das war seine Devise.

Grimms Handy klingelte, Enzo war dran.

»Nik, ich habe eine Überraschung für dich.«

Sein Freund machte eine Pause und schnaufte lediglich geheimnisvoll ins Telefon, bevor er plötzlich rief: »Tata! Lilly und Silke kommen ins *Freddies*. Ich habe sie eingeladen, beide haben zugesagt.«

Er schluckte, kaum hatte er an Lilly und Silke gedacht, wurden die Gedanken plötzlich Realität. Jedoch auf eine andere Art, als er vorgehabt hatte.

»Enzo, du hast *was*? Bist du wahnsinnig?«

»Wieso, die zwei sind doch nett. Gute Gesellschaft.«

»Aber nicht beide *gleichzeitig*. Wie arrogant sieht das denn aus? Als wären wir beim Bachelor!«

»Nik, übertreib nicht. Ich bin schließlich auch noch da. Es wird ein schöner Abend, mehr nicht. Wovor hast du Angst? Und vielleicht spielen beide Dart, das wäre grand-i-os.«

Grimm sah Enzo förmlich vor sich, wie er Daumen und Zeigefinger zu einem O zusammenführte und die Hand schüttelte.

»Weshalb hast du sie zusammen eingeladen? Stört es keine von beiden, dass die jeweils andere dabei ist? Es war auf dem Hof schon peinlich genug. Alle komplett still, keiner hat anfangs ein Wort gesagt.«

»Fürs Reden hast du mich, und was das andere betrifft … Ähm, also, na ja, das habe ich nicht ausdrücklich erwähnt, dass …«, stammelte Enzo.

»Bitte? Du meinst, Lilly und Silke glauben …?«

»Ganz genau, sie wissen nicht, dass die andere kommt … Aber das ist kein Problem. Oder wie ich sage: null problemo!«

Ein hüstelndes Lächeln klang aus dem Hörer.

»Oh Gott, Enzo!« Grimm wickelte die Telefonschnur um die Finger und begann sie zu erwürgen. »Du bringst mich in Verlegenheit. Du weißt schon, dass sie Freundinnen von Emma sind?«

»Das werden sie auch weiterhin sein.« Enzo lachte.

Grimm wollte etwas einwerfen, als sein neuer Freund ihn unterbrach: »Nik, ich kriege gerade eine Taxifahrt rein. Ciao, bis später im *Freddies.*«

»Wehe, du kommst nicht. Lass mich bloß nicht alleine mit zwei Frauen.«

»Niemals, ich spendiere sogar eine Flasche Rotwein, einen von der besseren Sorte, wie Emma immer sagt. Sie hat vorhin zwei Flaschen mitgenommen. Ciao, Nik.«

Die Dinge auf sich zukommen lassen, es langsam angehen. Das hatte er vorgehabt. Allerdings hatte ihm Enzo einen Strich durch die Rechnung gemacht. Grimm starrte auf den tutenden Telefonhörer in seiner Hand. Mal schauen, was der heutige Abend mit Silke und Lilly brachte.

Während er so in Gedanken versunken aus dem Bürofenster einer Amsel zuschaute, die über den Hof hüpfte und nach Essbarem suchte, ging die Tür auf und schlug mit einem Knall gegen die Wand.

Grimm zuckte erschrocken zusammen und wirbelte herum.

Kurzes Klopfen gegen den Türrahmen, dann streckte Bobby seinen Kopf herein.

»Sorry, mir ist die Tür ausgerutscht. Schon was vor, heute Abend? Wir sollten den Ermittlungserfolg gebührend feiern, findest du nicht.«

»Spielst du Dart?« Grimm deutete mit dem Kopf auf die Scheibe.

»Jetzt?«

»Nein, nach Dienstschluss. Während wir unseren Sieg feiern.«

»Wenn es was Anständiges zum Futtern gibt.«

»Im *Freddies* …«

»Bin dabei«, unterbrach ihn Bobby. »Freddie hat zwar keinen Leberkäse, und Weißwürschte gibt es auch nicht. Aber das andere Zeug, das er zaubert, ist köstlich. Bis in einer Stunde?«

»Gerne.«

Bobby schloss die Tür, im nächsten Moment riss er sie wieder auf. »Schon ein Wahnsinnszufall, hmm?«

»Was?«

»Na, eure Geschichte oben im Wald, gleich in der Nähe von Emmas Wiese. Wenn ihr den Bulgaren nicht auf frischer Tat ertappt hättet, wer weiß, ob wir Leopold Kittner auf die Spur gekommen wären. Und wann! Vielleicht gar nicht«, sinnierte Bobby. »Aber jetzt bin ich wirklich weg, muss einen letzten Aktenvermerk für die Staatsanwaltschaft schreiben. Emma hat mir den Bericht aufs Auge gedrückt. Was soll's, sie ist die Chefin.«

Grimm starrte auf die geschlossene Tür. Wo vorhin Bobbys mächtiger Bauch den Rahmen ausgefüllt hatte, war jetzt ein verschrammter Türgriff zu sehen. Rechts bröckelte der Putz ab und sprenkelte den grauen Linoleumboden mit weißen Tupfern. Wie oft hatte jemand zuvor die Tür aufgerissen, sodass die Klinke gegen die Wand gedonnert war? Dutzende Male, den Rissen nach zu urteilen.

Was hatte Bobby gefaselt, bevor er abgerauscht war? Sie hätten den Ermittlungserfolg einem schnöden Zufall zu verdanken.

Grimm setzte sich wieder und dachte über Bobbys Worte nach. Aus der Hosentasche förderte er die Fünf-Mark-Münze, seinen Talisman, zutage und ließ sie auf dem Bürotisch kreiseln.

Na ja, man braucht eben Glück im Job eines Kriminalbeamten. So war das im realen Leben, immerhin war das hier kein Krimi. Ermittlungserfolge beruhten häufig auf Zufällen oder auf den Fehlern der Verbrecher. Wenn die Leute da draußen wüssten, wie oft uns Kommissar Zufall geholfen hat, überlegte Grimm, holte die Zeitung wieder aus der Schublade und schlug sie auf. Die Münze drehte ihren letzten Kreis und kam mit einem leisen Klirren auf der Tischoberfläche zu liegen. Gelangweilt blätterte Grimm durch die Seiten. Die Stunde bis zum Dienstschluss würde er lesend absitzen.

Sein Blick blieb an der Kritik einer Redakteurin über eine Vorstellung am Lindauer Stadttheater hängen. Keine sehr wohlwollende Kritik. Es ging um ein Kriminalstück, das kürzlich aufgeführt worden war. Besonders an dem Theaterautoren ließ sich die Dame aus. Das Stück wäre nicht besonders fantasievoll, geradezu langweilig, und die Auflösung … die bemängelte sie besonders. Grimm stolperte über einen Begriff, den er in seinem bisherigen Leben noch nie gehört hatte.

Deus ex machina!

Das warf die Kritikerin dem Autoren vor.

Er öffnete den Browser an seinem PC und googelte, er war neugierig geworden.

Deus ex machina, las er. Eine unerwartete Lösung, die in den Unterhaltungsmedien als Hilfsmittel des Autors dient, um die Geschichte in die gewünschte Richtung zu bewegen. Der Ausdruck war abwertend gemeint.

Grimm lehnte sich zurück und ließ sich das Gelesene durch den Kopf gehen. Irgendetwas hatte dieser komische Ausdruck in seinem Schädel zum Klingen gebracht.

»Zufall!«, murmelte Grimm. »Das hat Bobby gesagt: Was für ein Wahnsinnszufall!«

Aber was hatte das mit *Deus ex machina* zu tun? Und überhaupt, was für ein sperriger Name.

Grimm überflog die Zeilen am Computer ein weiteres Mal und verglich sie mit der Kritik der Zeitungsredakteurin.

Kurz gesagt hielt sie dem Autoren vor, es sich relativ leicht mit seiner Geschichte gemacht zu haben. Anstatt eine Handlung mit logischen Zusammenhängen zu entwerfen, hatte er es einem Zufall überlassen, den Fall aufzuklären. Da war er wieder. Dieser eine Begriff. Zufall!

Irgendwas störte Grimm, nur was?

Wieder ein Blick auf den Computer. Das Wort »Erscheinungswunder« sprang ihm förmlich ins Gesicht. Gemeint war damit das wundersame Erscheinen einer außenstehenden Macht oder Person, die den Konflikt auflöst.

Bobby hatte recht, was für ein Zufall war es gewesen, dass Grimm und Emma während eines Reitausflugs auf den Bulgaren Bela getroffen waren.

Grimms Bauch grummelte.

Komisch, er hatte nichts Falsches gegessen, hungrig fühlte er sich auch nicht. Wieso rumorte es in seinem Inneren?

»Zufall, oder doch nicht?«, flüsterte er und strich mit dem Zeigefinger über die Fünf-Mark-Münze. Durch das ständige Berühren und Spielen war die Prägung nicht mehr so gut lesbar. Plötzlich musste er grinsen.

»Sein oder nicht sein, das ist hier die Frage«, spottete er, wurde aber sofort wieder ernst. »Zufall oder nicht?«

Diese Worte wechselten sich ab. Immer und immer wieder brabbelte er sie vor sich hin: »Zufall oder nicht?«

Was, wenn es Absicht war?

Absicht, dass Emma und er den Bulgaren im Wald angetroffen hatten.

Rein zufällig natürlich! Jedenfalls aus seiner und Emmas Sicht. Belas Sicht war vermutlich eine andere.

Aber wieso sollte Bela sich *absichtlich* festnehmen lassen? Das ergab doch keinen Sinn. Oder doch?

»Was für ein Quatsch!«, sagte Grimm laut. »Niemand würde sich freiwillig festnehmen lassen. Außer …« Grimm verstummte.

»Außer, derjenige verfolgt einen anderen Plan und die Festnahme dient einem anderen Ziel. Etwas, das wichtiger ist«, beendete er den angefangenen Satz, stand auf und schob den Drehstuhl mit den Kniekehlen nach hinten. Die Rollen knirschten über das Linoleum.

Mit heftigem Kopfschütteln lehnte er diese These als absurd ab, nur um sofort weiter darüber nachzugrübeln. Grimm trat erneut ans Fenster, die Amsel hüpfte immer noch im Hof herum. Er blickte in die Ferne, über die Dächer der Häuserreihen hinweg.

»Tststs«, machte Grimm und tastete vorsichtig über die Schwellung unter seinem Auge. Sie erinnerte ihn schmerzlich an die erste Begegnung mit Bela. Als er den Bulgaren bei einem Einbruch ertappt hatte und Bela sich größte Mühe gegeben hatte zu entkommen. Und dann ließ er sich kurz darauf völlig problemlos festnehmen? Bei einem scheinbar unbeabsichtigten Aufeinandertreffen mit Emma und Grimm, als der Typ in einem Waldstück geschmuggelte Welpen versteckt hatte.

Seltsam!

Grimm zog noch mal das Vernehmungsprotokoll des Bulgaren zurate. Sorgsam blätterte er die Seiten durch, die anhand des Videos wortgetreu abgetippt und anschließend von Bela unterschrieben worden waren.

Bis er zu der Stelle kam, die er suchte. Richtig. Dort gab Bela an, die Hütte im Wald zum ersten Mal benutzt zu haben.

Komische Sache, dass diese Hütte ausgerechnet an einem Reitweg von Emma lag und in der Nähe einer Wiese, auf der sie das Heu für ihren Hof machte.

Herbstzeitlose. Herbstzeitlose.

Dieses eine Wort explodierte förmlich in seinem Kopf und brachte seine Schädelwände zum Brummen. Wieso auf einmal jetzt? Was hatte Emmas Unkrautproblem mit all dem zu tun? Wahrscheinlich wurde er bald irre. Zu viel Landluft, das war die Lösung. Grimm stützte sich mit den Händen auf der Fensterbank ab und schloss die Augen.

Immer wieder kam er auf den Zufall zurück. Bela und der Zufall. Was, wenn es keiner war? Wenn der Bulgare sich tatsächlich hatte festnehmen lassen wollen? Möglichst unauffällig, sodass seine Absicht nicht durchschaut wurde? Dazu musste er einen Ort wählen, an dem jemand von der Polizei vorbeikam.

Emma Bosse!

Wieso ausgerechnet sie?

Weil sie in den Lindauer Mordfällen ermittelte, beantwortete Grimm sofort seine eigene Frage.

Bela musste nur noch dafür sorgen, gesehen zu werden. Der Rest kam von alleine.

Bela, Bela, die unbekannte Gleichung in der Rechnung. Grimm spürte, dass er der Lösung auf der Spur war. Aber wie ein Nebel legte sich etwas über seine Gedanken und machte es ihm unmöglich, den gesamten Kontext zu erfassen.

KAPITEL 31

Stimmengewirr drang an ihr Ohr, Schritte entfernten sich, kehrten zurück. Emmas Schädel brummte.

Was war passiert?

Sie wusste es nicht, konnte sich beim besten Willen nicht daran erinnern. Herr im Himmel, ihr Kopf fühlte sich an, als würden im Inneren ein paar Zwerge sitzen und mit Keulen gegen die Gehirnwände schlagen.

Wenn der Schmerz endlich mal nachließe, würde vielleicht ihre Erinnerung zurückkehren. Ihre Schläfen, sie pochten so furchtbar. Reiben, sie musste darüberreiben, den Schmerz wegreiben. Allerdings ging das nicht.

Wieso, was stimmte nicht mit ihr? Ihre Hände, sie fühlten sich so schwer an, als würden Bleigewichte an den Gelenken hängen. So schwer, es war unmöglich, sie zu heben. Die Lider zu öffnen war ebenfalls ein Ding der Unmöglichkeit, als hätte jemand die Wimpern mit Pattex verklebt.

Mit einem Kraftakt gelang es Emma schließlich doch. Sie spürte, wie die Augenlider flatterten. Licht, endlich Licht. Beinahe hatte sie befürchtet, erblindet zu sein. Langsam glitt ihr Blick nach unten, auf ihre Pumps. Beziehungsweise auf den linken, denn am rechten Fuß fehlte der Schuh. Sie sah lediglich den Nylonstrumpf, der eingerissen war. Automatisch wollte sie sich bücken, um den Strumpf zu inspizieren, doch auch das war aussichtslos.

Erst jetzt bemerkte sie die Fesseln an ihren Knöcheln. Und

auch ihre Hände waren gefesselt, wie sie nun spürte: Hinter ihrem Rücken waren beide Handgelenke mit einem Strick zusammengebunden worden. Und der Strick war seinerseits um etwas Hartes gewickelt.

Sie versuchte den Kopf zu drehen, nach oben zu schauen. Über ihr führte ein Balken ins Dunkle, an den hatte man sie also fixiert.

»Wo bin ich?«

Ein Windstoß erfasste das Dach, brachte Holz zum Knarren. Durch Ritzen in der Wand fiel schwaches Licht ins Innere und ließ einige Umrisse erkennen. Anscheinend hatte man sie in eine Scheune gebracht. Verrostete Eisenstangen, Ketten und allerlei Gerümpel in der Ecke ließen Emma vermuten, dass das Gebäude zuletzt eher als eine Art Müllhalde gedient hatte. Es roch nach Gammel und Mäusepisse.

Die Erinnerung wollte nicht zurückfließen in ihr Gedächtnis, sosehr sie sich bemühte. Nach einer gefühlten Ewigkeit hatten sich ihre Augen an die Umwelt gewöhnt. Geisterhaft und verwaschen wirkten die Umrisse, als stünde Emma unter Drogen. Langsam, ganz langsam klärte sich ihr Blickfeld.

Ein Gesicht näherte sich ihr.

Männlich, stoppelbärtiges Kinn, ein anliegendes und ein stark abstehendes Ohr. Tränentattoo unter dem linken Auge. Silberne Kette um den Hals.

»Bela!«

Vor Schreck keuchte sie laut auf.

»Was soll das …?«

Emmas Gedanken zerfaserten. »Wieso? Moment, jemand hat mich niedergeschlagen. Waren Sie das, Bela?«

Der Bulgare grinste, machte zwei Schritte nach hinten, verschränkte die Arme ineinander.

»Nein, *ich* war das.«

Eine andere Person betrat Emmas Gesichtsfeld, sofort schien die Temperatur im Raum zu sinken.

»Laura? Laura Dörr?«

Die Angesprochene spendete Emma spöttischen Applaus. Liebevoll legte sie den Arm um Belas Schultern und küsste ihn auf die Wange, um wie zum Hohn die Nähe zwischen ihnen zu demonstrieren.

»Ihr Namensgedächtnis scheint zu funktionieren, liebe Frau Bosse. Mein Hieb auf Ihren Kopf war nicht heftig genug, wie es aussieht«, höhnte sie und wedelte mit einem Fleischhammer. »Soll ich noch mal?«

Ein hässliches Lachen stieg aus Lauras Hals empor und schien den Raum mit Gift zu erfüllen. Ihre roten Haare trug sie ungewohnt offen und nicht zu einem Zopf gebunden.

»Ich verstehe das nicht. Bela und Sie, ein Paar?«

»Ganz recht. Wie dumm, dass Sie uns ertappt haben. Das war nicht geplant. Ich fürchte …«, sie legte den Kopf schief, »… Sie werden den heutigen Tag nicht überleben.«

Nach und nach begann Emma zu begreifen. Ihre Erinnerung, die Laura ihr für kurze Zeit aus dem Kopf geprügelt hatte, kehrte mit Macht zurück.

»Das heißt, ihr wollt mich umbringen? Aber wieso?«

»Weil es auf einen weiteren Mord nicht ankommt, darum. Finden Sie nicht? Drei Menschen standen mir im Weg. Um unbehelligt weiterzuleben, wäre eine Emma Bosse die vierte Person, die sterben muss. Und auch die letzte.«

Sie lachte erneut dieses giftige Lachen.

»Und wissen Sie was? Es wird von Mal zu Mal leichter. Ja wirklich.« Laura kniff die Augen zusammen. »Sie glauben mir nicht? Doch, wenn ich es Ihnen sage. Nele zu töten, das war am schwierigsten, das gebe ich gerne zu. Aber die folgenden Morde«, sie schnippte mit den Fingern, »die gingen mir leicht von der Hand. Okay«, fügte sie mit einem liebevollen Blick auf Bela hinzu, »später hatte ich Hilfe, das machte die Sache einfacher.«

»Moment.« Emma wollte die Arme heben, die Fesseln schnitten in die Handgelenke. »*Sie* waren das? *Sie* haben Nele Gruber getötet?«

Laura starrte Emma an. »Ja, ich war das!«

»Nein, das ist nicht wahr, das kann unmöglich sein. Leopold Kittner, *er* ist der Mörder, die Beweise ...«

»Hah, eure wunderbaren *Beweise*!«

Das letzte Wort spuckte sie Emma entgegen.

»Ihr wolltet unbedingt einen Täter, wart getrieben von der Presse. *Die Toten von Lindau* hieß es in den Schlagzeilen.«

Schallendes Gelächter von Laura. »Also haben wir ihn euch auf dem Silbertablett präsentiert, euren *Mörder*. Für die Wahrheit seid ihr blind gewesen. *So* blind!«

Emma kaute auf ihrer Lippe. Was passierte gerade? Alles klang so unlogisch, nicht real.

»Das Motiv, wo ist Ihr Motiv, Laura?«

Dann ging Emma ein Licht auf. »Natürlich, *Sie* waren es, *Sie* waren die Eifersüchtige, die aus Rache gemordet hat. Das Motiv liegt in der Person Felix Zacher begründet! *Nicht* Friederike war die Verschmähte, sondern *Sie*.«

»Bitte?« Laura schlang die Arme um Bela und gab ihm einen Zungenkuss. »Sieht das aus, als wäre ich auf Felix scharf? Was Sie sagen, ist totaler Blödsinn. Wollen Sie die Wahrheit wissen, die *ganze* Wahrheit?«

»Ja, verdammt«, zischte Emma.

»Können Sie gerne haben. Da Sie bald sterben, werden Sie kaum Gelegenheit finden, etwas davon weiterzuerzählen. Diesmal wird der Bodensee mir helfen, Sie verschwinden zu lassen. Der See hat viele Geheimnisse, Emma Bosse wird ein weiteres sein, wenn wir Ihre Leiche in den Tiefen des Wassers versinken lassen. Wissen Sie eigentlich, dass es eine Liste von vermissten Personen gibt, deren Leichen man auf dem Grund des Bodensees vermutet?«

Laura legte ihren Zeigefinger an die Lippen und machte einen Schmollmund. »Wenn ich mich nicht irre, war der letzte Stand bei neunundneunzig. Demnach wären Sie, liebe Frau Bosse, die Nummer einhundert! Herzlichen Glückwunsch zu dieser runden Zahl.«

Emma zerrte an den Fesseln, versuchte diese zu lösen, ohne dass ihre Peiniger das mitbekamen. Leider saß der Strick zu fest, an ein Entkommen war nicht zu denken.

»Geben Sie sich keine Mühe«, höhnte Bela, der ihren Versuch offensichtlich mitbekommen hatte. »Der Knoten sitzt perfekt, glauben Sie mir. Ich weiß, was ich tue«, sagte der Bulgare in perfektem Deutsch. Selbst in dieser Hinsicht hatte man Emma hinters Licht geführt. Genau wie Laura hatte Bela ein perfektes Schauspiel abgeliefert.

Resigniert ließ Emma ihr Kinn auf die Brust sinken, hob es wieder an, als Laura anfing zu sprechen.

»Neles Undercovertätigkeit, Sie erinnern sich?«, fragte Laura mit hochgezogenen Augenbrauen.

»Natürlich«, gab Emma zurück und taxierte die Rothaarige.

»Diese Schlampe hatte es in Wahrheit auf *mich* abgesehen. *Mir* hat dieses miese Stück nachspioniert, deshalb hat sie sogar Felix gegenüber ein Geheimnis draus gemacht. Niemand aus der Gruppe sollte davon erfahren. Wahrscheinlich traute sie den anderen nicht. Nele dachte bestimmt, die hängen auch mit drin.«

»Nele hat …?«

»Ja, mich beschattet. Ich weiß, ich wirke vielleicht harmlos, aber das täuscht. Und die Leiterin der Lindauer Kripo ließ sich ebenfalls täuschen, wie man gesehen hat. Was glauben Sie wohl, wer Leopold Kittner bei seinem Welpenschmuggel geholfen hat?«

»Bela«, antwortete Emma und nickte in Richtung des Bulgaren.

Emma fiel ihr Entsetzen wieder ein, als sie vorhin Bela im Garten entdeckt hatte. In der Hand einen Käfig mit zwei Schäferhundwelpen. Viel zu jung und offensichtlich allzu früh von der Mutter getrennt.

»Ja, Bela hat auch geholfen«, gab Laura zu. »Beim Transport über den See, beim Be- und Entladen der Welpen, da braucht es starke Arme.«

Zärtlich strich sie mit den Fingern über Belas Bizeps.

»Ich meine aber logistische Hilfe. Wie beispielsweise Vermittlung an potenzielle Käufer, Sie verstehen.«

»*Sie*?« Emma riss ungläubig die Augen auf. »Aber Sie gehören zu *freedog*, kämpfen gegen Tiermisshandlung und für das Wohl der Tiere. Das widerspricht doch allem, was Sie tun und glauben.«

Laura winkte ab. »Verschonen Sie mich mit dem Scheiß! Nele war diejenige, die an diesen Dreck mit aller Macht geglaubt hat, *sie* war die Idealistin. Felix ist ihr bloß deshalb gefolgt, weil er scharf auf sie war, sie vögeln wollte. Und Friederike, meine Güte, die liebe Friederike wiederum hatte ein Auge auf Felix geworfen. *Alle* wollten was von Felix, ich jedoch nicht. Manchmal dachte ich, ich wäre die Einzige von denen mit einer halbwegs klaren Birne. Ich war übrigens nie eine von *freedog*, ich gehörte immer zum Team des schönen Leo. Zu diesen dummen Tierfanatikern bin ich gestoßen, weil sie angefangen haben, Leos Geschäfte zu gefährden. Wissen Sie überhaupt, was Welpenhandel einbringt? Das ist eine Goldgrube.«

Laura rieb Daumen und Zeigefinger aneinander.

»Nele, das blöde Stück, war Leo auf den Fersen. Leider hat sie schnell bemerkt, dass ich mich bei *freedog* eingeschleust hatte. Eines Tages hat sie mich und Leo heimlich während einer Schmuggeltour beobachtet und fotografiert.«

»Sie haben Nele deshalb ermordet? Um nicht aufzufliegen wegen Welpenschmuggels? Das ist nicht Ihr Ernst.«

»Oh doch, das ist es. Ich wollte nicht ewig bei diesen idiotischen Fanatikern bleiben. Sie haben selbst gesehen, wie die hausen. Widerlich!« Laura verzog die Lippen. »Der Plan war, noch einige wenige Schmuggeleien durchzuziehen, ordentlich Kohle zu verdienen und dann mit Bela zu verschwinden.«

»Nele hat diesen Plan durchkreuzt, nehme ich an.«

»Eines Nachts ist sie mir gefolgt, an den See, wo ich auf ein Schlauchboot mit einer neuen Lieferung gewartet habe. Eine kleine Lieferung, es war bloß ein Käfig mit einer Handvoll Welpen. Drei Stück nur, aber für einen äußerst zahlungskräftigen Kunden. Es war die ideale Nacht. Neumond und Regen, keine Leute am Bodenseeufer unterwegs. Plötzlich stand Nele vor mir. Hat mir Vorwürfe gemacht, mich beschimpft und beleidigt. Obendrein wollte sie mir die Hunde wegnehmen, es kam zum Streit. Den Käfig hat sie mir aus den Händen gerissen, sich umgedreht. Und damit war sie da, die Gelegenheit. In jener Nacht hatte ich auch einen Fleischhammer dabei, so einen wie diesen hier.«

Sie hob ihn Emma vor die Nase.

»Also schlug ich zu. Einmal, und als sie im Gebüsch lag und wimmerte, ein zweites Mal. Danach war Ruhe.«

»Eine Affekttat, das soll ich glauben? Rein *zufällig* hatten Sie das geeignete Schlaginstrument zur Hand? Das nimmt Ihnen niemand ab. Kann es sein, dass Sie wussten, dass Nele Ihnen auf den Fersen war? Dass Nele von Ihnen deshalb in eine Falle gelockt wurde, woraufhin Sie das arme Mädchen kaltblütig ermordet haben?«

»Glauben Sie, was Sie wollen. Das spielt keine Rolle. Totschlag oder Mord, das interessiert niemanden. Die Polizei und die Öffentlichkeit haben den Mörder, den alle wollten. Daran ändert auch eine Emma Bosse nichts.«

»Damit kommen Sie niemals durch.«

»Bin ich schon«, widersprach Laura. »Haben Sie das nicht begriffen? Leider ist mir Stefan Zinsmeister auf die Schliche gekommen. Vermutlich hat ihm Nele irgendwas gesteckt, diese Schlampe. Deshalb musste ich ihn aus dem Weg räumen. Bela war so freundlich, mich dabei zu unterstützen.«

»Sie sprachen von drei Morden, wer war das dritte Opfer?«

»Wer war das wohl?«, spottete Laura. »Strengen Sie mal Ihre Gehirnzellen an, Frau Bosse.«

»Sie meinen nicht etwa Leopold Kittner? Das war doch …«

»… ein Unfall?«, vollendete Laura den Satz, bog den Oberkörper nach hinten und lachte. »Nein, war es nicht!«, spie sie Emma entgegen.

»Und wieso, in Gottes Namen, auch Leopold Kittner? War er eingeweiht?«

»Nein, aber er hat leider schnell etwas geahnt. Ein kluges Köpfchen, der schöne Leo. War er schon immer. Nur war er dummerweise auch ein Schlappschwanz. Wollte nichts mit den Toten von Lindau zu tun haben. Obwohl ich alles so schön geplant und mit Felix Zacher den perfekten Sündenbock gefunden hatte. Was meinen Sie, wem Felix die untergeschobenen Beweise zu verdanken hatte? Natürlich *mir*. Mir ganz allein und nicht

Leopold. Später hättet ihr noch das Mordwerkzeug und die KO-Tropfen bei Zacher entdeckt. Es hätte wie am Schnürchen funktioniert. Felix hätte lebenslänglich gekriegt, und alles wäre gut gewesen.«

»Aber Leopold Kittner hat Ihnen einen Strich durch die Rechnung gemacht«, fasste Emma zusammen.

»Ganz recht, dieser Feigling! Hat gedroht, zur Polizei zu gehen, wollte mich und Bela verpfeifen. Logisch, dass ich das nicht erlauben konnte. Glücklicherweise hat sich später alles zum Guten gefügt. Mir kam die rettende Idee, Leopold anstatt Felix zum Sündenbock zu machen. Den Fleischhammer in seinem Bootshaus zu verstecken, das war einfach. Allerdings brauchte ich dringend noch die Fotos, die Nele von den Schmuggelfahrten gemacht hatte. Bela hat sie mir besorgt, wobei ihn Ihr Kollege Grimm beinahe erwischt hätte. Die Schnappschüsse, auf denen ich abgebildet war, habe ich vernichtet. Aber die anderen, mit Leopold bei den Welpenverkäufen, die waren ideal. Nun hatte der schöne Leo also ein Motiv für den Mord an Nele. Er musste nur noch sterben, bevor er zur Kripo gehen konnte. Hier stand mir Bela wieder äußerst hilfreich zur Seite. Leos Tod als Unfall aussehen zu lassen war zwar schwierig, aber machbar. Schließlich war er der ideale Mörder, den die Lindauer Kripo, den *Sie*, liebe Frau Bosse, unbedingt der Presse präsentieren mussten. Da wird man leicht betriebsblind. Die Presse mit dem Slogan ›*Die Toten von Lindau*‹ hat Ihnen mächtig Feuer unterm Arsch gemacht, nicht wahr?«

Sie lächelte Emma wölfisch an.

»Es wird Zeit«, drängte Bela.

Der Bulgare zückte ein Messer, trat an Emma heran und hob die Klinge.

Die Messerscheide näherte sich Emmas Hals.

KAPITEL 32

Das Klingeln des Telefons riss Grimm aus seinen Gedanken.

»Lange hier«, meldete sich der Rechtsmediziner gewohnt mürrisch. »Schön, dass ich wenigstens einen Kripobeamten an die Strippe kriege. Seid wohl alle in Feierlaune. Deshalb geht die werte Frau Chefin wohl auch nicht ans Telefon.«

»Emma Bosse hat Dienstschluss«, entgegnete Grimm kühl.

»Sag ich ja, Feierlaune. Muss ich wohl oder übel mit Ihnen vorlieb nehmen, Herr Grimm.«

»Was gibt es denn, Herr Lange?«

Grimm verzichtete absichtlich auf die Nennung des Doktortitels, wohl wissend, dass das den eitlen Lange provozierte.

»Wahrscheinlich nichts Wichtiges, der Fall ist immerhin geklärt. Aber gesagt haben will ich es. Bezüglich der Obduktion von Kittner.«

»Der schöne Leo?«

»Schön sah er auf meinem Edelstahltisch nicht gerade aus, wenn Sie mich fragen. Vor allem nicht, nachdem ich ihn aufgeschnitten hatte und die Organe …«

»Jaja«, unterbrach er den Doktor. »Einzelheiten können wir uns sparen, denke ich.«

»Können wir nicht!«, schnappte der Rechtsmediziner. »Auf *Einzelheiten* kommt es an in meinem Job. *Einzelheiten* können entscheidend sein. *Einzelheiten* können Morde aufklären. Die Polizei könnte Straftaten oder gar manchen Mord verhindern, wenn sie mehr auf *Einzelheiten* achten würde.«

Grimm schwieg angesichts der Schimpftirade. Etwas anderes blieb ihm gar nicht übrig.

»Sind Sie noch dran?«, erkundigte sich Lange.

»Ja«, entgegnete er einsilbig.

»Grimm, Sie bringen mich durcheinander. Wo war ich stehen geblieben?«

»Bei den ... Einzelheiten.«

»Ah, stimmt. Also: Folgendes habe ich entdeckt.«

»Ich dachte, Robert Hammel war gestern bei der Leichenöffnung anwesend. Haben Sie ihm nicht ...?«

»Herrschaftszeiten, unterbrechen Sie mich nicht ständig, junger Mann!«, maulte der Doktor.

»Ich dachte bloß«, rechtfertigte sich Grimm.

Da war es wieder, dieses »junger Mann«, das er so sehr hasste, weil es Überheblichkeit ausdrückte. Ab wann war man für sein Gegenüber eigentlich nicht mehr der *junge Mann* oder die *junge Frau*? Mit dreißig offenbar nicht. Jedenfalls nicht in Dr. Langes Augen. Zornig biss er sich auf die Lippe, um eine schnippische Erwiderung zu unterbinden.

»Jajaja, der Hammel war gestern da, schon richtig. Aber letzte Nacht konnte ich nicht schlafen.«

Was gingen ihn die Schlafbeschwerden des Rechtsmediziners an? Grimm musterte die Deckenmaserung, er entdeckte einen Riss im Putz und verfolgte ihn mit den Blicken bis zur Wand, wo er beinahe senkrecht nach unten verlief und hinter einem Kalender mit Bildern vom Bodensee verschwand. Unterhalb des Kalenders kam der Riss wieder zum Vorschein und setzte seinen Weg fort bis zum Boden.

»Hin und her habe ich mich gewälzt, immer hatte ich diesen Fleck vor Augen, er ließ mich einfach nicht zur Ruhe kommen.«

»Welcher Riss?«, fragte Grimm.

»Riss, was für ein Riss? Ich rede von einem Leberfleck. Hören Sie mir überhaupt zu?«

Grimm löste seinen Blick von dem Riss und konzentrierte sich aufs Gespräch. »Bin ganz Ohr.«

»Na hoffentlich. Wovon habe ich eben gesprochen?«

»Leberfleck«, beantwortete er die Testfrage.

»Richtig. Diesen Leberfleck hinter dem rechten Ohr von Leopold Kittner habe ich gestern bereits bemerkt. Trotzdem habe ich ihm aus unerklärlichen Gründen keine genauere Beachtung geschenkt. Aber später ist mir der Fleck nicht mehr aus dem Sinn gegangen, er ist quasi in mein Kleinhirn gekrochen. Deshalb mein unruhiger Schlaf. Mein Unterbewusstsein arbeitet immer mit, müssen Sie wissen.«

»Aha.« Grimm legte die Füße auf den Schreibtisch.

»Ganz genau. Den gesamten Tag über habe ich an diesen blöden Leberfleck gedacht. Konnte mich gar nicht richtig auf die Vorträge meiner Fortbildung konzentrieren. Habe einfach gespürt, etwas übersehen zu haben, etwas Wichtiges vielleicht. Deshalb bin ich bereits gegen Mittag aus München abgereist und direkt nach Ulm in die Rechtsmedizin gefahren. Dort habe ich die Leiche noch mal aus der Kühlhalle geholt und den Leberfleck sorgfältiger in Augenschein genommen als gestern.«

»Und?«

»Ich habe in dem Leberfleck eine Einstichstelle gefunden.«

Grimm zog abrupt die Füße vom Tisch, sein Stuhl kippte nach hinten, krachte gegen die Wand, woraufhin Grimm mitsamt Telefon zu Boden geschleudert wurde.

»Was ist bei Ihnen in Lindau los, ein Erdbeben?«

»Entschuldigung«, japste Grimm in den Hörer. Er rappelte sich auf, stellte das Telefon zurück auf den Tisch. Den Stuhl schob er mit dem Fuß zur Seite. Mit einem Seitenblick registrierte er, dass er mit seinem Wandpolterer einen weiteren Riss im Putz verursacht hatte. Seine Glücksbringermünze lag glücklicherweise noch an Ort und Stelle auf dem Bürotisch.

»Was haben Sie gerade gesagt?«, wollte er wissen, lehnte sich an den Tisch und massierte mit der freien Hand seine schmerzende Schulter.

»Im Leberfleck ist eine Einstichstelle«, wiederholte der Doktor.

»Das heißt?«

»Dass da eine Einstichstelle ist.«

»Geht es etwas genauer? Für einen Laien«, fügte er hinzu.

»Mehr gibt es nicht zu sagen. Da findet sich eine Einstichstelle hinter seinem Ohr. Genau in einem Leberfleck. Jenem Leberfleck, der mich eine schlaflose Nacht und eine abgebrochene Fortbildung gekostet hat.«

Dr. Lange lachte auf. »Ein Leberfleck hinter dem Ohr. Wahnsinn! Ein Einstich dort ist kaum zu erkennen. Nur ein Vollprofi wie ich war in der Lage, diesen winzigen Einstich zu identifizieren.«

Grimm sah den Doktor förmlich vor sich, wie er sich selbst auf die Schulter klopfte.

»Allerdings erst beim zweiten Mal«, konnte er es sich nicht verkneifen, die Euphorie des Rechtsmediziners etwas zu dämpfen.

»Wie meinen?«, kam es säuerlich aus dem Hörer.

»Hat ihm jemand etwas eingeflößt?«, überging Grimm das Thema.

»Einflößen geschieht über den Mund. In eine Einstichstelle kann man nicht einflößen, höchstens injizieren«, belehrte Dr. Lange.

Touché, dachte Grimm und beschloss, auf ein weiteres Duell zu verzichten.

»Sie wissen, was ich meine«, sagte er stattdessen. »Hat jemand den schönen Leo betäubt?«

»Kann ich nicht nachweisen.«

»Nicht?«, reagierte er enttäuscht.

»Ist aber dennoch möglich.«

»Ja oder nein?«

»Eine Einstichstelle kann ich nachweisen, ob oder was injiziert wurde, allerdings nicht.«

»Oh!«

»Lieber Herr Grimm, nicht alles ist rechtsmedizinisch erklärbar. Manche Substanz baut sich im Körper bereits nach wenigen Stunden ab. Nehmen Sie beispielsweise Insulin, das ist nach dem Tod äußerst schwer festzustellen.«

»Man hat ihm Insulin gespritzt?«

Lautes Schnaufen drang aus dem Hörer, dem ein noch lauterer Seufzer folgte.

»Habe ich das gesagt? Nein, habe ich nicht. Das mit dem Insulin war bloß ein Beispiel, Herr Grimm. Hören Sie mir bitte besser zu. Ich habe schlichtweg keine Ahnung, was ihm da hinter dem Ohr in den Körper gespritzt wurde. Vielleicht gar nichts. Vielleicht hat er sich selbst mit einer Spritze gestochen, weil er ein bisschen abartig veranlagt war. Was weiß ich. Sie haben die Information – was Sie damit anfangen, ist Ihr Bier.«

»Hmm.«

»Was, *hmm*?«, grummelte Dr. Lange.

»Nichts, mir kam nur eine Idee.«

»Was für eine Idee?«

»Auf Wiedersehen.«

Grimm legte auf, ohne auf die Erwiderung des Rechtsmediziners zu warten. Irgendwo in seinem Kopf klingelte ein Glöckchen. Dazu summte jemand ständig *Herbstzeitlose* in sein Ohr.

Auf einmal klatschte er mit der Hand an seine Stirn. »Ich Idiot!« Und noch einmal: »Ich Idiot!«

Unruhig begann er, in seinem Büro hin und her zu laufen.

Natürlich, das war die Erklärung! Laura Dörr hatte beiläufig von dieser Giftpflanze erzählt. Auf dem Hinterhof des Kommissariats, als Felix Zacher seinen sichergestellten Passat abgeholt hatte.

Sie sollten lieber Herbstzeitlose ausstechen, hatte sie Emma mit einem ironischen Unterton empfohlen.

»Woher hätte sie das mit den Herbstzeitlosen wissen sollen?«, sagte Grimm und klatschte in die Hände, während er gleichzeitig mit dem Fuß aufstampfte. »Natürlich, *Laura* hat Emma dabei beobachtet, anders kann es nicht gewesen sein. Erzählt hat Emma es ihr bestimmt nicht, das wäre zu privat. Aber wieso zum Teufel sollte Laura einer Emma Bosse nachspionieren?«, führte er dann seinen Monolog weiter. »Nein, sie hat ihr nicht nachspioniert. Sie hat vielmehr eine gute Örtlichkeit ausbaldowert, um ein zufälliges Treffen mit einem gewissen Bulgaren zu inszenieren.«

Grimm erinnerte sich an eine Aussage Emmas über einen Jägerstand in der Nähe ihres Hofs, der offensichtlich widerrechtlich benutzt worden war. Der Jägerstand wäre ein idealer Beobachtungsposten gewesen, um den Ort für ein zufälliges Aufeinandertreffen auszukundschaften.

Da war es wieder, dieses *zufällig*.

»Hier ist ganz und gar nichts zufällig!«, polterte Grimm und ballte die Hände zu Fäusten. »Einfältige Hornochsen sind wir gewesen. Allesamt.«

Hastig ging er zum Computer, tippte eilig sein Kennwort ein und suchte im Datenlaufwerk nach der Zeugenvernehmung Dörrs. Unter den persönlichen Angaben las er ihren erlernten Beruf.

»Krankenschwester!«

Er pfiff durch die Zähne.

Eine Krankenschwester war seiner Meinung nach durchaus in der Lage, eine Injektion unauffällig in einen Leberfleck zu platzieren. Aber wozu sollte sie das machen?

»Laura Dörr und Bela, Bela und Laura Dörr«, wiederholte er mantraartig, ohne ein zufriedenstellendes Ergebnis zu erhalten.

Es gab nur einen logischen Grund, weshalb Emma von Laura Dörr beobachtet worden war: Laura und Bela steckten unter eine Decke, machten gemeinsame Sache. Die Tierschützerin und ein Welpenschmuggler! Aus welchem Grund auch immer, den würde er irgendwie noch rauskriegen.

Grimm musste mit Emma sprechen, sofort. Ihr diese Überlegungen präsentieren. Er schnappte den Telefonhörer, da fiel ihm ein, dass er Emmas Handynummer nicht auswendig wusste. Rasch holte er sein Smartphone aus dem Sakko, wischte übers Display, bis er Emma unter den Kontakten fand. Nach viermaligem Klingeln sprang die Mailbox an, er versuchte es ein zweites und ein drittes Mal mit demselben Ergebnis. Im Internet suchte er nach Emmas Festnetznummer und wählte diesmal über sein Bürotelefon.

Es klingelte. Niemand nahm ab.

Dann probierte er es bei ihren Eltern, die wussten auch nicht, wo sie war. Wolfgang wäre auf einem Schafkopfabend, erzählte ihm Emmas Mutter. Da fiel ihm ein Satz von Enzo ein, als er vorhin mit ihm telefoniert hatte. Er rief seinen Freund auf dem Handy an.

»Nik, was gibt es?«

Grimm hörte Autogeräusche. »Bist du unterwegs?«

»Ja, habe meinen Taxikunden in Langenargen abgesetzt. Bin auf dem Rückweg und freue mich auf unseren Abend.«

»Du hast bei unserem Gespräch zwei Flaschen Rotwein erwähnt, die Emma mitgenommen hat.«

»Ja, deine Chefin war heute bei meinem Onkel in der Kneipe. Wegen der besonderen …«

»Hat sie erzählt, wo sie hinfahren will?«, grätschte Grimm dazwischen.

»Moment, ich muss überlegen.«

»Enzo, es ist wichtig. Ich muss mit Emma sprechen. Möglichst bald.«

»Sie hat *freedog* erwähnt.«

»Was?«

»Doch, ich bin mir sicher. Sie wollte dort hinfahren. Wenn ich mich recht erinnere, war eine der Flaschen für diese Leute bestimmt. Frag mich aber nicht, wofür. Da habe ich nicht nach…«

Den Rest hörte Grimm nicht mehr, er hatte mit einem Fluchen aufgelegt.

KAPITEL 33

Bela stoppte mit dem Messer kurz vor Emmas Hals. Anschließend grinste er verschlagen und ritzte in ihre Haut. Zwar nur leicht, aber sie spürte ein kleines Rinnsal Blut langsam den Hals nach unten fließen, über den Adamsapfel und weiter, wo es vermutlich in ihrem BH versickerte.

Doch Emmas Angst schwand nur langsam. Wie ein Oktobernebel über dem Bodensee, den die Morgensonne mit Mühe vertreibt.

Ihr Peiniger ging in die Knie, dabei strich er mit der Messerspitze an Emmas Brust und Bauch entlang, was ein Zittern in ihr auslöste. Das Messer verharrte kurz in Höhe des Bauchnabels, einen Moment nur, aber dieser eine Moment ließ in Emmas Kopf die furchtbarsten Gedanken durcheinanderwirbeln. Ihre Angst kehrte mit Macht zurück, Panik breitete sich in ihrem Inneren aus wie eine Flutwelle.

Der blanke Stahl glitt weiter, an der Innenseite des linken Oberschenkels bis zum Knöchel. Mit einem Ratsch und einem höhnischen Lachen durchschnitt Bela ihre Fesseln.

Perplex, wie sie war, dachte sie nicht daran, ihr Knie als Waffe zu benutzen. Verdammt, schoss es ihr gleich darauf durch den Kopf. Eben hätte sie eine hervorragende Möglichkeit gehabt, ihm die Nase einzuschlagen, als er vor ihr gekniet hatte. Aber nun war die Chance vertan, Bela hatte sich wieder erhoben. Selbst ein Tritt in den Unterleib war nicht mehr möglich, da ihr Gegenüber einen seitlichen Ausfallschritt machte. Sauer auf sich selbst biss sie in die Unterlippe, bis sie das metallische Aroma von Blut schmeckte und warme Flüssigkeit im Mund spürte.

Bela schien ihre Gedanken zu erraten, schüttelte leicht den Kopf und drohte ihr spielerisch mit dem Messer. Dann ging er um sie herum und löste mit einem raschen Schnitt die Handfesseln. Sofort packte er grob ihre Unterarme und drückte sie nach unten gegen Emmas Rücken, als sie die Hände vor den Körper holen wollte, um die tauben Finger zu massieren. Blitzschnell waren ihre Hände erneut gefesselt.

»Beweg dich!«, raunte Bela ihr ins Ohr.

Sein nach Zigarettenrauch stinkender Atem kroch in ihre Nase. Grob stieß er ihr in den Rücken.

Emma taumelte, wäre beinahe gestürzt. Mit der Schulter knallte sie gegen den Balken, der zwar verhinderte, dass sie zu Boden fiel, ihr allerdings eine schmerzhafte Prellung verpasste.

Der Bulgare trieb sie unbarmherzig vor sich her. Laura ging schweigend neben ihrem Geliebten und schwang drohend den Fleischhammer.

Wegen des fehlenden Schuhs humpelte Emma. Schließlich waren sie im Freien angelangt. Sie warf einen raschen Blick zurück. Hinter ihr lag eine der Scheunen des heruntergekommenen Einsiedlerhofes, eine der besser erhaltenen. Der schiefe Heuschober gegenüber ächzte im Wind.

Emmas Blick huschte zu dem Baucontainer. Ihr Suzuki war nicht mehr da, wie sie erschrocken feststellte. Während sie bewusstlos gewesen war, hatten ihre Peiniger vermutlich nach dem Autoschlüssel gesucht, ihn an sich genommen und den Wagen weggefahren. Das Fahrzeug bewies ihre Anwesenheit. Daher hatten sie es verschwinden lassen, und nun würde niemand mehr auf die Idee kommen, dass sie heute auf dem Hof gewesen war. Kein gutes Zeichen. Laura und Bela meinten es offenbar ernst mit der Morddrohung. Emma schluckte, der Speichel schmeckte bitter.

Die beiden scheuchten sie am Haupthaus vorbei, durch den Garten mit der Teppichstange. Weiter Richtung Wald. Dort sollte es also enden, mitten zwischen Tannen und Fichten? Würde man sie einfach verscharren? Nein, Laura hatte gedroht, ihre Leiche im Bodensee versinken zu lassen. Vielleicht wollte man sie an einem Ort umbringen, wo niemand ihre Schreie hörte, und erst viel später, möglicherweise in der Nacht, im Kofferraum eines Wagens an den Bodensee fahren und sie ins Wasser werfen. Wo befand sich eigentlich der Nissan von Bela? Emma hatte kein Fahrzeug bemerkt. Wahrscheinlich gab es irgendwo ein Versteck, denn natürlich durfte niemand den Bulgaren mit Laura in Verbindung bringen.

Kurz bevor sie in die Dämmerung des Walds traten, fuhr ein milder Windhauch über Emmas Gesicht, streichelte zärtlich über ihre Haut. Ihr Herz wurde schwer, das konnte, das durfte nicht das Ende sein! Langsam erwachte der Überlebenswille in ihr. Fieberhaft suchte sie nach einem Ausweg.

Reden, sie musste reden und die zwei ablenken. Vielleicht ergab sich irgendwann eine Gelegenheit zur Flucht.

»Wie haben Sie das mit Leo hingekriegt? Der Rechtsmediziner hat keinerlei Hämatome an seinem Körper gefunden. Gewaltsam wurde er nicht in die Harpune gestoßen.«

»Gewaltsam? Nein, ganz und gar nicht«, entgegnete Laura, die vorauslief.

Bela stapfte hinter Emma her, sie spürte seinen wachsamen Blick im Nacken.

»In meinem früheren Leben habe ich als Krankenschwester gearbeitet«, sagte Laura, bog einen Zweig zur Seite und ließ ihn ohne Vorwarnung zurückschnellen.

Emma drehte den Kopf zur Seite, trotzdem streifte sie der Zweig im Gesicht und hinterließ einen Kratzer, der fürchterlich brannte.

Laura blickte kurz um und lächelte.

»Leo hat von mir eine Injektion verpasst bekommen. An einer Stelle, die nicht einmal ein Rechtsmediziner findet. Und selbst wenn, sieht er nicht mehr als einen Einstich. Aber was ich Leo injiziert habe, das wird niemand sehen können. Es war eine Substanz, die bereits nach kurzer Zeit nicht mehr im Körper nachweisbar ist. Ein wunderbares Mittel – baut sich viel früher ab als die herkömmliche Gammahydroxybuttersäure oder kurz GHB, wie man die KO-Tropfen auch nennt. Selbst eine Haaranalyse bringt keinen Aufschluss. Was man nicht alles lernt während eines Jobs als Krankenschwester. Vor allem, wenn man einmal mit einem Arzt zusammen war.«

Sie umrundeten die abgetrennte Spitze einer vertrockneten Fichte, die vor ihnen lag wie ein Skelett, die dürren Äste wie knorrige Finger von sich gestreckt. Zweige bohrten sich in Emmas schuhlosen Fuß, immer wieder biss sie sich vor Schmerzen auf die Zähne.

»Leo ist mir und Bela zur Schlachtbank gefolgt wie ein Lamm, so weggetreten war er«, berichtete Laura ohne jede Empathie. »Und ob Sie es glauben oder nicht: Er ist in seinem benommenen Zustand schlicht und einfach gestolpert. Leo hätte nicht sterben müssen, wenn er Dankbarkeit gezeigt hätte, anstatt zu drohen, mich auffliegen zu lassen und zur Polizei zu gehen. Dabei hätte er ohne mich das mit dem Welpenhandel gar nicht gerafft. Schnell war er überfordert, hat rumgejammert wie ein kleines Kind. Aber was will man von einem verwöhnten Typen erwarten, der von Beruf Sohn war.«

Laura zuckte die Schultern, wurde langsamer, legte den Kopf

schief und horchte nach hinten. Offenbar erwartete sie eine Erwiderung Emmas. Als diese nicht kam, beschleunigte sie ihre Schritte.

»Aber irgendwann war das elterliche Geld verprasst«, fuhr Laura fort. »Da kam der leicht verdiente Zaster mit dem Welpenschmuggel gerade zur rechten Zeit für Leo. Fürs Geschäftemachen war *ich* zuständig, er hat mit *Pfötchenliebe* und seinem guten Namen für den schönen Schein gesorgt, Während Bela und ich im Hintergrund die Drecksarbeit erledigten. Das Geld hat er gerne einkassiert, aber am Ende ist er mir schamlos in den Rücken fallen, das miese Schwein!«

Mücken schwirrten durch die Luft, verfingen sich in Emmas Haar.

Während Bela weiterhin kein Wort sagte, fuhr Laura nach einem kurzen Moment fort: »Natürlich musste ich möglichst unauffällig den Verdacht auf Leo lenken, als mir klar wurde, dass auf ihn kein Verlass mehr war. Die restlichen Beweise, die ich eigentlich Felix unterschieben wollte, hielt ich für Leo zurück.«

»Für Ihre miesen Zwecke haben Sie sogar Ihren Geliebten ans Messer geliefert«, sagte Emma.

»Mir war klar, dass Sie Bela schnell laufen lassen mussten«, konterte Laura. »Was hatte er schon getan? Ein paar Hundewelpen in einer Hütte versteckt. Dafür kommt niemand in den Knast. Aber dass Bela *scheinbar* unter Ihrem Vernehmungsdruck einknickt, Leo als Schmuggeloberhaupt verrät und den entscheidenden Hinweis auf ihn als Mörder gibt … *Das* war der eigentliche Plan. Und er hat hervorragend funktioniert.«

»Wenn Sie vorhatten, Leo Kittner als Täter vorzuschieben, wieso haben Sie ihm dann das falsche Alibi für den Mord an Zinsmeister verschafft?«, wollte Emma wissen.

»Das Alibi brauchte *ich*, damit Sie mich von vornherein für den Mord an Zinsmeister ausschlossen. Hätte super funktioniert, ich wäre aus dem Schneider gewesen. Leo und ich hätten dem Schmuggel ungestört weiter nachgehen können, Zacher wäre im Knast verrottet. Hätte, hätte, hätte! Wenn Leo nicht die falschen Fragen gestellt und kalte Füße gekriegt hätte. Aber so ist manchmal das Leben. Wichtig ist ein Plan B.« Laura lachte. Ein Lachen, das Emma eine Gänsehaut über den Rücken jagte.

Sie liefen über abgestorbenes und platt gedrücktes Gras mit der Farbe von Sand. Vereinzelt wuchs Löwenzahn, aber häufiger Brennnesseln. Die Luft roch nach Harz.

»Wir sind da!«, sagte Laura und trat zur Seite.

KAPITEL 34

»Sei nicht albern«, protestierte Bobby und rutschte auf dem Beifahrersitz von Grimms Smart herum. »Du hörst Flöhe pupsen, sag ich dir. Unser Mörder liegt tot in der Rechtsmedizin, alles andere reimst du dir zusammen.«

Der E-Smart schnurrte die Landstraße entlang. Nachdem Bobby sich standhaft geweigert hatte, wegen eines Hirngespinstes einen Dienstwagen zu nehmen, hatten sie sich auf Grimms Privatwagen geeinigt. Da im Anschluss eine private Feier im *Freddies* auf dem Plan stand, hatten sie ihre Waffen auf Bobbys Veranlassung im Kommissariat gelassen, obwohl Grimm zuerst dagegen protestiert hatte.

»Du bist nicht Wyatt Earp, und ich sehe nicht aus wie Doc Holliday, außerdem ist Lindau weder Dodge City noch Tombstone«, hatte Bobby abgewiegelt. »Was glaubst du, was Emma mit uns anstellt, wenn sie erfährt, dass wir privat mit unseren Dienstwaffen spazieren laufen?«

Trotz Bobbys Lamento verspürte Grimm ein diffuses Unbehagen. Nicht nur wegen ihrer unterschiedlichen Meinung zum Mitführen von Dienstwaffen. Vor allem wegen Grimms These, was Laura und Bela betraf. Vorhin in seinem Büro, da waren ihm seine Schlüsse absolut nachvollziehbar und logisch erschienen. Sein erfahrener Kollege hatte die Überlegungen dagegen als absurd abgetan.

»Laura Dörr und Bela ein Gaunerpaar?«, wiederholte Bobby nun seine erstaunte Frage zum x-ten Mal. »Glaub ich nicht.«

Er schüttelte den Kopf, nahm seine Nickelbrille ab und putzte sie an seinem Hemdsärmel sauber. »Nee, das reimst du dir zusammen, mein lieber Niklas.«

Mit zusammengepressten Lippen umklammerte Grimm das Lenkrad.

»Verfahr dich mal lieber nicht«, quatschte Bobby fröhlich. »Du bist falsch abgebogen. Willst wohl unbedingt zum See«, sagte er, langte mit seinem fleischigen Arm rüber und verdeckte fast Grimms gesamte Sicht, als er aus dem Fahrerfenster deutete. »Wir sind in Nonnenhorn, müssen aber Richtung Hattnau«, belehrte er ihn. »Oder willst du im Strandbad eine Runde planschen?«

Das blaue Wasser des Bodensees lenkte Grimm für einen Moment ab, dann schob er den Arm seines Kollegen zur Seite, schließlich wollte er sein Auto nicht im Blindflug gegen eine Hausmauer knallen. Schließlich gab er Gas und beschleunigte den Smart, sie ließen Nonnenhorn hinter sich.

»Irgendetwas ist faul an der Sache«, brummte Grimm. »Außerdem erreiche ich Emma nicht. Ich hätte gerne meine Theorie mit ihr besprochen.«

»Da oben im Wald bei *freedog* ist der Handyempfang lausig. Bestimmt hängt sie in einem Funkloch. Du wirst sehen, wenn wir dort ankommen, sitzen alle beim gemütlichen Kaffeetratsch zusammen und quatschen über Tierschutz. Alles Friede, Freude, Eierkuchen. Und wir zwei machen uns lächerlich, ganz toll!«

»Bin mir nicht sicher«, murmelte Grimm und nahm den Fuß vom Gas, als die Abzweigung zur Zufahrt auf den Einsiedlerhof in Reichweite kam.

»Enzo wartet sicher auf uns im *Freddies*«, motzte Bobby weiter. »Außerdem habe ich Hunger, einen Bärenhunger.«

»Enzo wird es verschmerzen, wenn wir uns ein wenig verspäten.«

»Wenn du meinst«, grummelte sein Beifahrer.

Als sie an einem rostigen Baucontainer vorbeifuhren und Grimm den Smart stoppte, um dann hinter dem Container zu parken, rief Bobby: »Siehst du, kein Auto auf dem Hof. Weder Emmas noch ein anderes. Wahrscheinlich alle ausgeflogen, und unsere liebe Chefin ist längst wieder daheim. Wenn sie überhaupt hier war.«

»Wieso geht sie dann die ganze Zeit nicht ans Telefon, gerade als Kripochefin?«

Bobby hob die Schultern. »Was weiß ich, vielleicht hat sie ein Bad genommen oder hatte einfach mal keine Lust zu telefonieren. Wenn wir nachher aus dem Funkloch sind, versuch es noch mal. Wetten, dass sie diesmal rangeht?«

»Hmm«, machte Grimm, stieg aus dem Wagen und sah sich um.

Bobby auf der anderen Seite brauchte bedeutend länger, um seinen Körper aus dem Smart zu hieven.

»Wo sind all die Tiere hin?«, fragte Grimm. »Ich erinnere mich an Schweine und Gänse und an ein paar andere.«

»Ein weiterer Aspekt, der für meine Annahme spricht, dass alles ganz harmlos ist. Die hatten die Schnauze voll, nachdem einer der ihren für einen Mord eingefahren ist, den er nicht begangen hat. Außerdem hat Nele Gruber hier gewohnt. Die Erinnerung an ihre tote Kollegin war bestimmt nicht sehr schön. Wäre ich einer von diesen Tierschützern gewesen, hätte ich den Ort hier auch schnellstens verlassen.«

»Meinst du wirklich, das ist alles ganz harmlos?«

»Ja, meine ich«, bekräftigte Bobby und ging zur Ecke des Hauses.

»Aber wo wir schon mal da sind, können wir jetzt auch schnell gucken«, beharrte Grimm.

Bobby stöhnte auf. »Not your Ernst!«, brummte er in bestem Fußballerenglisch.

Ohne auf seinen Kollegen zu achten, stieg Grimm die drei Stufen zum Eingang hoch und klopfte.

Niemand antwortete.

»Keiner da«, plapperte Bobby und machte auf dem Absatz kehrt. »Zurück nach Lindau, essen und Dart spielen. Genau in dieser Reihenfolge. Komm endlich!«

Grimm drückte die Klinke, die Tür gab nach.

»Hallo«, rufend machte er einen schnellen Schritt über die Schwelle.

»Spinnst du!«, warnte Bobby. »Du kannst nicht einfach so ...«

»Wenn die ausgezogen sind und der Hof leer steht, wieso nicht?«, stellte Grimm eine Gegenfrage.

»Schon mal was von Hausfriedensbruch gehört?«

»Auf einem unbewohnten Grundstück?«

»Oh Mann«, jammerte Bobby und folgte ihm sichtlich widerstrebend.

Grimm betrachtete nachdenklich die leeren Räume.

»Siehst du, ausgeflogen«, folgerte Bobby und wies mit dem Zeigefinger auf die verwaisten Zimmer.

»Dieses sieht allerdings bewohnt aus«, entgegnete Grimm, als er das übernächste Zimmer musterte. Auf dem Bett lag Unterwäsche.

»Die Küche auch, wie mir scheint«, rief Bobby, der vorausgeeilt war. »Wie es aussieht, hat da heute jemand gekocht, das Essen aber anbrennen lassen. Der Topf ist ganz verschmort.«

Grimm folgte der Stimme seines Kollegen in die Küche und trat ans Fenster, schaute in den Garten, wo er einen Teppichklopfer bemerkte, der achtlos ins Gras geworfen worden war. Auf der dazugehörigen Stange flatterte ein Teppich im Wind. Er öffnete die Verandatür und sah sich um. Keinerlei Hinweis auf die Tierschützer.

Zurück in der Küche schnüffelte Grimm und fragte: »Riechst du das auch?«

»Ja, Mief, Schimmel und verbranntes Essen. Vermischt mit Urin und was weiß ich.«

»Nein, eher lieblich und süß«, sagte Grimm, während er durch den Gang ging und dem Geruch in eines der Zimmer folgte.

Bobby reckte die Nase in die Luft und schnupperte.

»Wahrscheinlich liegt es an meinem Heuschnupfen, ich kann wirklich nichts …«

»Was ist das?«, fauchte Grimm dazwischen und sah nach unten auf die Dielen.

Mit seinem linken Schuh war er in etwas Klebriges getreten. Die Sohle gab ein schmatzendes Geräusch von sich, als Grimm einen Schritt zur Seite trat. Langsam ging er in die Knie, strich mit dem Zeigefinger über die pappigen Dielen. Hielt den Finger vor die Nase. Roch daran.

Bobby trampelte unterdessen bereits zum Ausgang.

»Los, Niklas. Mein hungriger Magen brüllt so laut, dass mir angst und bange wird. Emma ist nicht da und war es auch nicht. Was hätte sie auf diesem vermaledeiten Hof auch gewollt? Bestimmt geht es ihr besser als uns. Morgen wird sie uns im Kommissariat umherscheuchen, also lass uns gehen, ein bisschen Spaß haben.«

»Du hast recht«, stimmte Grimm zu und wischte die Hand

an seiner Hose sauber, obwohl ihn der süßliche Geruch an etwas erinnerte. Allerdings wollte ihm nicht einfallen woran.

»Zurück nach Lindau!«, stimmte er Bobby zu, der ihm freudestrahlend den erhobenen Daumen entgegenreckte.

KAPITEL 35

»Wir sind da«, wiederholte Laura, breitete die Hände aus und machte einen Schritt zur Seite.

Wir sind wo?, dachte Emma, humpelte zwei Schritte vorwärts und kniff die Augen zusammen.

Das Dämmerlicht des Waldes schien ihren Sinnen einen Streich zu spielen. Mal glaubte sie, zwischen den Bäumen etwas glitzern zu sehen, dann wieder nicht. Als sie einen Steilhang erreichten, erkannte sie schließlich ein Fahrzeug: ein Quad, die vier ballonartigen Reifen voller Dreck.

Laura ging an dem Fahrzeug vorbei, direkt auf den Hang zu, der schroff vor ihnen in die Höhe ragte. Sie blieb davor stehen, griff mit den Händen in das Erdreich hinein und …

… schob einen Vorhang zur Seite.

Oder jedenfalls etwas in der Art. Beim Nähertreten bemerkte Emma, dass es sich um eine Wolldecke handelte, deren Außenseite durch Moos, Tannenzweige, Weidegeflecht und Laub nahezu unsichtbar gemacht worden war. Sozusagen als Tarnung, um den Eingang dahinter zu verbergen. Das dunkle Loch glotzte Emma an wie ein riesiges Auge. In der Nähe plätscherte ein kleiner Bach, ansonsten war es friedlich still. Ein Eichhörnchen huschte an Emma vorbei und wieselte den Stamm einer Fichte nach oben, bis es zwischen den Zweigen verschwand.

Grob packte Bela sie am Oberarm, zerrte sie mit sich und stieß sie in das Loch. Emma stolperte hinein und fürchtete, in eine tiefe Leere zu stürzen. Eine Art Verlies, in das man sie sperrte. Sie ruderte mit den Armen und schaffte es so im letzten Moment, das Gleichgewicht zu halten. Abwärts ging es also nicht, stellte sie erleichtert fest.

Licht flammte auf, eine Glühbirne flackerte und warf schummriges Licht in die Dunkelheit. An den Wänden tanzten Schatten einen unheimlichen Geistertanz. Eine zweite Glühbirne begann zu leuchten, die Umrisse wurden heller und die Schatten zogen sich zurück.

Emma befand sich in einem …

»… Erdbunker!«, sprach Bela ihren Gedanken laut aus. »Mein Geheimversteck für die Welpen«, prahlte der Bulgare und deutete auf ein halbes Dutzend Käfige.

Alle leer, bis auf einen. Und zwar denjenigen, den Emma vor nicht allzu langer Zeit in Belas Hand gesehen hatte. Sie erkannte die zwei Hundewelpen wieder. Süße Schäferhunde. Dunkle Augen schauten verängstigt zwischen den Gitterstäben hervor, leises Winseln war zu hören.

Jetzt war ihr der Zweck des Quads klar. Sie dachte an die Polizeiberichte über nächtliche Lärmbelästigungen durch Motorengeräusche. Illegale Motorradrennen, hatten die besorgten Anrufer angenommen. Kollegen der Lindauer Inspektion hatten erst kürzlich während der Mittagspause darüber gesprochen, dass sie nie jemanden erwischt hätten. Dabei hatte es sich bestimmt um Belas Quad gehandelt, das für den Lärm verantwortlich gewesen war.

»Nett haben Sie es hier, gemütlich wie in einer Grabkammer«, meinte Emma zynisch und ließ den Blick schweifen.

Längs- und Querbalken – vermutlich Nadelholzstämme aus dem Wald – stützten die Decke, die mit einer PVC-Folie abgedichtet war. Pressspanplatten bildeten den provisorischen Boden. Es knirschte, als Emma drüberlief. Zusammengezimmerte

Europaletten ersetzten Regal und Tisch, davor befanden sich zwei Holzstühle und ein Mülleimer mit Bananenschalen. Überall lagen leere Milchtüten herum. In der Ecke ein altes Bettgestell, die Matratze fleckig. Darauf eine Decke und Kopfkissen. Daneben ein Campingklo und zwei Rollen Toilettenpapier.

Emma schätzte die Größe des Bunkers auf fünf Mal fünf Meter, ziemlich geräumig also. Und so hoch, dass Bela nicht einmal den Kopf einziehen musste. Autobatterien sorgten für Strom, die die nackten Glühbirnen über Drähte versorgten. Fleisch- und Milchkonserven sowie Mineralwasserflaschen deuteten darauf hin, dass Bela sich wohnlich niedergelassen hatte. Zwei Funkgeräte. Natürlich, der Handyempfang war miserabel bis ganz schlecht. Auf diese Weise hielten Laura und Bela unauffällig Kontakt.

Einen Entlüftungsschacht entdeckte Emma gegenüber des Eingangs, das andere Ende der Lüftung lag ihrer Meinung nach irgendwo draußen auf dem Hang – geschützt von Gras. Direkt davor war eine Feuerstelle in das Erdreich eingegraben.

»War das Ihr Werk?«, erkundigte sich Emma bei Bela und machte eine ausholende Armbewegung.

Er nickte stolz.

Laura hob den Arm und gab ihr mit einem Wink zu verstehen, dass sie näher kommen sollte.

Widerwillig kam Emma dieser Aufforderung nach und erkannte die Plane erst, als sie unter ihren Schuhen knisterte. Erschrocken blickte sie nach unten. Plastik, dunkel, fast schwarz. Und äußerst stabil. Ihr schwante Böses, unwillkürlich dachte sie an Mafia-Morde, bei denen die Opfer auf solchen Planen umgebracht wurden, um möglichst wenig Spuren zu verursachen.

Laura, die Emmas nachdenklichen Blick offensichtlich richtig gedeutet hatte, hob den Fleischhammer und erklärte: »Auf dem Hof oder in der Scheune würde Ihr Tod möglicherweise Hinweise hinterlassen. Und das wollen wir doch nicht. In Belas Erdbunker ist das hingegen anders. Niemand kennt den Bunker, keine Menschenseele kommt an diesen vergessenen Ort.«

Ihre Peinigerin trat hinter sie. Emma spürte den Luftzug, als Laura ausholte, und schloss entmutigt die Augen. Das war es wohl jetzt. Sie dachte an Wolfgang, den Hof und die Tiere. Auf diese Weise sollte ihr Leben also enden. Würde man ihren toten Körper jemals finden, gäbe es eine Beerdigung oder würde sie jahrelang als vermisst gelten?

Auf einmal flackerten die Lampen, zeitgleich ertönte in Emmas Rücken wildes Geschrei, als würde eine Horde Wikinger einfallen. Sie bekam einen heftigen Stoß, fiel zu Boden. Da ihre Hände gefesselt waren, konnte sie den Sturz nicht abfangen, sondern knallte mit dem Kinn gegen die Spanplatten. Glücklicherweise federten diese leicht, sodass Emma nicht die volle Wucht abbekam. Trotzdem schmeckte sie Blut. Um sie herum trampelnde und kämpfende Gestalten, außerdem Schmerzensschreie.

KAPITEL 36

Grimm achtete nicht länger auf Emma, die er mit einem kräftigen Stoß auf die Bretter geschickt und vorerst aus der Gefahrenzone manövriert hatte. Jetzt war die Bahn frei! Er holte aus, schlug Laura den Fleischhammer aus der Hand und gab ihr einen Schubser, der sie von den Füßen holte.

»Kümmer dich um sie!«, rief er Bobby zu, der ihm wild schnaufend in den Erdbunker gefolgt war.

Am liebsten hätte er sich selbst geohrfeigt, dass er auf seinen Kollegen gehört und die Pistole im Kommissariat gelassen hatte. Die Heckler & Koch hätte ihm jetzt gute Dienste geleistet. So musste er es mit bloßen Fäusten gegen einen kampferprobten Gegner wie Bela aufnehmen.

Sein Kollege unterdessen dampfte wie eine Lokomotive Richtung Laura.

Grimm konzentrierte sich auf den Bulgaren, der, wie es schien, seine anfängliche Überraschung überwunden hatte, denn er stürmte brüllend und mit wutverzerrtem Gesicht auf ihn zu. Grimm machte einen Vorwärtsschritt, duckte sich unter dem ersten Schlag weg und konterte mit einem Leberhaken, den sein Gegenüber kaum wahrzunehmen schien. Deshalb setzte er mit einem Schlag in die Niere nach, doch Bela drehte sich seitlich weg und hieb Grimm seinerseits die Faust in den Nacken. Der Treffer war dermaßen kräftig, dass Grimm stöhnend in die Knie ging. Schmerzsignale schossen die Wirbelsäule nach unten bis zum Ischiasnerv. Kurzzeitig wurde ihm schwarz vor Augen.

Als sich sein Sichtfeld klärte, kam etwas direkt auf seine Nase zu. Gerade noch rechtzeitig wich er Belas Knie aus, bevor es ihm das Jochbein zertrümmern konnte. Eine Rolle seitwärts, und er kam wieder auf die Füße, drehte sich blitzartig um die eigene Achse. Doch der Bulgare war schneller, startete den nächsten Angriff, diesmal mit einem Fußtritt, den Grimm mit dem Unterarm abblockte.

Aus dem Augenwinkel sah er Emma, die vom Kampfgeschehen wegrobbte. Außerdem hörte er Bobby schreien. Sein Kollege schien in Not, Grimm konnte ihm leider nicht helfen, er hatte große Mühe mit Bela, der mit den Fäusten auf ihn einhämmerte. Mit einer Pendelbewegung seines Oberkörpers gelang es Grimm, den meisten Schlägen auszuweichen und gleichzeitig einen Gesichtstreffer mit einer rechten Geraden zu landen.

Anschließend wollte er mit einem Uppercut Belas Kinn erwischen, doch der Mistkerl konterte mit einem Sicheltritt und fegte Grimm von den Beinen. Er fiel rückwärts, krachte in einen Palettenstapel, der offenbar als Tisch fungiert hatte. Beim Versuch, sich abzustützen, bohrten sich Holzpartikel in Grimms Hände. Teller, Tassen und allerlei Gegenstände wirbelten durch die Luft. Irgendwas zerschepperte an der Wand. Benommen rappelte er sich auf, nur um einen Hieb aufs Ohr einzufangen. Torkelnd hielt er sich an einem Balken fest. Als er eine Faust auf sich zufliegen sah, riss er den Kopf zur Seite.

Bela schrie vor Schmerz auf, als seine Knöchel Bekanntschaft mit dem Holz machten, der Balken zitterte unter dem wilden Hieb.

Grimm packte den Bulgaren mit einem Ringergriff und wuchtete ihn herum, warf ihn über die Schulter. Mit dem Kreuz donnerte Bela gegen einen Stützbalken direkt vor dem Eingang.

Staub rieselte von der Decke.

Grimm trat Bela die Füße weg, dumpf landete der massige Mann auf dem Boden. Schnell war Grimm über dem stöhnenden Bulgaren, drehte ihn auf die Seite und versuchte, ihm die Hände auf den Rücken zu winden. Allerdings war sein Gegner eine harte Nuss und gab nicht auf. Ein heftiger Ellbogenstoß auf Grimms Nase, seine Augen tränten und verschleierten die Sicht.

Schon war Bela wieder auf den Beinen, trat ihm mit der Schuhsohle gegen das linke Knie, der Schmerz explodierte und machte Grimm für einen Augenblick wehrlos. Diesen Vorteil nutzte der Mistkerl prompt aus und umschlang Grimm wie eine Python.

Langsam merkte Grimm, wie sein Widerstand bröckelte, vor seinen Augen flimmerte es. Halb bewusstlos fingerte er in der Außentasche seines Sakkos herum, zuerst griffen die Finger ins Leere. Nach einer gefühlten Ewigkeit fand er, was er suchte. Die Packung mit den Dartpfeilen. Mühsam öffnete er den Klettverschluss, zog einen Pfeil mit Daumen und Mittelfinger heraus. Eine letzte Kraftanstrengung war nötig, dann riss er die Hand aus der Jackentasche und rammte Bela den Pfeil in die linke Wange, zog ihn aus der blutenden Wunde und stieß ein zweites Mal zu, ließ den Dartpfeil stecken.

Bela schrie auf, löste seine Umklammerung, fasste stattdessen an den Griff des Pfeils. Blut floss und färbte Belas Haut tiefrot, quoll zwischen den Fingern hervor.

Grimm packte die Gelegenheit beim Schopf und schob Bela mit den flachen Händen weg. Den nächsten Pfeil hatte er zwischenzeitlich in der Hand und jagte ihn in Belas Oberschenkel. Wieder und immer wieder, bis sein Gegner zuerst in die Knie ging und schließlich zu Boden sackte. Dort krümmte er sich und hielt mit beiden Händen den Oberschenkel umklammert, das Gesicht schmerzverzerrt. Grimm suchte und fand den letzten Pfeil, holte ihn langsam aus der Jacke, beugte sich zu seinem Opfer hinunter und stieß zu. Der Pfeil glitt durch Belas Hand und tackerte sie am Oberschenkel fest. Lediglich die Flügel des Dartpfeils waren noch zu sehen.

Mit weit geöffneten Augen starrte Bela ihn an, Blut tropfte auf die Spanplatten, bildete eine dunkle Lache, die langsam im Holz und zwischen den Ritzen versickerte.

Grimm holte mit der Faust aus: Ein Schlag gegen Belas Schläfe schickte diesen endgültig ins Reich der Träume.

»Bobby!«, hörte er Emma panisch schreien.

Grimm sprang auf, sein linkes Knie knickte sofort weg, es tat höllisch weh.

Wo war Emma?

Der Staub, der durch ihren Kampf aufgewirbelt worden war, nahm ihm für einen Moment die Sicht. Da entdeckte er sie, über Bobby gebeugt.

Laura lag mit blutverschmiertem Gesicht neben Emma, die roten Haare zerzaust.

Hinkend begab er sich zu ihnen.

Bobby atmete flach, in seiner Brust steckte ein Messer. Seine Augenlider flatterten, die Lippen bewegten sich stumm.

Emma deutete mit dem Kinn auf Laura. »Sie war wild wie eine Furie. Bobby hatte sie gepackt, aber nicht richtig zu fassen bekommen. Sie hat sich aus seinem Griff gewunden, irgendwoher ein Messer geschnappt und auf ihn eingestochen. Es hat ewig gedauert, bis ich sie mit einem Fußtritt überwältigen konnte.«

Grimms Blicke tasteten umher. Er entdeckte ein Brotmesser inmitten des Gerümpels, das er sich schnappte, um dann Emmas Fesseln durchzuschneiden.

Seine Chefin massierte ihre aufgescheuerten Knöchel.

»Wir müssen Bobby sofort rausschaffen, er braucht dringend einen Arzt«, drängte sie.

Als sie Bobby unter den Achseln packen wollte, hielt Grimm ihre Hände fest.

»Nein, die Wunde ist schlimm. Ich fürchte, ein Transport würde ihn das Leben kosten. Wir müssen Hilfe holen. Und zwar schnell. Ich kann kaum laufen, wie sieht es bei dir aus?«

Emma tastete ihren Körper ab. »Ich glaube, ich krieg das hin.«

»Sehr gut, ich kümmere mich in der Zwischenzeit um Bobby und fessele die beiden anderen …«

»Nein!«, schrie Emma.

Grimms Blick folgte dem ihren.

Laura hatte sich anscheinend erholt, während Emma und er sich um Bobby gekümmert hatten. Die junge Frau war aufgestanden und torkelte Richtung Ausgang.

Emma stemmte sich hoch, hastete ihr nach und packte sie an der Schulter. Laura wirbelte herum, krachte dabei gegen den bereits angeknacksten Stützbalken, der jetzt endgültig am Ende war und sich knarrend zur Seite neigte.

»Emma, Vorsicht!«, warnte Grimm und machte zwei humpelnde Schritte auf sie zu.

Sie griff seine ausgestreckte Hand, er riss sie mit sich auf den Boden.

Gerade noch rechtzeitig.

Hinter Emma stürzte der Balken um, die halbe Decke fiel herab. Balken und Erde begruben Laura unter sich. Ihre Schmerzensrufe erstickten, als ein weiterer, massiver Balken ihren Kopf traf.

Schockiert wandte Grimm den Blick ab. Er konnte nur hoffen, dass Laura noch lebte. Schützend hielt er die Arme über Emmas Kopf, in der Erwartung, dass andere Balken in einer

Kettenreaktion aus der Halterung brechen und auf sie krachen würden. Zwei, drei Minuten verharrten sie in dieser Position. Als sich die Sicht langsam klärte, wurde ihm klar, wie aussichtslos ihre Lage war.

Der Eingang des Erdbunkers war verschüttet. Weitere Stützbalken knarrten bedrohlich. Wie es aussah, war es nur eine Frage der Zeit, bis alles zusammenbräche.

Emma kroch zu Bobby, dessen Rettung jetzt nicht mehr möglich schien.

Grimm schluckte schwer. Nicht nur sein sympathischer Kollege würde sterben, auch Emma und er hatten nur noch eine kurze Gnadenfrist bis zum endgültigen Ende.

Grimm untersuchte den Eingang, oder das, was von ihm übrig geblieben war. Es war unmöglich, zu Laura vorzudringen. Ob sie noch lebte, vermochte er nicht zu sagen. Mit bloßen Händen war es unmöglich, sich zu ihr vorzugraben, geschweige denn einen Weg aus dem Bunker zu freizuräumen, das erkannte er nach wenigen Versuchen. Wenigstens hatten sie ein Lüftungsrohr und Essensvorräte, falls die Balken doch länger halten sollten, als er vermutete.

Emma saß mit dem Rücken an die Wand gelehnt neben Bobby, drückte seine Hand. Er hatte die Augen geschlossen und stöhnte leise.

Grimm zog seinen Blazer aus, rollte ihn zusammen und legte ihn sanft unter Bobbys Kopf. Aus einem der Käfige drang Hundewinseln. Er schnappte sich einen Wasserkanister, öffnete ihn und ließ etwas von der Flüssigkeit in den Käfig tropfen. Die beiden Welpen leckten gierig das Wasser auf. Dann ließ Grimm sich stöhnend neben Emma nieder.

»Wie habt ihr mich überhaupt gefunden?«, wollte Emma von ihm wissen.

»Von Enzo wusste ich, dass du zu *freedog* gefahren bist. Doch weder im Haus noch sonst wo gab es eine Spur von dir. Eigentlich wollten wir gerade aufbrechen, da habe ich in einem der Räume einen Beutel mit der Werbeaufschrift von *Freddies* entdeckt. Von Enzo wusste ich, dass du bei ihm heute zwei Flaschen Wein gekauft hast. Der Beutel war getränkt mit Rotwein.«

»Den habe ich fallen lassen, als Laura mich niedergeschlagen hat.«

»Und ich bin in die klebrige Pfütze getreten. Ich habe eins und eins zusammengezählt und war überzeugt, du bist noch irgendwo auf dem Gelände. Wir sind kreuz und quer durch den Wald gelaufen. Irgendwann haben wir Fahrzeugspuren entdeckt und sind ihnen bis zu einem Quad gefolgt. Den Rest kennst du.«

»Weshalb hast du überhaupt Verdacht geschöpft?«, fragte sie.

Grimm erzählte ihr von seinen Überlegungen, die in den Verdacht mündeten, dass Laura und Bela gemeinsame Sache gemacht hätten, und schließlich von der Entdeckung des Einstichs in Kittners Leberfleck durch Dr. Lange.

»Leider wird niemand davon erfahren. In diesem Bunker wird uns keine Menschenseele finden«, fürchtete Grimm.

»Noch sind wir am Leben«, munterte ihn Emma auf und strich Bobby über die blasse Wange. »Was war das?«, fragte sie plötzlich und nahm die Hand von Bobbys Gesicht.

»Ich höre auch was«, entgegnete Grimm.

Zusammen lauschten sie.

»Da.«

Emma hob den Arm und deutete zum Lüftungsschacht.

Grimm wollte aufstehen, da rieselte eine Staubwolke herab, er blinzelte und wischte mit den Händen übers Gesicht. Behutsam schob er sich mit Händen und Füßen zum Lüftungsschacht am hinteren Ende, untersuchte diesen und horchte.

Da war etwas, eindeutig.

Er hielt sein rechtes Ohr an das untere Ende und lauschte mit geschlossenen Augen.

»Da draußen ist jemand«, rief er aufgeregt.

Dann wandte er sich wieder dem Schacht zu.

»Hallo, hier unten. Hört uns jemand? Wir sind verschüttet und brauchen dringend einen Arzt.«

»Madonna! Come stai?«, drang eine bekannte Stimme zu ihnen in den Bunker.

KAPITEL 37

Emma betrachtete sorgenvoll Bobbys fahles Gesicht, als er auf einer Trage aus dem Erdbunker gehievt wurde. Zwei Rettungssanitäter trugen die Bahre, während der Notarzt nebenher lief. Die Sanitäter gingen vorsichtig zu Werke und versuchten, die Erschütterungen möglichst gering zu halten, was angesichts des unebenen Waldbodens eine Herausforderung darstellte. Ihr Weg führte sie zum Einsiedlerhof, dort wartete ein Rettungshubschrauber, um Emmas Kollegen sofort ins Krankenhaus zu fliegen.

Außerhalb des Bunkers herrschte Hektik. Immer noch liefen Männer des Technischen Hilfswerkes und der Feuerwehr hin und her und riefen Kommandos. Mangels eines Zufahrtswegs waren die meisten von ihnen durch den Wald zum Erdbunker gelaufen. Ein Quad des THW war das einzige Fahrzeug, das Ausrüstungsgegenstände an den Einsatzort herangeführt hatte. Der Rest war mühevoll durchs Unterholz und Dickicht getragen worden, glücklicherweise waren es maximal fünfhundert Meter Wegstrecke vom Einsiedlerhof bis hierher. Sonst hätte es noch länger bis zur ihrer Bergung gedauert, dachte Emma und erinnerte sich an die erste Schaufelspitze, die durch den verschütteten Eingang bis ins Innere vorgedrungen war. Eine zweite folgte, danach viele Hände, die Erdreich und Steine wegräumten und endlich Tageslicht und Frischluft in den Bunker strömen ließen. Anschließend hatten die Einsatzkräfte den Eingang notdürftig abgestützt, woraufhin zuerst Notarzt und Sanitäter reingelassen wurden. Noch immer zog eine Staubwolke durch den Wald, die vom Einsturz und den nachfolgenden Bergungsarbeiten herrührte.

Uniformierte Polizeibeamte von der Lindauer Inspektion waren ebenfalls anwesend, außerdem fast die halbe Mannschaft von Emmas Kripo. Immerhin mussten erste Tatortmaßnahmen ergriffen werden, zu denen sie selbst nicht mehr in der Lage war. Weder körperlich noch mental. Trotz des milden Maiabends und einer um die Schulter geschlungenen Decke zitterte sie am ganzen Leib. Alles tat ihr weh, vor allem der Kopf brummte. Nachwirkungen der Bewusstlosigkeit nach Lauras Hieb mit dem Fleischhammer.

Niklas neben ihr sah nicht viel besser aus, als sie sich fühlte. Gesicht und Hals zerkratzt, die Augen halb zugeschwollen. Zu seinen Füßen stand der Käfig mit den zwei Welpen. Sie schliefen, ihnen ging es den Umständen entsprechend gut.

Enzo trat zu ihnen, warf einen kurzen Blick auf die dösenden Hunde. Er hatte gerade seine Aussage bei einem von Emmas Kollegen gemacht.

»Wenn ich sage, dass ihr mitgenommen ausseht, ist das stark untertrieben«, sagte er und betrachtete mitfühlend zuerst Emma, dann Niklas. Vom üblichen lausbübischen Grinsen des Italieners war diesmal nichts zu sehen. Stattdessen breiteten sich Sorgenfalten auf seinem Gesicht aus.

»Bobby hat es schwer erwischt, sagt der Notarzt«, berichtete er mit traurigem Unterton.

»Dass es überhaupt eine Überlebenschance für ihn gibt, hat er dir zu verdanken, Enzo«, sagte Emma. »Du hast bislang gar nicht erwähnt, wie du uns gefunden hast.«

»Ich habe mir Sorgen gemacht. Als Nik mich angerufen hatte, klang er nervös. Später habe ich ihn auf dem Handy zurückgerufen, wollte wissen, ob alles okay ist. Aber ich konnte ihn nicht erreichen«, erwiderte Enzo. »Bei dir habe ich es auch probiert, du warst genauso wenig an den Hörer zu kriegen. Bobby auch nicht, seine Frau wusste nichts, ebenso wenig wie dein Vater, Emma. Du hattest mir gesagt, dass du zu *freedog* wolltest. Das war mein einziger Anhaltspunkt. Meine italienische Seele hat mir zugeflüstert, dass ihr in Gefahr seid.«

Als Emma schmunzelte, hob Enzo die Hand.

»Doch, wenn ich es dir sage. Manchmal habe ich so eine Vorahnung, da kribbelt es in der Leistengegend. Deshalb bin ich auf gut Glück mit meinem Taxi hergefahren. Außer dem Smart von Niklas fand ich keine Spur von euch. Keine Sau hat auf mein Rufen reagiert. Dann bin ich im Wald umhergeirrt, und als ich beinahe schon am Aufgeben war, habe ich eine Staubwolke bemerkt, die zwischen den Bäumen hervorgequollen ist. Die Wolke hat mich schließlich zu einem Quad und dem eingestürzten Bunker geführt, und bei dessen Anblick …«, Enzo bekreuzigte sich hastig, »… wusste ich, dass mein saublödes Gefühl in der Leistengegend recht hatte. Als ich Grimm durch dieses seltsame Rohr gehört habe, das oben auf dem Hang einfach aus dem Boden zu wachsen schien, ist mir einerseits ein Stein vom Herzen gefallen. Andererseits war mir sofort klar, dass euer Leben von Minuten abhing. Also bin ich sofort zu meinem Taxi gerannt und habe über Funk um Hilfe gerufen. Handyempfang gibt es hier ja keinen, aber der gute alte Taxifunk hat funktioniert. Grazie mille!«

Emma sah an Enzo vorbei, als zwei Polizisten Bela aus dem Bunker führten. Seine Wunden waren einigermaßen versorgt und verbunden. Lebensbedrohlich waren sie nicht, wie sie erfahren hatte, aber äußerst schmerzhaft. Niklas hatte den Bulgaren kräftig bearbeitet. Sowohl mit Fäusten als auch mit Dartpfeilen.

Allerdings hielt sich ihr Mitleid mit dem Welpenschmuggler in Grenzen. Er hielt den Kopf gesenkt, als er an ihr vorbeilief.

Als Nächstes trugen die Retter Laura Dörr ins Freie. Körper und Gesicht waren abgedeckt. Die junge Frau hatte trotz aller Anstrengungen des Rettungsteams nur tot geborgen werden können. Der Anblick, als der herabfallende Balken das einst schöne Gesicht der Rothaarigen zerquetscht hatte, den würde Emma nicht so bald aus ihrem Kopf kriegen.

»Dann ist es also wahr, dass der schöne Leo nicht der Doppelmörder ist?«, wollte Enzo wissen.

»So ist es«, bestätigte Emma.

Sie beobachtete gedankenverloren den Bach, der ein Dutzend Schritte unterhalb des Bunkers vorbeifloss. Das Wasser sah aus wie flüssiges Silber.

Fassungslos schüttelte der Italiener den Kopf und fragte: »Dann war Leopold also überhaupt nicht an den Verbrechen beteiligt?«

»Nein, das war er nicht, allerdings war er ein Welpenschmuggler, der *Pfötchenliebe* als Tarnung für seine schmutzigen Aktionen benutzt hat.«

Emma sah mitfühlend auf den Käfig mit den Welpen. Sie beschloss, die Hunde auf ihrem Hof unterzubringen. Natürlich musste Lilly sie vorher untersuchen. Um eine Quarantäne würden die Welpen nicht herumkommen, aber danach hätten sie ein gutes Leben, versprach Emma ihnen im Stillen. Sie hatte gemeinsam mit ihnen in Lebensgefahr geschwebt. Das verbindet, dachte sie.

KAPITEL 38

Beinahe eine Woche war vergangen, seit sie den eingestürzten Erdbunker lebend verlassen hatten. Mit mehr Glück als Verstand, wie Enzo nicht müde wurde, ihnen immer wieder vorzuhalten. Grimms Chefin hatte die Erlebnisse nach Ansicht des Arztes gut weggesteckt. Körperlich zumindest. Wie es innerlich in ihr ausschaute, das vermochte Grimm nicht einmal zu erraten. Auf jeden Fall zeigte sie in der Öffentlichkeit ihre toughe Seite. Schon am nächsten Tag hatte sie zusammen mit der Leitenden Oberstaatsanwältin an der Pressekonferenz teilgenommen, bei der über die spektakuläre Wende im Fall der Toten von Lindau berichtet worden war.

Grimms Verletzungen nach dem wüsten Kampf mit Bela hatten schlimmer ausgesehen, als sie waren. Er humpelte zwar noch ein wenig und hatte am ganzen Körper Prellungen, außerdem eine angeknackste Rippe und eine gebrochene Nase. Aber auf eine Krankschreibung hatte er verzichtet, ein paar Tage Innendienst schieben empfand er als vollkommen angemessen. Jetzt fühlte er sich wieder fit und genoss den warmen Spätnachmittag im Freien auf Emmas Gnadenhof. Die Maisonne über dem Bodensee wärmte sein Gesicht, nur ein paar Wolken zogen in allgäuerischer Gelassenheit über den ansonsten blauen Himmel. Die zahllosen Obstbäume rundherum verwandelten die Hänge in ein rot-weißes Blütenmeer.

Rasmus wuselte um Grimms Beine herum und spielte mit den Schnürsenkeln seiner Schuhe. Lachend ging Grimm in die

Knie und streichelte den Hund, der vor Freude seine Hand abschleckte. Der erste Spaziergang an der frischen Luft tat Rasmus sichtlich gut, und auch Grimm war froh, dass er die Reiterstube nicht mehr dauerhaft mit dem Vierbeiner teilen musste. Auf lange Sicht wollte er keine Mensch-Hund-Beziehung führen. Obwohl er den Welpen mochte, fand er es an der Zeit, dass dieser seinen Platz irgendwo auf Emmas Hof fand. Immerhin wusste Grimm nicht, wann sein Engagement bei der Lindauer Kripo beendet war, da wollte er keine innige Freundschaft zu dem Labrador aufbauen.

Wie ein Gänseküken watschelte der kleine Hund hinter ihm her, eine Leine war nicht nötig. Als sie sich der Pferdekoppel näherten, trotteten Sylvie und Baby Blue heran und schnaubten. Neugierig betrachteten sie den blonden Labrador, dem ein Ohr fehlte. Die Wunde war nach Grimms Einschätzung gut verheilt und entstellte Rasmus keineswegs. Im Gegenteil, die Verstümmelung verlieh ihm ein verwegenes Aussehen.

Als das kleine Energiebündel unter dem Zaun hindurchstürmte, machten die Miniponys einen Satz nach hinten, beruhigten sich aber sofort wieder. Kläffend und die Ponys umspringend genoss Rasmus sein neues Leben. Es machte ihm anscheinend großen Spaß, Sylvie und Baby-Blue anzubellen, die aber nicht erschrocken zurückwichen, sondern den jungen Hund ihrerseits davonzujagen versuchten. Mit verschränkten Armen beobachtete Grimm das Spiel zwischen den dreien.

»Euch scheint es ja gut zu gehen«, fing Emma Grimms abdriftende Gedanken wieder ein.

Überrascht sah er auf, er hatte sie nicht kommen hören.

Sie trug eine braune Cordhose und ein verwaschenes Jeanshemd, dazu Arbeitsschuhe. In der Armbeuge klemmte eine Bollengabel. Offensichtlich war sie auf dem Weg zum Abmisten der Koppel. Tibet-Terrier Nathan wich nicht von ihrer Seite, obwohl er gerne Rasmus gefolgt wäre, wie es schien. Nathans Augen waren wie gebannt auf den tollenden Labrador gerichtet.

»Es gibt Neuigkeiten aus dem Krankenhaus«, teilte sie ihm mit.

Grimm sah sie erwartungsvoll an. Er spürte, wie sein Puls schneller zu schlagen begann.

»Bobby ist endlich über den Berg!«, berichtete sie mit einem immer breiter werdenden Grinsen.

»Fantastisch!«, rief er und umarmte Emma, die plötzlich anfing, hemmungslos zu weinen.

Er spürte, wie die Mistgabel in sein Kreuz gepresst wurde, als Emma ihn ebenfalls in die Arme nahm.

»Es wird noch einige Wochen dauern, und er braucht eine gute Reha – aber er wird wieder gesund«, sagte sie schniefend.

Grimm spürte, wie Tränen in sein Hemd sickerten.

»Sehr gut«, erwiderte er, löste sich aus der Umarmung und stieß zischend Luft aus seinen Lungen.

Emma wischte mit dem Hemdsärmel die Tränen aus ihrem Gesicht.

»Mittlerweile wurde Bela ausführlich zu den Morden vernommen«, fuhr sie fort und richtete den Blick auf die Koppel, wo Ponys und Rasmus sich gegenseitig über das Gras jagten.

Nathan japste zweimal auf, sah Emma einmal kurz an und wedelte mit dem Schwanz.

»Na gut, ab mit dir«, forderte sie ihn auf.

Das ließ Nathan sich nicht zweimal sagen. Er rannte zu den anderen Tieren, und gemeinsam mit Rasmus vollführte er einen seltsamen Tanz um die Ponys.

»Der Bulgare hat alle Angaben Lauras bestätigt, die sie mir

gegenüber gemacht hat«, nahm sie den Faden wieder auf. »Außerdem hat die Spurensicherung Belas Nissan gefunden. Lukas hat ihn sich vorgenommen und im Kofferraum Haare und Textilfasern festgestellt, die von Stefan Zinsmeister stammen. Er wurde also mit Belas Wagen zur Galgeninsel transportiert. Bela hat zugegeben, Zinsmeister betäubt und in den Wagen gestoßen zu haben. Gemeinsam mit Laura hat er ihn später in den Bodensee geworfen. Die Staatsanwältin wird ihn wegen gemeinschaftlichen Mordes anklagen.«

»Laura hat ihre Strafe bereits erhalten«, antwortete er mit bitterem Unterton.

Emma entgegnete nichts, sondern starrte stumm geradeaus.

Rasmus und Nathan schienen genug von den Ponys zu haben. Mit hechelnder Zunge hopste der Welpe unter dem Zaun durch und wackelte zu ihnen, Nathan folgte ihm. Während der Labrador den Kopf an Grimms Schienbein lehnte, stellte sich Nathan direkt vor Emma und hob den Kopf.

»Platz!«, befahl sie.

Nathan gehorchte und setzte sich neben sein Frauchen.

Grimm ging in die Knie und kraulte Rasmus hinter dem Ohr, dann packte er ihn und nahm ihn in den Arm. Als er sich wieder aufgerichtet hatte, schmiegte sich Rasmus an seine Schulter und schloss die Augen. Ein leises Grunzen verriet, dass der Welpe eingeschlafen war.

»Nathan und Rasmus kriegen in ein paar Wochen Gesellschaft«, sagte Emma.

»Neuzugänge?«

»Die beiden Schäferhunde aus dem Erdbunker.«

»Du nimmst sie auf?«

»Ja, sie bekommen bei uns ein dauerhaftes Zuhause. Wolfgang weiß noch nichts, es wird eine Überraschung für ihn. Lilly meint, ein paar Wochen Quarantäne in ihrer Praxis, dann können Kastor und Pollux bei uns einziehen.«

»Sie haben bereits Namen?«, wunderte sich Grimm.

»Natürlich, das steigert die Vorfreude«, gab sie zurück und lächelte.

Er freute sich über ihr Lächeln, das ihn mehr denn je davon überzeugte, dass ein Leben ohne die Tiere für Emma ein großer Schlag wäre. Die prekäre finanzielle Situation schwebte immer noch wie ein gefräßiger Geier über dem Hof, wie er wusste.

»Wie geht es mit *freedog* weiter?«, erkundigte er sich, während er überlegte, wie er Emma und Wolfgang helfen konnte.

Durch die Ereignisse in der letzten Zeit hatte er seine Meinung geändert: Erst mal würde er Emma nichts über Wolfgangs geheime Treffen erzählen. Vielleicht war ein Gespräch unter Männern sinnvoller. Wenn er Wolfgang ins Gewissen redete, ihm erzählte, was für eine wundervolle Frau er hatte. Ja, vielleicht würde Emmas Mann dann das Stelldichein mit der jüngeren Nebenbuhlerin einstellen. Das Gute daran wäre, dass Emma gar nichts über die Affäre erfahren müsste. Das wäre wahrscheinlich das Beste, fand Grimm.

»Felix Zacher und Friederike Ludwig waren erschüttert, als ich ihnen die Nachricht von Lauras Tatbeteiligung überbracht habe«, erklärte Emma. »Beide haben sich entschuldigt und waren ziemlich angefressen. In gewisser Weise fühlen sie sich schuldig, glaube ich wenigstens. Jedenfalls wollen sie *freedog* weiterführen. Das wären sie Nele schuldig, haben sie gesagt.«

»Finde ich in Ordnung«, meinte Grimm. »Die Tiere brauchen Leute wie diese Aktivisten.«

»Wirklich?«, zeigte sich Emma verwundert.

»Doch.«

»Das ist tatsächlich deine Meinung, Niklas?«

»Wieso schaust du so skeptisch drein? Nur weil ich ein Stadtmensch bin, heißt das nicht, dass ich kein Herz für Tiere habe. Außerdem haben mir die Ereignisse der letzten Wochen die Augen geöffnet. Welpenhandel und dieser ganze Mist, das ist eine miese Sache. Und wir als Polizei sind da fast machtlos. Aber engagierte Tierschützer wie Nele Gruber mit ihren innovativen Aktionen können eine Menge ausrichten, wenn sie nicht übertreiben. Nicht alle Bauern sind schließlich Tierquäler, höchstens eine sehr kleine Minderheit, das habe ich ebenfalls erfahren.«

»Du denkst sicher an die Landwirte, die ihren Tieren vorsingen oder Lieder vorspielen.«

»Ganz genau. Die machen einen verdammt guten Job, wie ich finde. Aber ansonsten haben Felix Zacher und Friederike Ludwig meinen Respekt.«

Grimm streichelte Rasmus über den Kopf.

»Hört, hört«, tönte Emma.

Eine Weile musterte sie ihn nachdenklich.

Beinahe hatte er das Gefühl, sie würde ihn mit ihren eisblauen Augen durchleuchten wie ein Röntgengerät am Flughafenschalter einen Koffer. Ahnte sie etwa, dass er ihr etwas verheimlichte?

»Was ist eigentlich mit Silke und Lilly?«, fragte sie stattdessen.

Grimm überlegte. Nach der Befreiung aus dem Erdbunker hatte er die zwei Frauen lediglich ein einziges Mal gesehen. Und zwar am darauffolgenden Tag. Beide waren überglücklich über Emmas Rettung gewesen. Und hoffentlich auch über seine. Aber zu einem Date hatte er sich weder mit der Tierärztin noch der Schuhladenbesitzerin durchringen können. Er hatte zwar ein paarmal zum Hörer gegriffen, es aber sein lassen, eine von beiden anzurufen. Er hatte Angst, erneut enttäuscht zu werden. Dazu war die Angst um Bobbys Gesundheitszustand gekommen, was ihm jede Lust auf Verabredungen vermiest hatte.

»Ich habe mir gedacht, ich ziehe ganz in die Reiterstube«, umschiffte er die Frage. Im selben Moment kam ihm eine Idee.

Angesichts seines Themenwechsels furchte Emma leicht verärgert die Stirn.

»Du wohnst bereits drin, wenn ich mich nicht irre«, entgegnete sie nach einem langen Moment der Stille.

Grimm kaute auf der Unterlippe, bevor er erwiderte: »Richtig komplett, meinte ich, mit Mietvertrag und dem ganzen Brimborium, mit Anmeldung beim Einwohnermeldeamt und so weiter. Bislang lebe ich sozusagen schwarz auf dem Hof. Ich könnte solange bleiben, wie ich in Lindau meinen Dienst schiebe. Das kann nicht lange sein«, fügte er schnell hinzu. »Höchstens zwei oder drei Monate, dann bin ich zurück in München.«

»Aha.«

»Selbstverständlich zahle ich Miete. Das muss sein, wenn wir einen Mietvertrag machen«, versuchte er seine Idee möglichst harmlos vorzubringen.

»Das hatten wir längst besprochen«, winkte sie ab. »Ist nicht nötig, besonders luxuriös ist es bei mir nicht. Deshalb will ich kein Geld verlangen.«

»Ich richte mich entsprechend ein, außerdem bin ich handwerklich nicht völlig unbegabt. Fliesen legen, verputzen und diverse andere Dinge schaffe ich. Auf meine Kosten natürlich. Die Reiterstube wird ein richtiges Schmuckstück, du wirst schon sehen. Und das mit der Elektrik kriege ich auch hin beziehungsweise lasse einen richtigen Profi ran.«

»Für zwei oder drei Monate nimmst du dir allerhand vor, findest du nicht?«

»Wenn ich wegversetzt werde, kann ich die Reiterstube als Ferienwohnung nutzen«, gab er schlagfertig zurück und grübelte, wie er das finanziell stemmen konnte, wenn er zwei Immobilien finanzieren musste.

Egal, dachte er. Immerhin war er jung, und wenn seine Miete dazu beitrug, einen Gnadenhof für gestrandete Tiere am Leben zu halten, dann war es den Versuch wert. Und wenn mit Emma und Wolfgang doch alles schiefgehen sollte, könnte einer der beiden in die Reiterstube ziehen.

»In jedem Fall sollte das eine oder andere gemacht werden«, sagte er. »Schließlich will ich mich in meinen vier Wänden wohlfühlen.«

»Das ist allerdings kein Ablasshandel, Niklas, dass das klar ist. Wenn du denkst, du kommst auf diese Weise um die Mithilfe im Stall oder auf der Koppel rum, dann irrst du dich. Du wirst von mir zur Arbeit eingespannt, Miete hin oder her.«

»Einverstanden«, willigte er ein und reichte ihr die Hand, die Emma ergriff und kräftig schüttelte.

Ein gelbes Postauto schnurrte auf den Hof, der Elektroantrieb war beinahe geräuschlos. Ein schlaksiger Typ mit langen grauen Haaren, die zu einem Zopf gebunden waren, stieg aus und warf mehrere Briefe in Emmas Briefkasten an der Haustür. Dann sah sich der Postbote hilflos um, er hielt etwas zwischen Zeigefinger und Daumen. Als er Emma sah, hellte sich seine Miene auf. Zügig überquerte er den Hof und schritt auf sie und Grimm zu.

»Ah, Frau Bosse«, rief er und wedelte mit der Hand. »Ich habe eine Ansichtskarte für einen …«, er blickte auf die Karte, »… Niklas Grimm.«

»Das bin ich«, sagte Grimm. »Komisch, wer sollte mir eine Karte nach Lindau schicken? Außerdem bin ich unter dieser Adresse gar nicht gemeldet.«

Grimm nahm die Ansichtskarte entgegen und betrachtete zuerst die Vorderseite mit einem der meistfotografierten Motive in Lindau: der Hafen mit dem bayerischen Löwen und dem Neuen Leuchtturm. Lächelnd drehte er die Karte um, dann schluckte er, sein Mund wurde trocken. Um ihn herum drehte sich die Welt, es dauerte einen Moment, bevor sich sein Blick klärte. Rasmus auf seinem Arm schien Grimms Unruhe zu spüren, er hob schläfrig die Augen und blickte ihn an.

»Was ist los, Niklas?«, wollte Emma von ihm wissen.

Sie fasste ihn sanft an der Schulter. »Beunruhigende Neuigkeiten?«

Schweigend starrte er auf den friedlichen Bodensee, der in der Ferne im Abendlicht glitzerte. Innerlich hatte Grimm das Entsetzen gepackt. Der Himmel verfärbte sich violett, eigentlich ein grandioser Sonnenuntergang, wäre da nicht die handgeschriebene Nachricht gewesen.

»Lieber Niklas, herzliche Grüße nach Lindau sendet dir …«, las er flüsternd vor und stockte, blickte Emma mit zusammengekniffenen Lippen an.

Sie ließ ihn los, Emmas Blicke flogen zwischen der Karte und seinem Gesicht hin und her.

»Niklas, von wem ist die Karte, wer sendet dir einen Gruß nach Lindau? Einen Gruß, der dich aus dem Gleichgewicht bringt.«

Er schloss die Augen, öffnete sie, fixierte die letzten Wörter auf der Karte, als wären sie eine Fata Morgana, die verschwinden würde, je länger er sie anblickte. Doch sie blieben, die Wörter verbanden sich zu einem unheilvollen Satzende. Mit dem Daumen fuhr Grimm über das Ausrufezeichen hinter dem letzten Wort. Daneben hatte der Absender einen Blutstropfen gemalt, die Linien waren mit rotem Filzstift nachgezeichnet und verstärkten die düstere Botschaft.

»… der Schlitzer von Pasing!«, beendete er schließlich den geheimnisvollen Gruß.

Ende

NACHWORT

Handlung und Figuren dieses Romans sind fiktiv, Ähnlichkeiten mit lebenden oder verstorbenen Personen sind rein zufällig und nicht beabsichtigt.

Na ja, nicht ganz! Einige der im Roman vergebenen Tierrollen sind nach real existierenden Geschöpfen gestaltet.

Die Handlung spielt in Lindau am Bodensee und der näheren Umgebung. Die eine oder andere Örtlichkeit mag den Leserinnen und Lesern vertraut vorkommen, weil es die Schauplätze natürlich gibt. Allerdings habe ich mir hin und wieder ein wenig schriftstellerische Freiheit genommen und einige Dinge der Romanhandlung angepasst.

So wird der Leser beispielsweise Emmas Gnadenhof vor Ort nicht finden, ebenso wenig den Einsiedlerhof von *freedog*, den Reiterhof der Brüder Zinsmeister sowie Freddies Kneipe. Das alles und vielleicht noch ein paar weitere Kleinigkeiten sind der Fantasie des Autors entsprungen.

Das Schreiben eines Romans ist eine lange Wanderung. Beginnend bei einer Idee, aus der sich langsam ein Plot entwickelt. Figuren und Geschehnisse formen sich im Laufe des Nachdenkens zu einer Geschichte. Diese Geschichte gilt es, während der folgenden, viele Monate dauernden Reise auszuschmücken und mit Leben zu füllen. Meistens ist das kein einfacher Spaziergang für den Autor, sondern sehr einsam und mühselig, der Weg voller Steine und Hindernisse. Logiklöcher klaffen vor dem Autor auf, groß wie Mondkrater.

Allerdings trifft man auf dieser Reise auch Menschen, die einen unterstützen und helfen, dass aus einem Manuskript ein Buch wird, das irgendwann in den Regalen der Bücherläden zu finden ist.

Zuerst muss ich meine Ehefrau Katrin nennen, meine erste Testleserin und Kritikerin. Diesen Job hat sie sehr ernst genommen und mich darauf hingewiesen, wenn eine Stelle zu langweilig war oder ich zu viel geschwafelt habe.

Außerdem danke ich meinem Agenten Dr. Michael Wenzel von der Literaturagentur Editio Dialog, der mich und meine Manuskripte an den Lübbe-Verlag vermittelt hat. Bei Nachfragen, wie ein italienisches Wort richtig geschrieben wird, hat er mir ebenso geholfen wie Roberta Gregorio, eine Autorenkollegin, die ebenfalls beim Lübbe-Verlag veröffentlicht.

Ein großes Dankeschön geht an meine Verlagslektorin Daniela Jarzynka, die mich während des Schreibprozesses ganz wunderbar unterstützt und mir viele Tipps und Anregungen für den Krimi gegeben hat.

Seit meinem Debütroman *Tote lächeln nicht* (unter dem Pseudonym Franz Hafermeyer) begleitet mich Stefanie Kruschandl als Außenlektorin. Ihr danke ich ganz besonders für die anspruchsvolle Arbeit am Text. Erst in der Zusammenarbeit mit ihr wurde aus einem Manuskript schließlich das fertige Buch. Hoffentlich findet Stefanie auch in Zukunft die Zeit, meine nächsten Projekte zu betreuen, ich würde mich darüber freuen.

Nicht vergessen will ich die vielen Helfer bei einem solch großen Verlag wie Bastei Lübbe, insbesondere Stefan Bauer und Marco Schneiders sowie Barbara Fischer und ihr Team von der Presseabteilung.

Ein herzliches Dankeschön an Manuela Städele-Monverde für die Gestaltung des Covers.

Für einen Autor ist es unglaublich beruhigend, ein derart professionelles Team im Hintergrund zu haben.

Während des Schreibens hatte ich übrigens nicht nur menschliche Hilfe. Nein, ich hatte eine Muse aus dem Tierreich namens Lisbeth, meine Krimikatze. Sie hat meinen Schreibprozess die meiste Zeit überwacht. Was bedeutet, dass sie entweder auf meinem Schoß oder auf der Couch neben mir gesessen und mich mit ihrem Schnurren positiv unterstützt hat. Als Dank hat sie eine kleine Nebenrolle im Roman bekommen, und natürlich ab und zu ein Leckerli.

Sollten trotz aller Mühe dennoch Fehler im Roman auftauchen, dann gehen sie voll und ganz auf meine Kappe.

Während der Recherche zu diesem Buch habe ich auf einige Fachbücher zurückgegriffen, deren Lektüre sehr interessant war. Dazu gehören

– *Auf der Spur des Bösen. Ein Profiler berichtet* von Axel Petermann
– *Die Logik der Tat. Ein Profiler auf der Spur von Mördern und Serientätern* von Alexander Horn
– *Geheimnisse der Vernehmungskunst. Die Strategien des legendären Mordermittlers* von Josef Wifling
– *Dem Täter auf der Spur. So arbeitet die moderne Kriminalbiologie* von Mark Benecke

Aufschlussreich war auch ein Bericht von Dr. Jens Amendt: *Das Ökosystem Leichnam – Insekten als Ermittler.*

Was den illegalen Welpenhandel betrifft, gibt es Hintergrundinformationen unter anderem auf der Homepage des Deutschen Tierschutzbundes.

Dieses Nachwort schreibe ich zu einer Zeit, in der uns die Corona-Krise mit voller Wucht getroffen hat. Ausgangsbeschränkungen, Kontaktverbote, Abstandsregelungen und vieles mehr beeinträchtigen zurzeit unser aller Leben. Meine große Hoffnung ist, dass bei Erscheinen des Krimis diese schwere Zeit hinter uns liegt, ein Medikament und ein Impfstoff gefunden sind und das Leben wieder Fahrt aufgenommen hat.

Ich wünsche allen meinen Leserinnen und Lesern alles Gute, vor allem viel Gesundheit.

Bayerisch Schwaben im Mai 2020

Thomas J. Fraunhoffer

Wer schuldig ist, wird sterben

Sabine Weiß
BLUTIGE DÜNE
Sylt-Krimi
DEU
416 Seiten
ISBN 978-3-404-17975-6

Der lang ersehnte Kurzurlaub von Kommissarin Liv Lammers endet abrupt, als in der Mörderkuhle bei Tinnum ein Toter gefunden wird. »Schuldig« steht mit schwarzem Nagellack auf seiner Haut. Das Opfer: ein Rocker, der für seine Skrupellosigkeit bekannt ist. Liv und ihre Kollegen von der Flensburger Mordkommission denken zunächst an eine Vergeltungsaktion. Doch bald gibt es einen zweiten Mordanschlag auf einen jungen Mann, der als Freiwilliger für eine Meeresschutz-Organisation arbeitet. Die Handschrift des Täters ist dieselbe …

Liv Lammers ermittelt in ihrem vierten Fall auf Sylt

Lübbe